高明区人民政府文化建设工程项目
高明区文化体育局主持

刘正刚　乔玉红　◎　著

区大相诗三百首赏析

OUDAXIANG　SHI　SANBAISHOU　SHANGXI

齐鲁书社

《区大相诗三百首赏析》编委会

“高明历史文化题材美术作品创作工程”作品

作品：区大相

画种：中国画

作者：梁国荣

高明区博物馆典藏

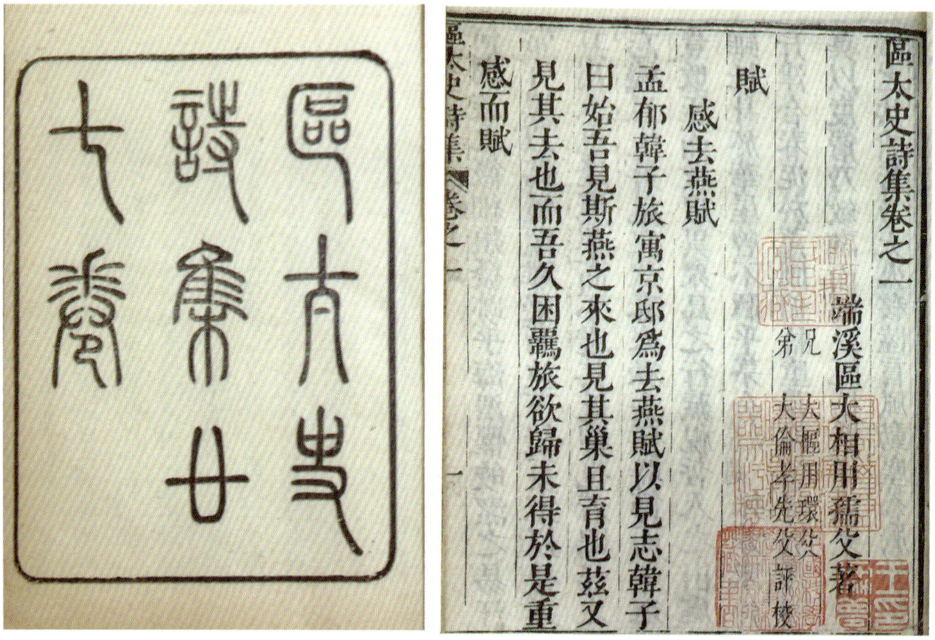
區太史詩集廿七卷

區太史詩集卷之一

端溪區大相用孺父著

兄 大樞用環父
弟 大倫孝先父 評校

賦

感去燕賦

孟郁韓子旅寓京邸爲去燕賦以見志韓子曰始吾見斯燕之來也見其巢且育也玆又見其去也而吾久困羇旅欲歸未得於是重感而賦

區太史詩集 卷之一 一

崇祯版《区太史诗集》书影

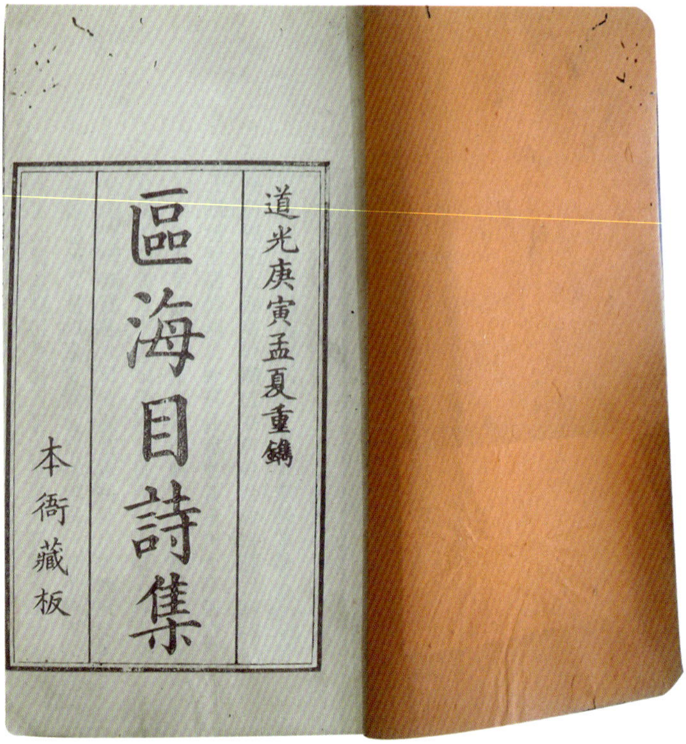
道光庚寅孟夏重鐫

區海目詩集

本衙藏板

道光《区海目诗集》书影

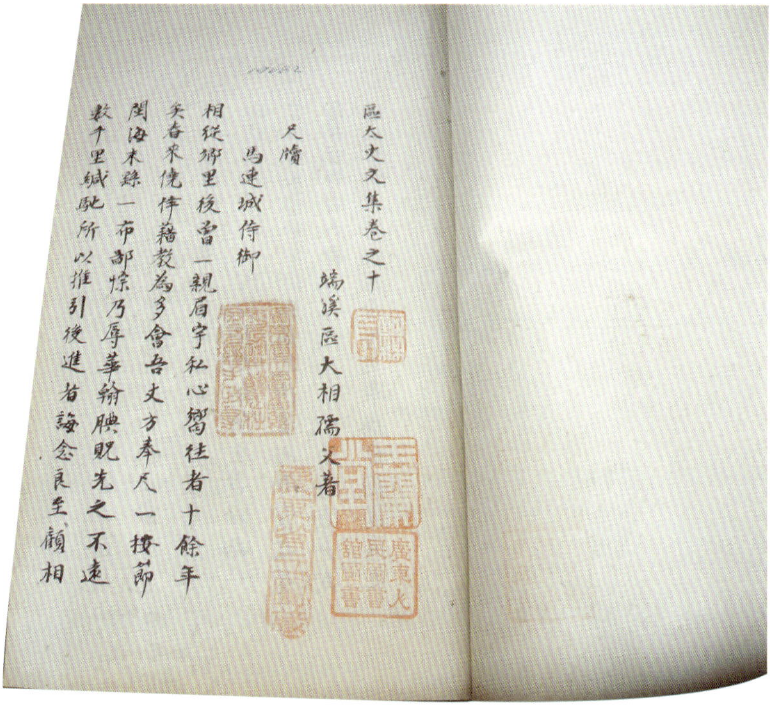

《区太史文集》书影

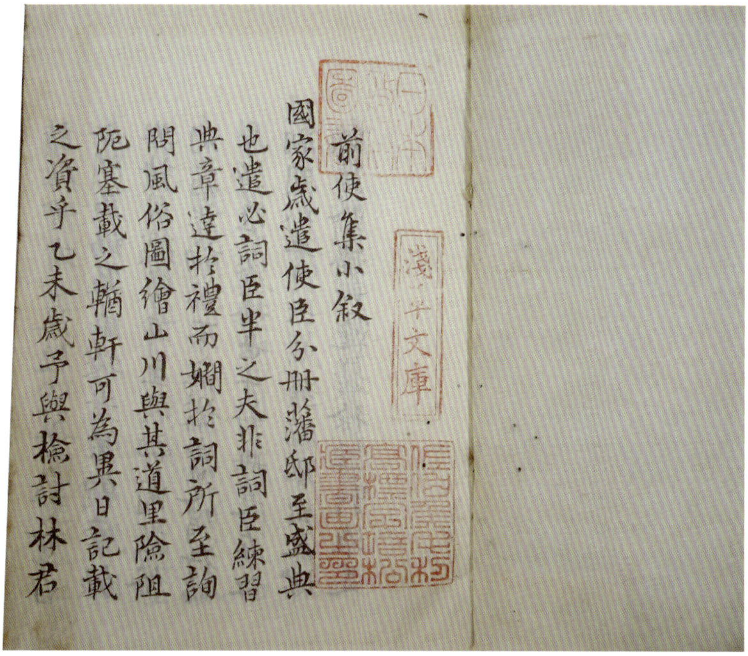

日本藏《区太史诗集》书影

区大相兄弟捐资修建的灵龟塔远景

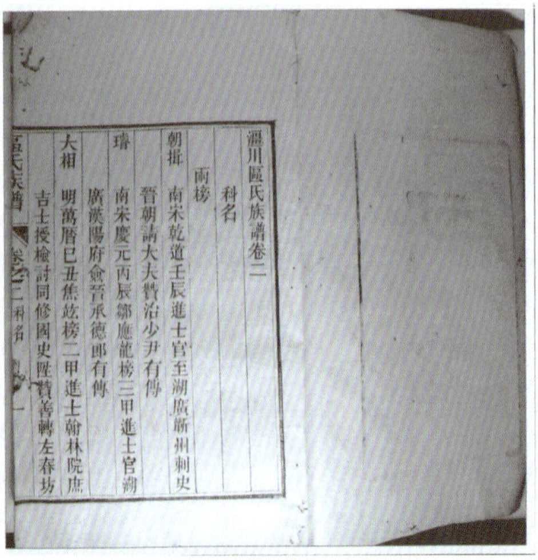

灃川區氏族譜卷二

科名

南榜

朝揖　南宋乾道壬辰進士官至湖廣蘄州刺史

晉朝請大夫贊治少尹有傳

璿　南宋慶元丙辰鄒應龍榜三甲進士官湖

廣漢陽府僉晉承德郎有傳

大相　明萬曆己丑焦竑榜二甲進士翰林院庶

吉士授檢討同修國史陞贊善轉左春坊

區氏族譜　卷之二　科名　一

清末《澶川区氏族谱》书影

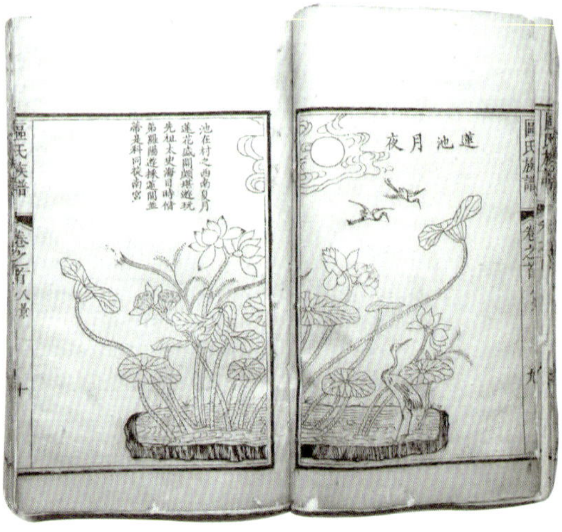

《澶川区氏族谱》八景图之一书影

阮埇村古门楼

阮埇村古环村河

阮埇古民居文物
保护标识牌（一）

阮埇古民居文物
保护标识牌（二）

阮埇区氏祠堂外景

绪　言

一、区大相简介

区大相，字用孺，号海目，明代广东肇庆府高明县（今广东省佛山市高明区）人。生于嘉靖二十八年（1549）五月十九日，卒于万历四十四年（1616）六月二十一日，享年虚岁六十八，死后被安葬在广州大北门外象牙峰。妻罗氏为高要县人，两人育有怀瑞、怀年两个儿子和四个女儿。

区大相于明万历十七年（1589）中焦竑榜二甲进士，授翰林院庶吉士、检讨，参修国史、玉牒，升赞善，转左春坊左中允、知制诰、起居注、经筵侍讲，两度奉使册封淮藩、周藩，赐一品服。万历三十三年（1605），到南京附近的滁州出任太仆寺寺丞，这是个闲散之职，直到万历三十六年（1608），因患"痹疾"而返回广州。从此以后一直生活在广州，最后病逝于广州。① 其一生著述丰富，留存至今的有《区太史诗集》和《区太史文集》。

族谱和地方志显示，区大相在万历元年（1573）与胞兄区大枢同时中举人，万历十七年（1589）又与胞弟区大伦同时中进士，一时在广东乃至全国的科举考试中传为佳话。区大相中进士时已年满四十岁，不久即进入京城，在朝中任职，一直到万历三十三年（1605）才离开京城，前往南京任职。在这十五年中，区大相的职责是"掌制诰"，即承命为皇帝草拟诏令，可以说是直接为皇帝服务。尽管官阶不高，地位却非同一般，故在他

① 参阅《滘川区氏族谱》和崇祯《肇庆府志》卷二十二《人物志》。

去世后，文渊阁大学士何吾驺、翰林学士陈子壮为他撰墓志铭、墓表，即何吾驺的《明南京太仆寺寺丞前左春坊左中允区公暨封宜人罗氏合葬墓志铭》、陈子壮的《明南京太仆寺寺丞前左中允区公暨封宜人罗氏合葬墓表》，显示区大相之身份与地位在当时极为重要。

区大相去世后的第十九年即崇祯八年（1635），由其子区怀瑞参与修纂的《肇庆府志》卷二十二《人物传》首次为其立传，其中强调指出他在朝中"掌制诰，居词垣十五年"，即在翰林院为皇帝服务。因为"掌制诰"的缘故，所以就与当时朝廷重臣赵兰溪、张新建、沈四明等首辅有交集。明代首辅之间争斗倾轧，朝野皆知。区大相不愿意卷入其中，他洁身自好、正直廉明，从不为个人的私利而与这些权贵交往，志书说他"生平耻干谒"，他和这些权倾一时的内阁首辅尽量保持正常的工作关系。区大相不仅不愿攀附权贵，而且也不接受首辅们抛来的橄榄枝，最终因"违众孤标"，被官场孤立和忌恨，也因此失去了晋升实权官职的机会。所以区大相尽管在朝中任职十五年，但始终没有出任过有实权的职位，一直干着类似于今天办公室文秘的角色。

很显然，区大相的个性导致了他虽身居朝中的核心区，却始终没有得到晋官加爵的机会。清中叶，钱塘女诗人汪端在《明三十家诗选》中收录有区大相的诗，并对区大相评价说："掌制诰，居词垣十五年，先后柄政者皆赏其文，辄引避，一无所与。"也就是说，区大相尽管处于明朝官场的权力核心区，直接为皇帝服务，以至首辅等对他也另眼相看，但他始终保持中立，不参与首辅间的相互倾轧，坚持"一无所与"。

区大相的性格可能继承了其父区益的基因。据《湄川区氏族谱》记载，区益（1513～1583），字叔谦，号雨莲，嘉靖十九年（1540）中举，旋即步入仕途，先后出任江西都昌、浙江泰顺的知县，又出任广西庆远府、浙江温州府同知。尤其在温州府同知任内，抗击倭寇，声名远扬，死后获朝廷封赠中宪大夫，崇祀于泰顺、温州的名宦祠、乡贤祠中。区益之所以死后享有如此待遇，与他任职期间勤政为民有关。明隆庆年间，浙江人侯一麟在《龙门集》卷十二撰《泰顺区侯去思碑》说，泰顺是温州府辖山区县，号称"难治"，嘉靖三十八年（1559），区益上任伊始，就遇到倭寇侵犯泰顺，他拿出自己的官俸招募能打仗的兵勇达数千人，"分道设伏"，截击倭寇，终于将倭寇赶出了泰顺。事后，区益利用县财政，命人用石头加固旧城城墙，依山势在旧城的基础上扩建新城，以防止倭寇再次侵犯。他还疏浚了泰顺南关河道，将预备仓由乡村迁移到县城，以断绝倭寇抢掠粮食的路子，革除不合理的损民弊政；修葺学宫，引导民众向学。他在泰顺任职六年，做到"弊无不革""利无不兴"，泰顺因此"大治"。嘉靖四十四年（1565）仲夏，区益被擢升广西庆远府同知，离任之际，泰顺出现"山谷老叟，闾巷稚子"攀车相送的动人场景，泰顺士大夫为其建亭立碑，颂扬其德政。① 因区益在温州抗击倭寇，后士民多以“区温州”称之。

自区益开始，区家不断通过科举走向富贵之路，成为高明县的显宦家族。区益有四个儿子，即大标、大枢、大相、大伦。其中区大标（1542～1588），字元表，号念莪，廪生；区大枢（1546～1614），字用环，号澹园，由举人官至岳州府通判；区大伦（1551～1631），字孝先，号罗阳，万历十七年（1589）中进士后，授北直隶东明县（今山东省辖）知县，在任期间，政绩突出，经吏部与都察院考察，转升为云南道监察御史，因生性耿直，“抗疏”而被贬回家。不久，又被朝廷起用，升光禄寺丞尚宝司卿，升南京太常寺左少卿，侍经筵，转太仆寺卿，官至南京户部左侍郎，署户部尚书。在区大伦病逝后，崇祯朝诰赠他户部尚书，赐祭葬。区大伦在东明知县任内，一心为民，造福地方，受到东明官民的爱戴。

区大相一生最重要的贡献，就是改变了明代诗歌的写作风气。崇祯《肇庆府志》说：“明兴，前后七子称诗号翰林为馆阁体，大相始力祛浮靡，还之风雅三百篇，以至汉魏盛唐各造其极，陈言习气为之一变。”换句话说，区大相倡导写诗要关注“民瘼国计”。所谓“前后七子”，是指明中叶的诗文流派，前七子以李梦阳、何景明为首，活跃于弘治、正德年间；后七子则以李攀龙、王世贞为首，活跃于嘉靖、隆庆年间，其中“后七子”中的梁有誉也是广东“南园后五子”之重要成员。“前后七子”均强调“文必秦汉，诗必盛唐”，主张模拟古人。所谓“馆阁体”，又称“台阁体”，指明代永乐至成化年间由内阁与翰林院等台阁重臣所撰诗文，以杨士奇、杨荣、杨溥等为代表，强调“雅正平和”，内容多反映上层权贵生活，以应制、唱和为主，缺乏对社会大众的关怀。区大相“还之风雅”，强调的是关心社会现实，他两次奉册淮藩、周藩，足迹“历齐晋吴越嵩洛衡湘，土风遗迹，民瘼国计，咸著篇咏。馆阁以来所未有也”。以采风即实地考察之经历撰写了大量反映社会现状的诗作。用今天的话说，就是区大相强调写作要接地气。

从现存的区大相诗作来看，其内容大多取材于他在各地采风所得，贴近社会生活，他在《前使集小序》中说，万历二十三年（1595）五月出使淮藩，经过了包括今北京、河北、天津、山东、江苏、浙江、安徽、江西、湖南、广东等地。万历二十四年二月从广州返京，又经过江西、湖北、河南、河北、京城等地，这次采风“得诗近三百篇、赋一、记二”。他又在《后使集小叙》中说，万历二十九年（1601）出使周藩，经过河北、山西、河南、湖北、湖南、广东；万历三十年（1602）二月，从广州返京，因病而从粤北南雄浈江折返广州。在家养病差不多两年，于万历三十一年（1603）冬从广州返京，次年（1604）六月抵京城，这

① （明）侯一麟撰，蔡克骄点校：《龙门集》，《温州文献丛书》，上海：上海社会科学院出版社，2006年，第188～189页。另：吴明哲编：《温州历代碑刻二集》（下），上海：上海社会科学院出版社，2006年，第1215～1216页。

一次也撰写了诗歌、杂体近四百篇。这些诗最终构成了后来的《区太史诗集》。我们从中可以看出,区大相的诗作是其亲身经历社会现实的反映。

区大相的诗作在清代引起了士人们的关注,尽管清初江南诗界领袖钱谦益选编的《列朝诗集》没有选区大相诗,然而是金子总会发光,清前期朱彝尊选编《明诗综》卷六十一选了四十八首区大相诗,处于其选明代诗作第十名。① 清前期粤籍学者温汝能选编《粤东诗海》,收录区大相诗一百六十九首。② 清中叶,著名女诗人钱塘汪端选编《明三十家诗选》收录区大相四十一首诗,并评说:"海目诗思深而不苦,律细而不狭,气壮而不厉,调高而不浮。乐府蕴藉,五言高秀,掩欧梁之前轨,开陈屈之先声,诚岭南风雅领袖也。"这里的"欧梁""陈屈",皆为岭南诗界大家,分别是欧大任、梁有誉、陈子壮、屈大均。梁有誉为顺德人,嘉靖二十九年(1550)进士,授刑部主事,故世称"梁比部",尚未中举前,与欧大任、黎民表、吴旦、李时行同师于香山黄佐,结社南园,故被列"南园后五先生",学者称为兰汀先生,又名列明代"后七子"。

汪端还援引明清诗界评述区大相诗的不少论说,如陈子壮曾说:"诗自三唐以来,所号为大家正宗者几何人?几何篇也?如先生之心手相应,音节和谐者,盖亦寡矣。"朱彝尊说:"海目持律既严,铸词必炼,其五言近体,上自初唐四杰,下至大历十子,无所不仿,亦无所不合。"我们从陈子壮《文忠集》中可知:"海目先生以《太史》名粤,其诗特甚,心手相应,音节和谐,盖家能诵人能说矣。"清初王士禛在《渔洋诗话》中说:"粤东诗派皆宗区海目,而开其先路者邝露湛若也。"清初屈大均《广东新语》卷十二《诗语》说:"岭南诗,自张曲江倡正始之音,而区海目继之,明三百年岭南诗之美者,海目为最,在泰泉、兰汀、仑山之上,其集有《前使》《后使》二编,及《海目诗选》行世,而虞山钱氏不获见之,此《列朝诗集》之憾事也。"泰泉即香山黄佐,兰汀即梁有誉,仑山即欧大任的号。于此可见区大相在岭南诗界的重要地位。

值得关注的是,区大相诗作还漂洋过海传入日本,现日本内阁文库收藏有抄本《区太史诗集》。

《区太史诗集》中的"太史"何指?太史一职,至少开始于西周,职责是掌管起草文书、记载史事、编写史书等与文字相关的工作,为朝中大臣。秦汉以来,历朝皆设太史一职,但职权范围有所变化。明代因为起草文书、修史等事多归于翰林院,故又称翰林为"太史"。

---

① 杨松年:《中国文学评论史编写问题论析:晚明至盛清诗论之考察》,台北:文史哲出版社,1988年,第31~33页。

② 吕永光、陈永正等整理:《粤东诗海》,广州:中山大学出版社,1999年。

二、本书选诗的原则

区大相一生的诗作到底有多少首？因统计口径不一，得出数字也不一。据崇祯十六年(1643)刻本《区太史诗集》目录看，总计二十七卷，一千六百余首。道光十年(1830)区大相从孙区灿如重刊《区太史诗集》(扉页题名《区海目诗集》)、道光二十年(1840)南海伍氏诗雪轩校刊本《粤十三家集》中的《区太史诗集》，均以崇祯版为基础，卷目完全一致，但个别字句略有改动。

刊刻于崇祯年间的《区太史诗集》二十七卷，诗歌体裁多样，有赋、四言诗、骚体诗、乐府等杂体诗，还有五言诗、七言诗、五言律诗、五言排律、六言诗、七言律诗、七言排律，以及五言和七言绝句等。数量最多者为五言、七言诗及五言、七言律诗。

本书以崇祯十六年刻本《区太史诗集》为底本，参考了道光刻本《区海目诗集》及清代其他版本的区大相诗集，以及今人陈永正等编《全粤诗》区大相部分，还参阅了日本内阁文库藏《区太史诗集》钞本。本诗选名义上为三百首，但在实际操作中，为尽量保持诗歌原貌，则远超过这个数字，因为区大相创作的诗歌，往往有同一题名呈现多首诗作的情况。为保持作品的完整，也为展现作者创作时的情境，我们在选择时尽量将一组诗计作一首，唯有卷十八《南行感怀》除外。《南行感怀》为一组五言律诗，共四十首。考虑其数量庞大，只选择了其中数首，以此管窥作者对国家、百姓的忧虑之情，凸显作者忠君爱民的形象。

我们在选择区大相诗文时，尽量选择言语优美、短小精悍、语言简练、容易理解的诗篇，也考虑其诗作的历史价值与现实意义，对其中爱国爱乡的诗作，多悉数收录。这样做的目的，一方面是使读者能较容易理解区大相创作的内涵和情绪，另一方面也可通过其诗作了解明代真实的历史事件。区大相诗作因多为采风所得，来自基层社会第一线，不作无病呻吟状，内容多贴近民生，关注社会现实，故从其诗作可管窥晚明社会现状之一斑。

需要说明的是，书名曰“区大相诗三百首赏析”，是我们刻意模仿唐诗三百首的通俗说法而为之。其实，唐诗绝对不止三百首，只是大家习惯这样说而已。而区大相的诗也绝对不止三百首。为了便于读者阅读，我们将选取的三百首诗歌，根据大意分为十五类(事实上只有十三类，因游历、交游在区大相诗作中数量最多，我们只好将其分为上下两部分)。当然，这样的分类并不科学，也不尽合理，尤其是某些诗作的归类是被我们强制划分的。这样划分的目的是为了保持每个类目下大致有二十首诗，看起来比较规整，这也是我们不得已而为之的办法。

三、注释、赏析的说明

区大相生活于明代末年，距离今天差不多已经过去了四百年。他所生活的年代非常重视科举考试，诗赋成为那个时代学子的必修科目。区大相通过科举考试步入进士行列，本身就说明其天资之聪颖，因而其诗作中包含了大量古代诗赋的典故，这对生活在今天的我们而言，尤其是没有多少文史知识的年轻人而言，要想读懂他的诗歌，有时确实会遇到不少困难。

为便于读者对区大相诗有更好的理解，我们对每首诗作中的难点适当给予简单的注释，尽量将其诗作中所引用的典故勾勒出来，一方面可凸显区大相所具有的深厚文化功力，另一方面也让读者了解其诗作的历史延续性。当然，由于阅读者所受教育程度的不同，所谓的“难点”也是见仁见智。因此，有的读者也许会认为书中的某些注释有画蛇添足之嫌，而有的读者却会认为某些地方本该加以注释，却被我们忽略。

我们在选取区大相诗作的时候，几乎数次阅读其全部诗作，试图将其最优美的诗作呈现给读者。每次通读区大相的诗作，我们的心理感受都不完全一致。有的时候思绪万千，有的时候兴奋不已，有的时候也会拍案叫绝。但一旦要用语言进行表达，又总感觉无法用言语表达我们的心灵感受。加之我们长期受历史学专业的训练，对白纸黑字的书写十分慎重。但赏析又是我们这本书的重点之一。所以我们在选取的每首诗后，除了注释外，还尽量用我们的理解，用较为简略的话语表达我们的感受，也算是我们对之的赏析吧。

我们认为，所谓赏析，并不是将原有的诗歌逐字逐句翻译为白话，因为若那样的话就属于翻译而非赏析。赏析的目的在于对诗歌的含义、背景、意境等进行简单的描述，但因赏析者所处环境及其心态的不同，对同一首诗的赏析也会出现不同的理解，因而不同的人就会有不同的感观。我们的赏析只是希望能够拓展阅读者对诗歌的理解，进而拓宽读者的思路，以起到抛砖引玉的效果。

“仁者见仁，智者见智。”在古诗的阅读过程中，不同阅历和不同文化程度的读者在读同一首诗时的体会和感触，可能会有所不同；同一位读者在不同时期阅读同一首诗的体悟亦可能会产生较大的差异。尤其是诗歌，需要读者与作者在心灵上产生共鸣和契合，这样才能真正展现诗歌所拥有的震撼人心的巨大魅力。

我们希冀，通过简单的注释和赏析，能在读者和区大相之间架起一座沟通的桥梁，使读者在更加深入的阅读过程中，能融入区大相的诗歌创作意境中去，通过诗歌的阅读和理解，与诗歌创作者产生共鸣，达到艺术和感情世界的共同升华。

目　录

区大相诗三百首赏析

绪　言

一、天伦

二、乡情

三、游历（上）

四、游历（下）

五、访古

六、四时

七、节令

八、感怀

九、交游（上）

十、交游（下）

十一、咏物

十二、边塞

十三、民生

十四、闺阁

十五、闲逸

一、天伦

赠四兄

（一）

桓山有四鸟，栖息同一枝。飞鸣自相应，饮啄亦相随。伯也忽先殂，仲氏念将离。羽翼各自远，声影一何悲。揽衣三叹息，觞至不能挥。愿逐南云翔，送子返故栖。

（二）

昆山有良璧，连城剖见珍。投君君不宝，委置同沙尘。和氏既泣楚，蔺生复辞秦。光辉常夜发，声价动强邻。圣代饰瑚琏，胡弃清庙宾。徒令被褐客，掩抑情不申。愿言勿轻掷，识者需其人。

【注释】

1. 四兄：据《澧川区氏族谱》卷五记载，区大相的祖父区曰琳有四个儿子、八个孙子。区大枢，字用环，号澹园，在区曰琳的孙子辈中排行为第四，故区大相称其为四兄。区大枢生于嘉靖二十五年（1546）三月，卒于万历四十二年（1614）四月，由举人官至岳州府通判。

2. 桓山四鸟:典出《孔子家语·颜回》:孔子在卫,闻哭者之声甚哀,问颜回。颜回答:这哭声不但为死者,而且为生离别者。孔子问其故。对曰:"回闻桓山之鸟,生四子焉。羽翼既成,将分于四海,其母悲鸣而送之,哀声有似于此,谓其往而不返也。回窃以音类知之。"后以"四鸟"喻别离之人。区大相同胞兄弟四人,即大标、大枢、大相、大伦,故有此喻。

3. 伯、仲:古人以伯、仲、叔、季来指代兄弟排行的次序,伯是老大,仲是第二,叔是第三,季是最小。在区大相四个兄弟中,区大枢排老二,区大相排老三。

4. 揽衣:提起衣裳。

5. "昆山有良璧"句:典出于元代高明《琵琶记》:"昆山有良璧,郁郁璠玙姿。嗟彼一点瑕,掩此连城瑜。"昆山是地名,璧、瑜皆是古代对美玉的称谓。传说昆仑山所产的玉是所有玉中之最美者,价值连城。此与下句"和氏既泣楚"的和氏璧,意思相同。以此比喻杰出的人才。

6. "和氏既泣楚"句:典出于《韩非子·和氏》:春秋战国时,楚人卞和在荆山得一珍玉,献给楚厉王,但玉工说是石头,卞和被以欺君罪断左足。后武王即位,卞和又献玉,又被以欺君罪断右足。及文王即位,卞和抱玉哭于荆山下,泪尽而出血。文王闻之,派人问其故,并令玉工剖璞,果得宝玉,名之"和氏璧"。此后,从楚文王到楚宣王,和氏璧一直存楚国王室。楚威王时,和氏璧离奇失踪。五十年后突然在赵国出现。秦昭王闻之,"遗书赵王,愿以十五城请易璧"。时秦强赵弱,赵王恐献璧而不得其城,左右为难。蔺相如自请奉璧至秦,献璧后,见秦王无意偿城,乃当廷力争,并以掷璧相要挟,终致秦王妥协,得以"完璧归赵"。数十年后,秦灭赵,和氏璧终于落入秦国。

7. 光辉:言和氏璧自己会发出光芒,连秦这样的大国都会为和氏璧的名声和价值而心动。在此喻人的才华就像宝物会自己发光一样自然显露,终能得到赏识。

8. 瑚琏:音 hú liǎn。瑚、琏皆为宗庙礼器,此处并用以比喻治国安邦之才。

9. 清庙:《诗经》中有《周颂·清庙》之篇,此代指古代帝王的宗庙。

10. 被褐:音 pī hè,穿着粗布短袄,谓处境贫困。又有"被褐怀玉",身穿粗布衣服而怀抱美玉,比喻虽出身贫寒,但有真才实学。此处以喻区大枢。

【赏析】

此组诗选自卷五,为两首五言诗。作者先以桓山四鸟喻兄弟间别离之情,此时四兄弟中的老大区大标已经去世,区大枢也将与自己分离,作者恨不能追随南飞之云,送兄长返回故乡。同时,作者又借和氏璧的故事来劝慰区大枢,即便是如和氏璧这样价值连城的宝物,刚开始也是不被人所知而被埋没。但是人的才华随着时间的推移自然能显露出来，就像宝物自然而然能散发出光芒一样。治国安邦之才在升平盛世只是用来装饰，多被弃置一边而不用。这种情况，只能使那些有才之士失望而压抑自己的性情和才华。所以作者劝兄长还是不要轻言放弃，更不能自暴自弃，要知道千里马也需要有伯乐来赏识，只是伯乐不常出现罢了。

同七弟送四兄于彰义门

（一）

二弟送兄返，停车彰义门。车傍有鹡鸰，摇摇复在原。岂为急难故，当由恋孤骞。羁人滞远道，游子念故园。纤纤城畔草，聊用藉芳樽。柳条时自短，何以系南辕。鸿鹄绝四海，不顾丘与樊。大鹏徙南溟，斥鷃有遗言。兄乎振六翮，天池共奋翻。

（二）

杖策去乡国，结轸游皇畿。王事有兄弟，驷马驱以驰。忆昨三珠树，五云曜奇姿。如何同林羽，中路相背飞。弟在天北隅，兄还日南陲。燕越万余里，山川阻修岐。昔游共被至，安得同车归。翩翩朱凤侣，巢在南园枝。永言扬好音，慰我长渴饥。

【注释】

1. 二弟：指区大相和“七弟”区大伦。因区大伦在区曰琳孙辈中排行第七，故称“七弟”。

2. 彰义门：又叫广安门，是过去南方各省陆路进京的必经之路。

3. 鹡鸰：音 jí líng，鸟类的一种。《诗经·小雅·棠棣》：“鹡鸰在原，兄弟急难。”后以“鹡鸰”比喻兄弟。

4. 急难：犹危难，亦可指解救危难。

5. 孤骞：音 gū xiān，独自飞翔。南朝梁沈约《销声赞》曰：“若人焉往，斯理空存。天标已暖，绝羽孤骞。”亦引申为高升、腾达及超逸、与众不同。

6. 羁人：旅人，客居在外的人，奔走在外的人。

7. 藉：同“借”，藉此。

8. 芳樽：亦作芳尊，精致的酒器，亦借指美酒。

9. “柳条”句：古人有折柳以赠别的礼俗。

10. “鸿鹄”句：鸿鹄，音 hóng hú，鸿指大雁，鹄是天鹅，鸿鹄比喻有远大抱负的人。《史记·留侯世家》：“鸿鹄高飞，一举千里。羽翼已就，横绝四海。”

11. 丘、樊：山林，多指隐居的地方。

12. 斥鷃：音 chì yàn，亦作斥鴳，即鷃雀。《庄子·逍遥游》：“穷发之北有冥海者，天池也。有鱼焉，其广数千里，未有知其修者，其名为鲲。有鸟焉，其名为鹏，背若太山，翼若垂天之云，抟扶摇羊角而上者九万里，绝云气，负青天，然后图南，且适南冥也。斥鴳笑之曰：‘彼且奚适也？我腾跃而上，不过数仞而下，翱翔蓬蒿之间，此亦飞之至也。而彼且奚适也？’”作者用斥鷃笑鹏的典故来形容四兄志向的远大，不是目光短浅之人所能理解的。

13. 六翮：翮，音 hé，谓鸟类双翅中的正羽，六翮用以指鸟的两翼。

14. 杖策：拄杖；亦指执马鞭，谓策马而行。

15. 结轸：轸，音 zhěn，车箱底部的横木，亦作车的代称。结轸，指停车。

16. 驷马：驷，音 sì，驾一车之四马，指显贵者所乘的驾四匹马的高车。

17. 三珠树：本作“三株树”，古代传说中的珍木。《山海经·海外南经》：“三株树在厌火北，生赤水上。其为树如柏，叶皆为珠。”这里比喻区大枢、区大相、区大伦三兄弟中举成才之事。

18. 北隅、南陲：北隅代指作者所在的北方；南隅代指作者家乡所在的南方。后文的“燕”“越”，亦是此意。

19. 永言：长言，吟咏。

【赏析】

这两首五言诗选自卷五，描写作者及弟弟区大伦在北京城的彰义门为兄长区大枢送行的场景。作者的兄长区大枢即将离开北京城返回南方家乡，作者在诗中回忆了兄弟几人离开家乡共同在京城任职时意气风发的情景，对于兄长的离去怀有深深的不舍。虽然兄长是返回家乡，但作者仍免不了感慨南北两地相距万里，中间又有重重的山川阻隔。如今兄长就要孤身上路了，作者借鹡鸰的飞翔来形容兄长的远行与手足的分离，这时只能用美酒和寓意送别的柳枝来表达自己的不舍。但是，志向高远的鸿鹄不会甘于栖身于山林之间，小小的斥鷃根本无法理解绝云气、负青天飞向南溟的大鹏。所以作者希望兄长继续施展才华，实现自己的抱负，这样才能安慰依旧宦游在外的手足兄弟的深深思乡和思亲之情。

三水与亲友别

悠悠万里道，送送三江口。惜与所知别，行行重携手。两载返衡门，连旬接杯酒。既能谅迂愚，幸不弃衰朽。云壑方倦栖，世路复缠纠。挥袂谢乡闾，劝驾劳亲友。停舟日将夕，晤语不能久。惟有南山松，可喻固穷守。临别枉情赠，欲报惭琼玖。

【注释】

1. 三江口：指广东境内的北江、西江与绥江汇流于今三水区，此处指三江交汇之处，暗指亲友相送之远。

2. 行行：言其远，不停地前行。《古诗十九首·行行重行行》："行行重行行，与君生别离。"

3. 衡门：横木为门，指简陋的屋舍。语出《诗经·陈风·衡门》："衡门之下，可以栖迟。"

4. 迂愚：犹迂拙、愚笨、拘泥守旧的意思，作者自谦之词。唐代元稹《献荥阳公诗五十韵》："拙劣仍非速，迂愚且异专。"

5. 云壑：壑，音 hè，山沟，山谷。云壑，指云气遮覆的山谷。南朝齐孔稚珪《北山移文》："诱我松桂，欺我云壑。"

6. 世路：世道，世情，亦指宦途。

7. 挥袂：袂，音 mèi，衣袖，袖口。挥袂，即挥手，表示告别。

8. 乡闾：闾，音 lǘ，古代二十五家为一闾；原指里巷的大门，后指人聚居处。乡闾，指家乡，故里；亦有乡亲、同乡之意。

9. 晤语：音 wù yǔ，见面交谈。《诗经·陈风·东门之池》："彼美淑姬，可与晤语。"

10. 固穷：语出《论语·卫灵公》："君子固穷，小人穷斯滥矣。"意为君子虽然穷，但是仍能坚守志节，若是小人，就无所不为了。后以"固穷"形容甘于贫困、不失气节。

11. 琼玖：琼和玖，泛指美玉，后世常用琼玖一词来美称礼物。唐代钱起《酬长孙绎蓝溪寄杏》诗："芳馨来满袖，琼玖愿酬篇。"

【赏析】

本诗选自卷八，是一首五言诗，描写作者与家乡亲友的依依惜别之情。离家的道路漫长，亲友们依依不舍地为作者送行，一直送到了三江口。马上就要离开了，亲友们一直陪着走了很远也舍不得松开紧握的手。作者回忆起离家两载初返家园之时，亲友们连着半个来月为其设宴接风。浓浓的亲情之下，作者感慨只有亲友才能包容、不嫌弃自己的迂拙。可惜的是，刚在亲人的眷顾之下求得身心的休憩没多久，就不得不重新回到纷繁纠结的世事之中，只能忍痛与众亲友作别。而此时，即将远行的小舟停靠在岸边，太阳已经快要落山，即便还有许多的惜别话未说，但时间却不够了。作者感慨，估计只有南山亭亭挺立的青松，才可以用来比喻那些甘于清贫、固守乡梓之人，而对比自己却不得不在宦途之上随波逐流。因此作者感慨，对于亲友的盛情，即便是最珍贵的礼物也不能报答了。

三家兄平明发舟归灈川，别后寄此

（一）

扁舟石门里，双棹荡孤烟。日夕望江树，彷佛见灈川。

（二）

原上鹡鸰沙中雁，一水相连不道远。稚子早攀岩桂待，行人独忆云松返。惜是东西南北人，十年漂泊尚迷津。平明送兄返田舍，薄暮思家泪满巾。

【注释】

1. 三家兄：作者的族兄。

2. 平明：指天大亮时。

3. 灈川：作者的家乡，位于西江之畔的高明境内。

4. 扁舟：音 piān zhōu，小船，此处用作动词。

5. 棹：音 zhào，划船的工具，形状和桨差不多。

6. 孤烟：指远处独起的炊烟。唐代陈子昂《金门饯东平序》："残霞将落日交晖，远树与孤烟共色。"

7. 鹡鸰：见《同七弟送四兄于彰义门》的注释3。

8. 东西南北人：指居处无定之人。《礼记·檀弓上》："孔子既得合葬于防，曰：'吾闻之，古也墓而不坟。今丘也，东西南北之人也，不可以弗识也。'于是封之，崇四尺。"东汉郑玄注:“东西南北,言居无常处也。”

9. 迷津:原意指找不到渡口、桥梁,迷失了道路。此处用佛教用语中的含义,意指迷妄的境界。

【赏析】

本组诗选自卷九,共两首,第一首为五言绝句,第二首为七言八句古诗。本组诗描写了作者送别族兄返回故乡之后的惆怅心情。首先作者想象三兄长泛舟到石门里,双桨在夕阳照耀下的水中划动,遥远的岸边一缕炊烟升起。落日西沉,看到烟波和夕阳笼罩下的树木,仿佛见到了灅川,家乡似乎就在眼前。然后作者在第二首诗中笔锋一转,描写了对兄长的惜别之情,浓浓的血脉亲情即便是相隔万水千山也不会觉得遥远。作者想象,或许家中的孩童早就已经攀爬到高高耸立在岩石上的桂树之上,期待着亲人的回返。对比之下,远行的人却只能孤独回忆,想象着像眷恋松枝的白云一样飘返家园。作者尤其感慨像自己这样在外漂泊的游子,宦游离家多年却依然归途难觅,无法寻求到平安的心境,只能早晨送兄返回家园,晚上徒自怀着思乡之情坐在那里流下思乡之泪。

对雪和四兄

早雨晚仍雪,风花湿更干。糁枝成玉树,铺径作瑶坛。赋里窥春易,尊前和曲难。莫将柳絮句,轻拟撒盐看。

【注释】

1. 糁:音 sǎn,原指米粒;又读 shēn,指饭粒或谷类磨成的碎粒。这里用来形容冬日细碎的干枯树枝。

2. 玉树:用珍宝制作的树,在此形容冰雪覆盖的树枝。

3. 瑶坛:玉石的台。瑶,美玉;坛,台。

4. 柳絮句:这是千古传诵的一个对雪的比喻,据南朝宋刘义庆《世说新语》记载:谢安一家皆能诗,一日大雪,谢安道:“白雪纷纷何所似?”其侄儿谢朗接道:“撒盐空中差可拟。”其侄女谢道韫道:“未若柳絮因风起。”这个故事在当时传为美谈。

【赏析】

这首诗选自卷十一,是一首五言律诗,为作者和四兄区大枢之诗而作。历代诗人的咏雪诗作都会受到谢道韫"未若柳絮因风起"这一千古名句的影响,作者在写这首诗时亦是难免。诗作从早晨的冬雨不停,到晚间转成下雪开篇。被雨浇湿的花朵沾上了雪之后好像又变干了,细碎的枯枝在飘飞的大雪中好像是白玉制成的宝树。门前的小径很快也被皑皑白雪铺满,仿佛是玉石砌就。作者感慨,人们多在诗赋中追寻春的足迹,但是当场把酒和诗却不是件容易的事。勿将落雪看作撒盐那么轻佻,纷纷扬扬的雪花还是用柳絮因风而舞来形容最为形象。

答苏母舅以九日诗见寄

忽示登高作,悲怀独有君。家贫违故里,书远寄秋云。地僻山寒早,江空猿啸闻。往时落帽兴,愁绝孟参军。

【注释】

1. 苏母舅:区大相的母亲姓苏,南海县人。苏母舅,其母亲苏氏的兄弟。

2. 九日:指重阳节,又称登高节。旧时人们在此日有头插茱萸登高的习俗,同时在这一天,人们亦通过登高望远来思念亲人。

3. 登高作:指作者母舅九月九日登高之后所作诗篇。

4. 落帽:《晋书·孟嘉传》记载:孟嘉为桓温参军,"九月九日,温燕龙山,寮佐毕集。时佐吏并着戎服。有风至,吹嘉帽堕落,嘉不之觉。温使左右勿言,欲观其举止。嘉良久如厕,温令取还之,命孙盛作文嘲嘉,着嘉坐处。嘉还见,即答之,其文甚美,四坐嗟叹"。后因以"落帽"作为重九登高的典故。

5. 愁绝:指极端忧愁。唐代杜甫《自京赴奉先县咏怀五百字》云:"沉饮聊自遣,放歌颇愁绝。"

【赏析】

本诗选自卷十一,为一首五言律诗。九月九日重阳节这天,人们有登高思念亲人的习俗,作者的舅舅在重阳节登高之时想起姐妹的过世、亲人的远离,不由悲从中来,遂写诗一首远寄于区大相,这引起了作者情绪上的共鸣。作者感慨,因为家贫之故不得不远离故乡,可对亲人的思念却始终不曾减弱。可惜路途遥远,只能在书信中表达自己的思乡之情。如今接到舅父远寄而来的登高怀旧之作,遥想登高之处或许位于偏僻的山间,在秋风中早早就有了些许寒意。江水辽阔,从远处的山谷间传来猿啼之声。只可惜面对如此美丽的秋景,即便有着孟嘉那样敏捷的才思、洒脱的情怀,在想到手足逝去、亲人远离之时,不可避免地会产生杜甫那种愁肠百结的落寞心情。

诸客过集,同送舍弟之东明

(一)

努力向明时,悠然眷路岐。之官怀弟别,对友念兄离。夜雨黎阳树,春风濮水湄。明朝棣华咏,应接芾棠诗。

(二)

季弟难兄誉,仁风在播扬。去天郎宿近,行县绶花香。丹阙占凫影,青云起雁行。顾惭采风史,抽笔伫循良。

【注释】

1. 舍弟:即区大伦,时将赴山东东明县任知县。

2. 明时:原指阐明天时的变化,喻指政治清明的时代。

3. 路岐:亦作“路歧”,歧路、岔道。

4. 黎阳:即现今的浚县,古称黎阳,商代称黎,西汉初年置黎阳县,明初称浚县,位于河南省北部。

5. 濮水:一称濮渠水,其中有一支流流经东明县南。

6. 湄:音 méi,指水与草交接的地方,即河岸。

7. 棣华:音 dì huá,出自《诗经·小雅·棠棣》:“棠棣之华,鄂不韡韡。凡今之人,莫如兄弟。”这是周人宴会兄弟时歌唱兄弟亲情的诗,后因以“棣华”喻兄弟。

8. 芾棠:音 fèi táng,出自《诗经·召南·甘棠》:“蔽芾甘棠,勿翦勿伐,召伯所茇。”蔽芾,树木茂盛、浓荫覆蔽貌。后因以“棠芾”喻惠政。

9. 季弟:此处指区大伦。

10. 播扬:传扬,传布。晋代袁宏《后汉纪·献帝纪五》:“方今外有遗虏,遐夷未宾;旗鼓尚在边境,干戈不得韬刃。斯乃播扬洪烈,立功垂名之秋也。”

11. 去天:天,代指宫廷或皇帝。此处指离开京城到外地就职。

12. 郎宿:郎,古邑名,春秋鲁邑,在今山东金乡县境。《说文》:“郎,鲁邑也。”宿,住,过夜,这里意指住宿之地。

13. 行县,音 xíng xiàn,谓巡行所主之县。《汉书·周勃传》:“岁余,每河东守尉行县至绛,绛侯勃自畏恐诛,常被甲,令家人持兵以见。”

14. 绶花:音 shòu huā,花名,蔓生如绶,故名。南朝梁任昉《述异记》卷下记载:“红绶花,蔓生如绶,有文采,因名焉。”

15. 丹阙:赤色的宫阙。唐太宗《秋月即目》诗:“爽气浮丹阙,秋光澹紫宫。”

16. 凫:音 fú,水鸟,俗称“野鸭”。

17. 顾惭:自顾而惭愧。唐代杜甫《北征》诗:“顾惭恩私被,诏许归蓬荜。”仇兆鳌注:“顾惭,自顾惭愧也。”

18. 采风:指对民情风俗的采集,区大相曾一度负采风之责。

19. 伫:音 zhù,长时间地站着。

20. 循良:谓官吏奉公守法。《北史·孙搴等传论》:“房谟忠勤之操,始终若一。恭懿循良之风,可谓世有人矣。”亦指循良的官吏,此处代指区大伦。

【赏析】

本组诗选自卷十二,为五言律诗,共两首。区大伦于万历十七年(1589)中进士后,曾出任山东东明县知县。区大相和朋友们聚在一起为外出赴任的弟弟送行。在诗作中,作者并未将深厚的手足之情在惜别之际浓墨重彩地表现出来,虽然字里行间能感觉到作者对手足之情的眷恋,但作者着重表现的是对弟弟前途的展望和品格的期许。区大相想象着弟弟路上行程之快、景色之美,尤其是到了东明之后,见到路边灿烂绽放的野花,还有野鸭在高高的楼阙间飞翔,一群大雁仿佛在白云中穿行,如此美景即便是身负采风之责的良史都觉得难以用笔来描绘。相比景色的优美,作者尤其期待见到弟弟能在自己管理的地方施行惠政,传播仁风,做一个奉公爱民的良吏。对此,作者亦充满信心。

家人初至京,置酒庭中对雪作

庭霰今朝集,家筵此日开。不知燕地雪,犹讶故园梅。玉袖承花出,珠帘卷絮回。瑶华虽可赠,留赏上春来。

【注释】

1. 家人:代指妻子。

2. 庭霰：霰，音 xiàn，本义是雪珠，多在下雪前或下雪时出现。庭霰是指落在庭院里的雪粒。

3. 筵：音 yán，本义是竹席，古时铺在地上供人坐的竹席。此处指酒席。

4. 燕地：古代燕国的大致范围包括现今的河北北部、山西北部、内蒙古南部、辽宁西南部等地区。诗中以此指代北京地区。

5. "不知"二句：作者是岭南人，家人亦生长在南方，未见过雪，故初次见雪时会惊讶，觉得像是故园梅花的花瓣飘落在地上。

6. 玉袖：代指女子的手臂。此句描写作者妻子用手去接雪花，以表现其初次见到雪时的惊喜。此动作描写极为传神。沈德潜评曰："颈联亦秀艳，'香雾云鬟'同一笔墨。"唐代杜甫在其《月夜》诗中写道："香雾云鬟湿，清晖玉臂寒。"

7. 絮：指雪花纷纷扬扬好似柳絮。

8. 瑶华：亦作瑶花，指霜、雪。唐代张九龄《立春日晨起对积雪》诗："忽对林亭雪，瑶华处处开。"

9. 上春：孟春，指农历正月。《周礼·春官·天府》："上春，衅宝镇及宝器。"东汉郑玄注："上春，孟春也。"

【赏析】

本诗选自卷十二，是一首五言律诗。因岭南气候温润，故绝少下雪。这首诗描写作者的妻子从岭南初来京城后，在一个下雪天，夫妻相聚对饮于庭院之中的情景。在颔联即二、三句中，诗人以无限喜悦的心情描写了妻子看到下雪时惊喜与好奇的神情。由于从未见过雪，作者的妻子将漫天飞舞的雪花疑作家乡的梅花飘落，一个"讶"字，写尽妻子的神态。颈联即五、六句继写妻子兴奋的神情，她伸出纤纤玉手去接雪花，雪花却随着掀起的珠帘被风卷进庭中。中间四句诗简洁、凝练，使佳人的惊喜神情和动作跃然纸上，显得情趣盎然，在字里行间流露出作者对妻子浓浓的爱意。在最后两句的尾联中，诗人把思绪拓展开去，提到现在虽然雪花美妙可赠爱人共赏，但若待到正月的初春时节再观赏残雪，那又将是另一番滋味了。

瑞儿初见雪能为诗，喜示

（一）

白雪儿能咏，同看帝苑边。乍连珠树密，已并玉堂悬。影助层城月，光摇万

里天。更宜芸阁夕，映彩读新编。

(二)

晓云双阙外，夕霰一庭中。絮起犹含吹，花飞更舞空。谢吟还汝共，郢曲为谁工。往岁梅关北，寒深阻塞鸿。

【注释】

1. 瑞儿：区大相的长子区怀瑞。

2. 珠树：神话、传说中的仙树。此处用来比喻积雪之树。

3. 玉堂：玉饰的殿堂。亦为宫殿的美称。战国楚宋玉《风赋》云："然后倘佯中庭，北上玉堂，跻于罗帷，经于洞房，乃得为大王之风也。"

4. 层城：古代神话中昆仑山上的高城。《文选·张衡〈思玄赋〉》云："登阆风之层城兮，构不死而为床。"亦泛指仙乡。

5. 芸阁：指藏书之处。

6. 谢吟：指谢道韫的咏雪之句。

7. 郢曲：音 yǐng qǔ，泛指乐曲。

8. 梅关：在梅岭上，古称秦关，又称横浦关，宋时立关于梅岭上，并刻有"梅关"二字，遂称梅关。现为广东省级文物保护单位、旅游胜地。

【赏析】

本组诗选自卷十二，共两首，为五言律诗。这两首诗与上一首《家人初至京，置酒庭中对雪作》当为同一时期所写，均是描写作者的家人初到京师，第一次看到下雪时的情景。令作者感到开心的是，尚处幼龄的儿子首次看到雪就展现出不凡的才华，马上就可以以雪为题吟咏诗句。身为父亲，作者的欣慰之情跃然纸上。在欣慰之余，作者亦描写了与儿子共同观赏到的雪景。作者回想起从早晨开始，空中就积累了厚厚的云层，到晚上就开始下雪了。纷纷扬扬的雪花飘落，像柳絮被风吹起，又像落花在空中飞舞，很快把树木和楼阁上都变白了。遥想此时从梅关往北的地区，应该已经很冷了吧，毕竟一过梅关就属于南方，南方的温润和北方差距还是很大的。而在这个时候，也就是大雪纷飞的黄昏，似乎更适宜在书房中点灯读一卷新书，这才更为惬意呢。

七舍弟以东明令入觐，遂拜征命

（一）

三年重挹袂，几度各沾裳。问子容何减，忧时鬓欲苍。赤墀求直谏，青史纪循良。无恙图书在，萧然去日装。

（二）

凫来丹灶令，凤去紫泥书。出宰贤声遍，还朝清问余。鹓鸿班并入，台省席元虚。努力期同气，丹诚问玉除。

【注释】

1. 入觐：觐，音 jìn，指地方官员入朝觐见帝王。

2. 征命：征召的命令，此处指征召、命令。据《后汉书·周举传》记载："时梁冀贵盛，被其征命者，莫敢不应。"

3. 挹袂：袂，音 mèi，衣袖。挹袂指拉住衣袖，犹言握手，有期待会晤或表示亲昵之意。

4. 沾裳：裳，音 cháng。古人"上为衣，下为裳"。裳是裙子。这里沾裳指哭泣。

5. 容何减：意思是为什么会瘦了。

6. 赤墀：音 chì chí，皇宫中的台阶，因以赤色丹漆涂饰，故称。

7. 装：指出行时带的东西。

8. 紫泥书：古人以泥封书信，泥上盖印。皇帝诏书则用紫泥，后即以指诏书。

9. 出宰：指由京官外出任县官。

10. 清问：清审详问。《尚书·吕刑》："皇帝清问下民，鳏寡有辞于苗。"

11. 鹓鸿：音 yuān hóng，鹓，鸟名，古书上指凤凰一类的鸟；鸿，大雁。因其群飞行列整齐，故以比喻官员上朝的行列有序。

12. 台省：汉代之"尚书"属少府，在宫禁台阁之中，因当时称宫禁中为省中，故称台省。这里代指朝廷。

13. 同气：有血统关系的亲属，指兄弟姊妹。

14. 丹诚：指赤诚之心。

15. 玉除：玉阶，用玉石砌成或装饰的台阶，亦用作石阶的美称。这里借指朝廷。

【赏析】

本组诗选自卷十三，为五言律诗，共两首。作者写这首诗距当初为区大伦送行去山东东明赴任已经时隔三年，这次区大伦返京是以东明县令的身份进京觐见皇帝述职。三年之后，兄弟终于能在京城再次相见，几年来手足各处异地，免不了会因思亲而洒下泪水。可是细心的作者却发现弟弟消瘦了许多，于是忍不住出声询问。看来在外任职压力真的很大，弟弟需要忧愁思虑的事情太多了，但这恰恰是能有贤良声名的原因。弟弟区大伦这次回朝述职，一定能面见皇帝，得到圣上的详细询问。这样正好可以在朝廷之上直言上谏，阐述自己的见解。而兄弟之间就应相互扶持，以一片赤诚之心为朝廷分忧。对于这样敢于直谏的大臣，即便朝廷没有采纳其谏言，也一定会名传青史。这组诗也暗含了区大相兄弟间的互勉之意。

望月有怀侍御弟

昨夜西楼月，同欢对凤池。今来千里望，复值再圆期。思切披帷屡，情多度汉迟。乌栖知向府，鹊绕定何枝？

【注释】

1. 有怀：即有感。

2. 侍御弟：指区大伦，任东明知县后，又被授云南道御史，故有此称。后因上疏劝谏万历皇帝应亲自主持郊祭典礼，引致万历皇帝不高兴，被革职还乡。

3. 凤池：《晋书·荀勖传》："夺我凤凰池，诸君贺我邪！"凤凰池是禁苑中池沼，借指中书省或宰相。

4. 披帷：音 pī wéi，拨开帷幕。前蜀杜光庭《集仙录·成公智琼》云："遥望曲道头，有一马车，似智琼，驱驰前至，视之果是，遂披帷相见，悲喜交至。"

5. 汉：汉水，为长江最大的支流。此处喻指与兄弟相隔千山万水，路途遥远。

6. "鹊绕"句：三国魏曹操《短歌行》："月明星稀，乌鹊南飞。绕树三匝，何枝可依？"

【赏析】

本诗选自卷十三，是一首五言律诗。作者在月圆之夜，望月有感，想起不久前与自己分离的弟弟区大伦。那时两人还在一起开心地把酒言欢,共同赏月,但如今却相隔两地。恰逢再次月圆之时,兄弟二人已经是远隔千里两地相望了。作者对亲友的思念难以抑制,以至于彻夜难眠,多次起身拨开帷幕观望月色,可月夜之下思亲之情却更加浓郁。但即便思念亲人的情绪再浓、再多,也无法逾越千山万水与亲人相聚。作者感慨,连返家的鸟儿都知道回归的路,不会在飞行中迷失方向,但是南飞的乌鹊绕来绕去究竟应该栖于何处呢?抒发了作者漂泊在外,远离家乡、远离亲友的孤独落寞心情。

还至胥江,顺、庆、儒、懿、嘉、贞、恭、慈、国诸侄来迎

(一)

八年思见汝,万里暂还人。兄弟皆成长,悲欢各自陈。山田数亩在,庭桂几枝新。闻道竹林宴,依然南阮贫。

(二)

远道能怜叔,相将短棹迎。书常隔岁至,学有十年成。欢剧追儿戏,情多唤小名。东山棋局在,或可谢苍生。

(三)

楚楚几家驹,相迎万里途。别时犹稚小,归略具髭须。见汝知吾老,逢人笑客迂。勋名休借问,终日愧驰驱。

【注释】

1. 胥江:河涌名,即今佛山市三水区芦苞涌,北接珠江三大支流之一的北江,是连接广州与北江的最便捷水道。芦苞因胥江之缘故,成为南北客商临时落脚处,被称为“小广州”。

2. 自陈:自己陈述。《史记·老子韩非列传》:“李斯使人遗非药,使自杀。韩非欲自陈,不得见。”

3. 竹林宴:嵇康等七人相与友善,常一起游于竹林之下欢宴。后遂用竹林宴、竹林欢、竹林游、竹林会、竹林兴、竹林狂等指放任不羁的饮宴游乐,或借指莫逆的友情;以“七贤”比喻不同于流俗的文人。

4. 南阮贫：魏晋时期，“竹林七贤”的阮籍与侄子阮咸两人住在家乡的路南，其他阮姓的人住在路北，路南的人非常贫穷。

5. 短棹：音 duǎn zhào，指划船用的小桨，引申指小船。

6. 东山棋局：东晋和前秦淝水之战时，前秦苻坚号称百万兵南下进攻东晋。时东晋只有 8 万兵，兵力悬殊。谢安运筹帷幄，最终取得胜利。捷报传来时，谢安正与客人下棋。看完捷报，他轻轻把信件放在一边，继续下棋。直到棋局终了，客人问前线有何消息，他才说出胜利的真相。等客人走后，他抑制不住内心的喜悦，在跨门槛时把木屐的屐齿碰断了都没有发觉。淝水之战保全了东晋，也使谢氏家族进入鼎盛期。

7. 楚楚：形容子侄辈的杰出，出众。宋代张孝祥《鹧鸪天·平国弟生日》词：“楚楚吾家千里驹，老人心事正关渠。”

8. 髭须：音 zī xū，嘴周围的胡子。

9. 迂：指言行或见解陈旧不合时宜。

10. 驰驱：指策马疾驰，此处指为国家奔走效力。

【赏析】

本组诗选自卷十三，共三首，为五言律诗。诗作叙述的是作者外出八年后暂时返乡，回船行到胥江时，几位侄子不辞路远骑马来迎接之事。作者感慨自己离家之时，几位侄子还是孩童，自己喊着他们的小名，陪着他们一起嬉戏。可如今都已一表人才，有的嘴边都长出了细细的胡须。看到这些充满朝气的子侄后辈，作者感慨自己老了，显得迂腐陈旧，不合时宜。作者用平实的笔触，表达了对人生的感慨，对子侄的成长表示欣慰。相对于自己的衰老，作者以自我解嘲的口气带过，诗句的字里行间流露出细腻的感情。同时作者也感叹，虽然这些年不断在外飘泊，但未真正获得什么功名，只是在尽力四处奔走为国家效力而已。自己希望子侄们继承的，只能是豁达、不羁的人生态度，甘于贫贱的高贵品格。

谒先墓

（一）

久宦抛庐舍，衔恩展墓田。岁时违洒拂，霜露几凄然。马踏残秋草，鸟啼古树烟。孤忠犹未白，何敢报重泉。

先君子令泰顺，御倭功多，不蒙叙录。丞温郡，复以谗去位，逮今未白，不肖孤罪也。

（二）

地下音容在，人间岁月侵。年将世泽远，江与泪痕深。鸟雀荒村路，松楸久客心。空劳岵屺咏，终废蓼莪吟。

【注释】

1. 衔恩：音 xián ēn，受恩、感恩之意。唐代李白《塞下曲》：“横戈从百战，直为衔恩甚。”

2. 孤忠：指忠贞自持，不求人体察的节操。

3. 重泉：犹九泉，旧指死者所归。这里代指去世的父亲。

4. 先君子：对已故父亲的称呼。此指区大相的父亲区益。泰顺，地名，即如今温州泰顺县，位于浙江南端，与福建交界。

5. 御倭：指抵御倭寇的入侵。

6. 叙录：记载评定功绩。

7. 未白：指未能陈述、申辩。

8. 不肖：作者自谦之词。

9. 世泽：祖先的遗泽，主要指地位、权势、财产等。《孟子·离娄下》云：“君子之泽，五世而斩。”

10. 松楸：音 sōng qiū，松树与楸树，多植在墓地，因以代称坟墓。这里特指父母坟茔。

11. 岵屺：也作“屺岵”。屺，音 qǐ，没有草木的山。岵，音 hù，多草木的山。《诗经·魏风·陟岵》：“陟彼岵兮，瞻望父兮……陟彼屺兮，瞻望母兮。”谓为行役者思念父母之作。后因以“屺岵”代指父母。

12. 蓼莪：语出《诗经·小雅·谷风之什》：“蓼蓼者莪，匪莪伊蒿。哀哀父母，生我劬劳。”抒发的是不能终养父母的痛极之情。

【赏析】

本组诗选自卷十三，为两首五言律诗。作者区大相的父亲区益，字叔谦。明嘉靖十九年(1540)乡试举人，授任江西都昌知县。为官公正廉明，因不肯奉承上官，改任浙江泰顺知县。时日本海盗常到我国福建、浙江沿海劫掠。区益刚上任泰顺知县，海贼五千人突来侵袭，泰顺位于山区，向无准备，县人惊惶万状。区益安抚人民，将城外居民迁入城里安置，坚壁清野，不让贼人利用。同时带领士兵修筑堡垒，严密防卫，又募集壮丁，袭击贼营，斩贼三百多人，海盗大败逃遁，打击了倭寇的嚣张气焰，使东瓯一带得以安宁。战后，幕府官员上报军功，向区益索贿千金。区益因没有筹金交纳，只调升为广西庆远府同知。区益在庆远时，参与古田讨贼，督率西路兵又立战功。此时，遇母丧，他按礼制归家守丧。服满，补授浙江温州府同知。不久，区益因与当地要员政见不合，辞官归里。

万历二十三年(1595)，区大相因公事出行回到南方，于当年九月返家。由于当官在外，离家日久，他首先返乡拜谒父母之墓。面对着秋日的残阳，坟前凄怆的鸟鸣，烟雾笼罩的古树，作者的心情极为沉痛。父亲曾四次出任府、县长官，为百姓办了许多好事，清廉正直，却因不肯迎合上官而离职。身为人子，无法为父亲洗刷冤屈，作者始终因此而自责。再加上因长期宦游在外，不能于父母生前在家侍奉照顾，未能尽孝；父母过世后又不能经常为父母扫墓祭拜，作者对此极为内疚。正所谓："树欲静而风不止，子欲养而亲不待。"作者站在父母墓前，沉痛的心情久久无法平抑。

草堂新开，四家兄携诸侄自灃川移舫志喜

(一)

自枉移舟约，先令扫户迎。入林仍共侄，举步即随兄。园蕊连枝发，齿篁进砌生。殷勤此酬勤，弥畅友于情。

(二)

虽居穗城北，常忆灃川东。胜怀因物寓，芳意与君同。小酌花间露，高谈竹下风。时闻棠棣咏，来对玉兰丛。

【注释】

1. 篁：音 huáng，竹林，泛指竹子。
2. 砌，音 qì，指台阶。
3. 友于：借指兄弟，《尚书·君陈》："友于兄弟。"后即以"友于"为兄弟友爱之义。
4. 穗城：广州城的别称，又称羊城。

5. 物寓：即寓物，指托物，寄于物。宋代欧阳修《琴枕说》：“老庄之徒，多寓物以尽人情。”

6. 棠棣：音 táng dì，《诗经·小雅·鹿鸣之什》：“棠棣之华，鄂不铧铧。凡今之人，莫如兄弟。”同“棣华”之意。这是一首申述兄弟应互相友爱的诗，后常用以指兄弟。

【赏析】

本诗选自卷十三，为两首五言律诗。作者家在高明县（今高明区）的澧川，不过在广州城北亦置有别业。当作者在广州的别业草堂建成之时，其兄区大枢带着子侄辈一起从澧川乘船来广州城道贺。作者开心之余赶快打扫庭院，引领兄长和侄子们在附近游玩。别业的景色优美，林园中到处盛开鲜艳的花朵，细小的竹子从台阶的缝隙中努力生长出来。对着玉兰花和盛开的丛丛鲜花，作者摆下家宴，与亲人高谈阔论。清爽的风吹过竹间，发出沙沙的声音，一切都是如此惬意。能有如此的闲适与舒畅的心情，都是因为和亲人在一起。作者体会着深厚的手足之情。无论是作者住在广州，还是宦游在外，心都系于家乡，系于澧川，系于亲人身上。

午日家园宴

水绿鸳鸯浦，花明菡萏津。浴兰归省客，撷艾命闺人。蒲泛金尊满，丝缠玉臂新。晚凉珠箔动，随步起芳尘。

【注释】

1. 鸳鸯浦：鸳鸯栖息的水滨，比喻美色荟萃之所。

2. 菡萏津：菡萏，音 hàn dàn，荷花的别称。津，渡水的地方。菡萏津，指开满荷花的渡口。

3. 浴兰：指浴兰节，即端午节。端午时值仲夏，是皮肤病多发季节，古人以兰草汤沐浴去污为俗，故端午节又称浴兰节。有些地区流行出嫁女儿于此日回娘家探亲的风俗，故又称女儿节。

4. 归省：指出嫁的女儿回娘家看望父母。唐代朱庆馀《送马秀才》云：“风尘归省日，江海寄家心。”

5. 撷艾：撷，音 xié，摘下，取下。艾，音 ài，指艾草，多年生草本植物，嫩叶可食，老叶制成绒，供针灸用。每至端午节之际，人们总是将艾置于家中以“避邪”。

6. 闺人:指妻子。

7. 蒲:指菖蒲。端午节时风俗,家家都洒扫庭除,以菖蒲、艾条插于门楣,悬于堂中。并用菖蒲、艾叶、榴花等制成花环、佩饰,妇人争相佩戴,用以驱瘴。

8. 丝缠玉臂新:端午节时,有些地方的风俗是在腕上缠上五色线以避邪。

9. 珠箔:即珠帘。

10. 芳尘:芳香之尘,多指女子之步履而起者。宋代贺铸《青玉案》云:"凌波不过横塘路,但目送,芳尘去。"

【赏析】

本诗选自卷十七,是一首五言律诗。本诗是区大相为数不多的展现自己与妻子日常生活的诗作之一,描写了端午节之时作者与妻子共同度过佳节的欢快情景。诗的开篇先写了妻子返家路上的美丽景色,小船划过碧绿的水面,惊起水边双宿双栖的鸳鸯,然后停靠在开满荷花的渡口。作者让妻子摘取大量的艾草,以便过节使用。傍晚时分,家中开设晚宴,妻子的手臂上缠绕着五彩丝线,身上佩带了菖蒲、艾草等缝制的荷包,用纤纤玉手端起装满美酒的杯子,和丈夫举杯共饮。夜晚临近,晚宴结束,天气也凉了下来。微风吹动珠帘,随着妻子轻巧的步伐,带起了一阵微薰的香风。整首诗流露出婉约、细腻的感情。作者对妻子返家的喜悦、夫妻对饮的温馨,尤其是作者对妻子的深深情意,都由字里行间渗透出来。

将有江门之行,维舟珠浦,家兄舍弟自灂川来会

朝来棠棣咏,恰与雁行期。海树寒烟断,江帆暮雨迟。昔人犹梦寐,吾道有埙篪。明发蘋洲上,应多访古思。

【注释】

1. 江门:地名,即今广东省江门市。

2. 维舟:指系船停泊。南朝梁何逊《与胡兴安夜别》:"居人行转轼,客子暂维舟。"

3. 珠浦:珠江边。

4. 雁行:音 yàn háng,原指排列飞行的雁的行列,借指兄弟并列。

5. 海树:又名石帆或黑珊瑚,有金黄、墨黑、赭红三种颜色,多半是渔民从海中打捞的,硬度比珊瑚差,价格也低得多。但海树性寒,耐火度高,色泽恒久,为造烟斗材料。

6. 昔人：前人、古人，从前的人。《管子·小匡》：“昔人之受命者，龙龟假，河出图，雒出书。”

7. 梦寐：音 mèng mèi，睡梦、梦中。此处比喻蒙昧的状态。

8. 吾道：指我的学说或主张。《论语·里仁》：“子曰：参乎！吾道一以贯之。”

9. 埙篪：埙，音 xūn，古时用土制成的乐器；篪，音 chí，古时用竹管制成的乐器。如埙、篪的乐音一般和谐。经常用来比喻兄弟和睦。《诗经·大雅·板》：“天之牖民，如埙如篪。”

10. 蘋洲：意即开满浮萍花的洲渚。

【赏析】

本诗选自卷十七，为一首五言律诗。作者即将去往江门，暂时将行船依靠在珠浦，早晨还在吟咏着《诗经》中的“棠棣”之句思念着自己的兄弟，如今就见到了兄长区大枢和弟弟区大伦，这令作者极为开心。兄弟相见，握手言欢之时，天已近晚。苍茫的暮色笼罩之下，远处的海面升起水烟隔断了海景。此时又淅淅沥沥下起了小雨，远处的小船从暮雨之中匆匆穿行而来。看到如此景色，作者感慨万端。前人浑浑噩噩地活了一辈子，但对于生活中最珍惜的应该是什么，仍是搞不明白。而我却清楚地知道自己最看重的是什么，就是如埙篪般和睦的兄弟手足之情。与兄弟相见之后仍是要有别离的，天明之后就要继续出行了。我的行船将从开满浮萍花的河岸出发，下面的任务就是应该多多寻访古人的遗迹，追思古之幽情了。

始兴江口别庆、儒、嘉诸侄

送棹逾千里，归流挟一航。功名当力勉，离别莫情伤。寒雨芸窗夕，春风玉树行。此时频忆汝，书札报行藏。

【注释】

1. 始兴：地名，今广东省韶关市下辖县，居浈江中游。作者在此与侄子们分别。

2. 归流：流入海的河流。

3. 挟：音 xié，此处为裹挟意。

4. 芸窗：指书斋。唐代萧项《赠翁承赞漆林书堂诗》：“却对芸窗勤苦处，举头全是锦为衣。”

【赏析】

此诗选自卷十七，为一首五言律诗，叙述了作者离开家乡，诸位侄子一直乘舟相送到始兴江口的情景。离开了亲人，离开了家乡，作者心中满满的眷恋和惜别，侄儿们也是如此。就是因为不舍长辈的远离，侄儿们一送再送，一直送到了离家千里之外的始兴江口。但送亲千里，终有一别。临别之时，作者不忘对侄儿们殷殷叮嘱：求取功名须励志勤勉，多载寒窗苦读终会有所回报，对离愁别绪你们也用不着为之伤情。而我时刻也会思念着亲人，思念着家乡，会随时写书信告诉亲人我的行踪，就不用太过担心了。

上元置酒苑西楼，同四兄、七弟对雪，瑞、历两儿侍

（一）

共道韶年乐未涯，更逢飞雪赏逾赊。随风著柳偏成絮，拂水霑梅并是花。谁言玉树非连干，况对银灯发九华。春来事事宜兄弟，岂但新词属谢家。

（二）

凤城行乐幸同欢，雪色年光上画阑。六出花前艳流火，百枝灯里薄生寒。莺迁上苑声犹涩，雁度平楼翅欲干。试问年来相忆处，瑶华共把醉中看。

【注释】

1. 上元：即上元节，亦称元宵节、元夕、小年或灯节，时间是每年农历正月十五，是农历新年后第一个月圆之夜，是祭月、赏月的日子，也象征春天的到来，是传统春节定义的最后一天。

2. 瑞、历两儿：指作者的儿子区怀瑞、区怀历。

3. 韶年：指美好的岁月。唐德宗《中和节日宴百僚赐诗》：“韶年启仲序，初吉谐良辰。”亦指青年时期。

4. 赊：长久。唐代韦应物《郡斋赠王卿》：“濩落人皆笑，幽独岁逾赊。”

5. 凤城：指代都城、京城。

6. 六出花：亦称“六出公”，雪花的别称。唐代宋之问《奉和春日玩雪应制》诗：“琼章定少千人和，银树长芳六出花。”

7. 百枝灯：有分枝的大型灯架，其形如树。五代王仁裕《开元天宝遗事》："韩国夫人置百枝灯树，高八十尺，竖之高山上，元夜点之，百里皆见，光明夺月色也。"

8. 上苑：指皇家的园林。

【赏析】

这是一组七言律诗，共两首，选自卷二十三。正月十五元宵佳节之时，兄弟三人在酒苑西楼设置筵席一起过节。能够欢聚一堂共度上元节，对经常天各一方、聚少离多的区家兄弟来说极为宝贵。参加这次晚筵的主要是区大枢、区大相、区大伦兄弟三人，区大相两个儿子名叫瑞、历的随侍在旁，做端茶倒水的服务工作。难得的兄弟们能在京城相聚，畅饮之余，兄弟们谈起了年轻时的趣事，大家言笑晏晏。窗内灯火通明，暖意融融，一片欢声笑语；窗外却是夜幕生寒，大雪纷飞。雪花粘在干枯的柳枝之上，状如飞絮；落在盛开的梅树枝条上，似乎开满了白色的梅花。这次节日之后春天就正式来临了，春天的来临预示着生机的勃发。这时连鸟儿都会迁到绿叶新发的园林中去，南飞的大雁也将返回北方。在这个万物生发的季节，兄弟之情会更加浓厚。而这次的相聚，留待将来回想时，将是多么幸福、令人珍惜啊。

寄侄

（一）

来日绮窗桂，开芳已满丛。如何攀折处，犹未达秋风。

（二）

阮家有贤叔，学孔更师庄。礼法容疏放，风流减少狂。

（三）

昔时赌墅客，今日竹林人。不待罗囊解，吾知小阮贫。

（四）

有客从南来，闻是尔相识。曾无一字书，安知我心忆。

【注释】

1. 绮窗：雕画花纹的窗户。唐代王维《杂诗》："君自故乡来，应知故乡事。来日绮窗前，寒梅著花未？"

2. 攀折：音 pān zhé，拉折，折取。南朝梁简文帝《折杨柳》诗："杨柳乱成丝，攀折上春时。"

3. 阮家有贤叔："竹林七贤"的阮籍与侄子阮咸住在家乡的路南，路南的人均非常贫穷。见前文"南阮"注。此处以阮籍和阮咸的关系喻自己与侄子的关系。

4. 疏放：指放纵、不受拘束。

5. 风流：指才华出众，不拘泥于礼教，放荡不羁。

6. 赌墅客：淝水之战时，谢安审时度势，缜密安排，将作战任务布置完毕后，于决战前夕，带着家人，陪着朋友，到离建康城很远的东山"围棋赌墅"，以此安定民心。

7. 竹林人：指竹林七贤，三国魏正始年间，嵇康、阮籍、山涛、向秀、刘伶、王戎及阮咸七人常聚在山阳县（今河南辉县、修武一带）竹林之下，肆意酣畅，世谓竹林七贤。此处比喻特立独行、不同于流俗仍坚守节操之人。

8. 小阮：诗人用阮籍之侄阮咸来代指自己的侄子。

【赏析】

这一组诗共四首，为五言绝句，选自卷二十六。对于家中子侄的成长，区大相寄予深深的厚望，这从之前的诗作中已可看出。在这首诗中作者更是直白地表达了对侄子的期许和思念。作者回想自己离家之时，窗前的桂花开得正艳，满丛的桂花就似初长成人、刚露头角的侄子，这时的他意气风发，尚不知世事艰难。身为叔父，区大相渴望的是自己能如同阮籍之于阮咸一样，将侄子培养成为安贫乐道却不同于流俗、有着高尚节操之人。即便一贫如洗，不以出仕为官、博取功名为目标，也能坚守自己的学问和节操，不随波逐流。近日听闻有一位客人自南方家乡而来，据说这个人还是你（侄子）的旧识。虽然之前我并没有书信寄回家乡，但是你们不知道，在我心中对你们的挂念始终没有减少。

北行江上，日望舍弟南归信息

（一）

自尔封书作逐臣，天涯消息望归人。不信江头芳草色，故园犹有棣华春。

（二）

莫怪春来会面稀，风尘从古事多违。君南我北皆流涕，出处何须问是非。

（三）

共道批鳞罪有余，主恩翻得守田庐。渔樵久定归来计，不待逢人更卜居。

（四）

得承严谴是恩波，去国还家思若何。莫道故园春事少，古来迁客岭南多。

【注释】

1. 舍弟：即区大伦。

2. 逐臣：被朝廷放逐的官吏。

3. 风尘：比喻世俗的纷扰、污浊。在此用来比喻仕途。《晋书·虞喜传》云："处静味道无风尘之志，高枕柴门，怡然自足。"

4. 流涕：指流泪。涕，古代一般指眼泪，用"泗"指鼻涕，如"涕泗交流"。后来"泪"代替了"涕"，"涕"代替了"泗"，"泗"一般不再使用。

5. 问是非：《列子》记载，春秋郑国一樵夫打死一头鹿，怕被别人看见，把它藏在无水的壕里，盖上蕉叶。但后来想去取鹿时，却记不起藏的地方了。于是他以为这是一场梦。这里讲的就是把真事看作梦幻，不必深究它是真的还是假的。

6. 批鳞：指敢于直言犯上。古人以龙比喻君主，传说龙喉下有逆鳞径尺，有触之，必怒而杀人。

7. 严谴：严厉的谴责。唐代宋之问《至端州驿见杜五审言沈三佺期阎五朝隐王二无竞题壁慨然成咏》："逐臣北地承严谴，谓到南中每相见。"

8. 迁客：指遭贬斥放逐之人。

【赏析】

本组诗共四首，选自卷二十七，为七言绝句。区大伦在任东明县知县之后曾调任云南御史之职，因上疏(奏章)劝谏明万历帝应亲自主持郊祭典礼，引致万历皇帝不高兴，被革职还乡。区大相听闻消息后极为担心，在向北而行的途中时刻盼望能得到弟弟区大伦的消息。他感慨自从听说弟弟递上劝谏的奏章，引得万历震怒、被放逐返乡之时，隔着千山万水就开始焦急地等待消息。在他心目中，即便没有皇帝的眷顾，手足之情也是永远支持兄弟们前行的动力。因为世事多艰，太多事情都不能随人所愿，所以大家能够见面的时间不多。现在听闻兄弟被贬斥，无论是南方的你还是尚在北方的我都流下眼泪。但就当这是一场梦幻吧。虽然有些人认为直言犯上被皇上怪罪罪有应得，但反过来想何尝不是一种恩典呢？能够返回家乡归守田园，这是大家渴望已久的事情，更何况我们之前早早就谋划过返回田园的幸福蓝图。虽然是被贬返乡，但这一切设想都能真正实现了。所以不要因革职还乡而难过，要知道从古到今，被朝廷贬斥放逐到岭南的人多着呢，毕竟这次是返回家乡而已。

二、乡情

思归引

惜别奈远别，思归犹未归。近来容鬓改，应为信音稀。

【注释】

1. 思归：思念自己的故乡，渴望回到故乡。汉代张衡《思玄赋》："悲离居之劳心兮，情悁悁而思归。"

2. 引：一种文体，原指乐曲体裁之一，有序奏之意。

3. 容鬓：容颜鬓发。唐代杜甫《早花》诗："直苦风尘暗，谁忧容鬓催。"此处暗指容颜变得苍老。

4. 信音：即音信，指消息或往来的信件。

【赏析】

这是一首乐府杂体诗，选自卷三。本诗叙写的是作者思乡之情。对作者来说，最不愿意面对的就是与亲人的惜别，但最让他感到无奈的事却是不得不一次又一次地面对与亲人的别离。人生自古伤别离！离家之后，思乡之情一直都萦绕在心间从未间断，可事不如人愿，越是惜别离却越会因为远别而无奈；越是思归故乡却越是难以返回故乡，这是怎样的一种折磨和煎熬啊！近来发现自己的容颜苍老得厉害，仔细一思量，原来是因为收到家书的次数少了。

归灃川作

平畴秀嘉卉，高堰递细涓。烟火桑柘外，渔钓竹林边。萝径绝洒扫，风蹬乍攀援。云霞薄樵岭，花木明灃川。插槿护颓墉，激涧泻鸣弦。夕圃摇佳蕙，遥林生晚烟。田父四五辈，问讯丘中缘。壶觞有深趣，兼无章绶牵。抱瓮钦丈人，岩耕俪昔贤。兹水洵乐矣，吾归将老焉。

【注释】

1. 平畴：指广袤的原野。

2. 嘉卉：美好的花草树木。《诗经·小雅·四月》："山有嘉卉，侯栗侯梅。"

3. 堰：拦河蓄水的大坝。

4. 桑柘：音 sāng zhè，桑木与柘木。

5. 槿：音 jǐn，一种落叶灌木或小乔木，叶卵形互生，花钟形，单生，通常有红、白、紫等颜色，朝开暮闭，栽培供观赏，兼作绿篱。茎的纤维可造纸或做蓑衣，花和种子可入药。

6. 颓墉：崩塌的城墙，败垣。唐代李百药《秋晚登古城》诗："颓墉寒雀集，荒堞晚乌惊。"

7. 问讯：原指询问或打听，此处指问候，即彼此见礼问候。

8. 章绶：一般指官印和系印的丝带，亦泛指官印。这里指代职任。

9. "抱瓮"句：春秋时期，孔子的高徒子贡南游楚国，一日途经汉阴，见一老者抱着土罐子打水浇菜地。见多识广的子贡便向老者介绍一种名叫"桔槔"的机械，告诉他此"桔槔"后重前轻，能俯能仰，打水又快又省力，劝其一试。没想到老者愤然作色，表示宁愿永远抱着罐子浇水也不用这种机械。因为有了机械必有机巧之事，有了机巧之事必有机巧之心，有了机巧之心，人心就不纯正，道德就会被破坏。抱瓮老人所以不愿使用。

10. 岩耕：耕种于山中，亦借指隐居。

11. 俪：音 lì，相并、对偶、并列之意。

12. 昔贤：从前的贤能之人。

13. 洵：音 xún，诚然，实在。

【赏析】

这是一首五言诗，选自卷四。作者自外返回家乡灃川，美丽的景色令作者唏嘘不已。广袤的田野上长满了美好的花草树木，涓涓细流淌过高高的堰渠，桑柘掩映之处炊烟升起，在竹林边还有钓叟垂钓。长满绿萝的小径无人打扫，藤蔓遍地。晚风吹拂，攀登岩石而上。云霞笼罩之下，远处西樵山的山峰在薄雾中变得模糊不清，可近处却是鲜花盛开，明艳之极。倾颓的石垣被开着花的木槿树遮盖，冲击而下的激流泻入山涧之中仿佛是弹唱的琴声。夕阳西下，微风吹动苗圃中盛开的花朵，远处的树林里弥漫出如烟雾般的暮色。结束田中耕作归家的乡亲遇到后互相问候打着招呼。这是多么安静、美丽的田园景色啊。没有了官职的牵绊，在这种环境里读书饮酒，将是多么惬意之事。在这里隐居，尤其能够培养一颗纯朴、正直之心。这里将来就是我的养老之处了。

初归故园

（一）

祗役在淮都，事已返旧疆。旧疆八千里，乡路杳何长。清晨至里门，车徒不敢张。邻里闻我至，老稚走相望。亲族闻我至，斗酒各自将。劳慰未云毕，仓卒叙炎凉。问我何官爵，谬登著作郎。问我何职业，石渠典秘藏。问我何所就，低首不能昂。去家事明主，遭世本虞唐。出入金闺里，昕夕铜龙傍。优游文墨职，咫尺独靡遑。兹辰承嘉命，持节还故乡。故乡多密亲，谁存复谁亡。存者咸会斯，亡已归山冈。寄言宦游子，故乡安可忘。

（二）

八载去乡国，今晨始得归。捷步入外闾，慷慨登中闱。既旷家园聚，转念骨肉稀。忆我骨肉亲，泪下如绠縻。宗族少前辈，邻里半成非。一出已如此，再出安可期。驱车问丘垄，松柏十数围。兔走思旧穴，鸟还栖故枝。他乡勿久滞，书此报京畿。

（三）

游客久念还，道长苦难越。解缆当麦秋，到家已菊月。玉露凝寒条，金风飘素节。兴言行役久，坐叹时芳歇。四兄感今归，子侄追昔别。置酒高堂上，丝竹清音发。仕宦未极意，符瑞辉闾阀。开轩望场稼，次第桑麻说。击鲜绿沼中，时菊承露掇。自我去八载，积念隔凉热。欣兹返衡茅，节物复可悦。暂息朝市喧，

终养丘园拙。

【注释】

1. 祗役：音 zhī yì，奉命任职。南朝宋谢灵运《邻里相送方山》诗：“祗役出皇邑，相期憩瓯越。”此处指区大相奉命使淮，观礼淮藩册封之礼。

2. 旧疆：代指作者的家乡。

3. 杳：音 yǎo，无影无声，亦有幽暗之意。

4. 里门：闾里的门，古代同里的人家聚居一处，设有里门；亦用来指称乡里。

5. 车徒：指车马和仆从。

6. 将：音 qiāng，有请之意，这里形容乡邻劝酒的情景。李白有《将进酒》之诗，原是汉乐府短箫铙歌的曲调，意译即“劝酒歌”。

7. 谬登：错误地登上，自谦之词，亦指无才德而升迁。

8. 著作郎：官名。后汉末始置，属中书省，为编修国史之任。

9. “石渠”句：石渠，即石渠阁，是西汉皇室藏书之处，在长安未央宫殿北。这里代指作者的工作性质是掌管国家的文章典籍。

10. 金闺：指金马门，亦代指朝廷。

11. 昕夕：音 xīn xī，朝暮，谓终日。

12. 铜龙：此处指笔架、笔套之类文具。

13. 虞唐：指舜帝和尧帝。舜帝，姓有虞氏，故称虞舜；尧帝，因封于唐，故称“唐尧”。这两人都是上古时期的明君，在此代指所处之世恰逢明君。

14. 靡遑：音 mí huáng，亦作“靡皇”，谓不安宁。

15. 持节：古代使臣奉命出行，必执符节以为凭证。

16. 外闾：音 wài lǘ，指里巷的大门。

17. 中闺：指内室，闺房。

18. 绠縻：音 gěng mí，喻雨水泻注貌。

19. 解缆：解去系船的缆绳，指开船，这里指出发。

20. 菊月：农历九月是菊花开放的时期，因称九月为“菊月”。

21. 符瑞：吉祥的征兆，多指帝王受命的征兆。

22. 闾阀：闾，音 lǘ，原指里巷的大门，后指人聚居处。阀，音 fá，古代指有权势的家庭。

23. 掇：音 duō，拾取，摘取。

24. 积念：犹积思，刻骨相思。

25. 衡茅：茅屋，指简陋的居室。

26. 节物：作为，行事。此处指各个季节的风物景色。

27. 朝市：朝廷和市集，此处泛指名利之场。

28. 丘园：指家园，乡村。

【赏析】

本组诗共三首，为五言古诗，选自卷六。诗中描述了作者返回家乡的激动心情以及与乡亲久别重逢的欣喜，娓娓如话家常，语言平实，真挚感人。趁着外出公干之机，作者在阔别家园八年之后返回家乡，作者用简明直白的话语描写了亲友见到自己返乡时的热闹情景。亲族的设宴接风，族人对作者从事职业、官职的询问，作者的回复以及自谦的表情，均通过诗句一一传达给了读者。感受着浓浓的乡情，作者感慨万端。外出多年后，故乡已是物是人非，宗族中的长辈不少已经过世，邻里之人许多也都不认识了。这次返乡结束回到京城，不知又要多久才能再次返回家乡，那时又将是何种局面呢？好在还有浓浓的亲情温暖着自己，有兄弟、子侄为作者设宴洗尘，面对着院中美丽的景色述说着田园琐事。这一切是那么的温馨，这种感觉对外出的宦游之子来说是多么的可贵啊。

使归羊城柬亲友

（一）

移家二十载，亲友半羊城。小子复朴鄙，相逢意多倾。忆昨去京国，寤寐隔衷诚。寄书万里远，一岁案常盈。英英群秀士，皤皤诸老成。处迩不忘遐，久要若平生。感兹携手好，契我同归情。烟霞恋旧赏，泉石追前盟。谁能久离索，而不怀合并。

（二）

昔我远行役，相送江之湄。今我远来归，相迎郊之圻。念此经时别，感彼旧颜移。言笑方未已，涕泪忽沾衣。短短百年内，安得常乖离。今会已非昔，后会复殊兹。愿言共携手，永践寒岁期。

（三）

弥策归海上，兴言问亲故。昔别今几存，旧恨当谁诉。扰扰百年间，四十已虚度。佳期在早岁，多为名所误。鲁客之楚游，及归迷津路。越人学邯郸，还遂失其步。鼷量倘已盈，蚊力将何负。未若还故吾，且履贫贱素。

【注释】

1. 柬：音 jiǎn，信件、名片、帖子等的泛称，这里用作动词。

2. 朴鄙：质朴鄙野，有时用为谦辞。《庄子 · 渔父》："孔子伏轼而叹曰：'甚矣，由之难化也，湛于礼义有间矣，而朴鄙之心至今未去。'"

3. 寤寐：音 wù mèi，意思是醒和睡，指日夜，引申为日夜思念、渴望。

4. 英英：形容俊美而有才华。

5. 皤皤：音 pó pó，头发白的样子。《史记 · 秦本纪》："古之人谋黄发皤皤，则无所过。"

6. 迩：音 ěr，意为距离近，与"遐"反义。

7. 寒岁：寒冷的岁月。唐代白居易《村居卧病》诗之三："葺庐备阴雨，补褐防寒岁。"

8. 离索：指独居或形容萧瑟之相。

9. 圻：音 qí，原意是地的边长，引申为疆界、地域。

10. 乖离：音 guāi lí，抵触、背离，此处指离别、分离。

11. "越人"两句：指"邯郸学步"的故事。《庄子 · 秋水》说，一个燕国人到赵国国都邯郸，学邯郸人走路，不仅没有学会邯郸人走路，反而把自己原来走路的方法也忘了，最后只好爬回了燕国。

12. 鼷：音 xī，一种小老鼠，亦称"耳鼠"；一说就是小家鼠。

13. 盈：满的意思。

14. 蚊力：即蚊力负山，以蚊虫的力量能背山。比喻力虽小却身负重任。《庄子 · 应帝王》云："其与治天下也，犹涉海凿河，而使蚊负山也。"

15. 故吾：过去的我。《庄子 · 田子方》云："虽忘乎故吾，吾有不忘者存。"西晋郭象注："虽忘故吾而新吾已至，未始非我，我何患焉？"

【赏析】

本组诗选自卷六，为三首五言诗。作者的家乡在澧川，但很早就在省城广州城内置办了产业,定居已有二十余年。区氏家族中的亲友也有不少人在广州居住。这次趁着出使公干的机会,回到广州见到了亲友。回想起离家的这些年,作者只能在睡梦中回到家乡。为了缓解思乡之情,于是频繁地通过书信来传递自己对家乡的思念,以至于家书堆满书案。记得当初远行时,大家在江边依依相送,如今回到家,又承蒙大家远远地到郊外迎接。昔日的青年才俊多年之后已经变成了老成干练之人。回忆着眼前之人旧时的容颜,说着说着眼泪不由得流了下来。如今我已四十开外了,转瞬即逝的人生百年,如何经得起游子的独自漂泊和与亲人的长久别离呢?这次相见之后,与大家再次见面也不知能在何年何月。在外的奔波、宦海的浮尘都是为名所累啊!这与人生短短的百年光阴相比,显得太微不足道了。而我这微薄之力又能于世何补呢?不如返回家园,和亲朋们把酒言欢,过着甘于贫贱却内心平静满足的生活。

澑川花树歌

正月二月春风微,澑东澑西花乱飞。着水才冲青雀舫,因风复上白鸥矶。此日一杯人易老,他时千树春能好。总令游子步常迟,更虑行人归不早。飞花往往别前轻,白发年年离处生。芳草但知萦去骑,绿杨何用送流莺。

【注释】

1. 青雀舫:称船首画有青雀之舟为“青雀舫”,泛指华贵游船。
2. 矶:指水边突出的岩石或石滩。

【赏析】

这是一首七言诗,选自卷十。一年之计在于春,正月和二月正是一年中春光由浓转艳之时,尤其是作者的家乡澑川,此时的风景更是怡人。含着香气的春风微微吹拂在脸上。江边的花树都开放了,凋谢的花瓣随着风儿四处乱飞,有的落到了水里,被水裹挟着冲向游船,有的被风吹上栖满白鸥的石滩。美丽的景色总让人流连忘返,尤其让游子们梦寐相思。回想离家之时,落花在身前飞舞,送行的人与游子依依惜别。随着远去的人骑着马消失在芳草之外,流莺婉转的叫声也隐没于绿杨之中,只给分别的人留下深深的惆怅。惜别的情景似乎还在眼前,但时光已经流逝,不知不觉中丝丝白发爬上了鬓角。在这美丽的春日中,举杯赏花最容易让人沉醉,估计等到千树鲜花共同绽放之时景色会更加美丽吧。

人日怀故园

人日登楼望岁华，可怜久客独思家。南中尽道花如锦，北地才看锦作花。非关帝里春光少，但惜故园春事早。借问花开桃李蹊，何如雪满关山道。此日登高且放杯，谁家吹笛上春台。未报楼前折新柳，已闻江上落残梅。

【注释】

1. 人日：指每年正月初七，亦称“人胜节”“人庆节”“人口日”“人七日”等。古代人日有戴“人胜”的习俗，从晋朝开始有剪彩为花、剪彩为人或镂金箔为人来贴屏风，也戴在头上。此外还有登高赋诗的习俗。

2. 岁华：时光，年华，亦指岁时。

3. 帝里：犹言帝都、京都。《晋书 · 王导传》云：“建康，古之金陵，旧为帝里，又孙仲谋、刘玄德俱言王者之宅。”

4. 蹊：音 qī 或 xī，小路。谚曰：“桃李不言，下自成蹊。”

5. 折新柳：古人有折柳送别之俗。

【赏析】

此诗是一首七言诗，选自卷十。作者在早春之时思念家乡，将此时温润的南方与寒冷的帝都景色两相比较，以衬托其怀乡之情。正月时节已正式进入了第二年的春天，虽然天气依然寒冷，但代表着冬天已经过去，春天很快就会来了。作者在人日这天登高怀远，不由得思念起了家乡。都说南国如今已是繁花似锦，但北方仍然是天寒地冻，只能将锦缎当作花来欣赏。其实这也并不怪帝京里春光太少，实在是因为故乡岭南的春天来得太早了。开满鲜花的小路与白雪皑皑的关山之道，哪一个景色会更宜人呢？正在作者魂思飘渺之时，突然听到春日的高楼上响起了悠扬的笛声。如今北地的杨柳还未发芽，折柳送别之曲未及吹响，南方却要吹起落梅之风了。

将至故园志喜

自予出京国，迢递望山阿。客路厌风水，丘园寄薜萝。枫林青岸合，桂浦白云多。试问长堤草，年年奈别何。

【注释】

1. 迢递：遥远的样子。三国魏嵇康《琴赋》："指苍梧之迢递，临回江之威夷。"

2. 山阿：音 shān ē，山丘，小的丘陵。晋代陶潜《挽歌》："死去何所道，托体同山阿。"

3. 客路：指旅途。唐代戴叔伦《江干》诗："予生何濩落，客路转辛勤。杨柳牵愁思，和春上翠裙。"

4. 薜萝：音 bì luó，薜荔和女萝皆为野生植物，常攀缘于山野林木或屋壁之上。《楚辞·九歌·山鬼》："若有人兮山之阿，被薜荔兮带女萝。"

5. 青岸：草木繁茂的堤岸。《魏书·袁翻传》："下对兮碧沙，上睹兮青岸。"

6. 浦：音 pǔ，水边或河流入海的地区。

【赏析】

这是一首五言律诗，选自卷十一。自从出了京城，作者就急切地眺望南方遥远的群山。想着马上就要回到魂牵梦绕的故乡，作者忍不住从内心欣喜起来，恨不得插上南飞的翅膀。旅途之中最讨厌的就是风雨天气，家园中的藤萝牵扯着自己的思乡之情。在船上远远地往江边望去，岸边的枫树和遍布青草的堤岸似乎成了一体，白云好像在长满桂树的河浦中来回地穿梭。这些景色引起作者的一阵惆怅，年年长堤上新发的青草，如何才能留住远行之人的脚步？返家固然喜悦，可是离家的怅惘又有谁能体会呢？

花朝忆故园

故里花开日，壶觞特地忙。朝携东郭饮，暮宴西家庄。常恐人事累，兼愁风雨妨。如何系簪绂，端坐阅时芳。

【注释】

1. 花朝：即花朝节，农历二月十二日为花朝节，因古时有"花王掌管人间生育"之说，故又是生殖崇拜的节日。其风俗多是郊游雅宴，参加者多是骚人墨客，有时也有亲朋好友，在观景赏花中饮酒赋诗。自北宋始又增加了种花、栽树、挑菜（采摘野菜）祭神等风俗。

2. 故里：旧时的门巷故居，借指故乡、老家。唐代李中《送人南游》云："早思归故里，华发等闲生。”

3. 壶觞:音 hú shāng,指酒器。晋代陶潜《归去来辞》云:“引壶觞以自酌,眄庭柯以怡颜。”

4. 东郭:郭,在城的外围加筑的一道城墙,即外城,以前内城叫城,外城叫郭。东郭即指东边的外城。

5. 人事:指人世间的事,又指人情事理。

6. 簪绂:音 zān fú,冠簪和缨带,古代官员服饰,亦用以喻显贵仕宦。唐代李颀《裴尹东溪别业》诗:“始知物外情,簪绂同刍狗。”

【赏析】

这是一首五言律诗,选自卷十二。万物生发的春天又来到了,花朝节之时,帝都的春天也一片繁锦,到处花开。遥想故乡的春天应该更加景色宜人,人们肯定都在约亲唤友,共同外出郊游、赏花、饮宴。在这个时节,肯定到处是一片繁忙的景象。白天,人们带着酒到东边的城郭去郊游;晚上,又得去西边的田庄饮宴。每个人脸上的笑颜都灿如春花。而我却常担忧自己总被人情世故和政务所累,又被世间的风风雨雨妨碍心情,何时才能做到官务缠身之时,也能安心地端坐下来欣赏这怡人的春景呢?估计只有等到真正脱离宦海、去职返乡的时候了吧。

早春送乡人南还

京华七日酒,岭树百重春。终朝念乡土,是日送交亲。嗟予久为客,因子访比邻。溪上一茅宇,山南松桂新。

【注释】

1. 京华:京城之美称。因京城是文物、人才汇集之地,故称为京华。
2. 交亲:谓相互亲近,友好交往。这里指亲戚朋友。
3. 嗟:音 jiē,最初一般为叹词,表示忧虑,此处形容感叹的声音。
4. 比邻:指近邻,街坊。
5. 宇:屋檐,泛指房屋。

【赏析】

这是一首五言律诗,选自卷十三。早春时节,作者的乡亲马上就要南还返回故乡了，作者在早春时节举行宴饮为其送行。此时的京城万物还没有完全复苏，可岭南应该已经万物生发，树木青绿繁盛，春光正艳吧。一年到头都剪不断自己的思乡之情，可如今又要送别自己亲近的乡邻。作者感叹自己远离家园，身在异乡，客居外地。由于同乡友人的来到，使得自己的乡愁更加浓厚。只好通过多次的拜访聊天，闲话家乡趣事，听闻乡亲的消息来舒缓自己对家乡的强烈思念。只能拜托这位乡亲回到家乡之后帮我去探访一下溪水之上的那座茅屋，看看山南边的松桂是否又发了新芽呢？

重至濠上旧居

（一）

濠西一亩宅，伊昔下帷余。壁暗曾题字，园荒旧读书。闲禽歌后院，流水绕前除。旧识邻家叟，无惊驷马车。

（二）

树回通委巷，花发识前津。昔去荒三径，今来访四邻。庭闲侵履藓，架掩积书尘。旧种墙东竹，年年待主人。

【注释】

1. 濠上：指广州城内的清水濠河流。这里有区大相在广州置的别业。

2. 伊昔：从前。

3. 下帷：放下室内悬挂的帷幕，指教书，引申指闭门苦读。

4. 前除：屋前台阶。唐代王勃《观佛迹寺》诗："颓华临曲蹬，倾影赴前除。"

5. 驷马：指显贵者所乘的驾四匹马的高车，表示地位显赫。唐代许浑《将赴京师留题孙处士山居》诗之一："应学相如志，终须驷马回。"

6. 委巷：指僻陋曲折的小巷。

7. 三径：汉代赵岐《三辅决录》云：蒋诩归乡里，荆棘塞门，舍中有三径，不出，唯求仲、羊仲从之游。后因以"三径"指归隐者的家园。

【赏析】

这是两首五言律诗，选自卷十三。濠涌西堤那一亩见方的宅邸，是作者在广州的旧宅，那是以前作者的闭门读书之所。多年之后作者再次回到这里寻找往日的足迹，重温以前的苦读岁月。路边盛开着各种颜色的花朵，树木葱茏，但循着记忆中的路径，作者还是能在绿荫的掩映中准确地认出小巷的道路。进入旧宅之中，触目荒凉，苔藓长到了台阶上，墙边的角落里还留有自己往昔的题字，书架上也积满灰尘。只有闲散的禽鸟在后院中鸣叫，汩汩的流水在屋前绕着台阶缓缓流过。听闻车马之声，邻家的老大爷惊讶地出来观看，于是干脆趁机拜访了久未谋面的邻居。一切既熟悉却又显得那么陌生，或许只有以前种在墙边的绿竹，依旧执着地等待主人的再次回归吧。

得故园亲友书

故园书札至，未读已伤神。乡国离三月，亲知少两人。红颜因别减，白发伴愁新。待到归田舍，衰翁几个邻。

【注释】

1. 伤神：过度耗费精神，这里指伤心。

2. 乡国：故国，这里指家乡。

3. 亲知：亲戚朋友。南朝齐谢朓《和王著作八公山》云："浩荡别亲知，连翩戒征轴。"

【赏析】

这是一首五言律诗，选自卷十三。在离家三个月之后，作者收到了从故乡寄来的家书。但是未曾展开书信作者就已经伤心不已。这不是一封令人开心的信，相反，上面的消息令人沉痛。令作者没想到的是，刚刚离家才三个来月，亲戚朋友中就有两个人过世了。离别后的思念令人憔悴苍老了许多，丝丝白发更伴着人的愁绪是越长越多。作者感慨时光的流逝和人事的更替，估计等到自己再次返回家乡之时，已是衰朽不堪的老翁一个，而熟识自己的乡邻还能见到几人呢？

忆故园梅

（一）

家住越江津，梅开向水滨。可怜花是雪，况对玉为人。北地风光晚，南天物

候新。无因逢驿使，肠断故园春。

（二）

看雪上燕台，皆言雪似梅。不知珠浦树，正傍玉楼开。素艳池边出，孤芳月下来。此时闻朔管，乡思若为裁。

【注释】

1. 水滨：靠近水的场所，岸边。

2. 物候：主要指动植物的生长、发育、活动规律与非生物的变化对节候的反应。

3. 驿使：传递公文、书信的人。《后汉书·东平宪王苍传》："自是朝廷每有疑政，辄驿使谘问。"

4. 燕台：指战国时燕昭王所筑的黄金台，故址在今河北省易县东南。相传燕昭王筑台以招纳天下贤士，故也称贤士台、招贤台。亦代指冀北一带。

5. 朔管：指羌笛。亦泛指北方地区流行的管乐器。

【赏析】

这是两首五言律诗，选自卷十四。北方的春天来得比较迟，作者站在燕台之上观赏北地的雪景，同行赏雪的人都说飘飞的雪花好似凋落的梅花。可是作者此时的思绪已经飘回到远在千里之外的岭南。而作者的家就住在江畔，春日时节，雪白的梅花在江边绽放。微风吹过，飘落的梅花让人疑似雪花飞舞，恰与眼前北地的天寒地冻之景相反。遥想此时的南方应该触目满眼苍翠，各种植物欣欣向荣，珠江水畔的梅花应该开得正艳吧，在高阁之旁斜逸而出，在碧水池畔随风摇曳。白日过去，淡淡的月华像轻纱一样蒙在盛开的梅花之上，暗香阵阵袭来，令人陶醉。那种美景不是如今寒冷的北地之景所能比拟的。恰在这时，耳边又响起苍凉的羌笛之声。回想起故园春天那美丽的景色，不由得愁肠寸断，倒不是因为恰好遇到驿使才会兴起这浓烈的思乡之情。

湘南旅思

客行犹未已，乡思苦无悰。棹倚啼猿岸，书停回雁峰。江声寒水落，松色晚烟浓。明发南征路，关山尚几重。

【注释】

1. 无悰:悰,音 cóng,欢乐。《汉书·广陵厉王刘胥传》:“何用为乐心所喜,出入无悰为乐亟。”

2. 回雁峰:在湖南衡阳城南,亦称烟雨山,为南岳七十二峰之首。相传北雁南来,不再向南飞过这座山峰,待春汛到衡阳,转而往北飞回,所以叫回雁峰。

3. 关山:关隘山岭。《乐府诗集·横吹曲辞五·木兰诗一》:“万里赴戎机,关山度若飞。”

【赏析】

这是一首五言律诗,选自卷十六。作者外出公干,来到湖南南部地区的江岸边略作休息。想着自己的行程还很长,可是这里离家乡已经很近了,思乡之情愈加浓厚。为了休整,作者乘坐的行船依靠在了水岸边,耳边能清晰地听到附近阵阵猿啼之声。旁边就是回雁峰了,据说北雁南来也就是到这里就不再往南飞,只是静等春天的再次来临,它们才会返回北方的家园。傍晚时分,江面上往来舟楫的喧闹声仿佛都没入寒冷的江水之中,岸边的松柏在暮色烟霭中变得阴暗不清。观赏着江上的暮色,思乡的人却更加惆怅。明天早晨南行的航船就要继续起程了,可是离家的路途依然遥远,还需要绕过多少重关山呢?

晚步灞川

旧业青山下,长谣绿水边。近村逢浣石,远树起炊烟。竹密藏樵路,芦疏泊钓船。谁知谷口者,名在汉庭前。

【注释】

1. 旧业:此处指区大相家原有的产业、家业,即位于灞川的。

2. 长谣:指放声高歌。

3. 浣石:浣,音 huàn,浣石指洗衣服的石头。

【赏析】

这是一首五言律诗,选自卷十七。长时间在外为官,难得有时间返回家园在家乡小住。作者住在瀍川山脚下的原有家宅之内，在一个夕阳下的黄昏，随意走出家门到外面散步。开阔的景色使人的心情也豁然开朗起来，作者雅兴大发，在绿水边放声吟咏。近处的溪水潺潺绕过村妇们平常洗衣用的大石，远处树下的宅院中升起阵阵炊烟。路旁的竹子生长得繁盛茂密，但仔细观察却能发现密密麻麻的竹子中间隐藏着一条砍柴人走出的小路。岸边的芦苇也有些稀疏了，这正好便于人们将垂钓的小船停靠在那里。看着美丽的乡村暮景，作者心中充满了满足之感，作者甚至还感慨地想：有谁能猜到站在谷口的我，还是一位在朝中为官的大员呢？

日暮旅怀

竹日幽幽暮，松云靡靡阴。寒螀多傍水，夕鸟未归林。岸势冲烟断，江流带雪深。寄书南下雁，传语故山心。

【注释】

1. 幽幽：形容寂静、深远之貌。
2. 靡靡：形容富丽貌。
3. 松云：青松白云，指隐居之境。《南史·隐逸传》："性同鳞羽，爱止山壑，眷恋松云，轻迷人路。"
4. 寒螀：音 hán jiāng，即寒蝉，借指深秋的鸣虫。又有水鸟一说。

【赏析】

这是一首五言律诗，选自卷十七。在旅途中的傍晚，夕阳映照下的竹林，因为茂密的缘故阳光很难透射过来，这让本来就幽暗、深远的竹林显得更加寂静。漫步在浓荫蔽日的松林中，仰望天空，感觉好像连空中的云彩都显得阴暗了。深秋的鸣虫好像特别爱靠近水边鸣唱，夕阳西下，晚归的鸟儿展开翅膀急急忙忙向巢中飞去。河岸转折向上，隐入了江面腾起的烟雾之中；江水奔腾而下，溅起的水花像一堆堆的白雪。偶然间，抬起头正好看到一群正在寻找栖息之地的南飞大雁飞过深涧，突然想起是不是可以托大雁把我的思乡之情带回去呢？传话给故乡的山山水水，告诉它们，远游的我思念故乡的心情始终如一。

怀西樵

溪上茅堂昼掩扉，松门咫尺往来稀。秋林响处归鸾鹤，春雨生时长蕨薇。樵

径定穿云里入，泉声应向竹间飞。不知空外茶烟起，若个人家住翠微。

【注释】

1. 西樵：即今广东省佛山市南海西樵山，与作者家乡隔江相望，古今均为风景名胜区。

2. 掩扉：扉，本义为门扇，引申义为屋舍。掩扉就是半掩着门的意思。

3. 松门：谓以松为门，或前植松树的屋门。唐代王勃《游梵宇三觉寺》诗："萝幌栖禅影，松门听梵音。"

4. 咫尺：音 zhǐ chǐ，周制八寸为咫，十寸为尺，谓接近或刚满一尺，形容距离近。

5. 鸾鹤：亦作"鸾鶴"，指鸾与鹤，相传为仙人所乘。

6. 蕨薇：音 jué wēi，蕨与薇，均为山菜，每连用之以指代野蔬。

7. 空外：野外，天外。唐太宗《大唐三藏圣教序》："积雪晨飞，途间失地；惊沙夕起，空外迷天。"

8. 翠微：泛指青山，也用以形容山光水色青翠缥缈，这里指青翠掩映的山腰幽深处。

【赏析】

这是一首七言律诗，选自卷二十四。作者描写西樵山的诗篇较多，应是经常赴西樵游历的缘故，故西樵山也给作者留下了不可磨灭的印象。这首诗中便描写了作者记忆中西樵节令的变化、景色的优美，展现给读者一幅动静结合的优美画卷。溪水之上的茅屋轻掩门扉，门前种植着亭亭郁郁的松树。春天之时，雨水无声地浸润万物，各种野菜在春雨中竟相抽芽，舒展开嫩绿的叶子；秋天来时，安静的树林中一片金黄，突然树木簌簌响起，原来是归巢的鸾鹤飞了回来。采樵人走出的小径隔远望去，仿佛插入云中，泉水叮咚，在竹林间流淌。山中不知何处又升起了炊烟，究竟是谁住在那青翠掩映的山谷深处呢？

闻 雁

（一）

凉风昨夜至，羁思日纷纷。飒飒阶叶下，萧萧边雁闻。

（二）

几日辞边渚，何时度岭云。凤城秋月夜，一半为离群。

【注释】

1. 羁思：羁旅之思。南朝宋鲍照《绍古辞》之三："纷纷羁思盈，慊慊夜弦促。"

2. 飒飒：音 sà sà，形容风吹动树木枝叶等的声音。

3. 萧萧：音 xiāo xiāo，意为冷落，没有生气的样子；此外，又有头发花白稀疏等意；此处是象声词，形容马叫声、风声或大雁的鸣叫声。

4. 渚：音 zhǔ，水边，又指水中的小块陆地。

【赏析】

这一组诗是两首五言绝句，选自卷二十六。宦游在外的游子往往比较敏感，心中的思乡之情经常不经意间就会被触动。手边的一个物件，眼前的一片风景，等等，随意的一样东西瞬时都可能勾起游子的思乡情结，仿佛又回到了朝思暮想的家乡。就这样，游子在外漂泊了一年又一年。转眼间秋天又到了，天凉了下来，飒飒的秋风卷起台阶下的落叶，在眼前飞舞徘徊；仰头看向天空，恰逢南飞过冬的大雁飞过，悲凉的鸣叫声在耳边响起。也不知道它们需要飞多久才能离开北地，度过五岭到达温暖的南方呢？站在凤城清冷的秋月之下，听闻雁鸣声渐渐远去，突然觉得自己离开家乡、离开亲人，不就像一只离群的孤雁吗？

江南归思

千里蒹葭抹夕岚，几群鸿雁度澄潭。砧声忽送关山月，一夜归心向岭南。

【注释】

1. 蒹葭：音 jiān jiā，蒹葭是一种植物，指芦荻、芦苇。蒹，指没有长穗的芦苇。葭，指初生的芦苇。

2. 夕岚：岚，音 lán，山间的雾气。夕岚指傍晚山林中的雾气。唐代王维《崔濮阳兄季重前山兴》诗："残雨斜日照，夕岚飞鸟还。"

3. 砧声：砧，音 zhēn，砧声指捣衣声。唐代李颀《送魏万之京》诗："关城曙色催寒近，御苑砧声向晚多。”

【赏析】

这是一首七言绝句，选自卷二十七。乡愁是一个永恒的话题，无论走到哪里，外出漂泊多远，游子的思乡之情只会越来越浓，任何成就都无法冲淡一个人对家乡和亲人的思念。作者在诗句中传达的就是这样一种感情。一望无际的芦苇茂盛繁密，在夕阳晚烟的笼罩之下，高空中，几群鸿雁飞过了澄潭。天黑了下来，一轮明月初上，照耀着北地的城关。不知哪里突然响起了捣衣的砧声，在静谧的夜色中传了很远。伴随着衣槌轻轻敲打砧石的洗衣声，诗人进入了梦乡，恍惚中好像回到了日夜思念的故乡岭南。

望乡书

春月春花伴客居，乡愁乡恨几时除。登楼望尽南回雁，不得南中锦字书。

【注释】

1. 望乡：遥望故乡，亦借指思乡。
2. 春月：指春季。
3. 锦字书：前秦时，秦州刺史窦滔被苻坚流放到流沙县，夫妻天各一方，其妻苏蕙特地在一块锦缎上绣了八百四十一字，纵横各二十九字，可任意读，能读出三千多首诗，表达对丈夫的思念之情。后多用以指妻子给丈夫表达思念之情的书信，有时也指丈夫写给妻子的情书。

【赏析】

这是一首七言绝句，选自卷二十七，语言短小精炼，通俗易懂，是一首思念家乡和亲人的诗作。离开故乡宦游在外，虽然此时作者居住的地方正是春光明媚、繁花似锦的大好时节，但是却挡不住乡愁和思亲之情的泛滥。几度登上高楼望向南方，多希望刚度过冬天返回北方的大雁快点飞回啊，虽然它们无法给我带来家人的音信，以及妻子情意绵绵的书信，但好歹也是从南方返回吧。想到这些，最起码也可以安慰一下我这颗思乡之心了。

忆阮溪

吾家何在绿溪头，水上楼台竹下舟。记得看花二三月，满塘红蕊涨新流。

【注释】

1. 阮溪:地名,即区大相的家乡,今佛山市高明区的阮埇。

2. 红蕊:红色的花蕊。

【赏析】

这是一首七言绝句,选自卷二十七。本诗的写作风格清新明快,朗朗上口,语言简练质朴,简单易懂。春天的时候作者忆起家乡春日阮溪的美丽景色。作者的家住在碧绿的溪水源头,水中倒映着亭台楼阁,水边的竹丛下系着小船。记得二、三月春深之时,花开得正艳,触目皆是芬芳的花朵。鲜花繁茂,一阵风吹过,落花缤纷,红色、粉色的花瓣随风飘落,掉在水塘之中,随着流水曲曲折折地向前飘去。坠入水中的花瓣太多,以至于整条溪流都成了红色。如此美景,如何能不让人思念家乡呢?

三、游历（上）

淮浦吟阻风待舟于淮上作

幸免黄河险，复阻清淮流。南风十日发，不见北来舟。一解
南船疾如马，北船不得下。天道何时平，风便往来者。二解
淹泊清淮浦，怅望丹水涯。狂风吹我舟，不得早还家。三解
晨起望佳人，日入未遑息。白云苍梧间，是我心所忆。四解
虽有纨与绮，不如故时绨。虽有新相知，不如故所思。五解
征夫念闺人，非为颜色好。游子恋故乡，非关万里道。六解
黄鹄翔天风，千里不可乘。安得东南翮，送我至广陵。七解
广陵非还家，行子暂栖泊。稍缓旅人愁，非贪估客乐。八解
淮南多桂树，何似故山北。广陵好岁月，何似故乡陌。九解

【注释】

1. 淮浦：地名，有人认为是古代对淮河沿线一带地域的概称；另有人认为是汉代在淮河入海口附近设淮浦县，在今江苏省淮安市涟水县西。

2. 天道何时平：平，指公平。本句意为：老天什么时候能公平地对待南来北往的过客，使南下或北上的人都能顺风顺水呢？

3. 淹泊：停留，滞留。

4. 遑息：空闲休息。《诗经·召南·殷其雷》："殷其雷，在南山之侧。何斯违斯，莫敢遑息。"

5. "虽有纨与绮"两句：纨、绮均指精美的丝织品，此处代指富贵安乐的家境。絺，音 chī，指细葛布做的衣服，此处代指贫穷的生活。

6. 征夫：指远行之人。

7. 闺人：妇女，有时特指妻子。

8. 颜色：指姿色。

9. 鹄：音 hú，即天鹅，水鸟，形状像鹅，体较鹅大，鸣声洪亮，善飞。

10. 翮：音 hé，鸟翎的茎，翎管，代指鸟的翅膀。

11. 估客：即行商。

【赏析】

本诗选自卷三，为一组乐府杂体诗。作者在南下途中，意外地遇到了连续十日的大风，从南往北走的船趁着大风，像脱缰之马一样顺着江水迅速北上，但是南下的船却因逆风寸步难行。因此，作者乘坐的船整整十来天都只能停在淮水之畔，焦急地等待风向的转变。长时间羁留淮浦，看哪里都像是家乡的景色，使得归乡的迫切又增加了几分。可是随着等待的时间越来越长，行人的耐心一点一点被消磨，多么希望老天能公平一些，让朝两个方向行驶的船都能够航行。这样就可以及早地赶回家，看到家中日夜思念的妻子。要是能长有一双翅膀多好，那样就能乘风飞翔，飞到广陵。虽然广陵不是我的家乡，但是也算离家近了一步，能稍微缓解我的思乡之情了。

经锦石山作

西行至锦石，兹山何巑岏。上有千花树，照耀紫云盘。人传汉陆生，奉诏日南端。片语下南越，千金入长安。赵主降黄屋，粤俗为衣冠。使还至此山，云锦绕层峦。百万秦戍卒，三千汉材官。铜标绝炎塞，横海泛波澜。时来片语易，事去六师难。功成在龙奋，名立附云翰。志士不偶时，终古为悲酸。仍闻桂江水，上接乌蛮滩。

【注释】

1. 锦石山：位于今广东省德庆县城西，又叫锦裹石、和尚感石、华表石等，高一百余丈,俯临西江。江上渔者舟客皆叹为“西江第一奇观”。

2. 巑岏:音 cuán wán,指高峻的山峰,用来形容山的高锐、耸立之貌。

3. 紫云盘:一种山珍,因呈淡紫色,故有此名。

4. 陆生:指汉代陆贾,早年随刘邦平定天下,口才极佳,常出使诸侯。汉文帝即位后,陆贾再次出使南越,劝说自称南越武帝的赵佗废去帝号,重新恢复与中原的臣属关系。传说他途经锦石时曾到此游赏。

5. 赵主:指赵佗。

6. 黄屋:原指古代帝王之车,此处用来代称帝王。

7. 衣冠:借指文明礼教。

8. 材官:秦汉时期设置的一种地方预备兵兵种,此处指武卒或供差遣的低级武职官员。

9. 铜标:意指东汉马援征服交趾征侧、征二起义后,立铜柱以为汉南边疆界的标志。唐代李贤注引晋顾微《广州记》曰:“(马)援到交阯,立铜柱,为汉之极界也。”

10. 龙奋:谓贤才之士奋发有为。《晋书·纪瞻传》:“武丁擢傅岩之徒,周文携渭滨之士,居之上司,委之国政,故能龙奋天衢,垂勋百代。”

11. 云翰:指富于才藻之士。

12. 偶时:原指适应时势,此处指逢时。

13. 乌蛮滩:在今广西横县郁江边。为纪念东汉伏波将军马援南征交趾、平定叛乱、定疆界,人们在乌蛮滩建祭祀马援的伏波庙。

【赏析】

本诗选自卷四,为一首五言诗。在西行的旅途中,作者途经肇庆府德庆的锦石山,仰头观望,只见锦石山的山峰高耸,山峰上遍布花树,繁花似锦,彩云映照的山崖间生长着灵芝异菌。遥想起汉初,陆贾奉汉帝之命到岭南劝赵佗归顺,他凭借自己的智慧成功游说赵佗废去帝号,重新向汉臣服。从此之后,粤地成为文明教化泽被之地,陆贾因此获得千金的赏赐。当出使任务完成之后,陆贾返途经过锦石山,他看到各色的云彩环绕着层层的山峰,不由得被此美景所征服。秦代有百万戍守岭南的士卒,汉代有马援率军南征交趾、平定叛乱、定疆界。路程的遥远,山水的阻隔,海上巨大的波涛,都无法阻碍这些奋发成功、报效国家的俊杰。他们的行为也得到朝廷和人们的世代推崇。但时运来到之时片言只语就可以成功的事情,或许在时机过后即便出动大军也于事无补。如果没有遇到好的机遇,即使空怀满腔的抱负和才华,也难以施展,只能落得满腹的辛酸悲痛了。唉,还是按照设计好的路线继续前行吧。

东行记兴

落日泛舟返，沧波通远天。未逢三岛使，还访五羊仙。珠树秋云湿，瑶台夕霭悬。兴来随所适，沿月棹江烟。

【注释】

1. 沧波：碧波。

2. 三岛：指东海三仙岛。中国神话传说在东海之上有蓬莱、瀛洲、方丈三座仙山，诡秘绮丽，虚无缥缈。只有道行深厚、德行方正的仙人，才能登上三座仙岛。

3. 五羊仙：传说先秦时，广州连年灾荒，民不聊生。一天，南海天空忽然仙乐缭绕，出现五位脚踩彩色祥云的仙人，身穿五色彩衣，骑着五色仙羊，每只羊衔着"一茎六出"的稻穗，降临楚庭（广州古称），祝愿此处五谷丰登，永无饥荒。五只仙羊因依恋人间而化为石头，一直保佑广州风调雨顺。于是五羊就成为广州城的代表之物。

4. 瑶台：美玉砌成的华丽楼台，传说为神仙所居住。

5. 夕霭：夕，指日落的时候，傍晚。霭，指云气。

【赏析】

这是一首五言律诗，选自卷十一。秋日的某一天，作者泛舟东游，日落时分才兴尽返回羊城。海面上浩渺的烟波一望无际，好像和天空连在了一起。在海上畅游一天，原本还幻想着能遇到东海之上三仙山的使者呢，但这也只是想想而已。既然没有仙缘，那还是返回广州城老老实实地寻找五羊仙人的遗迹吧，这还显得现实一些。此时，秋日的暮霭之下，暮云低垂，树木晦暗，落日的余晖悬挂在高高的阁楼之侧。天色越来越暗，晚风习习，作者也不急于返回家中。随兴所至，干脆在月影下将小舟荡入烟波深处，在雾霭笼罩的江面上欣赏秋夜的月色了。

岭上望中原

（一）

岭树郁苍苍，千峰划大荒。路盘秦栈没，天入楚云长。地旷留铜柱，春深贡

越裳。古来思猛士，无乃固金汤。

（二）

行行逾叠嶂，立马倚崔嵬。关路元通汉，将军是姓梅。山川百越尽，云雾五陵开。倘上筹边疏，安危敢论才。

【注释】

1. 岭上：南岭之上。

2. 大荒：辽阔的原野。

3. 秦栈：自秦入蜀，秦岭之上极为险阻蜿蜒的栈道。

4. 楚云：指楚天之云。

5. 铜柱：边界的标志。见前注“铜标”。

6. 贡越裳：越裳前来朝贡。越裳，古南海国名。

7. “古来”二句：自古以来，思念猛士，无非是令其守御四方，使国家固若金汤。刘邦《大风歌》云：“安得猛士兮守四方。”金汤：金城汤池之省，以金喻坚，以汤喻沸热不可近。

8. 叠嶂：音 dié zhàng，亦作“叠障”“迭嶂”，意为重叠的山峰。宋代陆游《还家》诗：“叠嶂出云明客眼，澄江涨雨濯京尘。”

9. 崔嵬：音 cuī wéi，指有石头的土山，后泛指高山；亦用来形容高大、高耸之貌。

10. 将军是姓梅：梅关位于赣粤交界处，为大庾岭之咽喉，地势险要。秦代以前，五岭之南属南蛮之地，人烟稀少。越王勾践的子孙汉将梅鋗南迁至此筑城据守，并在岭上广种梅树，因而得名。公元前 214 年，赵佗率秦军经过梅岭入粤，在岭口设横浦关，又称秦关，是梅岭最早的关隘。唐开元初，张九龄命人扩展古道。

11. 百越：亦作“百粤”，我国古代对南方越人的总称，分布在今浙、闽、粤、桂等地，因部落众多，故总称百越。亦指百越居住的地方。

12. 五陵：当为“五岭”之意，即大庾岭、越城岭、骑田岭、萌渚岭、都庞岭的总称，位于今江西、湖南、广东、广西四省之间，是长江与珠江流域的分水岭。《史记·张耳陈馀列传》：“北有长城之役，南有五岭之戍。”在此形容岭南与中原道路的畅通、文化的交流。

13. 筹边疏：指筹划边境事务的奏疏。

【赏析】

本组诗选自卷十一，是两首五言律诗。穿过重重叠叠的山峰，不断地前行，终于来到巍峨、逶迤的南岭，岭上树木郁郁葱葱。立马站在高耸的石山之下极目向中原地区远眺，数千座山峰横跨过莽莽原野。山路崎岖，蜿蜒的栈道没入盘绕错结的山道中，横悬无尽的云层一直延伸到楚国的天空。最初这里并没有通行的道路，直到越王勾践的子孙梅鋗至此筑城据守、遍植梅花开始，才有了梅关之名，沟通了与汉来往的通道。岭南虽然地处旷远，但也竖立了东汉光武帝时伏波将军马援留下的铜柱。从此之后，岭南安定下来并纳贡称臣，文明礼教开始泽被岭南。百越族人最终成为泽被教化之民，五岭变成岭南和中原沟通的要道。自古以来人们思念勇士，无非就是因为他们为国家效命，守卫四方；也只有那些有才之士，才会殚精竭虑筹划边事、以保卫国家的安宁，使国家固若金汤啊！

度滁关望凤阳

环滁山不断，西尽白云封。遥辨金陵气，知从泗水龙。河冰妨渡马，涧雪倒枯松。侧想涂山会，来王万国宗。

【注释】

1. 滁：音 chú，水名，在安徽省东部，今经滁州市至江苏南京六合区注入长江。此处“滁”指古州名，境内琅琊山风景幽美，为游览胜地。宋代大文豪欧阳修留下千古名篇《醉翁亭记》。

2. 凤阳：地名，位于今安徽省东北部，为明朝开创者朱元璋的故乡。

3. 金陵气：“即金陵王气”，指帝王所在地金陵的祥瑞之气。金陵原是山名，“陵”作“山陵”解，即今南京钟山，战国时楚威王埋金以镇王气，故曰金陵，后成为古代南京别称。

4. 泗水龙：代指汉代开国皇帝刘邦，秦末曾任沛县东部的泗水亭亭长。

5. 侧想：思念、推想，对人自谦之词。晋陆机《为陆思远妇作》：“敢忘桃李陋，侧想瑶与琼。”

6. 涂山会：即大禹在涂山大会诸侯之事，史称“涂山之会”，成为夏王朝建立的标志。《左传》记载：“禹会诸侯于涂山，执玉帛者万国。”

【赏析】

本诗选自卷十一，是一首五言律诗。滁州附近多山，宋代欧阳修《醉翁亭记》开篇即说:"环滁皆山也。"而滁州的西边,极目看去也只见到霭霭的白云。传说当年,秦始皇为泄金陵的王气断方山、引淮水,开凿了秦淮河,但是没想到刘邦从泗水崛起建立了大汉王朝。后来,明太祖朱元璋亦定都于金陵。作者过滁关,遥望大明的龙兴之地凤阳,远望江水汤汤,不由想起这些关于"金陵王气"的传说。此时,恰是寒冬时节,没想到长江之水也结了冰,船行受阻。尤其是江面冰层浅薄,马匹很难渡过长江天险。近处山涧中堆满了皑皑白雪,厚厚的积雪把枯树都压倒了。作者突然联想起夏时大禹大会诸侯于涂山,万国来朝,如今我大明王朝如日中天,也应该有如此的气势吧。

自南埜驿赴横浦

溪路多纡折,一程数十滩。崖欹度缆险,石浅溯舟难。樵径迷深竹,鸥矶坐急湍。任君归思切,信宿且加餐。

【注释】

1. 南埜驿:埜,音 yě,即"野"。驿,即驿站,旧时供传递公文的人中途休息、换马的地方。南埜驿,地名,旧属汉南野县地,属豫章郡,驿站在南野镇城南,盖因其名。

2. 横浦:古水名,即今广东北江翁源浈水。

3. 纡折:音 yū shé,迂回曲折。汉代张衡《七辨》:"蝉绵宜愧,天绍纡折,此女色之丽也。"

4. 矶:音 jī,指水边突出的岩石或石滩。

5. 急湍:音 jí tuān,湍急的流水。

6. 信宿:连宿两夜,引申为两三日。

【赏析】

本诗选自卷十一,是一首五言律诗。作者沿水路前行,自南埜驿至横浦的这段行程之上,路多险滩,山崖巍峨险峻,即便可以自河岸或山腰拉纤,度过此段河滩也相当不易。再遇上水浅之处,河滩上大石堆叠,想划船溯江而上极为困难。山边砍柴的樵夫踩出的小径被深深翠竹掩映,湍急的水流冲击着水中栖息着水鸟的石矶。由于道路难行,在经过这段河滩之时再急也是无补于事,只能放松自己的心情,平缓心境,作好耽搁两三天的准备。同时,还可以在船头饮宴一番呢。

入罗滂水

井邑新安集，闾阎杂汉猺。火耕春伐木，山猎夜归樵。潮响蛮溪合，林光瘴峒消。直须勤抚字，慎勿困征徭。

【注释】

1. 罗滂水：在今广东省郁南县境内，为两广交界处的重要河流。

2. 安集：即安定辑睦。

3. 闾阎：闾，泛指门户、人家，古代以二十五家为一闾；阎指里巷的门。闾阎泛指百姓。

4. 猺：音 yáo，即瑶族。

5. 火耕：一种原始的耕作方法，烧去草木，就地种植作物。形容耕种方法的原始。

6. 蛮溪：南方的溪流，这里即指罗滂之水。

7. 瘴：音 zhàng，热带山林中的湿热蒸郁，能致人疾病的一种湿气。

8. 峒：音 dòng，原意是山洞，旧时对南方少数民族聚居地的泛称，又指羁縻州辖属单位。

9. 抚字：指对百姓安抚体恤。

【赏析】

本诗选自卷十一，是一首五言律诗。明嘉靖年间，两广交界瑶乱不断，官兵扑救疲于奔命，但局部征剿仅能维持当地短暂平静。嘉靖末，以泷水罗旁为中心的瑶人势力极盛，明朝将防瑶重点从广西转向广东，两广总督府从广西梧州迁至广东肇庆。万历四年冬季，明朝派军大举进攻罗旁，历时四个多月，于万历五年春平息了泷水罗旁之瑶乱。经历了大规模的瑶乱后，明王朝重新设立州县进行分治，使瑶与汉杂处，施之以教化，使之变为齐民。作者在罗旁平定之后来到这里，看到新的聚居地已经形成，迁到这里杂居的有汉民和瑶民。他们仍采用原始的耕种方式，刀耕火种，狩猎打柴。山洞的溪水汇入河流，阳光穿透树木照射下来，瘴气慢慢飘散。鉴于此情此景，作者提醒当权者须勤力安抚百姓，不要施于过重的赋税。只有这样，朝廷才不会再陷入平定内乱的困境之中，百姓才能安居乐业，实现真正的瑶汉同化，从而避免叛乱的再次发生。

洲寺晚望

寺僻流双绕，山晴绿四围。一僧迎客出，群鹭掠波飞。潦尽泉声聒，庭空帆影归。息心终傍此，非是暂望机。

【注释】

1. 洲寺：或指东洲寺，在今高明区境内，晚清改为东洲书院。
2. 潦：音 lǎo，路上的流水、积水。
3. 聒：音 guō，声音吵闹，使人厌烦。
4. 息心：除掉杂念，专心致志。

【赏析】

本诗选自卷十一，是一首五言律诗。作者傍晚时分立于寺中观赏夕阳下的景色。偏僻的寺院被两条河流环绕，河道开阔的水面上归帆片片。一群白鹭掠过水波飞起，在空中划过优美的弧线。雨后初晴，四周青黛色的山峰在落日余晖的斜映下显得苍翠欲滴。近处，雨后水洼中的水慢慢汇入清泉之中，水流叮咚，显得更加喧闹。突然，山门之外响起敲门声，估计又有客人来访了，一位寺僧从禅房中走出开门迎客。动静结合中，更显得寺院的美丽与宁静。这种祥和的地方，更能令人洗去尘世的羁绊，除掉心中的杂念，寻得心灵上的平静。所以真希望能熄灭俗念终身依傍于此，而非寻求暂时的解脱。

宿端溪□

烟霏生暝色，信宿伴渔樵。地静林无瘴，溪喧水是潮。落霞连雁足，残烧隔山腰。虽听江城笛，何言乡路遥。

【注释】

1. 端溪：溪名，在今广东省高要市东南，盛产砚石，称端溪砚或端砚，为砚中上品。
2. 烟霏：音 yān fēi，指云烟弥漫。
3. 暝色：暝，音 míng，天色昏暗，暝色指暮色，夜色。
4. 信宿：连宿两夜，又谓两三日。

5. 残烧：指晚霞。唐代张乔《郢州即事》诗："鸟归残烧外，帆出断云间。"

【赏析】

这是一首五言律诗，选自卷十一。连着几天都住在端溪溪口，常与附近的故老或打鱼砍柴的人闲聊。烟雾弥漫之下，暮色渐浓。安静的树林中没有了瘴气，只听得溪水喧闹的声音，估计是晚间潮水涨上来了。夕阳渐渐西沉，火红的晚霞挂在天上，溪边的山峰高耸，直入空中，一些晚霞似乎挂在了半山腰。一行大雁飞起，斜插入云，随着大雁的升高，似乎飞翔在晚霞之上。隐隐约约耳边响起笛声，不知是谁在吹奏江城之曲。或许因为沿途景色美不胜收，漂泊的游子始终未曾抱怨过，漫长的归乡之路终于快要结束，家园就在不远之处了。

晚过光孝寺禅室寺有古菩提，梁天监物

真谛何时了，微踪暂托缘。鸟啼千岁树，霜冷六时莲。风叶随吟客，天花对病禅。无论空与寂，水月共思玄。

【注释】

1. 光孝寺：广州城最古、规模最大的佛教名刹，是广州市五大丛林（光孝、六榕、海幢、华林、大佛寺）之一。广州民谚："未有羊城，先有光孝。"

2. 真谛：此处是指最真实的意义或道理，真切的理论和精义。

3. 六时：古人分一昼夜为十二时，昼夜分言，则谓"六时"，后常以指白日。在佛教中，亦分一昼夜为六时：晨朝、日中、日没、初夜、中夜、后夜。

4. 天花：传说南朝梁武帝时，云光法师讲经，感动上天，天花纷纷坠落。后形容人说话巧妙动听，但另一方面则有虚妄、空洞、不着边际的意味。成语"天花乱坠"即源于此。

5. 病禅：即"禅病"，佛教语，指妨害禅定修行的一切妄念。又指禅定修行不当所引起的诸疾病。

6. 空与寂：佛教用语，无诸相曰空，无起灭曰寂。

【赏析】

这是一首五言律诗，选自卷十一。光孝寺是广州最古、规模最大的古刹，在中国佛教史上具有重要地位。自东晋以来，常有中外高僧到寺驻锡弘法，如南朝梁时达摩祖师

在此驻锡；唐仪凤元年(676)，高僧慧能与僧在此论幡动，并在菩提树下剃发受戒，开辟佛教南宗，被称为“禅宗六祖”。作者认为这是一个极好的寻求顿悟机缘、体悟禅意的场所。作者某日途经光孝寺，遂进寺拜访。进入寺院山门后，感叹自己对人生的真谛还没有办法体悟，即便偶尔灵光一闪，出现一丝体悟，但也是稍纵即逝，只能留待机缘到时了。风吹树叶沙沙作响，伴随客人的吟咏，夜色逐渐笼罩禅林。鸟儿在千年古树上啼叫，池水中的莲花蒙上了一层薄霜。先不论空与寂灭的佛理，如何才能在镜花水月般的意境中顿悟禅机呢？

游三洲岩

（一）

闻说岩林胜，西浮锦水春。云归瑶径失，雨洗石苗新。折桂期山客，攀萝蹑羽人。居然成独往，何用记来津。

（二）

洞启烟扉湿，林悬雾磴斜。藏书空有穴，封灶久无砂。扣石闻天乐，褰衣动涧霞。一从灵景秘，春事长瑶华。

【注释】

1. 三洲岩：在今广东省德庆县境内，取“蓬莱第三洲”之义为名，又名仙翁岛，屹立于西江之滨，以其鬼斧神工般的奇丽景观闻名于世。历史上无数文人游历至此并留下墨宝。

2. “云归”句：意指白云缭绕，瑶径即仙径迷失不见。

3. 折桂：过去称登科为折桂，此处意为采撷桂枝。

4. 羽人：有翼的人，多用来代指仙人。

5. “封灶”句：古代方士盛行，多从朱砂中提炼水银并使用朱砂等金石炼丹。

6. 褰：音 qiān，同“搴”，提起，撩起。

7. 灵景秘：景物灵异神秘。

8. 春事：春天农事。

9. 瑶华：传说中的仙花，白色如玉，清香，食之长寿。华，即花。三洲岩亦称瑶华洞天。末两句意思：任由灵异洞景保持神秘，时值春时，洞内正长出仙花。

【赏析】

这是两首五言律诗，选自卷十一。这两首诗描写了三洲岩的胜景。早就听说过三洲岩的景色堪称名胜，终于能在一个春天到这里游览了。蜿蜒插入山中的小径消失在白云缭绕的深处，春雨洗去积尘，令座座石峰一片青翠。折下桂枝，期盼着能送与深山中的隐者；攀附藤萝登上山峰，感觉自己像是将要羽化飞行的仙人。沿着山居之人走出的小径，来到烟雾封锁的山洞，这里留存着历代文人的墨宝和遗迹。敲击石壁的鸣响有如仙乐，轻轻摆动衣裳似乎又带起了深洞中的云霞。当年先贤藏书的洞穴已空空如也，古代方士炼丹的灶台里也早已不见朱砂，只剩下春天时节三洲岩这美丽的景色还存在。估计正是因为这里的异境胜景，才能使春色常驻这仙境般的瑶华洞天吧。

岭上见梅花

梅岭候偏宜，梅花岭上窥。报瑶人去远，踏雪马行迟。驿使春前发，乡心笛里知。已从关路北，犹觅南向枝。

【注释】

1. 梅岭：即梅关，位于江西与粤北交界处，为大庾岭之咽喉，因岭上广种梅树而得名。

2. 偏宜：最宜，特别合适。前蜀李珣《浣溪沙》词："入夏偏宜澹薄妆，越罗衣褪郁金黄。"

3. 驿使：古代在驿站上传递公文、书信的人。

4. 乡心：思念家乡的心情。唐代刘长卿《新年作》："乡心新岁切，天畔独潸然。"

【赏析】

这是一首五言律诗，选自卷十一。作者返回任职的京城，途经梅岭，恰逢梅岭气候怡人，正是春日花开时节，将梅岭变成一片花海。作者观赏着落英缤纷的梅林美景，马蹄踏着坠落在地的花瓣，不由想起自己之前寄往家乡的书信，在灿烂的春日来到之前就已经差人送出了，现在不知到了何地，是否已经到了亲人的手中呢？家书已发，如今，思念家乡的心情只能透过悠远的笛声来传达了。眼中观赏着路旁绽放的梅花，北行的步伐却没有停止。马上就要从梅关往北去了，离家越来越远，可对家乡的思念却是越来越浓，以至于看着路边的树枝都觉得它们都是朝南生长呢。

《区太史诗集》中以"梅花"为题的诗作很多，除了本书选取的外，还有卷五《独酌梅花下，走笔索陈山人画梅》《咨伯步访我洞梅不待小酌而去》，卷六《庭梅二月半后放花》，卷七《和四家兄元日看梅》《和四家兄新岁梅》，卷十《梅花歌与崔子玉诸公饮花下作》，卷十三《咏窗月梅影》，卷十四《雪中偶披故太史林开先所书梅花诗卷，往时余与黎惟仁、林开先唱和，至是十余年矣，追往念离用韵寄惟仁》，卷十七《侍御弟园梅同梁少仲、黄汝纶四家兄赏咏》《官棠山庄梅树多数百年花时偕家兄舍弟侄黄汝纶载酒往观，酌咏其下》《卧梅》，卷二十《洞中看梅和诸公》，卷二十六《咏梅，用枝横却月观花绕凌风台韵》《同四兄咏梅寄七弟，仍用枝横却月观花绕凌风台韵》和卷二十七《孤山看梅》等。

虔州西津桥作

生平重游侠，中岁颇艰虞。宝剑南来越，琱弓北射胡。风云开上国，雨雪壮长途。候吏何须问，关门昨弃繻。

【注释】

1. 虔州：地名，即今江西省赣州。因其沿革复杂多变，历史上有庐陵郡、南康郡、南康国、虔州等称谓。

2. 游侠：古代用来指那些善结交、轻生重义、勇于排难解纷的人。

3. 艰虞：音 jiān yú，指艰难忧患。

4. 琱弓：音 diāo gōng，有雕饰的弓，亦为弓的美称。北周庾信《周大将军司马裔神道碑》："藏松宝剑，射柳琱弓。"

5. 上国：春秋时称中原各诸侯国为上国，与吴楚诸国相对而言；后代指诸侯或番邦对中央或中心大国的称呼。亦有用来指代京师，或指国都以西的地区。

6. 候吏：即候人，古代掌管整治道路稽查奸盗，或迎送宾客的官员。亦多指驿吏。

7. 弃繻：音 qì xū，《汉书·终军传》："初，军从济南当诣博士，步入关，关吏予军繻。军问：'以此何为？'吏曰：'为复传，还当以合符。'军曰：'大丈夫西游，终不复传还。'弃繻而去。"繻，帛边。书帛裂而分之，合为符信，作为出入关卡的凭证。"弃繻"，表示终军决心在关中创立事业，后因用为年少立大志之典。

【赏析】

这是一首五言律诗，选自卷十一。在许多读书人的心中都有着游侠情节，钦慕那些轻生重义、豪爽侠义的游侠精神。对作者来说，自己虽一介文人，且人到中年，无论是仕途还是人生都处于转折之期，经历了许多艰苦和磨难。但作者的内心却依然充满激情，他渴望有一天能仗剑四方，弯弓射北，将外来侵略的胡虏驱逐出北部边境。因此，作者才会引用“终军弃繻”的典故，幻想能像汉代的终军一样创立自己的事业，成为那种不畏严寒、踏平北虏、平定边境的有为之士。

摩诃庵寻僧不值

杖锡是何适，云霞少定踪。咒龙余钵水，留鹤伴阶松。野立看遥嶂，孤吟待暝钟。仍闻弟子说，早晚下西峰。

【注释】

1. 摩诃庵：位于今北京市海淀区八里庄慈寿寺塔东边，建于明嘉靖二十五年（1546）。

2. 不值：没得到机会。值，遇到。

3. 杖锡：音 zhàng xī，拄着锡杖，谓僧人出行。锡，锡杖，云游僧所持的法器。

4. 定踪：固定的踪迹，住处。

5. “咒龙”句：指佛教故事中释迦牟尼降伏毒龙而入钵的典故。《佛本行集经·迦叶三兄弟品》曰：如来“至优娄频螺聚落，求一止宿处。彼有一草堂。迦叶一弟子，病下痢，秽草堂，故以恨摈出之。死为毒龙，住此草堂害人畜。迦叶欲伏之，祭祝火神，火神之力不及。如来住堂内，寂然入禅定。尔时，毒龙吐火焰逼如来，如来亦入火光三昧，身出大火，草堂炽然，如大火聚。时毒龙见如来所坐处独寂静无火光，自至佛所，踊身入佛钵中”。

6. 暝钟：傍晚的钟声。唐代贾岛《送朱可久归越中》诗：“石头城下泊，北固暝钟初。”

【赏析】

这是一首五言律诗，选自卷十一。偶有一日，作者兴趣所至，来到摩诃庵寻找相识的僧人。可是没想到的是，当作者来到摩诃庵时，却听闻其所访的僧人外出云游了。作者感慨，手持锡杖的僧人究竟去了何处？像云彩一样只留下伏龙的宝钵和台阶边、松林下的仙鹤。尽管弟子们一再保证说师傅很快就会从西峰回来，但事实上，连僧人的弟子都不清楚师傅究竟会在何处停歇。对于作者来说，只能是乘兴而来，失望而归了，是为“不值”。想要寻找的人最终没能找到，作者只好在寺中聊作休息，一边独立野外遥看着远处层层叠叠的山峰、吟咏着诗篇，一边等待寺院的晚钟响起。

早春长安道上

双阙丽朝霞，千门竞岁华。苑云微带雪，宫柳半藏鸦。结驷过平乐，扬鞭赴狭斜。春风才几日，先发上林花。

【注释】

1. 长安：地名，即今日的陕西西安。
2. 双阙：古代宫殿、祠庙、陵墓前两边高台上的楼观，又借指宫门或者京都。
3. 藏鸦：比喻枝叶荫蔽。这里用来形容柳树刚刚发芽，还没有到枝繁叶茂的程度。
4. 结驷：音 jié sì，指一车并驾四马，亦用以指乘驷马高车之显贵。
5. 狭斜：又窄又弯曲，此处有陡峭之意。
6. 上林：上林苑，汉代宫苑，是汉武帝刘彻于建元三年（公元前 138 年）在秦朝旧苑址上扩建的宫苑，规模宏伟，宫室众多。今已无存。

【赏析】

这是一首五言律诗，选自卷十二。早春某日，作者骑马驰骋在长安的道路上。抬头望着天空，只见空中升起了艳丽的朝霞，长安城内众多的宫阙、城楼都沐浴在早春的朝阳之中。飘在园林上空的白云还带有丝丝寒气，好似天气随时还会变化降下雪花一样，但是宫中的柳树已发出鹅黄色的嫩芽，透露出春的气息。赶着用四匹马驾的车，风驰电掣般穿过平坦的路面，扬鞭催马奔向狭小陡峭的道路。来到野外，更能真切地感受到，春风还没刮多少天呢，春天就已经来到了，眼看着上林宫苑中的花就要绽放了。

初发潞河

舟行才几里，已觉清心魂。高岸隐遥郭，平沙出远村。鹤行汀有迹，云过水

无痕。渐喜闻渔榜，程程近故园。

【注释】

1. 潞河：也称白河、北运河，北通北京，东南通天津，与南北大运河相接，可达杭州。

2. 汀：音 tīng，水边的平地，小洲。

3. 渔榜：摇渔船的桨，借指渔船。

【赏析】

这是一首五言律诗，选自卷十三。作者乘船出发南归，船行才刚几里路，作者就感觉到心情大好，似乎神魂都清爽了很多。高高的堤岸挡住了视线，什么也看不到了。到了河岸低落之处，河边却是一片平坦开阔之地，极目眺望，很远的村落浮现于地平线之上。岸边，水鸟飞过水边的洲地，像在空中划过一道优美的曲线。空中的白云随风飘过，水面上什么痕迹都没留下。近处，渔船不断划过，耳边响起摇橹的声音。这所有的一切都令作者心情愉悦，那是因为返家的缘故啊。前进一程，离家乡的路就会少一程。

题金山寺

万古金山寺，烟波四望分。对江吴共楚，终日水和云。灯影摇鲛室，香烟触雁群。最宜禅诵处，船客夜深闻。

【注释】

1. 金山寺：又名江天禅寺，位于今江苏省镇江西北部的金山之上，始建于东晋，原名泽心寺，自唐代起，称为金山寺。清朝康熙皇帝曾登临金山，亲笔赐名“江天禅寺”。

2. 四望：原有眺望四方之意，此处指金山寺四面都是烟波。

3. 吴共楚：吴，原指春秋五霸之一的吴国，时吴国疆域大致在今苏南太湖流域、浙北地区和皖南地区，后多以“吴”代指这片地区。楚指春秋楚国，后代指今湖北省和湖南省，特指湖北省地区。此处指吴楚两地隔江相望。

4. 鲛室：谓鲛人水中的居室。

【赏析】

这是一首五言律诗，选自卷十三。作者旅途之中到金山寺游玩，站在历史悠远的金山寺之内，极目远眺，四周烟波浩渺，水雾茫茫。金山寺坐落在镇江西北部，江水连接起古时的吴楚之地，月落之处水天一色。白日里，这里香客云集，鼎盛的烟火升腾，好像要直抵雁群。夜幕初临，寺里灯火通明。随着夜色，摇曳的灯火映照在水中，反射出岸边的殿堂，水波荡漾之中就好似人鱼居住的宫殿。白日喧嚣过后，金山寺也安静了下来，深夜中一片禅诵声响起，这是寺内的僧人在诵经了。诵经的声音远远地传了出去，甚至于远在客船上的旅客都可以听到。

自大庾度岭

肩舆历翠微，马首十年违。旧垒仍余壁，新松又几围。林香木樨发，山晚翠禽飞。莫问符繻在，关云拥传归。

【注释】

1. 大庾：即大庾岭，“五岭”之一，位于江西与广东两省交界处，是赣江和北江的分水岭，是中国南方地区重要的气候分界线。大庾岭古道崎岖险峻，唐辟新道，设驿站，成为沟通岭南和中原地区的交通要道。

2. 肩舆：音 jiān yú，即轿子，起初只是作为山行的工具，后来走平路也以它作代步工具。

3. 翠微：泛指青山，亦指青翠掩映的山腰幽深处，多用以形容山光水色青翠缥缈。

4. 木樨：又作木犀，即桂花。

5. 符繻：音 fú xū，分裂繻帛而成的符传，古代出入关卡时作为凭证。

6. 关云拥传归：意指梅关的云朵聚集在一起，传递回家的信息。

【赏析】

此诗选自卷十三，是一首五言律诗。作者坐着轿夫用肩膀抬着的滑竿，自大庾岭度过五岭，一路上青山掩映，绿谷幽深。山路旁的林木发出淡淡的清香，桂花也灿烂地绽放着，空气中弥漫着芬芳的气息，整个行程充满了芳香。山色渐渐暗了下来，各种颜色的鸟儿在林间飞翔。记得距自己上一次离家，转眼间又过去了十来年。旧日的尘土还留在墙壁之上，屋旁新种的松树却又长粗了许多。作者不由感慨万千，回想当初意气风发地踏上外出为官之路，一直渴望能实现自己的抱负，恨不得指点江山，成就一番功业再衣锦还乡。可现在思乡心切，连出入关隘的凭证都不想要了，恨不得梅关的云朵能快点把自己送回家中。

初发珠江

芳菲已满目，洲渚复含情。别路千程始，离愁百念生。简书催远去，行役惮孤征。为问辞家屡，劳劳何所成。

【注释】

1. 芳菲：指花草芳香而艳丽。唐代韩愈《晚春》云："草木知春不久归，百般红紫斗芳菲。"

2. 洲渚：水中小块陆地。晋代左思《吴都赋》云："岛屿绵邈，洲渚冯隆。"冯隆意为高大的样子。唐代杜甫《暮春》："暮春鸳鹭立洲渚，挟子翻飞还一丛。"

3. 别路：离别的道路。南朝徐陵《秋日别庾正员》："青雀离帆远，朱鸢别路遥。"唐太宗《饯中书侍郎来济》诗："深悲黄鹤孤舟远，独叹青山别路长。"

4. 百念：百般思念，各种想法。南朝何逊《相送》诗："客心已百念，孤游重千里。"

5. 简书：用于告诫、策命、盟誓、征召等事的文书。亦指一般文牍。西汉毛苌传云："简书，戒命也。邻国有急，以简书相告，则奔命救之。"《后汉书·方术传上·段翳》云："又有一生来学，积年，自谓略究要术，辞归乡里。翳为合膏药，并以简书封于筒中，告生曰：有急，发视之。"

6. 行役：旧指因服兵役、劳役或公务而出外跋涉，也泛称行旅，出行。唐代李白《估客行》："海客乘天风，将船远行役。"

7. 孤征：单身远行。晋代陶潜《辛丑岁七月赴假还江陵夜行涂口》云："怀役不遑寐，中宵尚孤征。"

8. 劳劳：辛劳，忙碌。唐代元稹《送东川马逢侍御使回》云："流年等闲过，人世各劳劳。"

【赏析】

这是一首五言律诗，选自卷十三。归家的日子总是短暂的，纵有千般不舍，作者还是得离家返京，回到自己的宦游生涯中去。恰是芳菲正艳的时节，连水中都开满细碎的花朵。花朵随风摇动，仿佛连洲渚都饱含了乡愁，在挽留我这即将远去的游子。千里离别的道路刚刚启程，百般愁绪就已从心中升起。无奈的是，催行的文书已经收到了，服役的人最怕的就是不得不孤孤单单地踏上征途。唉，想想为什么总得离开自己热爱的家乡呢？这种辛劳忙碌的日子什么时候才能到头？

浔阳渡江

天浮三楚渡，城压九江浔。远堑分南北，中流见古今。桃花经汉渚，兰气下湘阴。为问朝宗意，应知望阙心。

【注释】

1. 浔阳：地名，位于今江西省九江市浔阳地区，因其"南开六道，途道五岭，北守长江，运行岷汉，来商纳贾"，历来为国之州、郡、府、道之治地。
2. 天浮：古战具，用以渡水。
3. 三楚：楚地疆域广阔，秦汉时分为西楚、东楚、南楚，合称三楚。
4. 堑：音 qiàn，防御用的壕沟，护城河。
5. 中流：水流的中央，渡程中间，亦指江河的中段。
6. 湘阴：湘水之南。山北水南为阴。
7. 朝宗：古代诸侯春、秋朝见天子，后泛称臣下朝见帝王，亦指下属进见长官。
8. 望阙：此处意为仰望宫阙，喻怀念天子。

【赏析】

这是一首五言律诗，选自卷十三。作者乘船自浔阳渡过三楚之地，远处的城池气势磅礴，高大雄伟，矗立在江岸之旁。一条江划分开南国北地，滔滔水流不断奔腾，见证了古今沧桑。洲渚之上桃花开得正艳，坠入水中的兰花则随波而下，香气弥漫在洞庭湖中。此时春色正浓，正是游赏的大好时节。可为什么要在这大好的春光里，急着返回京城朝见天子呢？这是因为身为臣子，即便远离庙堂，也会心忧天下，怀念天子，希望能为皇上分忧解难啊。

四、游历（下）

蓟门早秋

（一）

大火流西陆，凉云起北州。苍茫易水暮，萧瑟蓟门秋。野外鹰初击，梁间燕不留。如何芳岁晏，叹息此行游。

（二）

边地凉风早，萧萧吹众芳。白云来蓟苑，秋色过辽阳。思发清商引，愁含明月光。离心对摇落，为寄雁南翔。

【注释】

1. 蓟门：原指古蓟门关，唐代以关名置蓟州。后亦泛指蓟州一带、北京地区。另北京城西德胜门外西北隅的蓟丘古也称蓟门。

2. 大火：《诗经·国风·豳风》云："七月流火，九月授衣。"七月指农历七月；"火"指大火星，每年农历六月以后，渐渐偏西，暑热减退，天气开始变凉，故称"流火"。此句意指秋天来了，天气转凉。

3. 西陆：指代秋天。《隋书·天文志》云："日循黄道东行，一日一夜行一度，三百六十五日有奇而周天。（日）行东陆谓之春，行南陆谓之夏，行西陆谓之秋，行北陆谓之冬。"

4. 北州：原指塞北，指长城以北地区；后指北方幽、并等州郡，也泛指北方地区。

5. 易水：河流名，位于今河北省易县境内。因燕太子丹送荆轲刺秦于此作别，高渐离击筑，荆轲伴着音乐高歌："风萧萧兮易水寒，壮士一去兮不复还！"从此而名扬天下。

6. 芳岁：指农历每年首月，引申指青春、盛年。

7. 晏：迟、晚之意。

8. 清商：商声，古代五音之一，古谓其调凄清悲凉，故称。后用来代指秋风。

9. 离心：此处指别离之情。

10. 摇落：凋残，零落。

【赏析】

这是两首五言律诗，选自卷十五。夏末秋初之时，作者来到蓟门地区，此时的北地已没有了酷暑的炎热，凉风习习。天高云阔，一望无垠的野外，雄鹰冲天而起，原野上的花朵开始凋谢，人家屋檐下的燕子也飞往南方过冬，景色中处处透出秋的气息。渐渐地，易水被苍茫的暮色笼罩，蓟门的秋天显得萧瑟了起来。月华初上，空旷的北地更加苍凉。月光没有阻碍地倾泻在地上，把大地都蒙上一层银光。望着明月，沐浴在月光之下，却升起一片愁绪。在萧瑟的秋夜，岁华迟暮，自己也不再年少，只能空自惆怅岁月的流逝。遥想起远方的亲人、远方的家乡，孤独之情泛上心头。秋日南飞过冬的大雁啊，能否把我的思乡之情也捎回家乡呢？

少林晚坐

山扉横石景，夕室吐晴烟。门对吹笙岭，窗临洗耳泉。岩阴回竹院，香梵起花天。坐待浮丘鹤，归来松上眠。

【注释】

1. 少林：今河南省嵩山少林寺。

2. 山扉：山野人家的柴门。南朝陈后主《晚宴文思殿》诗："荷影侵池浪，云色入山扉。"

3. 吹笙岭：汉代刘向《列仙传·王子乔》："王子乔者，周灵王太子晋也。好吹笙，作凤凰鸣。游伊洛之间，道士浮丘公接以上嵩高山。三十余年后，求之于山上，见桓良，曰：'告我家：七月七日待我于缑氏山巅。'至时果乘白鹤驻山头，望之不得到，举手谢时人，数日而去。"

4. 洗耳泉：汉代蔡邕《琴操·河间杂歌·箕山操》记载：许由隐居山林，修身养性。尧派人找到许由，希望他继承天子之位。许由听到尧让位给自己，感到耳朵受到了污染，因此临水洗耳。

5. 起花天：两晋南北朝时佛教盛行，南朝梁武帝萧衍笃信佛教，请云光法师宣讲佛法。云光法师说得绘声绘色，感动了上天，香花从空中纷纷落下。

6. 浮丘鹤：见上文"吹笙岭"典故。

【赏析】

这是一首五言律诗，选自卷十六。日落之时，作者在少林之内，观赏夕阳西下山中的景色。嶙峋的怪石横亘在山门之外，夕阳之下的房舍中涌出炊烟。竹院之内，风吹疏竹，发出阵阵沙沙的声响。随着太阳光线的变幻，竹景以及竹下岩石的阴影随之转移，变幻出各种形状。僧人们诵经的声音响起，梵音回荡在寺间，不由想起云光法师宣讲佛法时天花乱坠的盛景。闲坐屋前，门前就是仙人王子乔吹笙的山岭，窗外就是许由洗耳的清泉。这都是古时的仙人和隐士啊。在这种环境里怎能不倾慕仙人和先贤的遗风呢？那就到松林之下坐卧入睡，等着仙人王子乔乘浮丘之鹤归来，寻觅自己的仙缘吧。

登岳阳楼望洞庭

湖阔天为水，楼高地出城。日光随镜满，帆势与云平。梦泽晨烟积，湘潭夜雨生。凭轩问舟子，归棹杳何征。

【注释】

1. 岳阳楼：位于今湖南省岳阳市，紧邻洞庭湖畔，与江西南昌滕王阁、湖北武汉黄鹤楼并称为江南三大名楼。

2. 洞庭：指洞庭湖，为我国第二大淡水湖，是长江中游重要的湖泊，位于湖南东北部，南纳湘、资、沅、澧四水汇入，注入长江，号称"八百里洞庭"。唐代刘禹锡《望洞庭》七言绝句："湖光秋月两相和，潭面无风镜未磨。遥望洞庭山水翠，白银盘里一青螺。"

3. 梦泽:楚地有云、梦二泽,云泽在江北,梦泽在江南,现为洞庭湖一带。

【赏析】

这是一首五言律诗,选自卷十六。作者路过湖南岳阳之时登上岳阳楼游览并向远处眺望。远处就是洞庭湖,烟波浩渺,湖阔天低,水的尽头仿佛和天连接在了一起。日光照射在水面上,波光粼粼。宽阔的湖面就像一面镜子,把日光反射而出,晃得人们的眼前一片金光。征帆片片,远行的小船就像要行驶到云中去了。看到眼前的景色,脑中不由得展现出另一幅美景:清晨,大泽中烟雾弥漫,仿若仙境;到了晚上,淅淅沥沥下起了雨,雨水落在湖面,敲打在船篷之上,显得夜色更加寂静。突然有一种冲动,真想倚在岳阳楼边的栏杆上,问一下远航的行船,将要去往哪里,何时才能返回呢?

秋日长沙

湖外今为客,方知气候分。地秋翻畏湿,江晚更蒸云。且拟浮湘作,休传吊屈文。就中多胜事,兰芷最思君。

【注释】

1. 吊屈文:指凭吊屈原的文章。
2. 就中:从中,居中;其中。
3. 胜事:美好的事情。
4. 兰芷:兰草与白芷,皆香草。《楚辞·离骚》:“兰芷变而不芳兮,荃蕙化而为茅。”

【赏析】

本诗选自卷十六,是一首五言律诗。在一个秋高气爽的季节,作者路过长沙并暂时在这里停留。到了这里之后才发现作为异乡之旅,长沙的气候明显和自己想象的不同,和北地的气候差距很大。和北方秋日的干燥相比,这里的秋天极为潮湿。到了日暮时分,夕阳斜挂在江面,晚霞铺满天空,像是云雾在蒸腾。长沙是历史上楚汉时期著名的古城,有不少历史遗迹。到了这里,就应该游赏胜景,凭吊先人,姑且写下些游览湘地的文字。最令人怀念的是屈原,他有着兰草一般的性格,只不过像贾谊《吊屈原赋》那样的传世名作,由于自己的才识有限,肯定是写不出来了。

题临溪村舍

丹林间绿筠，溪路静无尘。枫岸谁为客，桃源即主人。饭香炊晚稻，酒熟斫鲜鳞。欲起临溪阁，还家隐钓缗。

【注释】

1. 丹林：红叶之林。南朝梁江淹《外兵舅夜集》诗："丹林一叶旧，碧草从此空。"
2. 绿筠：筠，音 yún。绿筠，指青绿色的竹子。
3. 鲜鳞：指活鱼，新鲜的鱼。
4. 钓缗：音 diào mín，指钓竿上的线，亦用来代指垂钓。此处借指钓鱼用的工具。

【赏析】

这是一首五言律诗，选自卷十六。作者漫步走在长满红色树叶的树林之间，高大的树木下生长着翠绿的竹子。脚下的小径通往溪边，干净的道路上没有一丝尘土。生活在这长满枫树的河岸边，景色优美，环境舒适，和生活在传说中的桃花源中没什么太大的区别。来到所访的主人家里，主人热情极了。灶上蒸着晚熟的稻米，散发出阵阵香味。主人温上美酒，用新鲜的鱼作为菜肴来款待客人。在这桃源般的环境里，突然冒出了想在这里临溪建起一栋房子的想法。平时既可以凭栏赏溪，又可以闲坐垂钓，这将是多么闲暇惬意的生活啊。

孝廉四兄、侍御七弟携诸侄自灅川舟来，约游西樵

（一）

早发灅东兴，春深始买舟。仍携竹林赏，来及棣华游。鹤蕊青岩丽，蒲香碧涧幽。名山多夙契，云卧共丹丘。

（二）

我家灅水北，高卧樵山西。日出东峰望，天清云树齐。将期炼金液，思欲凌丹梯。明泛桃花水，知无川路迷。

【注释】

1. 孝廉:举孝廉是汉代的一种选拔人才的方式,孝指孝敬长辈,廉指为人清明廉洁。明清两代引为对举人的称呼。孝廉四兄即区大枢,侍御七弟即区大伦。

2. 夙契:音 sù qì,原意是往昔的交情,引申指前世的因缘。

3. 云卧:高卧于云雾缭绕之中,谓隐居。南朝宋鲍照《代升天行》:"风餐委松宿,云卧恣天行。"

4. 丹丘:亦作"丹邱",传说中神仙所居之地。《楚辞·远游》:"仍羽人于丹丘兮,留不死之旧乡。"

5. 高卧:安卧,悠闲地躺着。《晋书·隐逸传·陶潜》:"尝言夏月虚闲,高卧北窗之下,清风飒至,自谓羲皇上人。"

6. 丹梯:此处指寻仙访道之路。

【赏析】

这是两首五言律诗,选自卷十七。作者的家在灃川,距离西樵山很近,就在西樵山的西边。作者和兄长区大枢、弟弟区大伦等人早就想过要一起乘船到江东游玩,只可惜由于种种原因,一直到春天快过去了才凑到一起租上一艘游船出行。首先约好游赏的就是西樵山,而西樵景色也名不虚传,鲜艳的花朵点缀在青青的山岩之间,山间小径上弥漫着蒲草的清香,溪水发出清脆的响声,隐没在碧绿的山涧深处,显得幽深至极。在日出时分向西樵的东峰眺望,天气晴朗开阔,空中的白云好像要和山峰上的树木一样高了。传说中,西樵山也是仙人隐居之所,我们一行人深入山中寻访仙人的遗迹,能否遇到仙缘,得到传说中的炼金之液呢?美丽的景色仿佛仙境,在这样的美景中,不知不觉都要为之陶醉。或许我们也会像误入桃花源的那位武陵人一样,明日出山时就再也找不到回来的路了。

琶洲月下独泛

乘汐临芳渚,停桡弄晚霞。月华摇宝刹,星影落江槎。波送随流叶,风传出雾花。溯洄方未已,闲兴在蒹葭。

【注释】

1. 琶洲:即今广州市琶洲会展中心一带,原称"琵琶洲",位于珠江南岸,古时为江中沙洲,因轮廓似琵琶而得名。明末在此建琶洲塔,作为从珠江口进出广州的航标。

2. 汐:音 xī,本义是晚潮。

3. 桡:音 ráo,指船桨。

4. 月华:月光,月色。

5. 宝刹:原意是对诸佛的国土或其教化的国土的敬称,引申为僧尼所在的佛寺或佛塔的美称。

6. 江槎:槎,音 chá,木筏。江槎指江中的木筏,多指江船。南朝梁简文帝《送别》诗:"石菌生悬叶,江槎流卧枝。"

7. 溯洄:音 sù huí,指逆着河流往上游走。

8. 蒹葭:芦荻,芦苇。蒹,音 jiān,没有长穗的芦苇;葭,音 jiā,初生的芦苇。《诗经·国风·秦风》云:"蒹葭苍苍,白露为霜。所谓伊人,在水一方。"

【赏析】

这是一首五言律诗,选自卷十七。在一个即将日落的黄昏,作者独自坐船乘着晚潮到琶洲游玩。停靠在琶洲塔下,静坐船中,晚风吹动衣裳,空中飘浮着片片晚霞。渐渐地,夕阳隐没在高塔之后,一轮明月升起,淡淡的月华自空中倾泻而下。月亮、高塔以及星星倒映在江面,在船边随着水波荡漾。水轻轻地拍打着江岸,江水默默地向大海流去,一阵风刮过,吹起大片飘零的花瓣,像是花雾飘散。沿着河水逆流而上,河岸两边长满茂盛的芦苇。看到此情此景,作者不由得诗兴大发,吟诵起《诗经·国风》之中的千古名篇:"蒹葭苍苍,白露为霜。所谓伊人,在水一方。"

泊端溪

仙台冠岑岫,石室带湖村。风景多归兴,江山劳梦魂。星槎来海曲,汉使返河源。郡接苍梧野,桥过驷马轩。望乡今日到,访旧几人存。映水朱旄节,依城白板门。溪晴浣女出,潮长钓童喧。问客何方至,嗟予忝拜恩。旧耕兼水火,残栅牧鸡豚。且息图南羽,天池昨化鲲。

【注释】

1. 岑岫:岑,音 cén,指小而高的山,亦指崖岸;岫,音 xiù,指山中洞穴,《尔雅》:"山有穴曰岫。"

2. 归兴:归思,回乡的兴致。

3. 星槎:槎,音 chá,木筏。星槎指往来于天河的木筏。晋代张华《博物志》卷三记载,古时天河与海相通,汉代曾有人从海渚乘槎到天河,遇见牛郎织女。亦泛指舟船。

4. 海曲:犹言海隅,多指沿海偏僻的地方。晋代陆机《齐讴行》诗:“营丘负海曲,沃野爽且平。”

5. 河源:河流的发源地。此处代指中原统治中枢。

6. 苍梧:位于今广西东部浔、桂两江汇合处,上古为虞舜巡游之地,秦汉已建郡县。

7. 朱旄:旄,音 máo。朱旄,古代车上的旗饰,用红色旄牛尾制成。

8. 忝:音 tiǎn,辱,有愧于,常用作谦辞。

【赏析】

这是一首五言排律,选自卷十九。作者在南返的途中,途经端溪,暂时停泊休息。离家越来越近,很快就能回到家中了,作者放眼望去,远处高台之上笼罩着茫茫云雾,遥遥可以看到山上的石室和岸边的乡村。回返家乡的激动心情让作者感觉看到什么景色都亲切不已,这就是自己日思夜想的家乡。终于不远万里从京城返回岭南,自己此时的身份算是朝廷派出的使节,手持使节凭证,乘坐高大的车马,也算是衣锦还乡了。回望别离故乡多年,心情如何不激动呢!只是不知道以前我认识的那些故人还有多少健在。天气晴朗,闲步溪边,走近水边的村落。人们在田里耕种,浣女带着准备洗的衣物来到溪边;随着潮水上涨,跑到溪边钓鱼的孩童大声喧闹着。村子里的人看到我,客气地询问我来自何方,却没想到这就是我的家乡啊。心中不由感慨万千,为了无愧于皇上的恩惠,只能远离挚爱的家乡长期在外漂泊,努力为朝廷尽忠了。

发湟川

自连州顺流三四十里,两岸奇峰怪石,对起水涯,或作仙佛、鸟兽、花木状,千形万态。水竹映发,颇极幽致。越在荒隅,好事罕至。故莫得而传焉。

归棹下湟川,扁舟去若仙。奇峰争插岸,怪石尽撑天。刻画神工似,雕虫物象全。孤根斜竖笋,侧叶倒垂莲。碍日仙幢起,嵌空佛座悬。阳崖飞盖舸,暗穴下浇泉。忽向山阴道,频回剡曲船。只言疲应接,无事久攀援。游客难名状,图经失品诠。不缘诗里画,胜绝若为传。

【注释】

1. 湟川:位于今广东省西北部连州市的连江河段,两岸茂林修竹,景色优美。自古为粤湘交通的重要通道。

2. 物象:景物,风景。

3. 仙幢:音 xiān zhuàng,指仙人或天子车驾前的旌旗。

4. 嵌空:凹陷。

5. 舸:音 gě,大船。

6. 剡曲船:剡,音 shàn。剡溪,河流名,在今浙江省绍兴市境内。南朝宋刘义庆《世说新语》记载,王子猷居山阴,夜大雪,命酌酒,四望皎然,因咏左思《招隐诗》。忽忆戴安道,时戴在剡,即夜乘小船寻访。经宿方至,造门不前而返。人问其故,王曰:“吾本乘兴而行,兴尽而返,何必见戴?”后因以“剡曲船”或“剡溪船”指隐居逸游,造访故友。

7. 图经:以图为主或图文并重记述地方文化的著述,又称图志、图记。

8. 品诠:品评。

9. 胜绝:绝妙。

【赏析】

这是一首五言排律,选自卷二十。作者在返回的路程中,沿着湟川顺流而下。距连州三四十里的这段水路,溪流两岸景色优美,怪石嶙峋。岸边竹木茂盛,极为幽静雅致,两岸的山峰斜插入水面撑起一片狭窄的天空,山上的奇石天然形成仙佛、鸟兽、花树的形状,形态万千,栩栩如生,令人感叹造物主的鬼斧神工。虬曲的树木根侧,长着翠竹和幼笋,宽阔的枝叶垂入水中,就像倒垂的莲花。舟行水中,眼前突然出现一座形似车盖的山峰,遮蔽了日光,又有一座山峰像是莲花盛开的佛座,从山体间幽暗的洞穴之中流出股股清泉。船行迅速,一叶扁舟忽然转过山阴,移步换景,景色马上转变,整个旅途就像在仙境中穿行一样。因此作者感慨,虽然景色优美,但因地处偏僻,知道的人不多,名声也就不那么显耀了。

春日寓崧台

高台烟树静书斋,绕径青萝映紫崖。阁迥白云时入户,春来黄叶尚盈阶。傍林独酌花先醉,倚栏微吟鸟共谐。何客到门成好事,笔床茶鼎称幽怀。

【注释】

1. 崧台：即崧台书院，位于今广东省高要市境内。明宣德中，肇庆知府王莹以城东石头庵改建，筑阅江楼以祀乡贤，且为士人讲读之地。

2. 笔床茶鼎：笔床为古人搁放毛笔的专用器物，南朝徐陵《玉台新咏序》说："琉璃砚盒，终日随身；翡翠笔床，无时离手。"笔床类似于今日的文具盒。茶鼎为煎茶的鼎，古代茶具之一，又叫风炉。唐代陆羽《茶经·之器》："风炉，以铜铁铸之，如古鼎形。"

【赏析】

本诗选自卷二十二，是一首七言律诗。春天时节，作者寓居崧台。春日寂静，树木青翠，远望像是一片绿色的烟雾。烟雾下面则是爬满青萝的小路，直通高高的楼台。亭阁高耸，回廊往复，高阁之外白云缭绕，好像要飘入窗户中去。虽然说春天已经来到，但是阶前的黄叶仍到处都是，这也是南方特有的一种景观吧。独坐在树林边，一边赏花一边饮酒，酒香花香混合在一起，春风微醺，人还没醉，感觉花都要醉了。有时倚在栏杆之上读书吟诗，旁边的鸟儿叫声婉转，好像在谐鸣唱和一样。突然听说趁着这大好春光有客人来访，会有什么好事呢？正好可以和朋友一起温鼎煮茶，边喝边谈古论今了。

阊门寓目

蓼花风起渚莲飘，处处菱舟趁晚桡。吴苑几年无伯气，胥门终古有归潮。枫林竹岸斜连郭，水寺溪村尽带桥。独有馆娃宫外柳，年年烟雨锁长条。

【注释】

1. 阊门：地名，位于苏州古城之西门，通往虎丘山方向。

2. 寓目：过目，观看。

3. 蓼：音 liǎo，一年生草本植物，叶披针形，花小，白色或浅红色，果实卵形、扁平，生长在水边或水中。茎叶味辛辣，可用以调味，入药，亦称"水蓼"。

4. 桡：音 ráo，即船的桨、楫。

5. 吴苑：指吴地的旧苑。

6. 伯气：霸王气象。伯，通"霸"。

7. 胥门：位于今苏州城西万年桥南，东西向，为春秋吴国建造都城时所辟古门之一，以遥对姑胥山(即姑苏山)得名。

8. 馆娃宫:古代吴宫名,春秋吴王夫差为西施所造,在今苏州市西南灵岩山上,灵岩寺即其旧址。

9. 长条:长的枝条,亦特指柳枝。

【赏析】

这是一首七律,选自卷二十四。作者旅于苏州,去苏州古城西门的阊门游玩。城门之外的水边,开着白色和浅红色小花的蓼草和水面绽放的睡莲一起随风摆动。夕阳之下,处处都有采菱的小船划过。岸边长满了茂盛的枫树和细密的竹林,林木曲折蜿蜒,斜斜地和远处的城郭连了起来。近处水边有寺院,乡村中随处可见横跨于河面的小桥。世事变迁,随着时光的流转,古时吴苑的霸王之气早随古人而逝,只有胥门之外的潮水,千百年来持续不断地拍打着岸边。还有馆娃宫外的垂柳,年年在濛濛的烟雨中摇曳。

观滴水蓬

玉女宫前小洞天,忽逢灵境兴翛然。阴崖乱滴非关雨,碧甃承流若有泉。风递清声摇杂佩,涧含春溜泻平田。醴泉神瀵何如此,便欲抽毫续水篇。

【注释】

1. 滴水蓬:古称沥滴泉,一称滴水棚,在今河南省新密市七里岗镇天仙庙附近,以滴水如雨,四时不竭而得名。

2. 灵境:指风景名胜之地。南朝梁江淹《杂体诗·效谢灵运〈游山〉》:"灵境信淹留,赏心非徒设。"

3. 翛然:音 xiāo rán,形容词,形容无拘无束、超脱、自由自在的样子。

4. 碧甃:音 bì zhòu,青绿色的井壁,借指井。

5. 杂佩:总称连缀在一起的各种佩玉。

6. 春溜:指春水。南朝陈阴铿《渡青草湖》诗:"洞庭春溜满,平湖锦帆张。"

7. 醴泉:音 lǐ quán,亦名甘泉,指泉水甘甜。

8. 神瀵:瀵,音 fèn,水由地下喷出漫溢。神瀵,比喻神奇而富有营养的水。

【赏析】

这是一首七言律诗,选自卷二十四。在一个春日,作者到玉女宫前的滴水蓬游玩,发现这里居然是一处别有洞天、风景优美的胜地，顿时兴趣盎然。山阴之处的石崖上，冰凉的山泉水像下雨一样不断自岩间滴下，只是实际上却依然晴天白日，艳阳高照。深井因承接落下的泉水而似有甘泉溢出。微风从林间吹过，树木摇曳，再加上水声叮咚，就像串在一起的玉佩互相撞击发出的清脆声音。涧中的春水流出山中，自山壁间一泻而下，灌溉着辽阔、平整的田野。这也是百姓的生命之源，其作用即便是传说中的神水也不过如此吧。搞得作者要冲动地，拿出纸笔，挥毫为此处的甘泉写下咏水的篇章呢。

望七星岩

（一）

仙山对城郭，累累七星石。中有太古文，世人了不识。

（二）

几度别仙山，瀛洲绿水环。碧桃开又落，乱点玉苔斑。

【注释】

1. 七星岩：位于广东肇庆市区北边，传说其七座山峰是女娲补天时留下的七块灵石，由阆风岩、玉屏岩、石室岩、天柱岩、蟾蜍岩、仙掌岩、阿坡岩七座石灰岩山峰组成。
2. 累累：形容层叠高耸的样子。
3. 瀛洲：传说中的东海仙山，代指胜境奇观。

【赏析】

这是两首五言绝句，选自卷二十六。层叠高耸的七星岩这一处山水胜境遥相对应着肇庆城，点缀在喧嚣繁闹的城郭之外。历代到此游玩的名人不计其数，很多人曾在此留下墨宝。在岩洞中除了千奇百怪、各种形状的钟乳石外，还能发现久远的先人遗迹，但这些太古文字，已经没有多少人认识了。这里就像绿水环绕的仙山瀛洲，神秘缥缈，引人入胜。春天，山中灿烂绽放的碧桃旋开旋落，花瓣随风零落飘散在白玉般的石阶上，杂在点点碧绿的苍苔之间。山水相得益彰，美丽的景色仿佛仙境，尽管已经多次来这里游赏，但依旧为其美景所吸引。

岘亭再作

独携千古意，偶向林间坐。由来岘首碑，此泪非空堕。

【注释】

1. 岘亭：岘，音 xiàn。岘亭即岘山亭、岘首亭，位于今湖北省襄阳城南的岘首山上。襄阳城西南诸山统称岘山。岘首山是古襄阳的重要标志。从晋朝开始已在山上建供人游乐的亭阁。在此之前，作者已作《岘山怀古》（卷二十），故称“再作”。

2. 岘首碑：即“岘山碑”，晋羊祜任襄阳太守，有政绩，后人以其常游岘山，故于岘山立碑纪念，称“岘山碑”。

【赏析】

这是一首五言绝句，选自卷二十六。作者在湖北襄阳城南的岘首山游览，追循着古人的踪迹，穿过茂密的山林，沿着山路来到岘山亭，不由兴起怀古之叹。作者坐在岘首亭中休息，面对岘首碑以追思先贤的风采，想象着魏晋时期文人们神采飞扬、激扬文字、恣意挥洒的风度，不由得景仰思慕。只是沧海桑田，世事变迁，古时的先贤已经埋没于一抔黄土。突然想起唐代诗人陈子昂“前不见古人，后不见来者。念天地之悠悠，独怆然而涕下”之诗，面对此情此景，能深刻地体会到，人们怆然而涕下并不是没有来由的。

春日访山家

苔径无尘到渐赊，小园留客剪春茶。自从闭却山门路，落尽山樱几树花。

【注释】

1. 苔径：指长满青苔的小径。

2. 赊：远，长。唐代韩愈《赠译经僧》：“万里休言道路赊。”

【赏析】

这是一首七言绝句，选自卷二十七。春天时节，作者外出到山中游玩赏春。苔痕宛然，沿着长满青苔的小径拾级而上，一尘不染的小路在山中蜿蜒得越来越远，行人也越来越深入到山林之中。令人惊喜的是，花木掩映之后有一户人家。欣喜之余，作者叩门拜访，主人急忙把客人让进宅中，摘下园中茶树刚发出的嫩芽为客人冲泡。顿时，一缕清香萦绕小园之中。闲坐在庭院内，和主人一边饮茶一边聊天。主人感慨，自从隐居山中闭门谢客，已经好几年了，连山中的樱花都旋开旋落，绽放几度，这就是世事沧桑啊！

宿碧云寺

寂寂松坛结暝烟，泠泠石上听流泉。十年京国红尘梦，留得山窗一榻眠。

【注释】

1. 碧云寺：位于今北京市海淀区香山公园北侧，始建于元代，寺院坐西朝东，依山而建。
2. 暝烟：傍晚的烟霭。唐代戴叔伦《过龙湾五王阁访友不遇》诗："野桥秋水落，江阁暝烟微。"
3. 泠泠：音 líng líng，形容流水声音清越。

【赏析】

本诗选自卷二十七，是一首七言绝句。作者借宿于京城附近的碧云寺，傍晚时分，独坐在寺院之中，远处的山林寂静无声，长满松树的高坛之上烟霞迷漫。寺院附近，泉水叮咚，缓缓流淌而过。随着暮色的降临，夜色笼罩大地，空旷的寺院显得更加幽静。守着一盏青灯，巍峨的古佛，回想起半生漂泊，为了俗事之中的争名夺利而蝇营狗苟，不觉怃然。十年之中，京城功名亦如红尘一梦，此时陪伴自己的就是空中的一轮明月，也只能听着山中的阵阵松涛，仰卧僧榻而眠了。

入西山

（一）

山叶初齐水满汀，晓风吹雨过湖亭。泉声只在花深处，不是闲人不解听。

（二）

寻山累日踏花行，讲席香台积渐平。钟磬寥寥水南寺，乱泉犹作雨花声。

【注释】

1. 讲席：指高僧、儒师讲经讲学的席位。

2. 香台：烧香之台，又代指佛殿。唐代卢照邻《游昌化山精舍》："宝地乘峰出，香台接汉高。"

3. 钟磬：古代礼乐器；佛教法器；指钟、磬之声。

【赏析】

这是两首七言绝句，选自卷二十七。春日时分作者至西山游玩，山中一片春意，生机盎然。山林中树叶刚刚长齐，江中涨满了春水。晓风乍起，吹来丝丝雨雾，裹挟着穿过湖中的小亭。沿着山中的小径行走，一整天都在寻芳赏花。由于是兴致所在，所以根本感觉不到累。来到高僧讲经的高台，听着春水池南畔的钟磬之声，心中一片宁静。伴随着寺中的钟磬声，整个山谷显得更加幽静。泉水在花深之处汩汩流过，就像环佩相撞的叮咚之声。这种悦耳的声音，也只有我这种闲暇之人才懂得欣赏了。

过黄陵庙

（一）

烟雨初消苦竹幽，鹧鸪啼破碧云愁。黄陵庙口西风急，不觉潇湘瑶草秋。

（二）

远别谁传万古悲，乱篁秋草不胜思。湘江日暮行难进，空使愁云满九嶷。

【注释】

1. 黄陵庙：祭祀舜二妃娥皇、女英的庙。传说帝舜南巡，死于苍梧。二妃从行，溺于湘江，后人遂立祠于水侧，是为黄陵庙。在今湖南省湘阴县之北。北魏郦道元《水经注·湘水》记载："湖水西流，径二妃庙南，世谓之黄陵庙也。"唐代郑谷《鹧鸪》诗："雨昏青草湖边过，花落黄陵庙里啼。"清代吴伟业《南风》诗："九嶷望断黄陵庙，曾共湘灵指五弦。"

2. 鹧鸪：音 zhè gū，鸟类的一种，雄性好斗，叫声特殊，鸣声响亮，声音略似"行不得也哥哥”，颇为悲苦，常常勾起人们的离愁别绪，所以鹧鸪成了古人寄托情思的象征，常与“愁”联在一起。宋代流行词牌名“鹧鸪天”。

3. 潇湘：湖南的代称。潇，指今湖南省境内的潇水河；湘，指的是横贯今湖南的河流湘江。潇湘一词，最早见于《山海经·中山经》：“澧沅之风交潇湘之浦。”

4. 篁：音 huáng，竹林，泛指竹子。

5. 九嶷：亦作“九疑”，山名，在今湖南省宁远县南。《山海经·海内经》：“南方苍梧之丘，苍梧之渊，其中有九嶷山，舜之所葬，在长沙零陵界中。”

【赏析】

这是两首七言绝句，选自卷二十七。作者在路过湖南湘江之时，在一个刚下完雨的秋日，顺路到黄陵庙游玩。秋雨的寒意令竹子显得凄苦幽怨，空中传来鹧鸪阵阵如怨如诉的啼叫，更令人觉得愁云惨淡。站在黄陵庙口，不由想起娥皇、女英二妃的凄美传说。人的思绪也受到这种环境的影响，低落了很多，充满悲秋之情。雨已经停了，但刮过的秋风中还含着雨水的气息。极目眺望远处，江阔云低，秋水远泻。不知不觉中发现湘江大地的碧草已经染上了秋天的黄色，岁月又从身边溜过。随着太阳西下，天色渐渐暗了下来，暮色开始笼罩周围的山峦。此时再继续上路也不可能了，只是随之升起的满腔愁绪又该如何排遣呢？此诗将秋雨过后作者心中的愁绪淋漓尽致地表达了出来。

经碧云村

门掩松溪石路斜，碧云开尽见人家。客来惯煮胡麻饭，春到先收谷雨茶。

【注释】

1. 碧云村：位于今广东佛山南海区西樵山上的一个自然村落，因位于山顶处而得名。

2. 斜：音 xiá，指路面不平整。

3. 胡麻饭：胡麻做成的饭。相传东汉永平年间，剡县人刘晨、阮肇入天台山采药，遇二女，邀至家，食以胡麻饭。留半年还乡，子孙已历七世。后以“胡麻饭”表示仙人的食物。

【赏析】

这是一首七言绝句，选自卷二十七。作者一生曾多次到西樵山游历，写下众多的诗篇。在一次游览的过程中,作者途经碧云村,并进村拜访,写下这首七言绝句。一条清澈见底的小溪在春日里缓缓流淌,蜿蜒远去的溪边遍植松木。小溪旁一条石头铺就的小径弯弯曲曲地向山中斜插而去。沿着石路前行,春山之中越行越深,仿佛走到碧云的尽头,突然眼前出现一户人家,作者于是上前叩门拜访。见到有客来到,好客的主人连忙煮起了胡麻饭,还专门冲泡了谷雨前的茶叶。品着茶,作者坐在山中碧云深处的人家里,一股恍若身处仙境的感觉油然而生。

湖南曲

湖南秋水渺烟波,万古萧条别恨多。虞帝南巡去不返,独留瑶瑟怨湘娥。

【注释】

1. 虞帝:即帝舜,传说舜在南巡途中不幸病逝于苍梧,尧的两个女儿即娥皇、女英是舜的妻子,二妃闻讯追至湘江边,恸哭不止,最后泪染青竹,竹上生斑,二妃泪尽而死。这些竹子因此被称为“潇湘竹”或“湘妃竹”。

2. 瑶瑟:用玉装饰的琴瑟。

3. 湘娥:即湘妃,指娥皇、女英。二人投湘水而死,故被称为“湘夫人”“湘妃”等。

【赏析】

本诗选自卷二十七,是一首七言绝句。湖南是岭南到京城的必经之路,这里留下了许多凄美的传说。传说中,上古时期的帝王舜南巡时死在苍梧。舜的两位妃子即娥皇、女英追随舜帝不及,到湖南时听闻舜死亡的噩耗,泪尽后投水殉情而死。她们哭泣的泪水沾染到竹子上,竹子长出了斑斑泪痕,这就是传说中“湘妃竹”的来历。作者经过湖南之时,看到这里烟波浩渺,秋水连天,不由得想起这个凄美的传说。于是他感慨,人生自古离恨多,即便是伟大的帝王舜和他的两位爱妃,最终不也面临着离愁别恨、生死之隔吗?舜帝一去不返,千载过后,能够流传下来的只有传说和万载不断的潇湘之水了。

五、访古

咏苏门

阮公天性逸，傲睨出风尘。长啸入苏门，遇此异代人。世事了不答，终古徒自陈。意尽还山半，清音流涧滨。

【注释】

1. 苏门：山名，在今河南省辉县西北，又名苏岭、百门山。晋孙登曾隐居于此。

2. 阮公：指阮籍。《世说新语·栖逸》记载：阮籍曾于苏门山中遇到一位得道真人，与之谈论古事，真人仰头不理。阮籍又与其谈儒论道，真人还是不理。阮籍对他长啸。过了好一会儿，真人才笑说："可以再吹一次吗？"阮籍又吹一次。阮籍下到半山腰，听到山顶众音齐鸣，山谷有回声。阮籍回头看见是真人在长啸。此为"苏门长啸"的典故。

3. 傲睨：音 ào nì，傲慢斜视，骄傲。唐代罗隐《送宣武徐巡官》诗："傲睨公卿二十年，东来西去只悠然。"

4. 自陈：自己陈述。《史记·老子韩非列传》："李斯使人遗非药，使自杀。韩非欲自陈，不得见。"

【赏析】

这是一首五言古诗，选自卷四。作者旅途中经过苏门，遂到此寻访古人遗迹。阮籍是三国魏末著名人物，字嗣宗，陈留尉氏即今河南开封人。曾任步兵校尉，故世称阮步兵。与嵇康、向秀、刘伶等7人为友，常集于竹林之下肆意酣畅，世称竹林七贤。他在思想上崇奉老庄，政治上采取谦退冲虚、谨慎避祸的态度。据传说他曾于苏门山中遇到得道仙人，遂留下"苏门长啸"的故事。作者在诗中借"苏门长啸"的传说来描写阮籍狂放潇洒的风采，并感慨世事的变迁与兴衰。

登钓台作

黄鹄游太清，燕雀守丘樊。伟哉严子陵，不屈万乘尊。为士固有志，何心恋华轩。还钓坐磐石，返耕入松门。洗耳颍川水，抗迹首阳原。身隐名愈高，人去台空存。茂林息归鸟，峭壁奔断猿。石激水流响，山晚林木芬。垂竿千丈碧，使我清心魂。

【注释】

1. 钓台：指严子陵的隐居之地，位于今浙江省桐庐县境内。

2. 黄鹄：鸟名。《商君书·画策》："黄鹄之飞，一举千里。"

3. 太清：指天道。《庄子·天运》："行之以礼仪，建之以太清。"此处指天空。

4. 丘樊：丘，小土山。樊，笼子，此处指篱笆。丘樊，园圃，乡村，亦指隐居之处。此句用来形容燕雀等小鸟活动范围只能在小的丘陵和樊篱之间，与高翔的黄鹄相比目光短浅。

5. 严子陵：即严光，本姓庄，后人避汉明帝刘庄讳改其姓，一名遵，字子陵，余姚人。少有高名，与刘秀共同游学。刘秀即位为光武帝，严光乃隐名换姓，避至他乡。

6. "抗迹"句：指商末周初孤竹国的两位贤者伯夷、叔齐二人因反对武王伐纣，耻食周粟，在首阳山采薇而食，最后不食周粟而饿死的故事。

【赏析】

这是一首五言诗，选自卷六。钓台是东汉时余姚人严光字子陵的隐居之地，他与刘秀是同学。刘秀即位后，严光隐名换姓，归隐于现今桐庐县境内的富春山内耕读垂钓。对于这种辞官不就、隐居避世的行为，区大相极为推崇，因此他在诗中列举了大量高风亮节的隐士，如颍川洗耳的许由、宁愿饿死也不食周粟的伯夷和叔齐等。在观赏游览的同时，作者描写了钓台周围的景色，这里鸟栖茂林，奔腾的水流鸣响着冲过峭壁断崖。

在观赏景色、感慨古今之余，作者也表达了对这些先贤的仰慕和避世隐居的渴望。

登箕山

杖策访名山，夙慕良有以。素琴石上横，清风松下起。昔日让王人，含芬遗垢耻。饮泉想弃瓢，临流思洗耳。太古多逸民，中世寡奇士。回策下岩翠，放歌入烟紫。白云何时来，荒涂难与理。终愿毕吾志，抗手谢坌滓。

【注释】

1. 箕山：位于今河南登封，传说上古名士许由隐居并葬于此。尧封许由为箕山公神。

2. 杖策：亦作“杖筴”，拄杖。

3. 夙慕：旧有的慕求，平素的爱慕。

4. 良有以：良，很，甚。以，所以，原因。指某种事情的产生是很有些原因的。

5. 让王人：指许由。

6. 垢耻：犹耻辱。

7. 抗手：举手，施礼。此处意为举手，示意告别。

8. 坌滓：坌，音 bèn，尘埃，粗劣。滓，音 zǐ，渣子，沉淀物。

【赏析】

这是一首五言古诗，选自卷六。万历二十九年(1601)，区大相外出公干返回之时，顺路游览了箕山。许由，字仲武，为阳城槐里即今河南登封箕山槐里村人，是上古一位高洁清节之士。传说许由是尧的老师，尧曾想将天下让给许由，他隐居箕山而不接受。尧又请他出任九州长官，他跑到颍水边洗耳，表示不愿听到这些世俗浊言。作者在河南游览了许多地方，箕山是其一。远离世俗的纷扰与羁绊，手持着拐杖去寻访箕山这样的名山大川，这是作者很早就有的想法。他在诗中描写了箕山优美的景色，由此想起上古许由这样的先贤，对他们淡泊名利的高尚节操表达了追思和倾慕。

过殷墟作

北上朝歌里，南涉淇水隅。前有钜桥仓，后有鹿台岖。宫阙久芜没，坟陵亦

丘墟。借问此何郭，云是殷故都。才辩足拒谏，智力称绝殊。飞廉为助虐，崇伯更献谀。积粟逾太行，聚财倾昆吾。民离尚征敛，运去犹欢娱。剖心莫与悟，佯狂遂为奴。一朝孟津会，牧野誓师徒。粟为周人发，财为周人输。敌国行仁义，己身遭钺铁。身死为世笑，笑此一独夫。感叹殷王子，多藏诚累愚。

【注释】

1. 殷墟：是商王朝后期都城的遗址，在今河南省安阳市西北郊的洹河南北两岸。

2. 朝歌：古称沫邑，商末易名朝歌，曾为殷纣都城和卫国国都，在今河南省淇县。

3. 淇水：河流名称，在今河南省北部，古为黄河支流。

4. 钜桥：商代大粮仓。《史记·殷本纪·集解》："服虔曰：'钜桥，仓名。'"《史记》记载，帝纣"厚赋税以实鹿台之钱，而盈钜桥之粟"。武王攻克殷都，"命南宫适散鹿台之财，发钜桥之粟，以赈贫弱氓隶"。《史记·殷本纪·集解》："如淳曰：'《新序》曰，鹿台，其大三里，高千尺。'瓒曰：'鹿台，台名。今在朝歌城中。'"此处"钜桥"与下文"鹿台"连用，言帝纣搜刮之酷及生活之奢。

5. 飞廉：商纣王的大臣，与其子恶来一起为商纣王的宠臣，飞廉善走，恶来有力，二人助纣为虐。

6. 崇伯：即崇侯虎，为有崇氏（今河南省嵩县北）国君，名虎，受商封为侯。《史记·殷本纪》记载，纣王任命西伯昌（即周文王姬昌）、九侯、鄂侯为三公。九侯的女儿被纣王纳入后宫，因不喜淫乐，被纣王杀掉，并把九侯剁成肉酱。鄂侯争辩几句，也被做成肉干。"西伯昌闻之，窃叹。崇侯虎知之，以告纣，纣囚西伯羑里"。

7. 剖心：即比干剖心的故事。比干是商朝贵族商王太丁之子，受托孤辅佐帝辛即商纣王。纣王暴虐荒淫，横征暴敛，滥用重刑。比干叹曰："主过不谏非忠也，畏死不言非勇也，过则谏不用则死，忠之至也。"遂至摘星楼强谏三日不去。纣怒曰："吾闻圣人心有七窍，信有诸乎？"遂杀比干剖视其心。

8. "佯狂"句：指纣王的叔父箕子，官太师，封于箕（今山西省太谷、榆社一带），名胥余。商朝末，纣愈奢靡，旦夕饮酒作乐不理政。箕子屡谏，纣不听。有人劝箕子离去。箕子曰："为人臣，谏不听而去，是彰君之恶而自说于民，吾不忍也。"于是箕子披发佯狂为奴，隐而鼓琴以自悲。

9. 孟津会：商纣王无道，周武王大会诸侯于孟津（今河南省洛阳北），前来参加大会的诸侯和部落首领有八百人之多。周武王在大会上举行誓师仪式，史称"盟津之誓"。实际上是灭商的总动员。《史记·殷本纪》："周武王之东伐，至盟津，诸侯叛殷会周者八百。”

10.“牧野”句:商周之际,周武王率军直捣商都朝歌,在牧野即今淇县以南卫河以北地区大破商军,这是周灭商的一次决战。

11.钺铁:音 yuè fū,亦作“铁钺”,斫刀和大斧,指腰斩、砍头的刑具。用以代指刑戮。

12.独夫:指残暴无道、众叛亲离的统治者。

13.“多藏”句:指积聚很多财物而不能周济别人,引起众人的怨恨,最后会损失更大。

【赏析】

这是一首五言古诗,选自卷七。万历二十九年(1601),区大相外出公干返回之时,路过殷墟游览写下此诗。诗中简练地概括了商朝末年的一段历史,深刻剖析商灭亡的原因。在诗作表面的怀古主题之后,作者实际上是希望当朝的统治者能从殷商的灭亡中吸取教训。作者借商和周两朝君主的对比来强调,如果自己多行不义,而他国却广施仁义之行,那么迟早都会有灭亡的一天。到那时不仅国家灭亡,自己也会遭到世人的讥笑和咒骂。因此,作者奉劝统治者应爱惜百姓,兼听纳谏,不要骄奢淫逸,横征暴敛。过多敛财而不积累德行,是败亡的根源,这也多少有些影射万历年间朝廷派矿监税使四处敛财而引发的社会危机。

江上吊屈庙

(一)

楚臣昔见放,遗庙楚江阴。憔悴当年色,凄凉千载吟。碧云湘浦远,春草洞湖深。魂去招何处,遥遥枫树林。

(二)

去国晴如昨,怀归复几时。皇天难具问,公子敢言思。风雨湘灵泣,鱼龙梦泽悲。九歌君不见,空自撷江蓠。

【注释】

1.楚臣:指屈原,战国时楚国人,芈姓,屈氏,名平,字原,任左徒、三闾大夫。屈原因性格耿直而受谗,被楚怀王逐出郢都。

2. 楚江:楚国发源于长江流域的湖北、湖南地区,战国时相继灭了长江流域各国,故古人亦称长江为楚江。

3. 阴:古人称山的北面、水的南面为阴。

4. 湘浦:浦,水滨。湘浦,湘江水边。

5. 遥遥枫树林:屈原《楚辞·招魂》:"湛湛江水兮上有枫,目极千里兮伤春心。"

6. 皇天:古代对天的称呼。

7. 湘灵:指湘水之神。

8. 九歌:《九歌》是《楚辞》篇名,原为传说中的一种远古歌曲的名称,屈原据民间祭神乐歌改作或加工而成。

9. 江蓠:香草名,又名"蘼芜"。

【赏析】

这组诗选自卷十一,为两首五言律诗。在路经长江之上的屈原庙时,区大相步入其中凭吊。作者在诗作中叙写了屈原的事迹,对其经历和结局充满同情和感伤。作者想象当年屈原因被小人构陷而遭到放逐,他独自凄凉地行走在江边,一边吟咏一边思念着故国。春草萋萋,洞庭水深,连水中的神明和鱼龙都为其感到悲伤。如今,人们唱着《九歌》,怀念着这位不屈的文人,何处能够招回这位先贤的英魂呢?可他的魂魄却无法听到这歌声了。人们只能借着采摘江边的香草来表达对先人的敬慕和追思。两首诗均抒发了诗人沉痛的悼念之情。

出钱塘门览古作

(一)

驻马钱塘路,逢人说胜游。湖光吴苑晚,山色宋陵秋。岩桂密连寺,渚花高映楼。伤心六桥月,不照汴河洲。

(二)

花月迷人去,江山胜事存。由来耽乐土,不复问中原。歌舞喧南渡,风尘暗北辕。只余湖上草,岁岁为王孙。

【注释】

1. 钱塘门:杭州十个古城门之一。

2. 宋陵:原指位于河南省巩义市嵩山北麓与洛河间的丘陵和平地上的北宋帝王陵墓。此处当指位于今浙江绍兴的南宋皇帝陵寝。

3. 六桥:指西湖苏堤上的六座拱桥,著名景点之一。

4. 王孙:原指贵族子弟,后也泛指隐居的人。唐代白居易《赋得古原草送别》:"离离原上草,一岁一枯荣。野火烧不尽,春风吹又生。远芳侵古道,晴翠接荒城。又送王孙去,萋萋满别情。"

【赏析】

这两首五言律诗选自卷十三,为赏今咏古之作。作者勒马停在钱塘路上,这里是杭州城的名胜之地,湖光山色中,旧时的吴宫池苑倒映在水中,水面还有一抹空中晚霞的倒影。山岩上、寺院里到处盛开着茂密的桂花。水边低洼之处,可以看到水渚边的小花随风飘落,再远处则是高高的楼阁。眼前的亭阁楼苑,不仅让人回想起北宋的覆灭和南宋的偏安一隅,当时的统治者在杭州纸醉金迷,歌舞不休,再也兴不起半点收复中原的雄心。如今,花月迷人,胜景犹在,但江山却已换了主人。秋日的宋陵应该已经荒草丛生,埋没在山野之中。那映照在六桥之上的明月,是否也同时将清辉洒在了大宋汴河的洲渚之上呢?想来只有那西湖之畔的芳草,还在期待着王孙公子的归来吧。

谒张文献祠

一代孤忠在,千秋大雅存。诗才推正始,相业忆开元。曝日陈《金鉴》,蒙尘想剑门。更吟《羽扇赋》,摇夺不堪论。

【注释】

1. 张文献:指张九龄,今广东省韶关人。唐开元间任中书侍郎宰相,诗人,著《曲江集》。张文献祠就在曲江梅岭云封寺前,建于元至正年间。

2. 孤忠:忠贞自持,不求人体察的节操;用以代指忠贞自持的人。

3. 大雅:《诗经》内容分为风、雅、颂三部分,其中雅又分大雅、小雅。《周南·关雎》序云:"雅者,正也。言王政之所由废兴也。政有大小,故有《小雅》焉,有《大雅》焉。"后世遂将反映朝廷大事、关乎国计民生的诗歌和刚正不俗的操行称为大雅。

4. 正始：三国曹魏的君主魏齐王曹芳的第一个年号。正始诗人以阮籍、嵇康等为代表。

5. 开元：唐玄宗年号，张九龄在开元二十一年(733)任中书侍郎同中书门下平章事，开元二十四年(736)罢相。

6. 曝日：晒太阳。《列子·杨朱》载，宋国有田夫，自曝于日，谓其妻曰："负日之暄，人莫知者，以献吾君，将有重赏。"后以此为向皇帝进献意见之典故。

7. 金鉴：《新唐书·张九龄传》载："千秋节(玄宗生日)，公王并献宝鉴。九龄上事鉴十章，号《千秋金鉴录》，以伸讽喻。"

8. 蒙尘：指帝王逃亡在外，蒙受风尘。《左传·僖公二十四年》："天子蒙尘于外，敢不奔问官守？"此处代指唐玄宗因安史之乱被迫出逃蜀中之事。

9. 剑门：剑门关，即剑阁，在今四川省剑阁县北七里。《新唐书·张九龄传》载，安禄山曾获罪宜死，玄宗赦之。张九龄曰："禄山狼子野心，有逆相，宜即诛之，以绝后患。"玄宗不听。后来安禄山发动叛乱，玄宗逃到四川，才想起张九龄的话，不禁流下泪来，下诏褒赠。

10.《羽扇赋》：指张九龄所作《白羽扇赋》。《白羽扇赋序》云："开元二十四年夏，盛暑，奉敕使人将军高力士赐宰臣白羽扇，某与焉，窃有所感，立献赋曰……"时玄宗昏庸，李林甫等暗操国柄，常向玄宗进谗，说九龄"颇怀诽谤"。九龄忧谗畏讥，遂写《白羽扇赋》借以探知玄宗对自己的态度。

11. 摇夺：摇，以羽扇的被摇动来比喻被任用；夺，以羽扇的被弃之不用来比喻被疏远。《白羽扇赋》云："提携密迩，摇动馨香。""纵秋气之移夺，终感恩于箧中。"

12. 论：音 lún，平声。

【赏析】

这是一首五言律诗，选自卷十三。张九龄是广东韶关曲江人，为唐开元年间的一代名相。他为人正直，忠心耿耿，尤其在晚年时屡遭李林甫等的猜忌，被贬为荆州长史。在开元二十四年(736)夏天，张九龄曾作《白羽扇赋》并寄意其中，诗人想借以探知玄宗对自己的态度。他还在唐玄宗诞辰的千秋节上献《千秋金鉴录》以为讽喻，他警告玄宗，说安禄山狼子野心，有逆相，应该尽早诛除以绝后患。玄宗不听。直到后来安禄山发动叛乱，玄宗逃到四川，才想起张九龄的话，体会到他的一片忠君之心。区大相这首诗概括了张九龄的一生，赞美了他在政治上和文学上的成就，更为他的忠告不被皇帝接纳而深表惋惜。屈大均在《广东新语》中称赞这首诗云："即此一篇已工绝。"

过曹溪

（一）

闻道南华寺，寻源向此溪。水香浮钵远，山翠入檐低。樵路春游鹿，松房午放鸡。津梁云不远，过此识前迷。

（二）

相传此溪胜，来渡莫辞频。一派澄心水，千年说法人。松门数里寺，茅屋几家邻。愿假慈航力，长成利涉津。

【注释】

1. 曹溪：水名，在今广东省曲江东南双峰山下。

2. 南华寺：又称宝林寺，位于今广东省韶关市曲江区东曹溪河畔，因禅宗六祖慧能在此弘扬佛法，故成为“南宗禅法”的发源地。

3. 津梁：渡口和桥梁，多比喻起引导、过渡作用的事物或方法。

4. 一派：禅宗南宗别号，又称为曹溪。

5. 说法人：指六祖慧能。

6. 慈航：佛教语，谓佛、菩萨以慈悲之心度人，如航船之济众，使脱离生死苦海。

【赏析】

这两首五言律诗选自卷十三，为区大相路过韶关曲江曹溪时所作。南华寺是佛教禅宗六祖慧能弘扬“南宗禅法”的发祥地，六祖慧能在此传授佛法37年，因此南华寺有南禅“祖庭”之称。作者早就听说过曹溪南华的盛名，路过此地时专门循着溪水来到寺中游览。这里景色幽美，林深静谧，山青水澈，翠檐低垂。寺门之前数里的道路都栽种着松树，寺旁紧邻着有几家茅屋。松树搭造的房屋之外有几只鸡在来回走动，砍樵的山路上，时不时地可以看到鹿的身影。作者感慨，不辞辛苦地来到这里，就是为了寻求心灵上的平静。希望能够借着佛、菩萨的普度之心，我也能早日脱离迷妄的境界，达到超脱生死的彼岸。

面壁洞

震旦初来日，烟霞启洞扉。苔生面壁石，云湿坐禅衣。五叶灯前度，三花顶上飞。不知传教后，何事又西归。

【注释】

1. 面壁洞：今河南嵩山西麓五乳峰的中峰上部、离绝顶不远的一孔天然石洞。相传达摩在此洞中面壁九年。

2. 震旦：古代印度称中国为震旦，此处代指达摩。

3. 五叶：禅宗始祖达摩传法给二祖慧可时有偈："吾本来兹土，传法救迷情。一花开五叶，结果自然成。"从字面看，是一朵花长出五片花瓣，并结成丰硕果实。有人认为，"一花开五叶，结果自然成"，意为"五种智慧的花瓣"，显示自然的觉悟；另一说是比喻禅宗在中国扎根以后，至六祖慧能及其门下，形成了南禅五家，即沩山灵枯和仰山慧寂开创的"沩仰宗"；黄檗希运和临济义玄开创的"临济宗"；云门文偃开创的"云门宗"；洞山良价和曹山本寂开创的"曹洞宗"；清凉文益开创的"法眼宗"。以后禅学发展大抵不出这五家范围。

4. 三花：三花即"精""气""神"，是道教名词。

5. 西归：即只履西归。传说达摩死后葬熊耳山，两年后有出使西域的使臣返洛，途经葱岭时看见达摩一手拄着锡杖，一手掂着一只鞋子，身穿僧衣，赤着双脚，由东往西行走。使者回到京城始知达摩已死。后开棺视之，棺中仅有一只鞋子。

【赏析】

这是一首五言律诗，选自卷十三，为万历二十九年(1601)，区大相外出公干返回之时路过嵩山所作。作者想象达摩初来少林之时，烟霞迷漫洞扉开启。然后达摩在五乳峰上的山洞中面壁九年，参修佛法。九年的时间里，绿苔都长满了对面的崖壁，云雾打湿了达摩身上的禅衣。自从达摩祖师创立禅宗之后，禅宗广为流传，后又经过六祖慧能的传播，最终形成了禅宗五家，奠定了以后禅宗发展的基础。只是作者猜测，为何在传教之后，禅宗取得了如此大好局面的情况下，达摩祖师又只履西归了呢？

寻安乐窝故址

范阳移寓后，读《易》此林阿。画自先天启，经传后进多。玄言探河洛，幽意

闷藤萝。击壤闻遗咏，高山想旧窝。

【注释】

1. 安乐窝：位于今河南省洛阳市洛龙区，因宋代学者邵雍来洛阳游学时住于此而得名。

2. 范阳：代指邵雍，北宋哲学家，字尧夫，谥号康节，自号安乐居士、伊川翁，后人称百源先生。其先范阳（今河北涿州）人。

3.《易》：指《易经》。

4. 林阿：长有林木的山丘。

5. 玄言：指魏晋间崇尚老庄玄理的言论或言谈，亦代指老庄之书。此处指道教的义理。

6. 闷：音 bì，掩蔽。

【赏析】

这首五言律诗选自卷十六。区大相在万历二十九年（1601）途经河南洛阳之时，专门到洛河之畔寻访宋代理学家邵雍的旧居安乐窝。邵雍于宋仁宗皇祐元年（1049）三十岁时移居洛阳，同司马光、富弼、吕公著等交往甚密。司马光等资助邵雍购买了原五代节度使安审琦的故宅，邵雍将其室题为“安乐窝”，自号“安乐居士”，并在这里居住了四十余年，以教授生徒为生。在这里，他读书著述，潜心治学，创“先天学”，以为万物皆由“太极”演化而成。作者借寻访邵雍居住的旧址来瞻仰遗迹，追思先贤，并在诗中概括了邵雍一生的成就。

谒殷太师墓

（一）

剖心非所惮，殒志始含凄。墓是周王表，碑犹孔圣题。原田无牧唱，宰木有乌啼。白日兼愁暮，高天逐恨低。

（二）

殷墟不可问，朝代几消沉。直谏流终古，孤坟表至今。惊风飘落日，古道属

前林。试问东周士，何人为剖心。

【注释】

1. 殷太师：即比干，因犯颜直谏而被纣王剖心杀害，周武王伐纣灭商之后，曾封比干之墓，赐姓林。

2. 表：表率，榜样。这里用作动词，封表，表彰。

3. 原田：指平原上或高原上的田地，也指原野上的田地。

4. 宰木：坟墓上的树木。语出《公羊传·僖公三十三年》："秦伯怒曰：若尔之年者，宰上之木拱矣。"

【赏析】

这两首五言律诗选自卷十六。区大相于万历二十九年(1601)外出公干返回之时，顺路拜谒中原地区的诸多名胜古迹，游览了位于今河南新乡卫辉的比干之墓。比干是商朝贵族商王太丁之子，是商纣王的叔叔，曾受托孤重任以辅佐商纣。商代末年纣王荒淫失政，残害忠良，比干常常直言劝谏。一次劝谏之时，纣王大怒曰："吾闻圣人心有七窍，信有诸乎？"遂杀比干剖视其心。比干死后，被葬在新乡卫辉。武王伐纣灭商后，曾封表其墓。在比干庙中有一石碑，据传为孔子用剑所刻，上书"殷比干莫(墓)"几个字，因为这是孔子留在世上的唯一真迹，故被称为"天下第一碑"。作者称赞比干，认为他忠贞不屈、犯颜直谏的精神流传千古，同时也为他剖心殒志的遭遇表示惋惜。

登卧龙冈寻草庐故址

(一)

连冈带长薄，三顾有遗墟。地势昔龙卧，山光旧草庐。阵图云鸟散，耕陇野人锄。感激君臣际，深思得水鱼。

(二)

王佐才何忝，雄图嗟至今。三分扶汉业，二表出师心。冈在寻遗陇，庐荒想旧林。眺余空抱膝，梁甫为谁吟。

【注释】

1. 卧龙冈：在古南阳府七里高丘回望之地，似巨龙作盘首状而得名，是三国时期杰出政治家、军事家诸葛亮躬耕隐居之地。草庐即为诸葛亮居住处。

2. 连冈：亦作"连罡"，指连绵的山冈。

3. 长薄：绵延的草木丛。《楚辞·招魂》："路贯庐江兮左长薄，倚沼畦瀛兮遥望博。"

4. 三顾：即三顾茅庐。东汉末年，诸葛亮隐居在卧龙冈，刘备曾三次到诸葛亮住处，请他出山辅佐自己。

5. 阵图：即《八阵图》，是诸葛亮创设的一种阵法。相传诸葛亮御敌时以乱石堆成石阵，按奇门遁甲分成生、伤、休、杜、景、死、惊、开八门，变化万端。

6. "三分"句：刘备三次到隆中拜访诸葛亮，前两次都未能见到，第三次终于得见。诸葛亮为刘备分析了天下形势，提出先取荆州，再取益州，继而图取中原的战略构想。

7. 二表：指诸葛亮作《出师表》和《后出师表》。

8. 梁甫：即《梁甫吟》，是古代用作葬歌的一支民间曲调，音调悲切凄苦，古辞今已不传。宋郭茂倩《乐府诗集》收诸葛亮所作一首，写春秋时齐相晏子"二桃杀三士"事，通过对死者的伤悼，谴责谗言害贤的阴谋。

【赏析】

这两首五言律诗选自卷十六，亦是万历二十九年(1601)区大相外出公干，于返回时顺路游览卧龙冈时所作。连绵的山冈上碧草萋萋，这里就是三国时一代名人诸葛亮的躬耕隐居之所。也就在这里，发生了刘备三顾茅庐的故事，诸葛亮为刘备分析天下大势，提出三分天下的战略构想，为汉室的复兴指明了出路。刘备和诸葛亮两人，一为明主，一为贤臣，两人相遇之后恰如鱼得水，相辅相成。尤其是诸葛亮，为汉室鞠躬尽瘁，死而后已，《出师表》《后出师表》至今被广为传诵，体现了诸葛亮匡扶汉室的一番苦心。世事变幻，山冈犹在，可斯人永逝，仅余荒庐遗陇。一念至此，不由得坐在山冈之上，抱膝远眺并吟诵起诸葛亮所作之《梁甫吟》。诗中也暗寓了作者对自己遭受谗言的担忧。

襄阳仲宣楼

漂泊依刘日，悲凉作赋年。无家浮汉水，有客忆秦川。乡国浮云外，江湖落

雁前。逢时虽异感，怀土共凄然。

【注释】

1. 仲宣楼：位于湖北襄樊的襄阳城东南角城墙之上，为纪念汉末三国之际诗人王粲在襄阳作《登楼赋》而建，因王粲字仲宣，故名。

2. 依刘：曹魏名臣王粲，山阳高平人，著名文学家。汉献帝西迁时，王粲徙至长安，后到荆州依附刘表。刘表因王粲其人貌不副名且躯体羸弱，不甚见重。刘表死后，王粲劝刘表次子刘琮归降于曹操。

3. 汉水：即汉江，古代称沔水，为长江最长的支流。

4. 秦川：关中平原又称渭河平原，南倚秦岭，北界北山，西起宝鸡峡，东至潼关，号"八百里秦川"。

5. 怀土：怀恋故土。汉代班彪《王命论》："悟戍卒之言，断怀土之情。"

【赏析】

这是一首五言律诗，选自卷十六。襄阳仲宣楼是为纪念魏晋时期的"建安七子"之首王粲而修建。王粲，字仲宣，山阳高平人，曹魏名臣，以诗赋见长，文学成就最高。王粲南下荆州依附刘表之后，在襄阳十五年未被重用，郁郁之际遂将一腔愤懑化为《登楼赋》这一千古绝唱。区大相路过襄阳到仲宣楼游览，他感于王粲不得志之境遇，写下这首五言律诗。作者对于王粲空抱才华却得不到重用的遭遇极为惋惜，尤其是王粲飘零异地，远离故土的郁闷心情，更引起作者共鸣，令区大相感同身受，凄怆满怀。

泊白沙里

黄云紫水路，翠竹白沙村。后进犹题里，前贤多及门。凤麟游已远，羔雁礼空存。侧想文明代，师臣久不论。

【注释】

1. 白沙里：在今广东省江门新会区。这是明代思想家、教育家、书法家、诗人陈献章即陈白沙的故乡。

2. 黄云紫水：指新会之山川。据说，陈白沙生时有望气者言，黄云紫水之间，当有异人生。

3. 凤麟：原指凤凰与麒麟，用以比喻杰出罕见的人才。

4. 羔雁：原指小羊和雁，古代用为卿、大夫的贽礼。

5. 师臣：对居师保之位或加有太师官号的执政大臣的尊称。

【赏析】

这是一首五言律诗，选自卷十七。广东江门新会的白沙村是明代大儒陈献章的旧居之地，此诗即为区大相路过此地、泊船于白沙里时所写。陈白沙是岭南地区唯一一位被从祀孔庙的硕儒，在岭南文化史上占有重要地位。虽然区大相不是陈白沙一脉的弟子，但他却极为景仰白沙先生。因此作者说，在黄云紫水之间，翠竹掩映的白沙村内，诞生了陈白沙这样一位大儒，他提携后进，与之交游或跟之从学的都是一代贤者。在圣贤文明之代，就是这样一位杰出的圣德之人，立德，立道，立言，为后辈之人留下了榜样。

崖门吊古

（一）

遗恨前朝事，吾来问水滨。乾坤存一旅，社稷有三臣。惨淡勤王志，间关护主身。至今崖畔石，风雨洗胡尘。

（二）

极地南浮日，敷天左衽时。殒身徒有客，误国始由谁。百战江山破，三军恸哭辞。海门霞几片，犹闪旧旌旗。

（三）

北伐歼良将，南征失令图。人心非去宋，天意乃强胡。行殿秋烟冷，荒陵夜月孤。徒衔精卫恨，沧海几时枯。

（四）

万里穷何路，双崖壮此门。吁天惟决战，航海岂图存。虏骑能追宋，王师实灭元。聊持一尊酒，波上酹忠魂。

（五）

亡国遗墟在，扁舟访古行。崖无灭宋字，波有撼胡声。冠履仍华夏，乾坤仗圣明。回思驱逐日，极塞虏尘清。

【注释】

1. 崖门：位于今广东省新会城南海中，东有崖山，西有瓶山，两山如门束住水口，故称崖门。宋元崖山海战以宋亡告终。

2. 前朝事：指宋帝投海、宋朝灭亡之事。

3. 三臣：指文天祥、陆秀夫、张世杰等人。

4. 间关：辗转奔波。

5. 胡尘：指胡地的尘沙或胡人兵马扬起的沙尘，比喻元兵的凶焰。

6. 敷天：普天下。敷，音 fū，通“溥”。

7. 左衽：衣襟向左，指我国古代某些少数民族的服装。后以“左衽”指少数民族。

8. 令图：善谋，远大的谋略。《左传·昭公元年》：“臣闻君子能知其过，必有令图。令图，天所赞也。”

9. 精卫：上古传说中的一只神鸟，原是炎帝的小女儿，名女娃，一日在东海溺死，化身为鸟，“白喙赤足，首有花纹”，名精卫，常到西山衔木石以填东海，即精卫填海。传说的事迹载于《山海经·北山经》。

10. 吁天：向天呼冤。

11. 极塞：指边塞。

【赏析】

这五首五言律诗选自卷十七，为区大相在崖山游览时所作。公元1279年初，宋元双方在崖山地区进行决战，历时二十三天，最后南宋朝廷全军覆没，陆秀夫背着年幼的小皇帝赵昺跳海自杀。南宋杨太后、众文武大臣及军民或战死或蹈海殉国，崖门海面浮尸数万，宋朝灭亡。作者来到崖山海滨寻访遗迹，站在波涛汹涌的水畔，不由兴起千古之恨。这里的天地间永远存在着忠勇之气，忠魂丹心万古流芳。他们历尽艰辛，护卫宋主，为抗击敌人，保卫国家，追求自己心中的理想信念不惜献出宝贵的生命。在诗中，作者赞扬了宋末忠臣志士的慷慨之节，充满吊古伤今之情。

题虎丘山寺

姑苏城外王珣宅，十里楼台胜画屏。泉因好事多逢品，石本无心亦解经。生公池在藕花碧，吴子墓荒龙气扃。游人散后明月上，笑指秋阴下洞庭。

【注释】

1. 虎丘山寺：即云岩寺，位于今苏州市西北部的虎丘，因虎丘原名海涌山，故又名海涌寺，也称虎丘寺，始建于东晋，由司徒王列、王珉兄弟两人舍宅营建。

2. 王珣：字元琳，东晋著名书法家王导之孙，王羲之之侄，累官左仆射，加征虏将军，领太子詹事，安帝隆安元年(397)迁尚书令，加散骑常侍。死后谥献穆。

3. 生公池：生公，晋末高僧竺道生的尊称。相传他曾于苏州虎丘寺立石为徒讲经，至微妙处，石皆点头。又传说时值严冬，他说法到精辟处，树上鸟停息鸣叫，本是应在夏天开花的千叶白莲也竞放吐艳，故名白莲池。旧时虎丘西岭还有生公池。

4. 吴子墓：相传春秋吴王阖闾在与越国的檇李大战中受伤，不久死去，被葬于虎丘(原名海涌山)。葬后三日，有一白虎蹲在山上，故改"海涌山"为虎丘山。

5. 龙气：此处指帝王之气。

6. 扃：音 jiōng，本义是从外面关门的门闩，引申为上闩、关门、从里面把门关上之意。

7. 秋阴：指阴晴莫定的天气。

【赏析】

这是一首七言律诗，选自卷二十四，为区大相游览虎丘山寺时所作。在姑苏城外，有东晋王珣的旧宅，亭阁楼台绵延足有十里，其景色优美，胜似画屏。这里正是虎丘寺所在之地，高僧生公曾讲经于此，以至于顽石点头、冬日莲放，因此虎丘寺成为苏州一处著名景点。在旁边还有春秋时一代霸王吴王阖闾之墓。如今，生公池仍在，池中碧藕随风，红莲吐艳；可是吴王阖闾墓前已是荒草连天，帝王之气黯然消失。白日游人如织，一片喧嚣；待游人散去，明月高悬，寺中始沉寂下来。此时坐在月下，笑看湖上风云的变幻，何尝不是一种美妙体验呢？

王乔飞舄处

仙令曾闻谒紫微，千年城郭是耶非。风前乍想霓旌去，天外惟传玉舄归。暮

雨霏微芳草径，空山摇拽白云衣。讵须鹤语留华表，始信辽东有令威。

【注释】

1. 王乔：今山西省运城、临汾一带人，汉明帝时任尚书郎，为邺县即今河北省临漳县县令，传其精通神仙之术。

2. 舄：音 xì，鞋子。

3. 紫微：中国传统命理学的一种学派，认为人出生时的星相决定人的一生，即人的命运。此处代指天帝。

4. 霓旌：音 ní jīng，相传仙人以云霞为旗帜。

5. 讵须鹤语留华表：讵，音 jù，岂，怎。晋代陶潜《搜神后记》记载，丁令威，辽东人，学道于灵虚山。后化鹤归辽，集城门华表柱。时有少年，举弓欲射之。鹤乃飞，徘徊空中说："有鸟有鸟丁令威，去家千年今始归。城郭如故人民非，何不学仙冢垒垒。"遂高上冲天。

【赏析】

这是一首七言律诗，选自卷二十四。传说东汉明帝时，邺县县令王乔通神仙之术。每月初一，他都能够从县里赶到朝廷拜谒君王，却不乘车骑马。汉明帝很奇怪，便密令太史暗中监视。太史回报说，每次王乔快到时就有一对野鸭子从东南方飞来。于是明帝派人埋伏守候，见那对野鸭子飞来就用网捕捉，结果只得到一双鞋子，让尚书识别却发现是明帝永平四年时赐予尚书官属的鞋子。区大相旅行途中寻访这个传说的发生地，由王乔飞舄的传说联想起仙人丁令威"鹤归华表"的传说，不由得感叹人世的变迁。

题博望驿壁

汉家边堠抵河源，又出莎车伐大宛。遂侈葡萄筑宫观，更歌天马度昆仑。但贪绝域封侯印，谁顾勤兵扰塞垣。今日称臣遍属国，不劳持节扣关门。

【注释】

1. 博望驿：在今河南省南阳市方城县西南，北靠伏牛山，南对隐山，西倚白河，地势险要，为兵家必争之地。西汉曾置县于博望，至南朝宋废。首通西域的张骞曾被汉武帝封为博望侯。

2. 边堠:音 biān hòu,古代设置于边地以探望敌情的土堡。

3. 莎车:今为新疆喀什地区所辖的一个县,位于昆仑山西北麓,塔克拉玛干沙漠西南缘,叶尔羌河从境内穿流而过,是古“丝绸之路”上的一个重镇。

4. 大宛:音 dà yuān,古代中亚国名。泛指在中亚费尔干区域的国家和居民。

5. “更歌”句:张骞二次出使西域后返回长安,乌孙国进献乌孙马,汉武帝赐名“天马”;后来又有人进贡西域大宛的汗血马,又将乌孙马更名“西极马”,称汗血马为“天马”。新疆伊犁素有“腾昆仑,历西极”之美誉,号称天马故乡。

6. 绝域:极远之地。

7. 塞垣:音 sài yuán,本指汉代为抵御鲜卑所设的边塞。后亦指长城,边关城墙。

8. 扣关:敲击关门或城关而有所求。

【赏析】

这是一首七言律诗,选自卷二十四。河南南阳的博望驿为兵家必争之地,首通西域的张骞即被汉武帝封为博望侯。区大相此诗就是在途经博望驿之时而作,并题写在驿壁之上。作者追思了汉武帝时期,随着国势的强大,汉朝在西域地区的威信越来越高,于是就有了张骞通西域的壮举。尤其是汉武帝对西域各国的征伐,使得各国臣服,向大汉进贡了所谓的“天马”。一旦边境和平,就不会再有征战之苦;国力强盛,外夷自然臣服。就像如今,明朝国力正强,边疆各国的使臣都将拿着符节,不远万里敲响关门,来向我大明称臣纳贡。此诗表达了作者对明朝国势强盛的自豪感。

鄂 墓

(一)

曾将遗事访朱仙,又见孤坟浙水边。南渡总无恢复意,中原空有誓师年。战场地远余春草,垄树林疏起夕烟。若使黄龙勋业就,遗封应更象祁连。

(二)

外都回首见旌旗,洒扫宫庭已有期。细柳不闻曾奉诏,金牌何事遽班师。雁来尚记南侵日,松古应无北向枝。一掬西陵千载泪,断桥斜日草离离。

【注释】

1. 鄂墓:指南宋抗金将领岳飞之墓,位于杭州栖霞岭南麓。岳飞死后被追封为鄂王。

2. 朱仙:即朱仙镇,位于今河南省开封市南。宋绍兴十年(1140)岳飞挥师北伐,在郾城大败金兵,取得了著名的朱仙镇大捷。

3. 黄龙:指黄龙府,位于今吉林农安,当时是金国腹地。《宋史·岳飞传》记载岳飞对部下说:"今番直抵黄龙府,与诸君痛饮耳。"

4. 勋业:功业。

5. 遗封:身后的封赐。

6. 象祁连:指把墓修成祁连山的样子。霍去病死后,汉武帝下诏为他修墓,"以冢象祁连山",以彰显其军功。

7. "金牌"句:指宋高宗一日连下十二道金牌催其班师回朝之事。

8. 南侵:指金兵南下攻打宋朝。

【赏析】

这两首七言律诗选自卷二十四。作者途经河南开封朱仙镇时曾去朱仙镇游览,寻访岳飞的遗迹。当他途经杭州之时,他又专门到栖霞岭凭吊岳飞墓。岳飞是家喻户晓的忠臣,南宋初年,他带领岳家军奋战十余年,收复大片失地。朱仙镇会战,大破金兀术,金人士气尽丧,被金国占领的人民纷纷起来响应,收复中原指日可待。岳飞高兴地对部下说:"直抵黄龙府,与诸君痛饮耳!"但正当岳飞即将收复东京即现在的开封之时,开封是以前北宋的国都,有着重要意义,皇帝赵构和秦桧等人却在一日内连下十二道金牌,令岳飞收兵。数十年之功,毁于一旦。岳飞返朝后被赵构、秦桧等逮捕入狱,又以"莫须有"的罪名杀害。区大相对此扼腕长叹,所以他感慨,如果岳飞真能直捣黄龙,那他所取得的功业,完全可以媲美汉朝时的名将霍去病了。可惜由于昏君和奸佞的阻挠,岳飞空有雄心,只留余恨。如今,坟前的断桥埋没在萋草斜阳之中,我们只能在岳飞墓之前洒下一掬同情之泪了。

聊　城

（一）

秋草寒原旧业虚，却秦存赵片言余。无端更射聊城箭，多是英豪习未除。

（二）

谈笑功名节概稀，古城残垒对斜晖。年来羞道纵横计，走马城南射雉归。

【注释】

1. 聊城：今山东省聊城市西北。

2. 旧业：旧日从事的事业或行业，亦指前人的事业。

3. 却秦存赵：即魏信陵君窃符救赵的故事。《史记·魏公子列传》记载，秦围困赵国的邯郸，魏惧秦不敢出兵救赵。情急之下，信陵君以国家利益为重，窃得兵符，完成救赵使命，也保卫了魏的安全。

4. 聊城箭：《战国策·齐策六》记载，战国时，燕攻齐，夺取七十余城。齐将田单欲收复，攻之年余不下。齐人鲁仲连写信系于箭，射入城中，劝燕将撤军。燕将得信，悦服，罢兵而去，遂解齐国之围。后以"聊城箭"为典，比喻助力。

5. 节概：操守和气概。

6. 纵横计：即合纵连横，简称纵横，战国纵横家所宣扬并推行的外交和军事政策。苏秦游说六国诸侯联合起来西向抗秦。秦在西方，六国土地南北相连，故称合纵。与合纵政策相对的是连横，即六国分别与秦国结盟为东西向的联合。

【赏析】

这是两首七言绝句，选自卷二十七。今山东聊城在战国时属于齐国，在这里曾发生"聊城箭"的故事。一千多年的时光过去，七国争霸的功勋旧业早就成了虚名，很少人能保持着古人所具有的操守和气节。六国约纵抵抗秦国也成为历史典故，只剩下空旷的原野、无边的秋草和残破的古城在秋风中萧瑟。虽然此地民风剽悍，但若是这时还有人缚书射箭，那就是闲着无聊了。对于作者自己来说，这两年没有献上什么好的计策来应对边患，实是愧对于心。但又有什么办法呢？朝廷中小人构谗，阻言塞听，自己也无能为力，还是骑着马去城南打猎射雉吧。

六、四时

山园春日歌

山园景物系人思，好是风光二月时。歌爱鸟声喧别院，舞将鱼乐过前池。檐桃初结花间子，阶笋才抽雨后枝。自可王孙留碧草，尽堪游子驻金羁。

【注释】

1.“好是”句：宋代向滈《二月四日约同寮劝耕万安院，已而不至，书于彭氏》：“满目风光二月时。”指春天的美丽景色。

2.别院：指主宅院之外的同属于一个主人的宅院。

3.鱼乐：《庄子·秋水》：庄子与惠子游于濠梁之上，见鲦鱼出游从容，因辩论鱼知乐否。后遂以“鱼乐”等谓鱼游水中悠然自得，亦以喻纵情山水，逍遥游乐。

4.檐桃：靠近屋檐下边的桃树。

5.花间子：此处当指花苞。

6.阶笋：台阶边的竹笋，此处主要指雨后翠竹冒尖抽笋。

7.金羁：金饰的马络头，借指马。

【赏析】

本诗选自卷十，是一首七言诗。咏春之作是古人诗词创作中的一个永恒主题，在这首七言诗中，作者描写的就是山中园林在二月里的春日景色。二月恰是一年中春意正浓之时，山园中美丽的春光尤其让人迷恋。山间别院之中鸟儿喧闹，叫声婉转悦耳，闻之令人喜爱；池中的游鱼悠然自得，从容地在水底游过。屋檐之下的桃花刚刚结出花苞，雨后的翠竹也才冒出尖尖的头，抽出嫩笋。一切都充满了生机，实在令人流连忘返。在春日的美景之中，即便将要动身远行的王孙公子、宦游之人，也都会因萋萋碧草的动人而驻足下马，尽情欣赏这美丽的春光。

春夜闻雁

汀洲春水生，旅雁动乡情。复此联翩起，犹含关塞声。云低时乱叫，雾阻或单鸣。独坐悬灯夕，因风寄远征。

【注释】

1. 汀洲：汀，音 tīng，指水中的小块陆地。
2. 联翩：音 lián piān，指鸟飞的样子，形容连续不断。
3. 关塞：边关。
4. 灯夕：灯夕是中国古代对元宵节的一种别称。旧俗于农历正月十五日元宵节夜张灯游乐，故称其夕为“灯夕”。

【赏析】

本诗选自卷十一，是一首五言律诗，为作者的感怀之诗。因为见到了水中汀洲之上飞起的大雁，作者不由想起了家乡，思乡之情油然而生。以至于听到大雁的鸣叫声，都觉得依然充满北地边塞的苍凉，尽管此时春天已经来临。它们飞翔在低低的云层之中，叫声中充满了慌乱；当它们被大雾阻隔的时候，更是会孤单悲鸣。这一切无不触发了作者对远方亲人的思念。沉浸在浓浓的乡情中，伴着一盏青灯独坐，深夜无眠。或许只能借着春风，将自己对亲人的思念和独在异乡的远征之情传递给他们了。

春　晴

香阁惜春归，妆楼宜曙晖。池纹含细簟，花气透重帷。林鸟千回啭，园桃一半飞。韶光处处好，结伴采芳菲。

【注释】

1. 香阁：宫廷或佛寺的台阁。此处指妇女居住的阁楼。

2. 妆楼：旧称妇女居住的楼房。

3. 曙晖：朝阳的光辉。

4. 簟：音 diàn，用芦苇编制的席。

5. 重帷：帏，幕帐。重帏，重重幕帐。唐代李商隐《无题》："重帷深下莫愁堂，卧后清宵细细长。"

6. 啭：音 zhuàn，鸟婉转地鸣叫。

7. 韶光：美好的时光，多指美丽的春光。

8. 芳菲：花草。

【赏析】

这是一首五言律诗，选自卷十一。作者描写的是晚春时节一个晴天的景色。春日的早晨，初升的朝阳斜斜地照进闺阁之中，一位美人在阳光和鸟儿的鸣叫中醒来，她慵懒地揽衣推枕坐直了身体，在春日的朝阳里梳洗打扮。闺中的床榻上铺着用芦苇编织的席子，细密的纹路好像池塘的波纹。鲜花的芬芳透过重重帷幕飘进了屋里，林间的鸟叫声千回百啭，园子里的桃花随风飘落，不知不觉间春天已经过半了，不由得感叹起韶光的流逝。在这种美好的天气里，还是抓紧现有的时间，和好友一起去踏青赏花吧。

春　思

春光无远近，都迓艳阳时。蝶稚初涂粉，蚕眠欲咡丝。陇云归雁早，海日到窗迟。惆怅芳菲里，佳期那得知。

【注释】

1. 迓：音 yà，迎接。

2. "蝶稚"句：在蝶翅之上有天生的粉屑。北周庾信《行雨山铭》："天丝剧藕，蝶粉多尘。"

3. 咡丝：音 èr sī，谓蚕口上下吐丝。

4. 惆怅：因失意或失望而伤感、懊恼。

【赏析】

这是一首五言律诗，选自卷十一。诗人借吟咏阳春的景色，表达了既踌躇满志又苦盼佳讯的心情。春日时节，蝴蝶刚破茧而出，春蚕亦刚刚吐丝结茧，一切都是欣欣向荣，生机勃勃。因此，春光句暗示了诗人壮志满怀、斗志昂扬的样子，表示自己正当“艳阳时”，怀有满腹经纶欲求报效国家，这与前面对春日景色和现象的描写相吻合。但是，北归的大雁早就返回了，海面上的朝阳也升得很高了，自己盼望的好消息却迟迟没有到来，只能惆怅地看着眼前芳菲消逝。

春日边思

劳歌倦行迈，长路改年华。野冻冰胶岸，风鸣马喷沙。夕烽标汉垒，宵月惨胡笳。谁念穷边戍，春来不见家。

【注释】

1. 劳歌：忧伤、惜别之歌。
2. 行迈：行走不止，远行。
3. 长路：远路。三国魏曹植《赠白马王彪》诗：“收泪即长路，援笔从此辞。”
4. 夕烽：边塞烽烟，在傍晚点燃，以报平安。
5. 汉垒：汉朝的边塞堡垒。此处重在表达边疆地区的要塞据点。
6. 宵月：夜晚的月亮，指夜晚，也有指云中月。
7. 胡笳：古代北方边疆少数民族使用的乐器。

【赏析】

本诗选自卷十一，是一首五言律诗。诗人描写了春天时节边地的景色。人们在边疆地区苍凉的原野上辛苦跋涉。春天虽然已经到来，可是寒冷依然笼罩着北方大地。野外的河水还未化冻，冰层和河岸连在了一起，寒风起处，风夹带着沙子吹到奔驰的骏马身前。马儿顿时打起喷嚏，喷出来的都是沙子。傍晚时分，烽烟点燃，这标志着此地是汉地城垒的戍守之处。眼望着天空凄冷的月光，耳听着胡笳发出呜咽，顿时生起思乡之情。此情此景，让那些长期守卫边疆之人情何以堪呢？

春暮即事

春光今日暮，春恨此时长。泉响过仙院，苔文蚀画墙。庭余一鸟啭，林剩几花香。紫燕忙何事，衔泥向玉堂。

【注释】

1. 仙院：指唐代的集贤殿书院。唐开元十三(725)年改集仙殿为集贤殿书院，故有“仙院”之称。

2. 啭：音 zhuàn，指鸟婉转地鸣叫。

3. 玉堂：泛指宫殿。

【赏析】

本诗选自卷十二，是一首五言律诗，诗人描写的是晚春的景色。区大相由进士授翰林院庶吉士，历升左春坊左中允、经筵侍讲，同修国史玉牒，此诗应为作者在职中所作。春光将暮，泉水发出叮叮咚咚的声音，曲曲折折地绕过庭院。抬眼望去，发现对面的墙壁已经被苔藓侵蚀了。庭院里有一只小鸟孤零零地叫着，林子中的花树大多都已经开谢，只剩下几朵残花还点缀在青翠的树木之间。空中的紫燕飞来飞去，原来是正忙着衔泥筑巢呢。这一切不由得让诗人感叹，春光已暮，年华已经流逝了。

晚春郊宴

柳外一纶巾，莺啼欲暮春。鸣琴稀俗客，持酌劝佳宾。四十无闻老，乾坤有限身。试看花下宴，谁是百年人。

【注释】

1. 纶巾：纶，音 guān，古时头巾名，幅巾的一种，以丝带编成，一般为青色。

2. 俗客：指不高雅的客人。

3. 四十无闻老：《论语 · 子罕》：“四十、五十而无闻焉，斯亦不足畏也已。”闻，闻达，有所成就而名声在外。斯，这。畏，害怕，恐惧。

4. 百年人：指长生不老的人。

【赏析】

这首五言律诗选自卷十二，为作者在春天即将结束之时，于郊外饮宴时所作。春光流逝，黄莺鸟在绿柳中啼叫，诗人在郊外柳树下设宴，邀请志趣相投的好友，一边饮宴一边欣赏晚春的景色。觥筹交错之余，作者感叹春光的消逝。虽然人们都说年到四十不为老，依然年富力强、可以有所作为，但实际上我们这些花下饮宴之人，又有多少是真正长命百岁之人呢？作者在此诗中表达了对时光易逝的无奈，可以说是作者面对人生不可避免的生老病死的自我解嘲。

院中春日

（一）

柳色连金阙，花香过玉楼。林亭罗杂树，池馆带新流。禽有迁乔望，人多选胜游。谁怜看花伴，独自滞瀛洲。

（二）

夜宿芸香阁，朝游竹素园。花枝连苑密，莺语隔林喧。对酒开新帙，看云过别轩。仙情自有适，何必访桃源。

【注释】

1. 金阙：代指天子所居的宫阙。

2. 玉楼：主要指华丽的楼，亦指传说中天帝或仙人的居所。旧题汉东方朔撰《十洲记·昆仑》云："天墉城，面方千里，城上安金台五所，玉楼十二所。"

3. 迁乔：谓鸟从低处迁往高处，比喻人的地位上升。"乔迁"源于《诗经·小雅·伐木》："伐木丁丁，鸟鸣嘤嘤，出自幽谷，迁于乔木。"

4. 瀛洲：传说中海上三座仙山之一，另两座是蓬莱、方丈。

5. 芸香阁：秘书省的别称。因秘书省司典图籍，故亦以指省中藏书、校书处。

6. 竹素园：形容典籍丰富。语出《文选·张协〈杂诗〉》："游思竹素园，寄辞翰墨林。"

7. 帙：音 zhì，书，书的卷册、卷次。

8. 桃源：语出晋代陶渊明《桃花源诗》序，记述一世俗渔人偶然进入与世隔绝之地的奇遇。

【赏析】

这两首五言律诗选自卷十二，应为诗人描写自己办公之所的春日景色的诗作。春天的皇宫中，金阙玉楼都被掩映在绿柳之下，阵阵花香飘过玉苑楼阁。林亭池馆点缀在翠绿的林木和繁茂的花树之间，池苑四周围绕的春水也涨了起来。诗人在鸟语花香之中一边饮着美酒一边翻阅一本新的卷册，偶尔抬起头，看到天上的白云悠悠飘过。这种怡然自得的环境胜似桃源仙境啊。诗人心想：这时外面的人大概都在登临寻胜并吟诗作赋吧。连禽鸟都有迁升的愿望，何况我呢？可怜我只能滞留在宫中。"滞瀛洲"句既表示了诗人对不得升迁的怨望，也隐隐透露了对于自己能够出入宫阙的自得。

山园咏春

雏燕初调语，娇莺强学飞。蕙长才可佩，荷小未胜衣。

【注释】

1. 雏燕：雏燕是小燕子，一般指还不会飞行的未出窝的燕子，还需父母喂食。此处指小燕子刚开始鸣叫。

2. 娇莺：谓莺娇媚的啼声。

3. 蕙：音 huì，即蕙兰，多年生草本植物，叶丛生，狭长而尖，初夏开淡黄绿色花，气味很香，供观赏或做香囊等供佩戴。

【赏析】

本诗选自卷二十六，是一首五言绝句。诗人通过对春天景物的细腻描写描绘了春天的气息，全诗不著一个春字而春意却扑面而来。春在何处？春在刚刚开始鸣叫的雏燕身上；春在刚刚开始努力学习飞翔的黄莺身上；春在刚刚可以采摘佩戴的蕙兰嫩叶之中；春在水中幼荷刚刚绽露的尖角之上。春，就在人们的眼中、心里。

初 夏

滔滔孟夏，品物洁齐。日月于迈，我心孔凄。中园有槿，其叶萋萋。芰荷出

水，桃李成蹊。春花昨荣，落而为泥。今者谈讌，诘旦乖暌。大块劳生，形役志迷。良会几何，用兹惋懠。灼灼丹葩，煌煌赤珪。君子服之，以和天倪。山则多云，水则盈溪。拿舟溯梁，渚钓林栖。瞻彼白驹，驾我青鹥。与二三子，于攀于跻。

【注释】

1. 滔滔孟夏：《楚辞·九章·怀沙》："滔滔孟夏兮，草木莽莽。"滔滔，和暖，和乐。孟夏，即初夏，指农历四月。农历一年四季的每个季节都有孟、仲、季的排列。夏季即四、五、六月，分别对应为孟夏、仲夏、季夏。

2. 日月于迈：日月前行，指时光流逝。

3. 槿：落叶灌木或小乔木，叶卵形互生，花钟形，单生，通常有红、白、紫等颜色。茎的纤维可造纸或做蓑衣，花和种子可入药。

4. 萋萋：草木茂盛的样子。

5. 芰荷：音 jì hé，指菱叶与荷叶。

6. 桃李成蹊：蹊，音 xī。桃李成蹊是"桃李不言，下自成蹊"的省语，原意是桃树不会言语，但因其有艳丽的花和果实，而吸引人们争往观赏，以至于在桃李树下自然而然地形成一条小路。比喻人即使不长于言语，如果德行高尚、行为高洁，也能对别人形成巨大的感召力。

7. 讌：音 yàn，相聚叙谈。

8. 诘旦乖暌：音 jié dàn guāi kuí。诘旦，平明，清晨。暌，隔离、分离之义，也指太阳落山。

9. 大块劳生：大块，即大自然，大地，世界。劳生，辛苦劳累的生活。

10. 形役：谓为形骸所拘束、役使，犹言被功名利禄所牵制、支配。晋代陶潜《归去来辞》云："既自以心为形役，奚惆怅而独悲？"

11. 良会：美好的聚会。

12. 惋懠：音 wǎn jī。惋，叹惜，憾恨。懠，猜疑。

13. 灼灼丹葩：灼灼，音 zhuó zhuó，鲜明的样子。丹葩，红花。

14. 煌煌赤珪：煌煌，音 huáng huáng，形容明亮。珪，音 guī，用作凭信的玉，上圆（或尖头形）下方。帝王、诸侯在举行朝会、祭祀的典礼时拿这种玉器。

15. 天倪：音 tiān ní，自然的分际。

16. 拿舟溯梁：拿，牵引。溯，逆着水流的方向走，逆水而行。

17. 白驹:白色骏马。《史记·张良传》:“人生如白驹过隙,何必自苦如此。”
18. 青鹥:鹥,音 yī,鸥的别名。
19. 跻:音 jī,登,上升。

【赏析】

这是首四言诗,选自卷一。作者描写了初夏的风光。农历四月的初夏时节,草木已经茂盛起来。园中的槿木绿叶茂密;嫩绿的荷叶钻出水面;桃李盛开,花树之下都被观赏的游人踩出了小径,而昨日飘落的春花已经零落成泥。作者感叹时光的易逝,好友今日还在相聚,明天可能就各奔东西。世人劳碌奔波,大都被名利迷失了方向,君子就应该像那颜色鲜明的花朵和明亮的美玉,顺应天地自然。人生如白驹过隙,还是和两三个知己一起,划着小船逆流而上,在山河林溪之间临渊垂钓、寻幽探胜去吧。

夏夜遣怀

向夕氛气敛,天宇一何森。皎月正临牖,微风时动林。夏虫岂知冰,迎凉自悲吟。端居感物变,旷然坐自深。沉叹终往古,幽思缠鸣琴。黄虞世已远,悠悠空我心。

【注释】

1. 敛:音 liǎn,收拢,聚集。
2. 天宇:指天空,也泛指天下。
3. 牖:音 yōng,同“墉”,城墙。
4. 夏虫岂知冰:典出《庄子·秋水》:“夏虫不可以语于冰者,笃于时也。”意为对夏天的虫子不可与之谈论冰雪的事。后遂以“夏虫语冰”比喻人囿于见闻,知识短浅。
5. 端居:平常居处。
6. 旷然:形容豁然通晓。
7. 黄虞:黄帝、虞舜的合称。
8. 悠悠:忧愁思虑的样子。

【赏析】

本诗选自卷八,是一首五言诗。诗人在夏夜静思,忧国忧民。夕阳西下,到了夜晚时分，热气逐渐收敛。天色很快暗了下来，皎洁的月光照在窗上，微风吹动林木，树叶沙沙作响。夏日的昆虫在凉爽的空气中开始独自悲鸣，在它们短暂的寿命里，根本不可能知道冰的寒冷、冬的萧瑟。季节的变化使得端坐静思的诗人深深自省，追古思今的思绪仿佛和琴声缠绕在了一起。古时的尧舜盛世已经很久远了，还能在现实中实现吗？

院中夏日

（一）

閟馆肃清芬，虚亭出五云。石林藏雨气，霞岛辨峰文。露影仙茎溢，莲香太液闻。携琴扫萝径，闲坐咏南薰。

（二）

官暇抛章绶，朝回向薜萝。风鸣幽涧竹，雨歇小池荷。散帙鸟声至，窥潭鱼乐过。自怜尘境寂，炎夏得凉多。

【注释】

1. 閟馆肃清芬：閟，音 bì，古同“闭”。清芬，清香。
2. 五云：五色瑞云，多作吉祥的征兆。
3. 太液：古池名，又名蓬莱池，始于西汉武帝在长安开凿的皇家池苑，历代沿袭。明代太液池位于北京。
4. 萝径：径，步道，小路。萝径指藤萝爬布的小路。
5. 南薰：亦作“南熏”，指《南风》歌，相传为虞舜作，歌中有“南风之薰兮，可以解吾民之愠兮”等句。
6. 官暇：公干之余，即官吏办公后的空闲时间。
7. 章绶：官印和系印的丝带，亦泛指官印。
8. 薜萝：借指隐者或高士的住所。
9. 散帙：音 sàn zhì，打开书帙，亦借指读书。

【赏析】

这两首五言律诗选自卷十二，描绘了诗人在公干闲暇之时的夏日生活。夏日闭馆之时，诗人携带瑶琴，走过绿草丛生的小径。浓浓的雨气弥漫在亭子和山石之间，给人湿乎乎的感觉，花草茎叶上滚动着露水，太液池中传来荷花的阵阵香气，这种美好的景色让人忍不住坐下来吟诵《南薰》的篇章。在公事之余，诗人回到了自己的寓所，在幽竹和荷花之间，一边读书一边欣赏着池塘中游乐的鱼儿，顿时觉得尘世的喧嚣都远离自己而去了，甚至连炎热的天气都变得清凉了许多。

夏夜独坐

缓步惜时芳，闲情逐夜凉。风声过竹爽，月色近花香。鱼噞闻幽沼，萤流度暗墙。留连未肯卧，琴曲遂能长。

【注释】

1. 噞：音 yǎn，鱼在水面张口呼吸。
2. 幽沼：指池塘。
3. 萤：音 yíng，即萤火虫，昆虫，黄褐色，尾部有发光器。

【赏析】

本诗选自卷十七，是一首五言律诗。诗人在清凉的夏夜漫步园中，同时观赏正在绽放的花朵。朦胧的月色下，溪水边的竹子在风中摇曳，花香随风扑鼻而来。池塘中的鱼儿纷纷浮出水面张大嘴巴不停地翕张，发出阵阵的声响，纷飞的流萤轻巧地度过院子的暗墙。这么美妙的夜景让人流连忘返，甚至不舍得去休息。独坐在院中，一边观赏这美丽的夏夜景色，一边弹起琴。受到环境的感染，连自己的琴声都显得悠远深长起来。

杪夏江上

六月凉风发，飘飘吹客槎。持竿向溟渤，挂断海门霞。

【注释】

1. 杪夏：杪，音 miǎo，指年月或四季的末尾。与“夏”连用，表示农历六月末。
2. 客槎：槎，音 chá，晋代张华《博物志》记载，旧说天河与海通，有居海者，每年八月都会乘浮槎去天河，并在天宫中见到织女与牛郎。后遂以“客槎”等指升天所乘之槎。

3. 溟渤：溟海和渤海，多泛指大海。南朝宋鲍照《代君子有所思》诗：“筑山拟蓬壶，穿池类溟渤。”

【赏析】

这是一首五言绝句，选自卷二十六。农历六月，已经进入了夏日的酷热时期，但是泛舟江上，水面上却是清凉一片。凉风阵阵，吹动小船在江面上飘飘荡荡，同时也吹起了行船之上乘客的头发。意兴突发，坐在船头拿起鱼竿开始垂钓。水面反射着阳光，仿佛条条金蛇在水中游窜。远处正是江水的入海口，极目眺去，天空与海面连在一起。水天相接之处，一抹灿烂的晚霞斜挂在空中，海面显得更加辽阔了。

初秋夕寄友人

东走与西笑，相隔红尘里。何事日闭关，注易从兹始。桂花发初月，莲子落秋水。歌钟正高会，默默守玄理。

【注释】

1. 红尘：原指车马走过扬起的尘土，借喻名利之路。亦代指繁华都市或纷攘的世俗生活。

2. 闭关：意为闭塞关口，比喻不与外界往来。佛教指僧人独居一处，静修佛法，不与任何人交往，满一定期限才外出。

3. 歌钟：古代铜制打击乐器编钟，编钟音乐清脆明亮，悠扬动听，能奏出歌唱一样的旋律，又有歌钟之称。

4. 玄理：深奥、玄妙的道理。

【赏析】

本诗选自卷五，是一首寄与友人的感怀五言诗。作者有感于和友人各奔东西，在茫茫红尘之中奔波劳碌。在一个初秋的日子里，自己难得能静下心来闭门谢客，开始研究《易经》并为之作注。这时，桂花在初秋的月夜里悄悄绽放，秋水中的莲子坠落在水中。邻家正在歌舞饮宴，一片喧闹，而自己却闭门读书。这也算是跳出了红尘俗世的纷扰和羁绊吧。希望能够借此来默默坚守自己的道德修养和人生至理。

秋夜怀友

凉风吹小苑,白露下将夕。虫吟四壁静,雁叫重云隔。宫月疏梧桐,山衣剪萝薜。佳期不在兹,谁能久行役。

【注释】

1. 白露:白露是农历二十四节气中的第十五个节气,天气渐转凉,晚上会感到一丝丝的凉意,清晨时分人们会发现地面和叶子上有许多露珠,这是夜晚水汽凝结的缘故,故名。古人以四时配五行,秋属金,金色白,故以白形容秋露。《礼记》云:“凉风至,白露降,寒蝉鸣。”

2. 宫月:照临宫廷之月。唐代白居易《答马侍御见赠》:“苑花似雪同随辇,宫月如眉伴直庐。”

3. 山衣:隐居者所穿的衣服,此处比喻隐士。

4. 萝薜:音 luó bì,泛指攀缘的蔓生植物。

【赏析】

本诗选自卷五,是一首五言律诗,为怀友之作。在秋天的夜晚,习习凉风吹过庭苑。夜色寂静,白露也下来了,四周的安静越发显得虫鸣声的响亮,甚至连重云相隔的雁鸣似乎都听得见。月光透过梧桐的枝丫洒下一片斑驳的影子,坐在层层叠叠的绿萝之中,身上的衣服都好像染上了一层碧色。美好的佳节本是团圆之日,明亮的月色下最易令人生起思乡怀友之情。谁愿意长期在外漂泊,耽于行役呢?如今和你海天相隔,但我相信你也一样迫切希望回返家乡吧。不知何时才能有你的音信传来,以宽慰我的思友之情呢?

立秋日雨中

旧侣惬相寻,凉飙动禁林。秋因一叶早,交以十年深。片雨生幽事,层城下夕阴。瑶琴多逸思,长愿嗣徽音。

【注释】

1. 惬:音 qiè,满足,畅快。

2. 凉飙：飙，音 biāo，凉飙指秋风。汉代班婕妤《团扇》：“常恐秋节至，凉飙夺炎热。”

3. 秋因一叶早：宋代唐庚《文录》引唐人诗：“一叶落知天下秋。”即从一片树叶的凋落，知道秋天的到来，比喻通过个别细微的迹象，可以看到整个形势的发展趋势。

4. 层城：重城，高城。南朝宋刘义庆《世说新语》：“遥望层城，丹楼如霞。”

5. 夕阴：傍晚隐晦的气象。阴，隐晦。

6. 瑶琴：用玉装饰的琴。

7. 逸思：超逸的思想。

8. 徽音：德音，指令闻美誉。

【赏析】

本诗选自卷十二，是一首五言律诗。立秋这一日，空中下起了蒙蒙细雨，带有微微凉意的秋风吹过树林，树叶纷纷飘落。看到飘零的树叶，诗人突然意识到原来秋天已经来到了。一个相交十来年的老友恰好此时前来拜访，两人一边聊天一边观赏外面的秋雨。天色暗了下来，雨中暮色开始浮现。弹起瑶琴，琴声悠扬，引起了无限的遐思。和朋友坐在一起宴饮相谈，是那么的开心，真希望能够经常见面，听到对方的见解。

秋夜独坐

永夜北堂上，帘帷秋气清。林鸟霜外定，邻杵月中鸣。玉笛凄边思，瑶琴寄远情。那堪常万里，独坐数残更。

【注释】

1. 永夜：长夜。

2. 帘帷：音 lián wéi，犹帘幕。

3. 邻杵：音 lín chǔ，指邻近的捣衣声，多用以烘托旅人寒夜的寂寞。

4. 那堪：那，古通“哪”，即“哪能”“怎能”。堪，意为“忍受”“承受”。那堪即“哪能承受”“哪能忍受”。

5. 残更：旧时将一夜分为五更，第五更亦称残更。

【赏析】

本诗选自卷十四，是一首五言律诗。在秋天的漫漫长夜中，诗人独坐在北堂之上，秋风吹过四面低垂的帘幕，带来秋夜的清凉。夜深了，凉意更加浓厚。随着寒霜的降下，林中的鸟儿也安静下来，邻家的捣衣声却在静谧的夜色中传得很远，显得分外清晰。夜月下，耳边突然响起凄凉的笛声，这使人思念起了边疆的亲人，却因相隔万里而无法相见。只能在辗转难眠的深夜里，听着不时敲响的更声，独自坐在窗前弹起瑶琴，以此来寄托自己对远方亲人的思念了。

早秋旅怀

白露先时下，莎鸡乘夕鸣。郊原芳意敛，门馆早凉生。塞雁思南向，闺人念北征。客心已多恨，是日难为情。

【注释】

1. 莎鸡：虫名。一名促织，又名络纬、蟋蟀。俗称纺织娘、络丝娘。
2. 塞雁：边塞之雁。比喻远离家乡的人。

【赏析】

本诗选自卷十五，是一首五言律诗。诗中描绘了诗人在初秋旅途中的感思。白露已下，蟋蟀在夕阳中悲鸣。郊外的原野上绿意开始消退，芳草树木逐渐转黄，有了初秋的萧瑟迹象，连旅馆之中也早早地生起了凉意。此时，塞外的大雁即将飞往南方过冬。估计在南方的家乡，闺中的妻子正在思念羁留于北方的丈夫，或许她正在猜想：不知丈夫何时才能返还家中呢？旅途之中已滋生了太多的愁绪，让自己情何以堪呢？

寒　日

霜林无一叶，寒日复多风。硕果犹存否，危巢本易空。诛求三户尽，杼轴万方同。白石南山曲，悲歌夜未终。

【注释】

1. 危巢：高树上的鸟巢。
2. 诛求：需索，强制征收。
3. 杼轴：音 zhù zhóu，谓财物耗空，陷入困境。

4. 白石南山曲:白石,指宋代文学家姜夔,号白石道人。他多才多艺,精通音律,能自度曲,其词格律严密。其作品素以空灵含蓄著称。

5. 悲歌:悲壮或哀痛的歌。

【赏析】

本诗选自卷十五,是一首五言律诗。寒冷的冬日已经来临,晨霜覆盖的树林中,树叶全都落完了,冷风还在不停地刮着。树上很难看到残存的果实,枝丫上的鸟巢被寒风吹得摇摇欲坠。作者在诗中借寒日的肃杀景色表达了对当权者横征暴敛的不满和对国事的担忧。国家已是危机四伏、前景堪忧了,可当权者却不仅不知道体恤百姓,还横征暴敛,甚至派矿监税使四处劫掠,使百姓的生活陷入困境,处在水深火热之中。面对如此国情,诗人感到忧愤不已,只能像姜白石那样,借着诗文抒发自己的愤懑和悲伤了。

七、节令

新春自述阁试作

芳郊绿未满，御河泉已新。乔木变初鸟，轻澌戏早鳞。游冶逐芳辰，车马驰要津。通城罗第宅，夹道列华裀。我本穷乡士，远游谢亲宾。谬随金闺彦，三见燕草春。所惭尺寸朽，雨露负皇仁。丹铅理薄技，青云思致身。耻学繁华子，争妍桃李尘。

【注释】

1. 阁试：明代翰林院对庶吉士的考试。

2. 芳郊：花草丛生的郊野。唐代王勃《登城春望》诗："芳郊花柳遍，何处不宜春。"

3. 御河：此处指皇城的护城河。

4. 乔木：指高大的树木。

5. 澌：音 sī，流水，古通"嘶"，指流水声。

6. 罗第宅：罗，散布的意思；第宅，犹宅第、住宅。

7. 裀：音 yīn，原指夹衣、内衣；此处同"茵"，垫子，褥子。这两句写京城中的繁华和道路两旁的盛况。

8. 金闺彦：指朝廷杰出的才士。南朝梁江淹《别赋》："金闺之诸彦，兰台之群英。"

9. 燕草：此处当指京城的花草。北京又名燕京。

10. 丹铅:指点勘书籍用的朱砂和铅粉。

11. 薄技:很低的技能,谦称自己的技艺。

12. 青云:比喻高官显爵。

13. 致身:指出仕。

【赏析】

本诗选自卷五,为一首五言诗,是诗人在参加阁试时所作。阁试为明代翰林院对庶吉士的考试,永乐年间,朝廷开始从新科进士中,以考试的方式选出才资英敏的年轻才俊,安排进文渊阁读书。这些人作为国家最高级的储备人才,皇帝会时常到文渊阁亲自出题考试,查看其学业进度。此诗就是作者于新春阁试中所作。诗中先是描写了新春的景物,然后引出自己进京的感受。辞别家乡和亲人,我来到繁华的京城已经三年了,以我浅薄的学识,拙劣的技能,能够蒙受皇恩,真的很惭愧,但是我会努力为国做出贡献以报效朝廷。同时,诗人亦表达了自己不愿做哗众取宠之人,而要踏踏实实做事的信念。

岁除日立春对酒

(一)

不觉韶年赏,都从暮节欢。采花明腊酒,生菜上辛盘。岁里逢春易,春前守岁难。欲知新旧鬓,倩为镜中看。

(二)

冬尽春先入,年还岁欲除。瑶林初变鸟,冰沼未窥鱼。柳发辞寒蚤,梅芳过雪余。韶光不恨晚,明旦拭簪裾。

【注释】

1. 岁除:指除夕,是农历一年最后一天的晚上,即春节前一天晚上。

2. 韶年:美好的岁月。

3. 暮节:指重阳节。南朝宋谢灵运《九日从宋公戏马台集送孔令诗》:“良辰感圣心,云旗兴暮节。”

4. 腊酒：腊月里酿造的酒。

5. 辛盘：旧俗农历正月初一，用葱韭等五种味道辛辣的菜蔬置盘中供食，取迎新之意。

6. 瑶林：披雪的林木。宋代张先《采桑子·雪意》词："水云薄薄天同色，竟日清辉，风影轻飞，花发瑶林春未知。"

7. 韶光：指美好的光阴，也比喻青年时期。

8. 蚤：古同"早"。

9. 簪裾：簪，由笄发展而来，是古人用来绾定发髻或冠的长针。裾，衣服的大襟。簪裾，古代显贵者的服饰，借指显贵。

【赏析】

这两首诗选自卷十四，为五言律诗。这一年的除夕恰逢立春，是很难遇到的。不知不觉间一年的时光又匆匆过去。每到年底，人们都会欢乐地等待新的一年的来临，准备好腊月酿制的美酒和迎新用的辛盘，一家人共同守岁。可是不经意间又有丝丝白发爬上了鬓角，一照镜子就能清楚地看到。虽然在感叹年华的流逝，但春天的来临还是值得欣喜的。白雪覆盖的树林中，鸟儿已经感觉到时令的变化，可冰冻的池沼中还看不到游鱼。柳树不畏春寒，发出细小的嫩芽，残雪之中还留有梅花的余香。美好的时光从来都不怕晚，明天就收拾衣饰准备出游吧。

元夕与诸客宴集，同用灯字

十千酬令节，三五会良朋。暂假金吾夜，来看绮陌灯。清歌人似玉，上客酒如渑。何处多游骑，前门火树层。京师以正阳门为前门。

【注释】

1. 元夕：元夕、上元，指的都是元宵节。

2. 十千：一万，极言其多。唐代李白《行路难》："金樽清酒斗十千，玉盘珍羞直万钱。"

3. 令节：犹佳节。

4. 三五：此处指正月十五。

5. 金吾夜：古代城池一般夜禁，不准随意通行。守卫京城的禁卫军称"执金吾"。古时女子深闺不出，唯元宵节可行于街头赏灯游乐，不执行夜禁，谓之“放夜”，故有“暂假”之辞。

6. 绮陌：指繁华的街道。南朝梁简文帝《登烽火楼》诗：“万邑王畿旷，三条绮陌平。”

7. 上客：尊客，贵宾。

8. 酒如渑：渑，音 miǎn。指酒如渑水长流。《左传·昭公十二年》：“有酒如渑，有肉如陵。”

9. 游骑：担任巡逻突击的骑兵，又或为武官名。

10. 火树：火红的树，指树上挂满灯彩。

【赏析】

本诗选自卷十五，是一首五言律诗。元宵节是一个普天同庆的日子，夜里城中不再实行宵禁，无论是大家闺秀、达官贵戚还是士人工商，都会漫步于街头游乐赏灯。区大相也慷慨解囊，约了几个至交好友一起游玩宴饮，并相约用“灯”作为韵脚赋诗明志。大家沿着繁华的街道一边说笑一边观赏花灯。路边高楼中传出美人优美的歌声。伴着玉人婉转的歌声，酒楼中高朋满座、欢饮不停，到处都是欢声笑语。哪里最为热闹呢？自然是前门了，那里的树上挂满了层层叠叠的彩灯，漂亮极了。

上元夜看游者和公幹

（一）

芳年乐事新，月色映灯轮。九陌歌钟动，千门火树春。粉香吹作雾，衫影乱飘尘。愿假千场戏，淹留巧笑人。

（二）

相携游伴出，南陌又东城。永夜鱼龙戏，高楼弦管声。摧春花并放，留赏月偏明。别有娱情处，酣歌达曙更。

【注释】

1. 上元：又称上元节、元宵节、灯节，时间在每年农历正月十五日。

2. 公幹:即汪和叔,区大相的同事。

3. 芳年:美好的年岁。南朝宋刘铄《拟行行重行行》:"芳年有华月,佳人无还期。"

4. 灯轮:一种大型的灯彩。

5. 九陌:泛指都城大道和繁华闹市。唐代骆宾王《帝京篇》:"三条九陌丽城隅,万户千门平旦开。"

6. 歌钟:原指伴唱的编钟,亦指歌乐声。

7. 南陌:南面的道路。

8. 鱼龙戏:古代百戏杂耍节目。唐代张说《侍宴隆庆池》诗:"鱼龙百戏分容与,凫鹢双舟较溯洄。"

9. 淹留:逗留,滞留。

10. 永夜:长夜。

11. 弦管:形容各种乐器同时演奏的热闹情景。

12. 曙更:指天拂晓时分。

【赏析】

这两首五言律诗选自卷十四。诗人描写了正月十五元宵节的热闹景象。在元宵佳节的晚上,千家万户都张灯结彩庆祝,明亮的月色映照着彩灯,整个都城沉浸在欢乐之中。平时足不出户的大家闺秀们此时也纷纷走上街头,脂粉的香气随风飘扬,满眼都是华丽的衣衫。真希望能有千场好看的戏曲,使那些巧笑嫣然的倩影能够驻留下来。和同伴相约而出,从城南一直游览到城东,各处的彩灯就像春天的花朵被春风催发一起绽放一样,在月色下分外漂亮。整个夜晚里,到处都是百戏杂耍,高楼上传出急管繁弦,有一些地方甚至欢唱直到天明。

灯市夜游

三五风光帝苑催,层城灯火映楼台。软尘暗逐香车度,微雪初笼淡月来。九陌游心争向出,千场杂戏未言回。家家弦管传新曲,尽入升平调里裁。

【注释】

1. 三五:指农历正月十五,即元宵节、上元节。这一天的夜晚,天上明月高悬,地上彩灯万盏,人们观灯、猜谜、吃元宵,合家团聚,其乐融融。

2. 软尘：指细小的灰尘。

3. 香车：用香木做的车，泛指华美的车或轿。唐代卢照邻《行路难》："春景春风花似雪，香车玉舆恒阗咽。"

4. 升平：指太平年代。

【赏析】

本诗选自卷二十三，是一首七言律诗，系诗人夜游灯市有感而作。元宵节来临了，仿佛由皇家苑囿中催发一样，无论是皇宫还是平民百姓的宅院，家家都挂起了美丽的彩灯，绚丽的灯火映照着城中的楼阁亭台。华美的车轿在大路上轻快驶过，带起了细细的飞尘，留下一阵香风。明月初起，淡淡的月光和白雪相互映照。人们争相出游，喧闹的街道上到处都表演着戏曲杂耍，引得行人驻足观看，流连忘返。在道路两侧的庭院中，则时不时传出欢笑声和弦管丝竹之声，几乎吹奏的都是升平之调，那是人们正在聚会宴饮呢。

谷日雪

谷日偏宜雪，花天正起风。春归瑶圃外，润洒玉田中。阁回飘还集，阶暄落易融。螟蝗今岁少，野老喜年丰。

【注释】

1. 谷日：又叫谷日节，每年正月初八是民间传说中谷子的生日。传说这一天若天气晴朗，则会五谷丰收，天阴则年歉。

2. 花天：意指满天雪花。

3. 瑶圃：产玉的园圃，指仙境。此处指被白雪覆盖的花圃。

4. 玉田：指被白雪覆盖的田野。

5. 回：曲折，旋转。

6. 暄：温暖，太阳的温暖。

7. 螟蝗：螟和蝗都是食稻麦的害虫。

【赏析】

本诗选自卷十二，是一首五言律诗。正月初八谷日这天，天空纷纷扬扬下起了大雪，空中还刮起大风，大地一片雪白。雪花纷飞在白雪覆盖的花圃之外，仿佛春天的飞花飘洒在白色的大地上，滋润着田野。甚至在曲折的阁廊里，也有随风潜入的雪花飘荡聚集。雪花在温暖的台阶上落下，不过很快就消融了。“瑞雪兆丰年”，有了初春的这场大雪，相信祸害庄稼的害虫都会减少，再加上雪水融化后的灌溉，今年肯定是一个丰收之年。百姓们一定都在为这场瑞雪而开心，为又将是一个丰收之年而庆贺呢。

东郊看迎春

今旦风光动，层城气象新。隔尘移彩仗，披雪度朱轮。枝变园中鸟，帘窥胜里人。仍闻宽大诏，万国共回春。

【注释】

1. 迎春：立春日迎春，是古代官民同乐的一项重要活动。从周代起，天子率文武百官在立春日到东郊迎春，祈求丰收，回宫后要赏赐群臣，施惠兆民。东汉形成迎春礼俗。唐宋立春日，宰臣以下都要入朝称贺。明清立春习俗盛行，立春贺节习俗称为“拜春”，其中的“服饰”“打牛”是重要习俗。

2. 彩仗：彩饰的仪仗。

3. 胜里：古代妇女首饰，此处指妇人。唐代杜甫《人日》：“胜里金花巧耐寒。”

【赏析】

本诗选自卷十五，是一首五言律诗，诗人描写的是立春日在京城东郊举行迎春仪式的场景。随着春日临近，开始有了春的气息。立春这天天气很好，仿佛满城的气象都焕然一新。人们举着彩色的仪仗，推着涂成红色车轮的车子，聚集在一起赶往东郊举行迎春仪式。红色的车轮碾过雪地，园中的树枝刚刚发绿，鸟儿就已经在上面欢唱了，引得屋内的妇人隔着帘子向外张望。听说朝廷又颁布了惠民的诏书，普天之下都沐浴在春光和皇帝的恩泽之中。诗中“枝变”两句采用拟人化的描写，将发出动作的鸟和人变为受动者，放置于句子之末，显示了作者高超的匠心和语言运用技巧。

寒　食

花柳发韶年，佳游竞锦鞯。异方寒作食，孤馆醉宜眠。春思难边冷，乡愁暗

里燃。惟应河畔草，能解思绵绵。

【注释】

1. 寒食：即寒食节，亦称“禁烟节”“冷节”“百五节”。时在每年四月四日，清明节的前一天。这一日禁烟火，只吃冷食，所以叫“寒食节”。

2. 韶年：美好的岁月。唐德宗《中和节日宴百僚赐诗》：“韶年启仲序，初吉谐良辰。”

3. 锦鞯：鞯，音 jiān，垫马鞍的东西。锦鞯指精致华丽的马鞍。

4. 异方：此处指他乡、外地。

5. 河畔草：语出《古诗十九首·青青河畔草》：“青青河畔草，郁郁园中柳。”

6. 思绵绵：指绵绵思念之情。宋代柳永《戚氏》：“思绵绵，夜永对景，那堪屈指，暗想从前。”

【赏析】

本诗选自卷十五，是一首五言律诗，系诗人寒食节感怀所作。鲜花和绿柳都在春日美好的岁月里绽放发芽，人们竞相骑着配有华丽马鞍的骏马出外游园，欣赏春日的美丽景色。可是诗人却只能呆在异乡的旅馆里，吃着冷食，借着酒后的深眠来度过寒食这个传统节日。面对着屋外春天的景色，作者不由想起北方边疆的艰难寒冷，一股乡愁在心中暗暗升起。估计只有诗人笔下河畔那不断绵延的青草，才能理解和表达我现在胸中对家乡亲人那绵绵的思念之情吧。

四月八日高梁桥即事

西方降生传此日，北土行乐开群迷。艳艳游尘障去岸，纷纷杂伎拥回堤。秉兰藉草逢新浴，赠李投桃历旧蹊。独有瞿昙心境寂，天花落水不沾泥。

【注释】

1. 四月八日：即农历四月初八日，中国民间传说这一天是佛祖释迦牟尼出生日，民间举办盛大的庙会活动。又名浴佛节、佛诞节、龙华会。

2. 高梁桥：位于今北京市西直门外高梁河上，建于元代至元二十九年(1292)，也有说建于明初，明清时为出西直门往西北方向的主要道路。

3. 群迷：佛教语，谓迷失本性的众生。《观经玄义分》："群迷性隔，乐欲不同。"

4. 艳艳：明媚艳丽貌。南朝梁武帝《欢闻歌》："艳艳金楼女，心如玉池莲。"此处意为"浓"。

5. 杂伎：杂指多样。伎通技，指技艺。杂伎即"各种技艺"之意。此处指各种表演。

6. 回堤：回环的堤岸。

7. 秉兰：指拿着清香的兰花。

8. 藉草：藉，凭借，依靠。古人居父母之丧，要睡卧在柴草上，用土块当枕头，表示极度悲痛。《荀子·礼论》："齐衰苴(jū)杖，居庐食粥，藉草枕块，所以为至痛饰也。"此指苦修。

9. 赠李投桃：比喻相互赠答，礼尚往来。《诗经·大雅·抑》："投我以桃，报之以李。"

10. 旧蹊：老的道路。此处当指往事。

11. 瞿昙：释迦牟尼的另一个称呼。

12. 天花：语出《心地观经·序品》："六欲诸天来供养，天华(花)乱坠遍虚空。"传说梁武帝时云光法师讲经，感动上天，天上纷纷落下花来。形容说话有声有色，极其动听。

【赏析】

本诗选自卷二十四，是一首七言律诗。诗人描绘的是农历四月初八日，京城西直门外高粱桥上举办法事以庆贺浴佛节的场景。四月初八是传说中佛祖释迦牟尼诞生的日子，这一天，在京城地区举行了一场盛大的法事进行庆贺，以开悟迷失本性的众生。高粱桥上，车马游人众多，飞扬的尘土使得河对岸都看不清了，各种各样的杂耍表演拥满堤岸。人们手持着清香的兰花，在这个特定的日子里为父母举行超度悼亡的法事，同时遵行一系列的仪式来相互赠答，禳灾祈福。面对俗世如此的繁华喧嚣，估计只有佛祖才能保持沉寂的心境，不为外物尘事所扰，拥有那种丝毫不沾染凡俗的气息吧。

七夕有怀

银汉鹊停飞，星桥妇下机。月华移宝扇，云彩动仙衣。天作经年合，人怜此会稀。无由展情恨，独步后庭归。

【注释】

1. 七夕：指农历七月初七，相传是牛郎织女相会的日子。

2. 银汉:指天河。

3. 星桥:星星组成的桥梁,此处指鹊桥。

4. 宝扇:帝后等用的扇状仪仗。唐代何仲宣《七夕赋咏成篇》:“凌风宝扇遥临月,映水仙车远渡河。”

5. 经年:经历很长时间。年是虚指。也有说经过一年的。

【赏析】

本诗选自卷十四,是一首五言律诗。七夕指农历七月初七,相传是牛郎织女相会的日子。传说,在这一日的夜里,所有喜鹊都会飞到银河上空,用身体连接搭建起一座桥梁,即鹊桥。牛郎和织女就在这座桥上相会,一述相思之苦。一年一度的七夕节又到了,诗人漫步在夜色笼罩的庭院之中,想象着喜鹊再度搭起了桥梁,使牛郎织女夫妻二人得以相会,月光像是为他们张开的宝扇,云彩就像拂动的仙衣。他们一年才能相会一次,怎么能够不让人怜惜呢!再看自己,夫妻两人也是天各一方,自己在北方而妻子却在岭南,不由得惆怅起来。这种情绪无法舒解,只能独自叹息着走回后院了。

中秋夕寄怀黎惟仁

秋序会平分,夕霁天宇澄。迢遥彩云没,宛转月华生。凉飔卷珠箔,银壶坐自倾。楼上弦歌曲,叹息有深情。鸿雁隔浦翔,促织近床鸣。佳人渺天末,终息思屏营。谁云千里隔,共此一宵晴。

【注释】

1. 黎惟仁:黎民怀,字惟仁,自号白泉山人,广东从化人。与兄民表、民袁师事黄佐。嘉靖四十四年(1565)贡生,至京师,诸王公闻其才名,争求识面。廷试归,绝意仕进。

2. 秋序:秋季、秋天之时。

3. 霁:音 jì,雨或雪止也。

4. 迢遥:远的意思。南朝宋颜延之《秋胡诗》:“迢遥行人远,婉转年运徂。”

5. 宛转:指委婉曲折,也指变化。

6. 凉飔:音 liáng sī,指凉风。

7. 促织:蟋蟀的别称,属于蟋蟀科,也叫蛐蛐儿,能鸣善斗。

8. 天末:天边、天际。晋代陆机《为顾彦先赠妇》诗:“游子眇天末。”

9. 屏营：音 bīng yíng，意为惶恐。《国语·吴语》："王亲独行，屏营仿偟于山林之中。"

【赏析】

本诗选自卷五，是一首五言诗。作者在中秋之日的黄昏时分，突然想起了自己的朋友黎惟仁，遂在赏月之后写下这首诗远寄给他。中秋之日的傍晚，雨终于停了，远方的云彩逐渐消失，月亮渐渐升高，月华浮现。凉风吹动珠帘，诗人对月自斟自饮。旁边的高楼上有人在弹琴唱曲，声音委婉，就像包含着深情的叹息。遥想南飞的鸿雁应该正栖息在水边吧，耳中却是床边促织的鸣叫。我心中的人儿远在天际，想必与我一样都在终日思念彷徨。今天这个晴朗的月圆之夜，想必她也正在对月思念我吧。

中秋夜对月叙怀

零露靡百草，素节渐为霜。宛宛月中桂，孤高徒自芳。上枝荫琼宇，下枝神鹊翔。吴刚小儿辈，持斧莫轻戕。玉兔捣灵药，千载秘其方。嫦娥顾而笑，天风落霓裳。我欲按此曲，因之寄异乡。异乡不可致，凝思结中肠。徘徊览明月，河汉永相望。

【注释】

1. 零露：降落的露水。《诗经·郑风·野有蔓草》："野有蔓草，零露漙兮。"

2. 靡：消失。《尔雅》：靡，无也。

3. 素节：秋令时节。《初学记》卷三引南朝梁元帝《纂要》："秋曰白藏……节曰素节、商节。"

4. 宛宛：盘旋屈曲貌。司马相如《封禅文》："宛宛黄龙，兴德而升。"

5. 吴刚：道教传说有吴刚伐桂的故事。相传吴刚是樵夫，西河人，醉心于仙道，但始终不肯专心学习。天帝震怒，把他留在月宫，要他砍倒桂树，方可获仙术。但吴刚每砍完一半，桂树便自动愈合。日复一日，吴刚始终无法达成，必须不断地砍下去。

6. "玉兔"句：传说月宫里有一只白色的玉兔，她是嫦娥的化身。嫦娥奔月后，触犯玉帝的旨意，被变成玉兔，每到月圆时，就要在月宫里为天神捣药，以示惩罚。

7. 河汉：此处指银河。

【赏析】

本诗选自卷八，是一首五言诗。诗人在中秋之夜对月述怀，他看到肃杀百草的露水到了中秋时节开始逐渐转成了霜冻，月中的桂花树枝干盘旋曲折，像高人逸士那样孤芳自赏。树木高大，上面的树冠遮蔽了天空，下面的枝叶中有喜鹊在穿梭飞翔。传说中砍树的吴刚，你不要再轻易地挥动斧头砍伐桂树了！树下捣药的玉兔不知捣的是什么药，千万年来从来没有透露过它的药方。嫦娥似乎听到了我的问话而露出微笑，明亮的月光就像天风吹落了嫦娥身上的霓裳。我想把此时的心情谱成曲子寄到远方，却无法到达，只能愁思凝结地在月下徘徊，隔着银河天各一方地相望。

辛卯中秋，家人置酒亭中玩月

秋月正宜看，秋城夜未阑。闺人张宴待，稚子卷帘欢。东壁蟾光入，中庭练影寒。年来种桂意，移傍五云端。

【注释】

1. 辛卯：指万历十九年，即1591年，时年区大相四十三虚岁。
2. 阑：残，将尽，将晚。
3. 闺人：指妻子，犹今之家里人。
4. 蟾光：指月光，古又称月为玉蟾。
5. 练影：指日、月、水波等的白色光影。
6. 种桂：桂乃是“贵”的谐音，因此桂树象征着富贵吉祥。种桂，表达了对富贵的追求。古人还将朝廷科举中选拔人才称为“折桂”，借喻高中状元。
7. 五云：原指青、白、赤、黑、黄五种云色，古人视云色占吉凶丰歉。亦指五色瑞云，为吉祥的征兆。后代指皇帝所在地。

【赏析】

本诗选自卷十二，是一首五言律诗。这是万历十九年（1591）中秋，四十三虚岁的诗人和家人一起欢庆中秋后所写的诗句。中秋正是赏月的好时间，此时秋天的京城中夜色还不深，贤惠的妻子已经置备好酒宴，准备一起赏月度过中秋。小孩子开心地跑来跑去，卷起了院中亭间四面垂下的帘子。月亮渐渐升起，皎洁的月光从东边的墙上照射进院子,银辉洒满整个庭院,带来一片清冷之意。虽然多年来一直在追求功名,但这却需要得到皇帝的青睐才能成功。在这个美丽的月圆之夜,就不想那么多了,幸福开心地和家人团聚在一起。能否完成自己功成名就的心愿,就交由帝王来决定吧。

中秋诸客过集,是夕余病初起

主人今强起,众客且为欢。共是天涯望,谁堪枕上看。香风出桂苑,冷露濯金盘。乞取长生药,何人住广寒。

【注释】

1. 桂苑:栽有桂树的林园。
2. 濯:音 zhuó,洗涤。
3. 金盘:汉武帝为求长生曾铸金人上承金盘以接玉露。
4. 广寒:传说中嫦娥居住的宫殿。

【赏析】

本诗选自卷十二,是一首五言律诗。又是一个中秋之夜,作者病体初愈,恰逢宾客来访,遂强打起精神接待客人,和朋友欢聚。此时此刻,正是万家团圆,共赏明月之时,因此,谁能忍受倒卧在屋内的床榻之上呢?这时就应该和朋友、家人在一起赏月以度过节日。闻着院中桂花的清香,作者不由想起汉武帝为求长生,铸造金盘承接玉露以求仙的故事。作者感慨,即便是求来了长生不老药,谁又愿意远离亲人朋友,像月宫中的嫦娥一样,自己一个人孤孤单单地居住在广寒宫中呢?

秋夕家人宴

金宫珠树侧,凤阁绣屏东。月隐檐边桂,风来井上桐。晚凉清枕簟,秋色净房栊。楼外谁家妇,停砧思朔鸿。

【注释】

1. 金宫、凤阁:指代帝王的宫殿楼阁。
2. 枕簟:音 zhěn diàn,即枕席,泛指卧具。《礼记·内则》:“敛枕簟,洒扫室堂及庭,布席,各从其事。”

3. 房栊:栊,音 lóng,窗框格,窗户。唐代王维《桃源行》诗:“月明松下房栊静,日出云中鸡犬喧。”

4. 砧:音 zhēn,捶、砸或切东西时垫在底下的器具。“砧”在古诗中出现较多,用于代指妇人洗衣。

5. 朔鸿:从北方向南飞去的大雁。此处指传书之意。

【赏析】

本诗选自卷十二,是一首五言律诗,系诗人秋夕感怀所作。在金碧辉煌的宫殿和高大的珠树之侧、华丽的绣屏和彩凤装饰的高阁之东,升起了一轮圆月。随着月亮的升起,皎洁的月光被屋檐边的桂树挡住了。风自井边的梧桐树间刮过,树叶摇动,发出声响。夜凉如水,使得床上铺的枕席都清凉起来,秋天的月色透过窗户洒进室内。高楼之外响起了在石砧上捣衣的声音,可是没多久声音就停了,估计是邻家的妇人看到南飞的大雁,于是停下手里的工作,开始思念起远在外地的亲人了。

中秋夜独步小台望月

就枕未能安,披帷坐夜阑。阴晴万里共,光景百年看。寂寂此愁望,迢迢怀旧欢。莫将罗袂色,来照客衾寒。

【注释】

1. 就枕:犹就寝。《汉书·王莽传》:“读军书倦,因冯几寐,不复就枕矣。”

2. 披帷:拨开帷幕。《史记·项羽本纪》:“交戟之卫士欲止不内,樊哙侧其盾以撞,卫士仆地,哙遂入,披帷西向立,瞋目视项王。”

3. 夜阑:阑,音 lán,残,尽,晚。夜阑,夜将尽,夜深人静。

4. 光景:时光景物。

5. 罗袂:丝罗的衣袖,亦指华丽的衣着。汉武帝《落叶哀蝉曲》:“罗袂兮无声,玉墀兮尘生。”

6. 客衾:衾,音 qīn,被子。客衾指客人所用的被褥。

【赏析】

本诗选自卷十四,是一首五言律诗。中秋之夜,诗人躺在床上辗转反侧,难以安眠,于是干脆披衣起床，拨开帷幕，独坐在院中直至夜阑人静。中秋之时，万户团圆，都在欣赏这一轮明月。独步小台，想到人生百年，世事变化无常，又有多少人和我一样在这里孤独地怀着离愁别绪，远远地思念家乡的亲人，独自仰头望月呢？宦居京城，虽然穿着华丽的衣服，但是孤寂的心情却无法缓解。只有清冷的月光透过窗户，洒落在我这远离家乡、客居京城之人的衣衾被褥之上。

大寒后写怀

靡靡西颓光，何时燠寒灰。槁木无生意，宁知春事回。龙蛇蛰已深，松柏日见摧。冰霜满天地，欲往谁为偕。飘飘南雁逝，声响一何哀。我欲致此鸟，因之托中怀。惜哉无羽翼，凝睇以徘徊。

【注释】

1. 西颓：亦作“西隤”，向西坠落，指夕阳西下。三国魏阮籍《咏怀》之十：“灼灼西隤日，余光照我衣。”
2. 燠：音 yù，温暖的意思。《说文》：燠，热在中也。
3. 槁木：枯槁的树干。
4. 蛰：音 zhé，动物冬眠，不吃不动。蛰伏，隐藏。《易经》：“龙蛇之蛰，以存身也。”
5. 托：此处意为请别人代办或照料。
6. 中怀：内心。
7. 凝睇：睇，音 dì，斜着眼看。凝睇指凝视，注视，注目斜视。

【赏析】

本诗选自卷四，是一首五言诗。诗人在大寒后的天气里有感于物候变化，心境比较悲凉，这直接影响到了这首诗中意境的表达。西下的夕阳何时才能温暖已经寒冷的灰烬？草木枯槁已没有了生机，又如何能感知春天的归来？动物都已经蛰伏过冬了，连松柏也一天天地衰败，天地间都是冰霜，在这寒冷的天气里有谁能来相偕陪伴呢？空中南飞的大雁，叫声是那么的悲哀。我想把自己思乡的情怀托它捎回南方，可惜我没有羽翼，无法追上它飞行的步伐，只能凝望着它徘徊叹息。

冬　至

黄钟律转日南至，缇室灰浮阳气潜。苑外窥梅才的的，河边觅草未纤纤。楼

台消雪皆迎暖，云物呈祥不待占。闻道南郊恭代毕，定将昭事答威严。

【注释】

1. 冬至：中国农历中一个重要的节气，时间在每年 12 月 21 日至 23 日之间，俗称“冬节”“长至节”等。中国北方有冬至吃饺子的风俗，南方则吃汤圆。冬至节源于汉代，盛于唐宋，相沿至今。

2. 黄钟律：古代为预测节气，将苇膜烧成灰，放在律管内，到某一节气，相应律管内的灰就会自动飞出。黄钟律和冬至相应，时在十一月。

3. 日南至：指太阳走到最南面，即冬至日。

4. 缇室灰浮：缇，音 tí，橘红色的丝织物。古代察候节气之室，门户紧闭，密布缇缦，故名。《后汉书 · 律历志》：“候气之法，为室三重，户闭，涂衅必周，密布缇缦。室中以木为案，每律各一，内庳外高，从其方位，加律其上，以葭莩灰抑其内端，案历而候之。气至者灰动。”

5. 的的：分明貌。宋代贺铸《河传》词：“彼美个人，的的风流心眼。”

6. 纤纤：形容小巧或细长而柔美。

7. 云物：云的色彩。

8. 南郊恭代：古时祭天的正祭是每年冬至日在京师南郊举行。帝王在冬至日要到圜丘坛举行告祀礼，禀告上天五谷业已丰登，主祭昊天上帝，配祭皇帝列祖列宗及日、月、云、雨、风、雷诸神；恭代是指皇帝本人没有出现，由别人代替。

9. 昭事：勤勉地服事。《诗经 · 大雅 · 大明》：“昭事上帝，聿怀多福。”

【赏析】

本诗选自卷二十四，是一首七言律诗。冬至到了，阳气开始潜伏。苑外的梅花露出花苞的雏形，河边的小草已经枯黄，新的绿芽还没有长出。之前堆积在楼台的雪在阳光的照耀下开始消融，暖意在空中丝丝弥漫，天上的云彩不用占卜就知道代表着吉祥的兆头。听说今天在南郊举行的祭天仪式刚刚结束，虽然此次的祭祀不是皇帝亲自主持而是由他人代替，但是皇上勤勉服事上天的诚思却始终如一。这一定已经通过威严的祭祀告知了上天，公平、仁慈的上天对帝王的恭敬与勤勉一定会有所回报的。

小年夜诸客过集

俗以腊月二十四日为小年。是夕，灶神上天告人功过，家家祀灶。

独有颓年感，偏逢故旧欢。壶觞迎小岁，灯火候仙坛。正直平生是，飞腾晚暮看。宁因祠灶礼，名姓动天官。李少君言祀灶则神仙可见，于是天子乃祀灶神。

【注释】

1. 颓年：犹言衰老之年。晋代陆机《愍思赋》："乐来日之有继，伤颓年之莫纂。"

2. 壶觞：音 hú shāng，酒器。

3. 仙坛：祭祀仙人的地方。

4. 天官：道教奉天、地、水三神，亦叫三官，天官即其中之一。

5. 李少君：西汉时方士。

【赏析】

这首五言律诗选自卷十八。每年的农历十二月二十三日，民间称为过小年，是祭祀灶君的节日。作者所写为腊月二十四日，或为误记。诗人在诗中描绘了和朋友一起过小年的情景。老朋友们欢聚一堂，但我自己却突然冒出了衰老的感觉。大家举杯畅饮，一边欢度小年，一边在灯火下等候着祭祀灶神。不由想起西汉之时，因李少君之一语，帝王开始亲自祭祀灶神，这个习俗遂沿袭下来，也就有了今日小年夜祭灶的传统，灶神于是成为民间祭拜的重要神仙之一。作者感慨，人的一生就应该正直不阿，如此即便到了晚年也会有飞腾的一天。我愿像李少君那样，不随波逐流，坚守自己的节操，以此来打动上听，名闻天官。

除夕诸客见过守岁

杯酒临除夜，能禁晚暮嗟。愿逢新节序，莫改旧容华。岁往偏宜守，春来不待赊。年年帝城里，文字老生涯。

【注释】

1. 守岁：汉族民间在农历除夕的习俗，又称熬年、熬夜，指除夕夜一家人团聚，终夜不睡，迎接农历新年的到来。

2. 除夜：即除夕夜。

3. 晚暮：犹岁末。南朝宋谢灵运《彭城宫中直感岁暮》："晚暮悲独坐，鸣䴗歇春兰。"

4. 新节序：正月初一为新年之始，节序也重新开始。

5. 赊：不交钱而贾曰赊，取欠之意。

【赏析】

本诗选自卷十八，系诗人在除夕夜守岁时有感而作。除夕之夜，许多客人来访，大家纷纷举起酒杯互相劝酒来等待新的一年的来临。一杯酒冲淡了人们岁末之时对于时光飞逝的感叹。希望在新的一年里随着新的节序的开始，人们往日的容颜不会改变。虽然现在在守岁，但是春天很快就要来了。而我在帝都的生活却是年复一年，仍然过着天天和文字打交道的日子。

八、感怀

淇上三章　思卫之多君子也

（一）

淇水悠悠，竹竿翛翛。静言思子，惜无轻舟。

（二）

淇水弥弥，竹竿离离。愿言见子，惜无榜师。

（三）

既具我舟，亦伐我榜。方之泳之，将子是访。滔滔临淇，实劳我思。

【注释】

1. 淇：淇水，在今河南省淇县。

2. 翛翛：音 xiāo xiāo，象声词，形容风声、雨声、树木摇动声等。也用来形容高或长或错杂的样子。

3. 静言：安静地，仔细地。《诗经·邶风·柏舟》："静言思之，不能奋飞。"

4. 弥弥：水满貌。

5. 离离：盛多、浓密貌。

6. 愿言：思念殷切貌。《诗经·卫风·伯兮》："愿言思伯，甘心首疾。"

7. 榜师：榜，摇船的用具。榜师，指摇船的人，即船夫。

8. 方之泳之：方，筏子，此处作动词。《诗经·邶风·谷风》："就其深矣，方之舟之。就其浅矣，泳之游之。"意为就像到了深深的河流，用木筏或小船过渡来往；好比到了浅浅的溪水，便浮游着来到岸上。

【赏析】

这是一组四言诗，选自卷一。本诗以《诗经》的四言体例而作，大量使用了《诗经·国风》中的句子和典故。古时的卫国，是周朝的一个姬姓诸侯国，辖地大致为今河南、河北、山东等交界之地域。孔子周游列国十四年，在卫长达十年之久，认为这里有很多和他趣味相投的"君子"。吴王的弟弟季札曾周游列国，以远见卓识而闻名天下，他对卫国的评价是"卫多君子，其国无患"。因此，自古就有"卫多君子"的说法。作者在卫国故地的淇水之上，以四言诗的形式写下了这组《淇上三章》。诗歌中通过对轻舟、榜师、君子层进式的寻找，以表达自己对古代圣贤之士的追思、对君子之行的思慕和景仰。

蠲愤

贫贱难久居，勋业惧晚成。老骥志千里，达士感河清。翩翩当衢客，青云耀冠缨。如何穷愁子，终岁忧患婴。拔剑欲出门，我剑悲且鸣。长路脂吾车，路险车轴倾。惊飙号垄树，穷猿多哀声。寒江日夜逝，焉知游子情。在贱常思贵，处约常愿盈。人理苟如此，天运安得平。沉晦非我致，俟命何所营。

【注释】

1. 蠲愤：蠲，音 juān，除去，免除之意。蠲愤，亦写作"蠲忿"，指消除愤怒。三国魏嵇康《养生论》："合欢蠲忿，萱草忘忧，愚智所共知也。"

2. 勋业：功业。《三国志·魏志·傅嘏传》："子志大其量，而勋业难为也，可不慎哉！"

3. 老骥：骥，音 jì，千里马。老骥，年老的骏马，多喻年老之士。三国魏曹操《步出夏门行》："老骥伏枥，志在千里。"

4. 达士：明智达理之士。《吕氏春秋·知分》："达士者，达乎死生之分。"

5. 翩翩：指风致、文采的优美。《文选·曹丕〈与吴质书〉》："元瑜书记翩翩，致足乐也。"

6. 当衢：正对着大路。

7. 婴：音 yīng，缠绕，围绕。此处作动词用。

8. "拔剑"句：出自汉乐府《东门行》："出东门，不顾归；来入门，怅欲悲；盎中无斗米储，还视架上无悬衣。拔剑东门去，舍中儿母牵衣啼……"描写一个极端穷困的下层平民不得不拔剑而起反抗的故事。

9. 脂吾车：脂，用作动词。脂车，指用油涂车轴，以利运转，借指驾车出行。

10. 惊飙：突发的暴风、狂风。

11. 处约：生活在穷困之中。《论语·里仁》："子曰：不仁者，不可以久处约。"

12. 人理：做人的道德规范。《庄子·渔父》："其用于人理也，事亲则慈孝，事君则忠贞。"

13. 俟命：听天由命。《礼记·中庸》："上不怨天，下不尤人，故君子居易以俟命，小人行险以徼幸。"

【赏析】

这是一首五言诗，选自卷四。作为士人，读书考取功名的主要目的就是当官成就自己的远大志向，同时摆脱困苦的生活，脱离社会底层。作者在诗的开篇提到，虽然说烈士暮年仍能奋起成就一番事业，贤明的人也甘于贫贱，但事实上，人们在贫贱之时难以长时间安稳地生活，更会害怕自己年纪大后难以成就功业。那些终年为生计奔波，甚至被逼无奈只能铤而走险之人，永远不能和青年之时即功成名就、得享富贵荣华之人相比。因此，在困苦之时人们常渴望能富足，地位低下之时希望能位高权重。如果天道的运行都能满足所有人的欲望，那还有什么公平可言呢？要知道，生活的波折不是自己所能左右的，所以还是消消气，不要总抱怨天道不公，还是听天由命吧。此诗亦是作者的自嘲和自我宽解之语。

感昔篇答友人

昔年十四五，意气无与比。富贵不关心，功名何物是。经过紫陌场，被服纨与绮。清阳既婉如，侠烈性复尔。阳春二三月，游戏出都市。臂鹰草泽中，调马垂杨里。黄金结壮士，白璧投媚子。行乐苦不足，明岁复如此。二十始学书，三

冬足文史。来观上国光，幸免下流耻。被酒干人事，赋诗良自喜。未觉世途艰，安见流光驶。蹉跎及兹辰，弱龄逼强仕。心长发奈短，素丝渐垂耳。览镜非旧容，逢人羞问齿。芳时不再至，壮心讵能已。明当携少年，射猎西山址。

【注释】

1. 紫陌：大路，泛称京都郊野之路为紫陌，帝京的道路，用之比喻虚幻的荣华。

2. 清阳：即阳气。阳气清轻上升，故称清阳。

3. 婉如：好像，仿佛。亦指委曲顺从貌。

4. 臂鹰：架鹰于臂，古时多指外出狩猎或嬉游。《后汉书·梁冀传》云："又好臂鹰走狗，骋马斗鸡。"

5. 三冬足文史：形容读书勤奋，学业有成。典出《汉书·东方朔传》，东方朔是西汉文学家。汉武帝初即位，下令征召品行好、有才学者破格任用，以辅佐自己理政。各地士人纷纷上书。东方朔在奏书中说自己幼失父母，靠兄嫂抚养，家庭贫困，十三岁开始读书，但平时在地里劳作，只有冬季可读书，用了三个冬天就学到了许多文史知识。汉武帝看后很高兴，拜他为郎官。

6. 蹉跎：音 cuō tuó，虚度光阴。

7. 强仕：四十岁的代称。语本《礼记·曲礼上》："四十曰强，而仕。"

【赏析】

这是一首五言诗，选自卷五。在与友人的交流中，作者写下了这首回忆自己前半生岁月的诗篇。诗的字里行间流露出对时光飞逝的无奈，向友人展示了自己的生活印迹和心态的转变，读起来沧桑之感顿出。作者回想年少十四五岁之时，根本不知道世事艰难、富贵功名为何物。阳春二三月，年少轻狂的自己穿着锦衣，骑着高头大马穿过繁华的闹市，驾鹰到原野上打猎；又一掷千金地结交朋友，游戏芳丛之中。年年都是如此，除了行乐玩闹什么事情都不懂。到二十来岁时，才知道收心学习，过了三年之后参加科举考试，幸运地考取了功名。那时自己初入仕途，意气风发，自我感觉良好，根本想象不到世道的艰难。时光转瞬即逝，到了四十来岁，如今岁月蹉跎，作者感叹徒有一片雄心，但经不住岁月催逼。头上的白发长得都到了耳朵，镜中的自己看起来那么苍老。而后起的青年才俊却一个比一个厉害，搞得别人问自己岁数时自己都不好意思说出口。唉，明天还是带着后辈们去西山打猎吧。

于五凤楼前赠弟时有淮藩之役

有鸟朝阳鸣，飞向瑶台集。楚楚吾家弟，爰来自畿邑。畿邑五载间，百度亦维辑。皇风久已颓，尔其庶有立。芸阁我倦栖，柏台子新入。子优绳纠司，我愧青缃业。归邸各异宿，入朝或交揖。箵羽班始联，鸣佩声相及。矢志将无同，共歌天保什。

【注释】

1. 淮藩之役：万历二十三年（1595），区大相第一次奉命出使淮藩，分册藩邸，寻访民情。

2. 楚楚：形容杰出，出众。

3. 畿邑：音 jī yì，京城管辖的地区。

4. 皇风：指皇帝的教化。汉代班固《东都赋》："觐明堂，临辟雍；扬缉熙，宣皇风。"

5. 尔其：连词，表承接，辞赋中常用作更端之词，犹言至于、至如。

6. 芸阁：藏书处，即秘书省。

7. 柏台：御史台的别称。《汉书 · 薛宣朱博传》云："是时，御史府吏舍百余区井水皆竭，又其府中列柏树，常有野乌数千栖宿其上，晨去暮来，号曰朝夕乌。"意为汉御史府中因种植柏树，常有野乌数千栖其上。后以"柏台"称御史台。

8. 绳纠：指纠正过失。《魏书 · 高恭之传》："道穆绳纠，悉毁去之，并发其赃货，具以表闻。"

9. 青缃：音 qīng xiāng，原指青色和浅黄色，也指这两种颜色的织物。古代常用这种颜色的布帛作书衣、封套，因用以指书籍、画卷等。

10. 邸：音 dǐ，高级官员的住所。

11. 箵羽：音 zào yǔ，排列齐整，若飞鸟的羽翅，比喻古代百官朝见时仪仗行列整齐。

12. 天保：出自《诗经 · 小雅 · 天保》，这是一首为君王祝愿和祈福的诗。

【赏析】

这是一首五言诗，选自卷六。明代每年都要举行例行的分册藩邸活动，即将那些善于撰文、习于词翰的文学侍从之臣，如翰林之类分配到各地去采风。由他们询问各地风俗，派人绘图描绘山川与道路险阻之处，并把这些都记载下来，存作档案以备用。万历二十三年(1595),区大相接受了这样一份公派出使任务,奉命出使淮藩。在五凤楼前,他与弟弟区大伦依依惜别。此时的区大伦刚从担任了五年的山东东明县知县位上卸任,被升调为御史,进京供职。对于弟弟能够回到京城任职,作者特别开心,这就意味着兄弟二人以后可同在京城为官,见面的机会就多了。同时,对弟弟能够担任御史之职表示由衷的自豪。虽然作者在诗中总强调两人只会在朝堂上才能有所交集,却对兄弟共同辅政充满了期待,甚至认为这将是一段引以为荣的佳话。

翔凤篇　答汪公幹时四家兄亦和此篇

紫凤飞南海,徘徊恋天池。岂吾三珠树,归守椅梧枝。逢君问出处,所需在明时。本期千仞翔,览德而下之。文采非惊世,宁为燕雀欺。尝闻帝王代,衔图及鸣岐。时哉不我与,蒙议于德衰。稻粱不肯啄,终岁常苦饿。东园琅玕实,倘许共来仪。

【注释】

1. 汪公幹:即汪乾利,字和叔,今安徽歙县人。

2. 紫凤:传说中的神鸟。南朝齐谢朓《隋王鼓吹曲·钧天曲》:“紫凤来参差,玄鹤起凌乱。”

3. 三珠树:见第4页注释。

4. 椅梧:音 yī wú,指椅树和梧桐树。南朝宋颜延之《秋胡诗》:“椅梧倾高凤,寒谷待鸣律。”

5. 千仞翔:汉代贾谊《吊屈原赋》:“凤凰翔于千仞兮,览德辉而下之。”

6. 衔图:传说黄帝游玄扈雒水上,有凤凰衔图置帝前,帝再拜受图。后以“衔图”为仁君在位之典故。

7. 鸣岐:指凤鸣岐山,传说周文王在岐山时,凤凰感受到其德政,不远万里飞到附近的山上栖息,从此这里叫凤凰山,西岐也叫岐山。凤鸣岐山也成了天降祥瑞的象征。

8. 时哉不我与:即时不我与,时间不会等待我们,感叹时机错过,追悔不及。

9. 琅玕实:琅玕,音 láng gān,这里指传说和神话中的仙树,其实似珠。唐代杨巨源《池上竹》:“岁晏琅玕实,心期有凤过。”

10. 来仪:意指“有凤来仪”。凤,凤凰,传说中的百鸟之王;仪,仪容。古时吉祥的征兆。

【赏析】

这是一首五言诗，选自卷八。这是作者以飞翔的凤凰为题起兴，来唱和汪公幹即汪和叔的诗篇。同时为汪公幹原诗撰写唱和之作的，还有作者的兄长区大枢。作者以飞翔在南海上的紫色凤凰来比喻品行高洁、才华出众的友人。在中国古代传说中，凤凰只选择栖息于梧桐树上；不吃普通的稻粱谷物，只吃传说中的仙果。传说中，也只有在帝王清明、国家繁盛之世，凤凰才会降临。作者在诗中表达了能与友人结下深厚友谊的喜悦，同时又借关于凤凰的优美传说，暗喻自己和朋友高洁的品德、坚贞不渝的操守，表达了对贤明君王的期望。

功德寺看牡丹歌

去年看花花未发，今年看花花已阑。何事与花常不值，花期误却为微官。解道天香与国色，只余绿叶护僧栏。沁水园中车马寂，洛阳城里管弦残。香色从来不耐久，春光到底为谁有。若使花开常不落，安得红颜成白首。红颜白首暗相催，把酒逢花能几回。僧徒劝我勿惆怅，明岁花时可重来。

【注释】

1. 功德寺：北京功德寺，原名大承天护圣寺，位于今颐和园昆明湖西北岸边。始建于元朝天历二年(1329)，至正初毁于火，随后重修。明宣德二年(1427)重修，更名“功德寺”，建有行宫。明宣德、嘉靖皇帝均曾在此驻跸。嘉靖以后，功德寺转衰。

2. 微官：小官。晋代欧阳建《临终诗》：“咨余冲且暗，抱责守微官。”

3. 解道：懂得，知道。

4. 惆怅：音 chóu chàng，伤感，愁闷，失意。

【赏析】

这是一首七言古诗，选自卷九。一年之前的春天，作者曾到功德寺观赏牡丹，但因为去早了，花期未到而没有开花。一年之后，作者再次来到寺里赏花，可没想到这次却来晚了，花期已过，牡丹早已凋零，花圃的栏杆之内，只剩下绿色的叶子，所以作者特别遗憾，认为都是因为平时杂事太多，官职的牵绊太厉害，以至于总不能赶上花期，不能好好地观赏一次牡丹。作者感叹，春光虽然美好，却太短暂了。这就像人生一样。如果能够使花儿常开不败，那么人或许就可以不会衰老，红颜也不会变成白发。就是因为不可能，所以能够把酒赏花的日子才会显得格外珍贵。虽然寺院里的僧人劝作者不要失望，明年花开时节还可以再来赏花，但是要知道，花虽然可以再开，可逝去的时光却永远不可能再回头了。

病起客至，言西郊花事已过，怅然有作

（一）

移疾动经旬，宁知花事新。烟霞不惜赏，桃李可怜春。底事催莺老，非关送酒频。向来迟暮意，为此重伤神。

（二）

西郊万树杏，飘落任西东。颇恨前朝雨，深愁昨夜风。游蜂争堕蕊，舞蝶恋虚丛。老鬓将残艳，相怜晓镜中。

【注释】

1. 移疾：即“移病”，旧时官员上书称病。
2. 底事：何事。
3. 迟暮：原指傍晚，天快黑时，用以比喻晚年。
4. 残艳：指残花。
5. 晓镜：明镜。

【赏析】

这是两首五言律诗，选自卷十二。春天之时作者生了一场大病，令他没想到的是，这一病就拖了快半个月。明明知道外面春意正浓，鲜花开得正艳，却因为身体的缘故没法外出赏春。直到某一天，有客人到家探访，两人聊起来才知道西郊万棵杏树的花期已过，花朵都凋谢了，这令作者遗憾不已。如果不是前两天那场春雨，还有昨天夜里刮起的大风，说不定花谢得还没有那么快，或许现在去西郊还能看到蜜蜂在花丛中嗡嗡盘旋采蜜，彩蝶追逐随风飘落的花瓣飞舞呢。可惜啊，春光易逝，烟霞易散，桃李易凋，今年是没机会再看到这美丽的景色了。正如人的青春不再，鬓角之上已长出白发，只能对镜

相怜。这如何不令人伤神呢？

舟中对月

桂月宜芳夜，兰桡爱晚洲。镜随菱水泛，弦逐箭波流。岸白非关雪，沙明不辨鸥。移家方此夕，谁解有离愁。

【注释】

1. 桂月：月亮的别称。传说月中有桂，因称。

2. 兰桡：音 lán ráo，小舟的美称。唐太宗《帝京篇》："飞盖去芳园，兰桡游翠渚。"

【赏析】

这是一首五言律诗，选自卷十三。这首诗语言优美，为读者展现了一幅美丽的江边夜景。想要观赏明月，最好的时间和地点自然是在晴朗的夜色之下、坐在小船之上、在静谧的河洲之畔。天地一片寂静，只有明亮的月倒映在水中，随着水的流动，水面上泛起一阵粼粼的波光。小船追逐着远方水面的月华，顺着水势而下。这时的岸边，在月光的映照下一片白色，看起来就像是被皑皑白雪所覆盖。河滩上的沙子也反射着月光，以至于根本看不清栖息在上面的白色沙鸥。流水与顺流而下的小船、白色的河岸与混为一体的白色沙鸥，整首诗描绘出梦幻般的月夜景色，将动与静完美地结合起来。

夜　坐

夜坐不觉久，庭鸟栖复啼。灯前下黄叶，井上鸣莎鸡。漏静风声细，帷空月影低。城南有思妇，幽梦越辽西。

【注释】

1. 莎鸡：见第 117 页注释。

2. 漏静：漏，音 lòu，古代计时器，铜质有孔，可以滴水或漏沙，有刻度标志以计时间，称漏刻、漏壶，简称"漏"。又用以指夜晚的时间。

3. 辽西：大约指辽河以西营州、燕州一带地方，隋代因秦汉旧名曾于此地置辽西郡，寄治于营州，唐初改曰燕州，州治在辽西县。辽河以西的地区，多代指征戍之地。

【赏析】

这是一首五言律诗,选自卷十四。此诗颇有唐代金昌绪《闺怨》中"打起黄莺儿,莫教枝上啼。啼时惊妾梦,不得到辽西"之情。在一个初秋之夜,因为心中堆满愁绪而无法入眠,久久地独坐灯下,却没有意识到夜已经深了。庭院内,树上筑巢栖息的鸟儿被突然发出的响声惊醒,盘旋着在空中啼叫了几声,然后重新落回到树上。一片黄叶无声地飘落下来,落在窗前灯光的阴影中。井栏之上再次响起纺织娘的叫声,夜色更浓了,只听见漏壶滴水的声音。风变小了,只有渐渐升高的月亮将清辉斜斜地洒向大地。城南的思妇,突然间梦到自己到了辽西,见到了自己朝思暮想的丈夫。哪怕这仅是一场梦,两人也算终于能够有机会见面,能执手相看泪眼,一诉相思之情了。

归 雁

归雁南中发,闻从桂水滨。年还思故土,书至慰离人。芳杜江南月,长榆塞北春。往来皆应候,嗟尔客游身。

【注释】

1. 南中:历史上的南中指今云南、贵州和四川西南部。三国时期,南中成为蜀国的一部分。此处泛指南方。

2. 芳杜:杜是一种落叶乔木,果实圆而小,味涩可食,俗称"杜梨",亦称"甘棠""棠梨",木材可做扁担或刻图章。

3. 长榆:榆是一种落叶乔木,实扁圆,木材坚实,可制器具或供建筑用。古称边塞多植榆树,故又称边塞为"榆塞"。

4. 应候:顺应时令节候。

5. 嗟:音 jiē,一般为叹词,表示忧感。

【赏析】

本诗选自卷十五,是一首五言律诗,体现了作者的思乡之情。看到在南方过冬结束,从桂水之滨返回北方的大雁,作者亦泛起思乡之情。多少年了,无论是寄居在江南还是在暂住在塞北,在外漂泊的人最想念的仍是自己的故乡。尽管江南的春天极为美丽,月夜里,芬芳的花朵绽放,花香伴着夜色进入梦中;塞北的春天让人心旷神怡,边塞之上遍植的榆树吐出鲜绿的嫩芽，触目一片春色。可是这些景色都无法缓解作者对家乡的思念。或者这种思乡之情，只有在收到来自家乡的书信时才能有所缓减吧。空中北返的大雁啊，你们的迁徙可以按照气候节令进行，终有归家的一天，可是像我这样客游在外之人，什么时候才能返回自己的故乡呢？

甲辰闰九日显灵阁酒会

（一）

闰序嘉重九，高秋会法筵。菊芳犹应候，桃发已经年。昔去人为鹤，今来海作田。仍看荐寿处，胜览出三天。

（二）

凤阁携真侣，龙山接胜区。重持黄菊酒，高眺白云衢。甘露披林玉，秋花散蕊珠。徒言寻白社，何似访玄都。

【注释】

1. 甲辰闰九日显灵阁酒会：时在万历三十二年（1604）闰九月，即闰九月九日于显灵阁举行酒会。

2. 高秋：就是农历九月初九重阳节，这是重阳节的又一雅称。

3. 法筵：佛教语，指讲经说法者的座席，引申指讲说佛法的集会。这里代指酒会。

4. “昔去”句：唐代崔颢《登黄鹤楼》诗：“昔人已乘黄鹤去，此地空余黄鹤楼。”此句与下面的“今来”句均指世事的变迁，时光的流逝。

5. 胜览：畅快地观赏。宋代谢绛《游嵩山寄梅殿丞书》：“自长夏门入，绕菘辕一匝四百里，可谓穷极胜览。”

6. 凤阁：唐官署名，由中书省改置。

7. 真侣：谓道士。唐代李栖筠《张公洞》诗：“稽首谢真侣，辞满归崆峒。”

8. 白社：借指隐士或隐士所居之处。唐代白居易《长安送柳大东归》诗：“白社羁游伴，青门远别离。”

9. 玄都：传说中神仙居处。

【赏析】

本组诗共两首，为五言律诗，选自卷十八。万历三十二年(1604)正好闰九月，这个闰九月的重阳节可以说是百年难得一遇。在这样一个特殊的日子里，众人在显灵阁举行集会。这时正值秋日，又恰是重阳登高时节。大家端起盛满黄菊酒的酒杯，凭高眺望远处白云遮盖的大路。路旁高耸的宫阙直入云霄，蜿蜒远去的山脉中隐藏着风景如画的胜境。林中的黄叶开始慢慢飘落，春日绽放的桃花都快凋谢一年了，只有金黄色的菊花在应节怒放，吐露芬芳。遥想世间万物，沧海桑田变幻无常，人生亦是处在生老病死的无尽循环当中。作者感慨，在尘事中钻营不止，却又空谈着想要辞官隐居，这事的难度和寻仙访道有多大区别呢？

被弹将南行，作二十四韵

平生怀耿介，才识非通饶。徒以乡闾誉，谬蒙明主招。壮图依日月，长策起渔樵。迂薄妨贤路，疏庸负圣朝。遭逢良匪偶，谗构谅无繇。自省文儒望，何干俗吏条。含情常脉脉，负谤实哓哓。大雅颓孤响，良朋失久要。高林动风叶，平陆涌波潮。众口金徒铄，群言石可漂。青蝇点珪璧，斥鷃议鹏雕。不量叔孙武，其如公伯寮。小来交易合，大往道宁消。鸿渐仍于木，莺迁暂下乔。马曹官始调，虎观秀曾翘。思就南冥息，期从北海超。冰壶元自洁，瑶瑟讵更调。直道无妨黜，浮荣从见剽。有怀常不寐，独酌谩成谣。鬓发思君变，丹心去国摇。盈虚时所昧，倚伏理恒昭。胜负争蜗角，功名覆鹿蕉。离群友鸾鹤，委佩杂兰苕。畏路今何畏，骊兜更有苗。

【注释】

1. 耿介：正直，不同于流俗。

2. 壮图：壮志，宏伟的意图。晋代陆机《吊魏武帝文》："雄心摧于弱情，壮图终于哀志。"

3. 长策：上策，万全之计，效用长久的方策。

4. 迂薄：迂腐浅薄。

5. 疏庸：即疏慵，疏懒、懒散之意。唐代元稹《台中鞫狱忆开元观旧事》诗："疏慵日高卧，自谓轻人寰。"

6. 无繇：音 wú yáo，同“无由”。

7. 哓哓：音 xiāo xiāo，因为害怕而乱嚷乱叫的声音，又指争辩不止的声音。

8. 久要：旧约或旧交。

9. 斥鷃议鹏雕：鷃，音 yǎn，古书上说的一种小鸟。典故出于《庄子・逍遥游》，原意是大鹏能搏击长空，展翅高飞九万里，小雀栖身沼泽，往来于蓬蒿间。但它们都逍遥自在，各得其所，无所谓大小贵贱之分。这里用鲲鹏比喻怀有远大志向的人，用斥鷃比喻渺小卑怯、苟且偷安的人。

10. 叔孙武：姬姓，叔孙氏，名州仇，谥号曰“武”，称叔孙州仇，史称叔孙武叔，东周时期诸侯国鲁国司马，曾构陷诽谤孔子。

11. 公伯寮：公伯氏，名寮（僚），字子周，春秋末年鲁国人，与子路同做季氏的家臣，曾在季孙面前毁谤子路。

12. 鸿渐于木：原指鸿鹄飞翔从低到高，循序渐进，后用来比喻仕宦的升迁。

13. 莺迁：《诗经・小雅・伐木》：“伐木丁丁，鸟鸣嘤嘤。出自幽谷，迁于乔木。”“嘤嘤”，为鸟鸣声。古人常以嘤鸣出谷之鸟为黄莺，故以“莺迁”指登第，或为升擢、迁居的颂词。

14. 马曹：原指管马的官署，多用以指闲散的官职或卑微的小官。

15. 虎观：白虎观的简称，为汉代宫中讲论经学的场所，后来泛指宫廷中讲学之处。

16. 直道：犹正道，指正确的道理、准则。

17. 浮荣：即虚荣。

18. 鬒发：鬒，音 zhěn，指须发又黑又密。

19. 倚伏：《老子》：“祸兮福之所倚，福兮祸之所伏。”意为祸与福互相依存，互相转化。

20. 蜗角：典出《庄子・则阳》：传说有建立在蜗牛角上的国家，右角上叫蛮氏，左角上叫触氏，双方常为争地而战，伏尸数万。后以“蜗角”比喻微小之地。

21. 鹿蕉：典出《列子》卷三《周穆王》：“郑人有薪于野者，偶骇鹿，御而击之，毙之，恐人见之也，遽而藏诸隍中，覆之以蕉。不胜其喜。俄而遗其所藏之处，遂以为梦焉。”谓人间的得失荣辱无定。

22. 兰苕：音 lán tiáo，即兰花。

23. 畏路：犹畏途，比喻艰难的世道。

24. 驩兜：音 huān dōu，是一个具有五千多年历史的古老部族，起源于中原地带，曾加入过炎黄部落联盟和华夏联盟，据称出于黄帝系。

【赏析】

这是一首五言排律诗，选自卷二十。此诗主要写作者在被弹劾后即将返回家乡时的心情。由于诗中引用了大量的典故，因此理解上略有难度。作者开篇就自谦才疏学浅，因为在乡间之间有好的声誉而得蒙皇帝的垂青入朝为官。本想着能够一展抱负，为国效力，可却因平日为人耿直，性格迂腐而得罪了一些人，结果引得流言蜚语，被人诬陷。想想事情演变到现在这个样子也不是没有缘由的，一是性格使然，二是贤者自古均容易引起小人陷害，连贤如孔子、子路等都免不了被人诽谤；洁如白玉、大如鲲鹏还会受到青蝇的玷污和斥鷃的非议，何况是自己呢？在宦途之上，有些人为了蝇头之利争来夺去，有什么意义呢？和在蜗牛角上打仗的那两个小国有什么区别？想想都让人觉得可笑。回想以往，就像以蕉覆鹿的故事一样，究竟哪个才是真，哪个才是假？月有盈虚，福祸相倚，这是人生惯常的道理。被人构谄，遭到贬斥或许也不是件坏事，正好可以借机过起归隐田园的生活了。这也是作者的自我解嘲和自我安慰之辞。

九日城西眺望

季秋风日已凄清，况是羁人骋望情。红叶不曾殊海国，黄花只少对山亭。京华作赋悲摇落，故里登高忆弟兄。何用茱萸今日会，年年酒向客中倾。

【注释】

1. 九日：即九月九日重阳节。

2. 季秋：即农历九月，秋季最后一个月。《尚书 · 胤征》："乃季秋月朔，辰弗集于房。"

3. 风日：此处指天气，气候。

4. 羁人：旅人。

5. 骋望：放眼远望。

6. 故里登高忆弟兄：出自唐代王维《九月九日忆山东兄弟》："独在异乡为异客，每逢佳节倍思亲。遥知兄弟登高处，遍插茱萸少一人。"

7. 茱萸：音 zhū yú，又名"越椒""艾子"，一种常绿带香的植物，具杀虫消毒、祛风功能。佩茱萸是指汉人重阳登高时，臂上佩带插着茱萸的布袋，以示对亲友的怀念。

【赏析】

这是一首七言律诗,选自卷二十四。古人在九月九日重阳节之时有头戴茱萸、偕兄弟登高之俗。这一天,作者来到京城的城西高处登高眺望。时已深秋,极目望去,一片凄清的景色。林中的枫叶都变成了红色,很快就要凋落了,山中的亭子之外还有少量的黄菊在萧瑟的秋风中开放。我在这里登高望远,只能通过作赋一篇,来抒发我悲伤的羁旅之情了。或许此时家乡的兄弟们也头插茱萸登上了高处,在想念我这个在外漂泊的弟兄吧。其实这种思乡和思念兄弟的感情,并不是因为今日重阳登高才有的,它已经深入到自己的血液中去,每时每刻都萦绕在心中,在不经意中自然而然地浮上我的心头。

独　坐

独坐寒斋雪里开,遥思山院落残梅。花明赤岸鸿犹去,冰结黄河鲤不来。但遣清笳吹夜月,难教长袖送春杯。侵晨喜鹊檐间散,薄暮栖鸟城上回。

【注释】

1. 赤岸:土石呈赤色的崖岸。
2. 清笳:音 qīng jiā,指凄清的胡笳声。
3. 长袖:长的衣袖,多指舞衣,故用来借指歌舞伎。
4. 春杯:指酒杯。
5. 侵晨:黎明,天快亮的时候。
6. 薄暮:傍晚,太阳快落山时。

【赏析】

这是一首七言律诗,选自卷二十四。独自坐在房中看着窗外纷飞的大雪,遥想家乡此时正是梅残花飞的季节,山间院子里的梅花开得正艳吧。赤红色的山崖两侧,花朵也应该在怒放。只可惜这样美丽的景色也留不住离去的鸿雁。北地现今恰是寒冬,估计黄河水已经结冰,黄河中肥美的鲤鱼也不会再来。鸿雁飞走了,鲤鱼也不来,还能遣谁帮我传书递信呢?早晨一睁眼,就看到喜鹊散落在屋檐间;傍晚时分,回巢的鸟儿在薄薄的暮色中从城外飞回。舞伎们的表演,杯中之物,都难以排遣心中的烦闷,只能伴着在清冷的月光之下、悠悠响起的凄凉的胡笳声入眠了。

崧台独步，颇有何仰之怀

（一）

台榭一方胜，江山千古同。由来涕泪处，不独有羊公。

（二）

阁迥青林上，台孤碧雾悬。寂寥谁与晤，吟眺下江烟。

【注释】

1. 崧台：参见第74页注释。

2. 台榭：音 tái xiè。中国古代将地面上的夯土高墩称为台，台上的木构房屋称为榭，两者合称为台榭。

3. 羊公：即羊祜，字叔子，出身于名门世家，德才兼备，魏晋之际著名军事家、政治家、文学家。今湖北省襄阳市有堕泪碑，即为纪念羊祜的碑石，原名为晋征南大将军羊公祜之碑，简称羊公碑。在羊祜死后，每逢时节，周围的百姓都会祭拜他，睹碑生情，莫不流泪。

4. 晤：音 wù，遇到，见面；又同“悟”，指明白。

5. 江烟：指江上的云气、烟霭。

【赏析】

这是两首五言绝句，选自卷二十六。独自漫步在崧台之上，回想着古今沧海桑田的变化，作者感慨良多。高耸的阁楼掩映在青翠的树木之间，远处的孤台好像悬在碧雾之中。这里也算是一方盛景，吸引了不少游客。但江山千古不变，变化的却是人。如今我所遇到的游人，随着时间的变迁，也许不会再次遇到。不只是他们，我自己亦如此。所以不只是那些祭拜羊公之人会堕泪流涕，前人不已经有陈子昂“念天地之悠悠，独怆然而涕下”之句吗？辽阔的天地内，游览的人群中，谁又能体会我和陈子昂的那种心境呢？还是一边吟咏诗篇，一边眺望远处江上的云气和烟霞吧。

垂　钓

江风卷钓丝，心事白鸥知。终日烟波里，持竿欲待谁。

【注释】

1. 卷：此处是裹挟带动之意。

2. 烟波：烟雾笼罩的水面。唐代崔颢《黄鹤楼》："日暮乡关何处是，烟波江上使人愁。"

【赏析】

本诗选自卷二十六，是一首五言绝句。传说商朝末年，姜子牙不得志时曾隐居在渭水之滨垂钓。周文王夜梦一虎肋生双翼，来至殿下，周公解梦谓"虎生双翼为飞熊"必得贤人。后周文王外出寻访，果真找到正在渭水之滨垂钓的姜子牙。作者用这个典故来借指垂钓者的真实心境。江风卷起鱼线不停地摇晃，而江边垂钓之人的心却不在能否有鱼儿咬钩上。真正的心事谁能知晓呢？或许只有飞翔的白鸥才能猜得到吧。表面上看来，我是终日坐在烟波之中闲坐钓鱼，但实际上心中的雄心壮志却不曾被磨灭。希望有朝一日，有一位贤王能像周文王寻访姜尚一样来找到我，到那时就是我一展宏图、创立一番功业的时候了。

闲居作长庆体兼劝诸少年

（一）

桂楫兰裾学采莲，妖童艳妓斗花妍。江乡往日何曾见，云是东吴游冶船。

（二）

闻道先朝卿相家，方袍革履衬乌纱。不知此事何时变，昨日仙裳出看花。

（三）

红颜过后白髭须，年少无何便老夫。久知人意会憎老，此事君能免得无。

（四）

鸟语花容各自成，老夫那得太无情。茶炉药椀竹间榻，随分随缘过此生。

（五）

半亩方圆一草庐，三杯浊酒满床书。觉来名教真堪乐，意不求多愿有余。

【注释】

1. 长庆体：诗歌体裁的一种。此称始于宋人，缘于白居易、元稹的文集名。“长庆体”相对固定的题材有两种，一是通过铺陈某人的遭遇，以见朝廷政治得失；二是通过描写某宫廷苑囿的变迁，以见国运的兴衰，从中寄托对朝政的忧虑。

2. 桂楫：楫，音 jí，指划船的桨。桂楫形容划船工具精美名贵。

3. 裾：音 jū，衣服的大襟，衣服的前后部分。

4. 江乡：多江河的地方。多指江南水乡。

5. 游冶：出游寻乐；特指流连妓馆，追逐声色。

6. 方袍革履衬乌纱：方袍，即僧人所穿的袈裟，因平摊为方形，故称；革履，皮革制成的鞋；乌纱，古代帽的一种。古代中国无“帽”称谓，《仪礼》称“帽”为“头衣”或“元服”。乌纱帽出现在隋唐，《通典》云：“隋文帝开皇初，尝着乌纱帽，自朝贵以下至于冗吏，通着入朝。”

7. 髭须：音 zī xū，嘴周围的胡子。髭，嘴上边的胡子。

8. 椀：音 wǎn，本义是木碗，同“碗”。

9. 名教：此处指以正名定分为主的礼教。

【赏析】

这是一组七言绝句，选自卷二十七。作者闲居无事，以诗歌中的长庆体写下这样一组诗，名义上是劝诸少年，即劝告那些所谓的年轻人，其实是在表达自己处事的态度和此时的心境。其实人世的富贵功名，都似过眼云烟，今天看起来是鲜衣怒马、身居高位、日日寻欢，但说不定何时世事就会变化。如今还是青春年少，但转瞬之间时光流逝，红颜就会成为皓首。虽然人们都不喜欢变老，但这却是人生不可逆转的定律，谁也不能免除。所以应该放平心态，随着人生的缘分行走，学会欣赏大自然的鸟语花香，陶冶自己的性情。远离尘事的喧嚣和纷争，隐居于田园草庐之中，平日里品茶煮药，饮酒读书，这何尝不是值得渴求的一种幸福生活呢?

谢病遣怀

（一）

闻君何事病相宜,长日高眠与咏诗。因昨归山眠未足,到来官舍起常迟。

（二）

落拓无能一病夫,多时误却酒家胡。明朝病起看花去,斗酒一钱犹恨无。

（三）

无病时常骑瘦马,沿阶问酒踏花行。病来不虑妨官事,恐负花情与酒情。

（四）

日长惟检药囊看,卧对花阴转石栏。无病病时皆闭户,不才偏称此闲官。

【注释】

1. 高眠:高枕安眠。
2. 落拓:豪放,放荡不羁;又指穷困潦倒,寂寞冷落。这里是作者自谦之词。
3. 酒家胡:原指酒家当垆侍酒的胡姬,后亦泛指酒家侍者或卖酒妇女。

【赏析】

这四首七言绝句诗选自卷二十七,是作者病时自我排遣抒怀而作。作者回想在没病时,常骑着一匹瘦小的马沿街买酒去踏花赏春。现在病了这么久,路边的酒馆也很长时间没去了。不过生病之后,却有了正当的理由偷懒,不用再管那些日常的闲杂琐事。病时最适合做的,就是睡觉与吟诗。白天日长,闲来无事,要么检查一下药箱,要么躺在卧榻上观赏门口的花朵。时间不知不觉地过去,很快太阳就偏西了,阳光照射下花木的阴影转到了门口的石栏上。这是多么轻松的一天啊。其实,有病时最不担心的就是耽误工作,因为生病休息是应该的,唯一遗憾的就是无法出游赏花。所以,如果明天病能好的话,我一定尽情地痛饮和游玩。无论是有病还是没病,都这么闲暇就太好了。因为像我这样的人，最喜欢当这种清闲的官。

湘中杂咏

（一）

江岸枫林日自波，离居偏在海云多。不知何处传书雁，独自衡阳不肯过。

（二）

潇湘归客驻兰桡，江上谁吹明月箫。借问芳情何处托，青山无语水迢迢。

（三）

兰皋宛转透蘋洲，是处人传帝子游。长路别离谁不苦，清江白石为君愁。

（四）

湘中胜事古来闻，贾傅徒传吊屈文。不是此中留逐客，至今兰芷为谁芬。

（五）

纷纷木叶下江潭，远客乡书万里缄。无限征鸿愁不度，断肠秋色在湘南。

（六）

湘水东流过汨罗，怀沙千古怨魂多。楚童未解骚人恨，犹自风流学楚歌。

（七）

江上相逢思渺然，归期犹滞楚云边。衡阳自是无来雁，纵有乡书何处传。

（八）

山南山北鹧鸪飞，日暮征人泪满衣。莫道思君行不得，纵令行去不如归。

（九）

回雁峰头雁几声，白蘋洲上旅人情。衡阳南去千余里，一夜思家白发生。

（十）

渔归远浦夕烟生，雁落平沙秋水明。小艇夷犹江上客，棹歌偏在月中行。

（十一）

兰舟摇漾溯流光，千里风传杜若香。迁客由来多怨恨，不知风景在潇湘。

【注释】

1. 芳情：美好的情怀。

2. 兰皋：音 lán gāo。皋，泛指岸边陆地。兰皋指长着兰草的涯岸。

3. 帝子：帝王之子，亦用来特指娥皇、女英，传说为尧的女儿。

4. “贾傅”句：汉代著名文学家贾谊被贬长沙，途经湘江时写下千古名篇《吊屈原赋》。

5. 兰芷：兰草与白芷，皆香草。

6. 汨罗：江名，位于今湖南省岳阳市境内，为战国时楚国大夫屈原自沉之地。

7. 怀沙：作品名，是楚国诗人屈原临终前所作的绝命词。意指怀抱沙石以自沉，希冀以自身肉体的消亡来最后激励君主，唤起国民、国君精神上的觉醒。

8. 逐客：指被贬谪而失意的人。

9. 缄：音 jiān，原意是捆东西的绳索，引申为封、闭。

10. 骚人：狭义为贬黜流放的官吏，多愁善感的诗人。泛指忧愁失意的文人。因屈原作《离骚》，故称屈原为骚人。

11. 夷犹：犹豫迟疑不前。

12. 杜若香：蔷薇科植物，多呈淡紫色，一般生长在温暖的地方，花期很短。

【赏析】

这一组诗共十一首，为七言绝句，选自卷二十七。作者经过湘中即今日湖南时写下这组诗，记载了自己在这里的游历，表达了纷繁复杂的感情。这些复杂的感情中，感叹古人和思念家乡是最主要的因素。历史上湖南流传着不少美丽的故事，娥皇、女英在追寻舜帝足迹的路途上死在这里，留下了凄美的湘妃竹的传说。楚国诗人屈原在写下绝唱《怀沙》后纵身投入滔滔的汨罗江，长眠于此。汉代文人贾谊被放逐到长沙，感怀屈原和自己的身世，写下《吊屈原赋》这一千古名篇。因此，这片地区承载了多少国恨家仇、悲欢离合。来到湘中,离作者的家乡也近了。所谓近乡情怯,对家人的思念却越来越强烈,才会“一夜思家白发生”啊!

山中言志将有西樵之卜,聊述所志云耳

(一)

行尽清溪到几峰,峰头精舍有云封。功名不爱通侯赏,乞得闲身伴赤松。

(二)

柴扉竹里掩斜晖,童子山前采药归。满地藤花闲不扫,风来吹上钓鱼矶。

(三)

茗园烟袅绿云鬟,花底朱扉映竹关。风月自来歌舞席,不知何处是东山。

(四)

莫道山家事事慵,看云看水费持筇。新栽松树能留鹤,小引溪泉即卧龙。

(五)

竹树阴森带茅屋,山客归来酒初熟。有时一卷《黄庭经》,独对岩前千丈瀑。

(六)

一道飞泉挂碧峰,石桥流水出深松。山僧自扣山门磬,知隔前溪第几重。

【注释】

1. 精舍:儒生、道士、僧人、玄士修行者的住处。
2. 通侯:爵位名,秦及汉初原名彻侯,因避汉武帝刘彻名讳改作通侯,又称列侯。
3. 绿云鬟:鬟,音 huán。绿云鬟,乌黑发亮的发髻,泛指妇女美丽的头发。
4. 筇:音 qióng,古书上说的一种竹子,可以做手杖。
5.《黄庭经》:是道教上清派的主要经典,也被内丹家奉为修炼的经典。
6. 磬:音 qìng,佛寺中用铜铁铸成的钵状物,既可作念经打击器,亦可敲响集合

寺众。

【赏析】

这六首七言律诗选自卷二十七，作者即将卜居于西樵山，写下这组诗描述自己在山中的志向。沿着小溪走到尽头，山峰上的精舍隐藏在云雾之中。如果能够不受世俗的羁绊，侯爵官位对我来说都是浮云，我喜爱闲暇无事的生活。隐居山中，青翠的竹林深处掩映着柴门，家中小童从山前采回了药，踏在门口斜斜映照下来的一抹夕阳上。门前院中落了满地的山花，却不愿意去扫，看着它们被风吹起，落在平时钓鱼的石矶上。温柔美丽的妻子熟练地在园里煮起茶，袅袅青烟升腾而起，松香伴着茶香弥漫整个小园。庭外，从山泉中凿渠所引之水蜿蜒而至，新栽种的松树上居然已有仙鹤栖息。有时拿卷《黄庭经》，一边修身养性，一边观赏岩前垂落的瀑布，远远地听到山寺敲响的钟磬之声，声音缥缈，也不知是隔了几重山水传过来的。

九、交游（上）

赠别包汝钝给事

高台积雪多，大陆北风厉。行路寂无人，之子驾言逝。逝矣返故乡，眷言执离袂。与君四海人，六载为兄弟。既谐金石交，亦动风云契。良遇安可常，再陨临岐涕。有酒难自斟，无舟可共济。衔哀子傍皇，怨别我留滞。揽衣讯长途，执手期后会。久要贵不忘，愿子书衣带。

【注释】

1. 包汝钝：包见捷，字汝钝，云南建水人。万历十七年(1589)进士，授户科给事中，屡迁都给事中。多次冒死直陈矿监税使之弊，被贬后托病返乡。万历三十四年(1606)任兴业知县，后改户部主事，不久又升迁为太仆寺卿，天启元年(1621)在京病逝。

2. 给事：官名，给事中的省称。

3. 驾言：驾，乘车；言，语助词。《诗经·邶风·泉水》："驾言出游，以写我忧。"后用以指代出游、出行。

4. 眷言：回顾貌。《诗经·小雅·大东》："眷言顾之，潸焉出涕。"

5. 离袂：袂，音 mèi。离袂意为离人的衣袖、衣服，借指别离的人。南朝梁江淹《卧疾怨别刘长史》诗："吴山饶离袂，楚水多别情。"

6. 金石交：金石，金属和石头，比喻坚固；交，交情。金石交指像金石般坚固的交情。

东汉班固《汉书·韩信传》云:"今足下虽自以为与汉王为金石交,然终为汉王所禽矣。"

7. 良遇:好的机遇。

8. 临岐:本为面临歧路,后亦用为赠别之辞。

9. 留滞:音 liú zhì,停留。

【赏析】

这是一首五言诗,选自卷五。万历年间,皇帝向各地派出宦官担任矿监、税使,这些宦官巧取豪夺、中饱私囊,百姓深受荼毒。包见捷屡次犯颜力谏。万历皇帝大怒,欲逮包见捷入狱治罪,幸好大学士沈一贯和给事中赵完璧竭力说情,才得以从轻发落,贬为贵州布政司都事,替其说情的沈一贯、赵完璧也被牵连而受停俸处分。包见捷眼看无力回天,遂托病辞官回归故里。这首诗就是在包见捷辞官返乡,作者为其送别这样的背景下写成的。在一个冬日,北风呼啸,高台上积着厚厚的雪,区大相怀着不舍的心情,为好友包见捷送行。作者回忆了六年来两个人结下的深厚友情,难分难舍之余,也为朋友的遭遇难过,不免隐隐兴起同忾之感。

舟泊江门，周明府宴于嘉会楼

昔贤开教地,遗构倚江潭。文雅嘉兹会,儒风盛往谈。衣冠倾海内,山斗在天南。今日弦歌宰,芳筵更合簪。

【注释】

1. 明府:汉代用作对太守的尊称,唐以后多用以称县令。

2. 嘉会楼:在今广东省新会县东白沙江滨。明弘治中,御史熊逵欲为陈献章建道德坊,献章力止之,因建此楼。

3. 遗构:前代留下的建筑物。

4. 江潭:江水深处。

5. 衣冠:指古代士以上戴冠,亦指士以上的服装,用以代指世族、士绅,借指礼教、斯文、衣冠之第。

6. 弦歌宰:《论语·阳货》云:"子之武城,闻弦歌之声。"朱熹注:"时子游为武城宰,以礼乐为教,故邑人皆弦歌也。"后以"弦歌宰"称以礼乐施教化的县令。

7. 合簪:犹同僚。簪,音 zān。簪缨,古代官吏的冠饰。

【赏析】

这是一首五言律诗,选自卷十七。当作者船行至江门新会之时,停泊在这里休息。时任职于新会的周县令在嘉会楼设宴邀请区大相参加。新会是明代大儒陈白沙的故乡,此次设宴的地点嘉会楼,位于江滨,面临江水,是弘治年间御史熊逵为陈白沙而建。在这样的地方饮宴,自然而然就会追慕先贤的风采,所以作者称赞这里曾是陈白沙开讲教化的地方,受其遗风影响,新会也是文风兴盛,名士众多。但是能成为文薮之乡,除昔时圣贤的影响外,现今施政者的功劳也不可埋没,作者在诗的最后一联中即称赞了周县令在新会推行教化的政绩。

出京，汪公幹追送至潞河，别往上谷再赠

临河驱去马,送远各依依。穷路难为别,游人俱未归。雪残边草出,沙涨碛花飞。莫更听燕筑,徒霑壮士衣。

【注释】

1. 上谷:始建于战国燕昭王时,即今河北省张家口市内,因建在大山谷上而得名。
2. 沙涨:谓沙淤积露出水面。
3. 碛:音 qì,水中沙堆,引申为沙漠。
4. 霑:音 zhān,即沾,浸湿。

【赏析】

这是一首五言律诗,选自卷十一。作者离京之时,好友汪公幹即汪和叔骑着马一直追至潞河为其送别。这次分别之后,作者就将赶往河北的上谷。在河边,两人执手相握,依依惜别。想到无穷无尽的道路,更不忍分别了。这时恰是冬末春初之时,边地的积雪大部分已经融化,小草从残雪中探出嫩绿的芽叶。因为依然是水枯时节,水边的沙子淤积露出水面,泥沙上面甚至开有小小的花朵,燕子也开始衔泥筑巢。虽然满眼的明媚春光,但根本无法缓解心中的不舍,惜别的眼泪甚至把衣服都打湿了。

陈少珍移居与周少恂相邻寄怀

二友衡门接,城隅水竹多。闲携青玉杖,高和紫芝歌。篱落同鸡犬,衣裳杂

薜萝。端居寡俦侣，寂寞向羊何。

【注释】

1. 衡门：横木为门，指简陋的屋舍。亦为柴门的别称。

2. 城隅：城角，多指城根偏僻空旷处。

3. 紫芝歌：即隐逸避世的歌或词，又称紫芝曲。

4. 篱落：即篱笆，比喻外藩与屏障。

5. 端居：谓平常居处。

6. 俦侣：伴侣，朋辈。三国魏嵇康《兄秀才公穆入军赠诗》云："徘徊恋俦侣，慷慨高山陂。"

【赏析】

这是一首五言律诗，选自卷十一。陈少珍与周少恂是作者的两位朋友，原本俩人的住宅并不在一起，陈少珍后来搬迁到了周少恂的隔壁居住。这使得作者极为羡慕，遂描写了陈周二人住在一起之后的惬意生活。俩人住在城根较为偏僻空旷的地方，四周环境优美，有很多的水洼和绿竹。两座房舍屋门相接，篱笆相隔，鸡犬之声相闻，衣服晾晒在薜萝之间。闲暇之时，俩人可以拿着青玉做成的拐杖，高唱着隐士之歌相约一起外出游山玩水。有志同道合的友人相伴的日子将会多么舒适，真的很令人期待。像我这样独自居住没有朋友陪伴的日子，就没那么丰富多彩，平时只能由寂寞来相陪了。

送黄汝纶柳州寻明府弟

醉发江上棹，西游见白眉。看云吟桂水，访古过罗池。霜叶随行暮，江鸿独去迟。羡君花萼好，到处有连枝。

【注释】

1. 白眉：喻一弯新月。唐代元稹《月三十韵》云："蓂叶标新朔，霜毫引细辉。白眉惊半隐，虹势讶全微。"

2. 罗池：为柳州名胜，位于柳侯祠东。据传说，柳宗元被贬任柳州刺史后病逝于此。柳宗元死后三年，托梦生前部将为其筑馆于罗池。

3. 花萼：萼，音 è。花由若干萼片组成，包在花瓣外面，花开时托着花冠，简称萼。有时亦指花。萼和花同生一枝，且有保护花瓣的作用，故后常以“花萼”比喻兄弟或兄弟间和睦友爱的情谊。

【赏析】

这首五言律诗选自卷十一，为作者送别朋友黄汝纶之时所作。饮完送别之酒，朋友就要解开系船的缆绳乘船离开前往柳州了。恰是月初时分，想来酒意微醺之下，朋友在船上肯定能观赏到悬在江面的一轮新月吧。朋友兄弟众多，到哪里都有自己的手足，真是令人羡慕。而且即便是远隔千山万水，手足间血浓于水的亲情永远不会淡化。朋友这次去柳州不就是要去看望在那里当县令的弟弟吗？船将沿着桂水前进，闲暇之时就可以仰看江面的云卷云舒吧；到了柳州，一定要去罗池寻访古迹，在那里可以凭吊一下唐代著名的诗人柳宗元。这也是位值得我们后辈士子学习和景仰的文人呢。

别汪和叔之塞上

花前各尽觞，游子赋河梁。我望南枝返，君同北雁翔。笳声咽陇底，海色愁渔阳。未共酬恩去，相思塞草长。

【注释】

1. 觞：音 shāng，古代盛酒器。

2. 河梁：旧题汉代李陵《与苏武》诗之三：“携手上河梁，游子暮何之？……行人难久留，各言长相思。”后因以“河梁”借指送别之地。

3. 南枝：原意是朝南的树枝，指故土，故国。

4. 笳声：胡笳吹奏的曲调，亦代指边地之声。

5. 陇底：借指边塞。唐代李颀《古意》：“黄云陇底白云飞，未得报恩不得归。辽东小妇年十五，惯弹琵琶解歌舞。今为羌笛出塞声，使我三军泪如雨。”

6. 酬恩：谓报答恩德。

【赏析】

这是一首五言律诗，选自卷十一，是作者为朋友汪和叔送别而作。在路边花下，作者设立酒宴，举起酒杯为朋友送行。面对即将远游的朋友，作者也只能在送别之地吟咏着分别的诗篇，来表达惜离之情。这次你要同北归的大雁一起北上边塞，而我则日日望着南方的家乡。我们还未来得及共同报答圣恩，就不得不面临分离，只能希望你尽快返回了。遥想你去到塞上之后，肯定满眼都是悲壮苍凉之景，胡笳的声音响起，渔阳之外一片愁云惨雾。那样的环境你能否适应呢？或许到时你对我们这些朋友的思念之情，会像塞外的野草一样蓬勃生长呢。

送袁文瀫令富阳

海邑通秦望，春城过阖闾。吏才三仕达，宦迹十年疏。梅萼孤山雪，桐江隐士庐。从来因好客，官俸惯无余。

【注释】

1. 富阳：古称富春，公元前221年置县，位于今浙江省西部，属杭州市辖县级市。

2. 秦望：秦望山，在今浙江杭州市西南。相传秦始皇东巡时曾登此山以望南海，故名。

3. 阖闾：阖闾城的省称，在今无锡地区，为春秋中期城池遗址。周敬王六年（公元前514年），吴国大夫伍员伐楚还师后，奉吴王阖闾之命修筑此城，并以阖闾名之。城北有仆射山、胥山等为屏障，城南临太湖。

4. 吏才：为政的才能，亦指有为政才能的人。

5. 三仕：谓三度或多次出仕。

6. 宦迹：做官的事迹、政绩。

7. 孤山：原为杭州西湖中一座岛屿，自从唐代东面筑起白堤后，东通断桥，西接西泠桥，孤山就不再是湖中孤岛，遂有“孤山不孤”之说。孤山历来是观赏西湖景色的首选地，“钱塘之胜在西湖，西湖之奇在孤山”，“人间蓬莱是孤山，有梅花处好凭栏”。唐宋以来文人墨客常到此踏青。宋代诗人林和靖在孤山建放鹤亭，广植梅花，为西湖赏梅胜地。梅萼，指梅花。

8. 桐江隐士庐：钱塘江在桐庐境内段称桐江。东汉初年，隐士严光，字子陵，不肯出仕，躲到富春江隐居钓鱼。

【赏析】

这是一首五言律诗，选自卷十二，作者为即将到浙江富阳县任县令的朋友袁文瀫送行之时所作。富阳位于浙江，古称富春，景色优美，附近名胜之地众多，古有秦始皇登临以望海的秦望山，又有春秋时吴国大夫伍员奉吴王阖闾之命建造的阖闾城。作者的朋友仕宦十年，经历多次转迁，这次能到这样一个风景优美、名胜众多之地任县令，也是不错的，正好符合了朋友甘于淡泊、归隐山林的志向。在诗的结尾，作者与朋友开玩笑说，按朋友你那种好客多交游的性格，估计你那点当官的俸禄是一点也剩余不下来吧。

柬张太仆质卿

昔会即分离，追欢能几时？风尘一诺重，湖海十年思。绿发君先达，青云我后期。匣中龙气在，曾辱茂先知。

【注释】

1. 柬：音 jiǎn，信件、名片、帖子等的泛称。

2. 太仆：官员，秦汉时主管皇帝车辆、马匹之官。明代掌牧马之政令，属兵部，并于滁州设南京太仆寺。

3. 追欢：犹寻欢。

4. 一诺：形容许下的承诺有千金的价值。汉代司马迁《史记·季布栾布列传》："得黄金百，不如得季布诺。"

5. 绿发：乌黑而有光泽的头发，借指年轻人。

6. 青云：比喻高官显爵。

7. "匣中"句：据《晋书·张华传》记载："初，吴之未灭也，斗牛（星宿）之间常有紫气。道术者皆以吴方强盛，未可图也。惟（张）华以为不然。及吴平之后，紫气愈明。"张华于是向豫章人雷焕请教。雷焕答曰："宝剑之精，上彻于天耳。"并推知宝剑在豫章丰城县。张华遂任雷焕为丰城令前往找剑。雷焕在丰城县一"狱屋基"之地下四丈余得一石匣，中有双剑，分别刻龙泉、太阿。当夜，斗牛间紫气消失。雷焕将龙泉送张华，太阿自佩。后张华被杀，龙泉剑不知去向。雷焕死后，子雷华携太阿剑经延平津（今福建南平），剑忽于腰间跃出坠水，急忙派人下水寻找，却见水中两龙各长数丈，光彩熠熠，波浪惊沸。双剑不知去向。龙泉剑化龙之典故即由此来。

【赏析】

这是一首五言律诗，选自卷十二，是作者寄送给张质卿太仆的一首诗。作者追忆了两人的交往，感叹上次会面之后就匆匆分离，没想到一别就是十年没再相见。虽然囿于路程的分隔，不曾谋面的朋友只能互相思念却无法见面互诉衷肠，但是两人的友情依旧像价值千金的诺言一样，这么多年过去了也没有丝毫减损。作为多年的好友，作者希望大家都能功成名就，实现自己的价值。就像那隐藏于匣中的龙泉宝剑，在打开盛放的匣子之后，龙气上冲云霄，展现出自己的价值。而作者和朋友，也终有一天能绽放出自己应有的光芒，不再愧对先人。

送胡孟弢之沅江豫章人，时疏论边事

（一）

萧条官舍远，况值楚山秋。杜牧言何罪，长沙涕自流。澧兰清客思，沅芷动乡愁。词赋从来地，君无薄此游。

（二）

浮湘明日事，江畔莫行吟。易动骚人怨，难为国士心。秋风吹芷岸，落日暗枫林。知有还家梦，浔阳九派深。

【注释】

1. 胡孟弢：即胡汝焕，字文甫，豫章（今南昌）人。明隆庆时举人，任沅江教谕，迁刑部主事。后奉旨讯察记录囚犯的罪状。死时箱中仅有几件旧衣，同乡仕宦集资为其办丧事才得以完棕南归。

2. 沅江：位于今湖南省北部，濒临洞庭湖。

3. 澧兰、沅芷：音 lǐ lán、yuán zhǐ。澧、沅，都是水名；芷、兰，都是香草。比喻高洁的人品或高尚的事物。《楚辞·九歌·湘夫人》云："沅有芷兮澧有兰。"

4. 词赋：汉代集屈原等所作赋称楚辞，后人称赋体文学为"词赋"。后亦指词和赋。

5. 国士：本指一国中最勇敢、有力量的人，后引申指一国中才能出众的人。

6. 九派：九江的别称。唐代权德舆《庐山》诗云："九派浔阳郡，分明似画图。秋光连瀑布，积翠辨香炉。"

【赏析】

这两首五言律诗选自卷十二，为作者在秋日里给当时任沅江教谕的好友胡孟弢即胡汝焕送别所作。当时宁夏发生叛乱，胡汝焕曾抗疏言边事，内容极为详备，后因此迁刑部主事。但在刚上疏之时，胡汝焕却因前途未卜，不得不返回沅江，作者写诗安慰并为之送别。区大相宽慰朋友，自古忠谏之臣总摆脱不了被放逐的命运，这几乎成为品行高洁、才华出众之士的共同遭遇，所以切不要因此而低落，我相信以你的品行一定能在任上成就一番事业。事实正如作者所料，胡汝焕任沅江教谕之后，因其德政后来被列入名宦祠。

送曾中舍持诏南归

（一）

龙庭收羽檄，凤沼出丝纶。正睹三边静，还同四海春。别筵梅送雪，归骑柳窥人。遥想逢迎处，普天无战尘。

（二）

汉诏下甘泉，宣传定朔边。马随龙节远，莺待凤池迁。草暖江南路，冰消蓟北天。帝城风日好，会报使车旋。

【注释】

1. 中舍：亦称“中舍人”，太子属官。

2. 龙庭：指朝廷。

3. 羽檄：古代军事文书，插鸟羽以示紧急，必须迅速传递。

4. “凤沼”句：凤沼，指凤凰池。《礼记·缁衣》：“王言如丝，其出如纶。”孔颖达疏：“王言初出，微细如丝，及其出行于外，言更渐大，如似纶也。”后因称帝王诏书为“丝纶”。

5. 三边：古称幽州、并州、凉州为三边，后泛指边疆。

6. 甘泉：即甘泉宫，汉朝宫殿。

7. 朔边：北方边陲。

8. 龙节：龙形符节，后泛指奉王命出使者所持之节。

9. 蓟北：蓟，地名，在今河北省北部一带。蓟北在唐代诗作中经常出现，杜甫《闻官军收河南河北》云：“剑外忽传收蓟北，初闻涕泪满衣裳。”

【赏析】

这两首五言律诗选自卷十二，为作者给朋友曾中舍送行之作。边地经过一番动荡之后，隐患终于消除，边疆宁静了下来。朝廷于是开始发布诏书，传诏国内。这位曾中舍就肩负传达皇帝诏书的重要使命返回南方。分别的酒席之前，飘飞的落梅像雪花飞舞，丝丝垂柳轻拂在骑马远行之人的身上。这时的江南应是草长莺飞的季节。蓟北地区也春日渐暖，雪融冰消。风景气候正是一年之中最为怡人之时，人们的心情也跟着愉悦起来。更何况还有边境安宁、凯歌高旋这样天大的喜讯呢？

以诗代书寄张羽王

（一）

美人家何在，言住湘川湄。独立叹无与，采芳何所遗。春情寄瑶瑟，幽怨结江蓠。频夜寻君梦，云山九处疑。

（二）

所思在桂林，欲往隔湘阴。岁暮书仍阻，春来水更深。无由展言谳，何以托飞沉。不见倾城色，空传绝代音。

【注释】

1. 张羽王：张鸣凤，字羽王，广西临桂人，嘉靖三十一年（1552）举人，任广东雷州府司理，后改黎平，谪六安判官，迁应天通判，谪利州卫。

2. 湘川：湘江。

3. 瑶瑟：音 yáo sè，用玉装饰的琴瑟。唐代陈子昂《春台引》：“挟宝书与瑶瑟，芳蕙华而兰靡。”

4. 江蓠：古书上说的一种香草。

5. 湘阴：湘水之南。

6. 言谳：谳，音 yàn，通“宴”。言谳指言谈说笑，谈笑欢乐。

7. 飞沉：代指鸟和鱼。古时有雁足传书之说。又《古诗》：“客从远方来，遗我双鲤鱼。呼童烹鲤鱼，中有尺素书。”古人多以“鱼雁”代指书信往来。

8. 倾城色：指代极其美丽的女子。《汉书·孝武李夫人传》："北方有佳人，绝世而独立。一顾倾人城，再顾倾人国。"

9. 绝代音：冠绝当代之音，用以比喻张羽王的诗歌。

【赏析】

这两首五言律诗选自卷十二，是作者以诗代信寄给朋友张鸣凤的。整首诗以暗喻手法写成，委婉飘逸，和之前作者的写作风格，即直接与诗作的接受者相交流的方式不同。诗中以"美人""倾城色"来代指自己的朋友张鸣凤，称赞他的人品学识之美。作者首先营造了一个极端飘渺和优美的意境，将自己的朋友形容为一位住于湘水之畔的美人，品性高洁、绝世独立。诗中极言对美人的仰慕思恋，渴求一见，却因为云山九嶷、湘水阻隔而无法寻找，表达了对朋友的思念。作者感叹，现在我们根本没有机会像以前一样在一起畅谈欢笑了。即便是一年中能托那飞雁和游鱼来往传递几次书信，也难以减弱我的相思之意。因为不仅人无法相见，甚至是书信的传递也会因被春水所阻而困难重重呢。

寄梁兵宪天津

（一）

碣石横燕甸，天津控海门。梯航万国会，貔虎五营屯。远浪含夷岛，长沙接塞垣。人传新节制，清啸似刘琨。

（二）

鸣笳归陇坂，悬旆度天津。朔气临河尽，军容入塞新。蜃楼清海月，狐岭静边尘。要取黄金印，归图紫阁麟。

【注释】

1. 梁兵宪：即梁云龙，海南琼山人，少贫力学，万历十一年（1583）进士，累官至兵部副使、湖广巡抚、兵部左侍郎等。明制，于各省重要地方设整饬兵备的"道员"，称为兵备道，掌监督军事，可直接参与作战行动，又称兵备副使。

2. 碣石：圆石之碑谓之碣。曹操《步出夏门行·观沧海》："东临碣石，以观沧海。"

3. 燕甸：指燕京城郊。

4. 梯航："梯山航海"的省语，谓长途跋涉；代指水陆交通。

5. 貔虎：音 pí hǔ，比喻勇敢强猛的军队。

6. 塞垣：本指汉代为抵御匈奴所设的边塞，后亦指长城或指北方边境地带。

7. 刘琨：西晋诗人，今河北省无极人。刘宋元嘉元年（307）刘琨带千余人抵晋阳（今山西太原）。时数万匈奴骑兵围晋阳达一月。正月十五晚，刘琨乘月色登城楼巡视，用口哨吹歌曲，敌军斗志开始消退。午夜，他又让部下用匈奴乐器演奏其家乡之曲，匈奴人斗志彻底瓦解。天快亮时，匈奴骑兵撤走。这就是刘琨清啸退敌的故事。

8. 陇坂：亦作陇阪，即陇山，在今宁夏西南部、甘肃省东部。汉代张衡《四愁诗》："我所思兮在汉阳，欲往从之陇阪长。"这里代指边境地区。

9. 悬旆：音 xuán pèi，亦作"悬旆"，指悬挂旌旗。

10. 朔气：北方的寒气。

11. 边尘：边地尘土。唐代岑参《虢州送天平何丞入京市马》诗："习战边尘黑，防秋塞草黄。"

12. 黄金印：黄金制作的印章，古时公侯将相所佩。

13. 紫阁：金碧辉煌的殿阁，多指帝居。

【赏析】

这是两首五言律诗，选自卷十二。万历二十年（1592），日本发动针对朝鲜和明朝的战争，应朝鲜国王李昖的请求，万历皇帝派兵东征，抗日援朝。为防止日军进犯，梁云龙建言断绝甘凉地区的道路，控制川海地区的要道，取得极好效果，因此，被升为副兵宪在井陉地区领兵。紧接着，这一年春天又被调往天津任兵备要员，以监督军事。天津是京师咽喉，位处要地，也是对外交流的重要港口。时日本侵略朝鲜的攻势正急，明廷有增设边防之议。梁云龙建议各地将帅共同合作，根据守卫取消敌台、陷阱等设置，省掉数十万军需。这两首诗是作者寄给到天津赴任的梁云龙的。区大相对梁兵宪到天津任职寄予了厚望，对朋友的智慧充满信心，认为他赴任后一定能像西晋刘琨一样轻松退敌，也对朋友在战争结束之后的功成业就充满期待。

游宗谦老年出塞壮之

嗟君垂老日，策马蓟门东。易酒颜犹壮，燕歌气尚雄。敝裘经积雪，颓鬓逐

秋蓬。寄谢行间客，无轻塞上翁。

【注释】

1. 游宗谦：今福建省莆田人。具体情况不详。

2. 燕歌：泛指悲壮的燕地歌谣。《战国策·燕策》记载，战国时，燕太子丹命荆轲入秦刺秦王。至易水上，高渐离击筑，荆轲慷慨作歌曰："风萧萧兮易水寒，壮士一去兮不复还！"

3. 敝裘：破旧的皮衣。

4. 秋蓬：秋季的蓬草，因已干枯，易随风飘飞，故亦以喻漂泊不定。

5. 寄谢：传告、告知，亦有答谢、报答之意。

【赏析】

本诗选自卷十二，是一首五言律诗。作者的朋友游宗谦年纪很大了还要出行去往塞外，作者写诗鼓舞并为其送行。诗篇以与对方交流的口吻而写成。朋友，你年岁已大，但仍有勇气骑着马远出塞外，真的很令人感叹。大家在一起饮酒，在推杯换盏之间，我发现你的身体、气色仍然很好；当你豪气干云、高声唱起燕地之歌时，仍然是中气十足。更令人佩服的是你的胆气。虽然边塞之地已是积雪遍地，草枯风飓，但我相信都无法阻碍你前行的步伐。那些远行之客，可不要小看我们这位即将去往塞上苦寒之地的老翁啊。

送庄得全编修予告还湘川

春风黄鸟期，春日复多思。况当千里别，更作几重悲。绿蘋通远意，白芷动芳词。离恨樽前在，纷纷看柳丝。

【注释】

1. 庄得全：区大相在翰林院的同事、友人。

2. 编修：官名。宋代凡修前朝国史、实录、会要等，均置编修官。明属翰林院，编修正七品职位，次于修撰，与修撰、检讨同称为史官，无实职。

3. 绿蘋：夏季的水中植物，亦称水萍、浮萍，浮在水面，叶绿色，属单季植物。

4. 白芷：白芷为多年生草本植物，夏日开白色花。

5. 樽:音 zūn,古代盛酒的器具。唐代李白《将进酒》:“人生得意须尽欢,莫使金樽空对月。”

【赏析】

这首五言律诗选自卷十三,是作者送友人庄得全回返湖南时的送别之作。春天正是草长莺飞的美好季节,此时非常容易让人产生思念之情,尤其是面临着与朋友的分别,心中自然充满惆怅。自此一别,两人就要异处两地,相隔千里。离别后的悲伤又将有多少呢?水面的绿蘋飘浮,岸边的白芷摇曳,仿佛都在为好友即将离别而伤怀。举起送别的酒杯,千般离恨涌上心头,该如何排遣这些别绪呢?只能折下春天的一枝杨柳,赠送给远行之人,以寄托自己的不舍之情了。

于曲江逢高正甫奉使南还

相逢一杯酒,与子暂绸缪。以我北来信,付君南下舟。乡心沧海上,客泪曲江头。为问乘槎使,何时到广州?

【注释】

1. 曲江:今广东省韶关市所辖地区。
2. 高正甫:今广东省广州市番禺区人,万历四年中进士,任江西袁州知府。
3. 绸缪:音 chóu móu。此处形容两人交往频繁、情谊深厚。
4. 乡心:思念家乡的心情。
5. 乘槎:槎,音 chá。见第72页“星槎”注释。这里的“乘槎使”代指高正甫。

【赏析】

这是一首五言律诗,选自卷十三。作者从北地返回南方,行至曲江遇到了老朋友高正甫,他正身负公务,赶回南方。俩人在路途偶遇,因是旧识,自然要暂作休息,把酒叙旧并互相攀谈。不过因高正甫有使命在身,他的行程速度不是作者所能比拟的,所以作者才有将自己北来的信息让朋友捎回南方之语,也表达了自己渴望返家的迫切心情。虽然已经来到了曲江,这已经是岭南的门户,但仍是无法阻止作者的思乡之泪。估计家中的亲人也在时刻盼望自己能尽快到家吧。朋友的行程要比自己快得多,也不知道什么时候能到广州,把自己即将返回的消息带回给亲人呢?

纡途过光州，访故友刘职方园池名黄裳，昔年与刘别时，约以使事过访

为践今生约，何言隔世期。云林应识我，鸡黍到因谁？花蕊经春落，禽声入暮悲。惟余昔时剑，凄断挂何枝？

【注释】

1. 纡途：纡，音 yū，弯曲。纡途指绕弯，绕路走。

2. 光州：今河南省潢川。

3. 刘职方：即刘黄裳，字子玄（玄子），光州人。万历十四年（1586）进士，官至兵部员外郎。工书，草法二王，兼仿张旭、黄庭坚。职方，机构名，此处以任职机构代人。

4. 鸡黍：指饷客的饭菜。《论语·微子》："止子路宿，杀鸡为黍而食之。"借指深厚情谊。黍，音 shǔ。

【赏析】

这是一首五言律诗，选自卷十三。作者出外公干之时，途经已过世的朋友刘黄裳的家乡光州，即今河南潢川，遂专门绕路到其故宅拜访。在刘黄裳生前两人分别之时，作者曾经与其相约，一旦出外公干经过此地时，作者就顺道到刘黄裳家作客。所以作者才说，今生的约定一定要做到，即便要绕行再远的路，即便两人已天人永隔，也要实现，以慰朋友在天之灵。来到故友的旧宅，空中的白云和园中的林木应该还认识我吧，还能想起以前来时朋友对我的热情款待。可现在只有春花无声飘落，禽鸟悲凉的鸣叫声在日落时分响起。友人已逝，只余旧宅还在，也不知朋友昔时经常佩戴的宝剑，凄凉地挂在何处？

送罗敬叔归江上田舍

（一）

菊黄稻又熟，秋事满郊墟。正睹过江雁，因思纵壑鱼。山瓢促家酝，野饭饱园蔬。问子归何乐，躬耕仍读书。

（二）

山明远空静，日落秋江深。独住江云里，谁沿江岸寻。雾霞寒映水，霜鹤晚归林。子亦思田舍，相期衡泌吟。

【注释】

1. 罗敬叔：明代广东顺德县人。

2. 郊墟：郊外，村野荒丘之间。唐代韩愈《符读书城南》："时秋积雨霁，新凉入郊墟。"

3. 纵壑鱼：纵游于川壑中的鱼。后以"纵壑鱼"比喻身处顺境，所至如意。

4. 山瓢：山野人所用的瓢，泛指粗陋的盛器或饮器。宋代陆游《秋雨》："书册频开阖，山瓢任浊清。"

5. 家酝：家中自酿的酒。唐代杜甫《王侍御许携酒至草堂便请邀高使君同到》："绣衣屡许携家酝，皂盖能忘折野梅。"

6. 野饭：指粗淡的农家饭食。

7. 霜鹤：指白鹤，因鹤羽净白如霜，故称。唐代杜牧《朱坡》："回野翘霜鹤，澄潭舞锦鸡。"

8. 相期：期待，相约。

9. 衡泌：音 héng mì，谓隐居之地。《诗经·陈风·衡门》："衡门之下，可以栖迟。泌之洋洋，可以乐饥。"

【赏析】

这是两首五言律诗，选自卷十四，是作者在送别自己的朋友罗敬叔返回家宅时而作。送罗敬叔返家之时正是秋天，菊花开得正艳，秋稻也已成熟。放眼望去，郊外村野之间一派繁忙的秋日收获景色。一抬头看到从江面飞过的大雁，突然联想到纵游于山川之间的游鱼是那么的自由自在。正如即将返回田园的朋友一样，将过着自由而惬意的生活，喝着家中自酿的酒，吃着自家园中生长的蔬菜，躬身耕种和读书是最令人享受的生活了。居住在江云深处，平日不会有什么闲杂之人相扰。闲暇之余，可以眺望远处空旷的天空。阳光照射下的山峰，雾气和烟霞笼罩江水之上；傍晚，太阳的余晖照在水面，江水显得越发沉静，外出的禽鸟顶着雾霭返回栖息的山林。不只是我在幻想能有这样的生活，朋友你也一定在想念归家的情景，期待这样的隐居生活吧？

送黄平倩太史还蜀

（一）

黄叶散秋氛，参差远近分。几群燕塞雁，万叠蜀山云。旅服行中换，边书别后闻。此时折杨柳，摇落为思君。

（二）

梁山横碧烟，巴水流青天。来往人情异，苍茫鸟道悬。猿啼绿云里，雁叫秋风前。遥见单栖羽，归向锦城边。

【注释】

1. 黄平倩：即黄辉，字平倩，四川南充人。万历十七年进士，官编修，中年妻故不复娶，后辞官归家，题咏甚富。著有《铁庵集》八十卷，《平倩逸稿》三十六卷。

2. 太史：官名，负责记录历史和历法。明代修史之事由翰林院负责，故称翰林为太史。

3. 边书：寄自边地的书信。

4. 鸟道：只有鸟才能飞越的路，比喻狭窄陡峻的山间小道。

5. 锦城：代指成都。

【赏析】

这是两首五言律诗，选自卷十四。区大相的朋友黄辉，字平倩，是四川南充人，四十余岁之后即托病辞官返回家乡，区大相写诗以送行。分别之时恰是秋季，地上的黄叶把秋天的氛围衬托得更加浓厚，天高云阔，远近分明。想想万里之外应该就是蜀地之云吧。蜀地的山峰萦绕在云雾之间，巴水流向天际。自此一别，我们中间就隔着苍茫的万重山水，鸟道悬绝，猿猴在深山中啼叫，大雁在秋风里哀鸣。你就像那单飞的孤雁，离开朋友独自飞向蜀地。分别之后，我们的交流就只能通过书信了。此时折下杨柳为君送行，离愁别绪在心头萦绕，就是因为我对你的思念将无法排解啊。

中秋望月柬董玄宰太史

月满层城上，秋分御苑中。玉楼寒自迥，珠箔照还空。望美今宵隔，含情几处同。此时折桂客，或在明光宫。

【注释】

1. 董玄宰：董其昌，字玄宰，华亭（今上海）人，明代书画家。万历十七年进士，授翰林院编修，官至南京礼部尚书，卒后谥文敏。擅画山水，为“华亭画派”杰出代表。

2. 折桂客：比喻出类拔萃，居上乘，后称科举考试得中为折桂。这里代指董其昌。

3. 明光宫：汉宫名。《三辅黄图·甘泉宫》：“武帝求仙起明光宫，发燕赵美女二千人充之。”后泛指宫殿。

【赏析】

这是一首五言律诗，选自卷十四。董其昌是区大相的朋友，他才华出众，通禅理、精鉴藏、工诗文、擅书法、擅绘画。在一个中秋之夜，区大相登楼望月之时写下此诗寄与董其昌。月满中秋，此时恰一年之内夏秋转换、秋色由浅至浓之时。银色的月光洒在层层叠叠的高楼之上，楼阁回转，珠箔迤逦，夜空下一片静谧。这样的月夜之中，将有多少人和我一样，站在高台之上，仰望空中的明月，怀念着心中的爱人和朋友呢？或许这时的你（董其昌）正在高高的宫阙之内，陪同君王共同赏月呢。

送谭司理之越西

得近霜台使，无如郡法曹。途趋蛮府远，山绕瘴烟高。夷落无多事，乡音或间操。知君心好静，佐理莫辞劳。

【注释】

1. 司理：官名，司理参军的简称。宋初各州有马步院，以军人为判官，掌狱讼，后改各州马步院为司寇院，以文臣为司寇参军，后又改司寇为司理。

2. 霜台：御史台的别称。御史职司弹劾，为风霜之任，故称。

3. 郡法曹：官名，郡的佐属分职之一。法曹是对古代司法机关或司法官员的称谓。

4. 蛮府:旧指主管少数民族的官署。

5. 夷落:古称少数民族聚居之地,亦借指少数民族。

【赏析】

这是一首五言律诗,选自卷十五。区大相的一位谭姓朋友即将到越西担任司理之职,他写诗为这位朋友送行。诗的开篇点明朋友职位的重要性,御史台负有监察弹劾之责,而与此职责相近的,在郡县之中便是法曹一职了。朋友到越西地区之后便任此职,主管监狱诉讼,肩上的责任极重。此次朋友任职之处,在少数民族的聚居之地越西,山高路远,烟瘴环绕。好在这里民风淳朴,除了因当地土语与官话交流上略有问题外,应该不会有太多其他困难。作者也知道朋友的性格,平素淡泊,喜好安静。不过还是要莫辞辛劳,努力辅佐当地主政官员,以教化当地的边民百姓啊。

十、交游（下）

雪夜北邻林宫赞饷酒

竹下幸为邻，墙头过酒频。每惭依玉树，常得饮醪醇。涤器先心醉，倾壶满面春。此时歌郢曲，讵假当垆人。

【注释】

1. 宫赞：官名。宋代东宫即太子宫置有左右赞善大夫，即太子官。宋代不作职事官，但作为迁转阶官而已。饷：音 xiǎng，招待，供给或提供（吃喝的东西）。

2. 醇醪：音 chún láo，指味厚的美酒。

3. 涤器：洗涤器物。《史记·司马相如传》载，司马相如与邛崃富商卓王孙之女文君相爱，文君夜奔相如，结为夫妇。婚后设酒店于临邛市上，“文君当垆，相如涤器”，被后世传为佳话。

4. 郢曲：音 yǐng qǔ，战国楚宋玉《对楚王问》：“客有歌于郢中者，其始曰《下里巴人》，国中属而和者数千人；其为《阳阿》《薤露》，国中属而和者数百人；其为《阳春白雪》，国中属而和者不过数十人；引商刻羽，杂以流征，而和者数人而已。”后以“郢曲”泛指乐曲。

5. 当垆人：指卖酒者。传说卓文君与司马相如私奔后，因生计困难，在成都开酒肆，文君当垆卖酒。人们常以此比喻美女卖酒。

【赏析】

这是一首五言律诗，选自卷十五。此诗写在一个大雪纷飞的冬夜，记载作者与家宅北边的邻居林官赞共同饮酒之事。俩人有幸成为近邻，经常隔着墙头相约饮酒。不过由于经常是邻居约请自己，所以作者对此表示惭愧和感激。在这个寒冷的雪夜，又是邻居邀请自己饮酒聊天。两人用热水冲洗着酒器，还没真正开始呢，就已经感觉到酒意微醺。拿起酒壶倒酒入杯中，热气升腾，满室皆温。饮酒的人亦春光满面，笑逐颜开。和邻居一起举杯畅饮，谈论古今，兴致渐浓。如果此时俩人高歌一曲，我想根本用不着当垆的美女前来劝酒吧。

《区太史诗集》中以“雪”为题的诗作还有卷五《白雪吟》《雪夜谢彦云载酒见过与四家兄汪公幹小集》，卷九《大雪林维烈南发以诗留之》，卷十《颍阳三月雨雪歌赠丁元父》，卷十二《冬至前一日斋居寺对雪》《雪夕刘孙林庄四吉士过集同用梅字》，卷十四《元旦阁中对雪》《雪中偶披故太史林开先所书梅花诗卷》，卷十五《仲秋已过庭雪再霏有客暮至从北邻林官赞乞酒》《九月雪》，卷二十七《雪中漫兴》《湖上楼对雪遣兴》《大雪日微霰下庭看小儿女积霰为戏》等。

闻两胡生亡豫章胡比部汝焕，兰溪胡孝廉应麟

海内无多士，交游失二胡。文章才有数，磊落调元孤。世已哀词客，人犹病酒徒。哭君余两地，寂寞向江湖。

【注释】

1. 豫章：古郡名，唐代王勃《滕王阁序》说：“豫章故郡，洪都新府。星分翼轸，地接衡庐。”豫章郡即今江西一带，这是广义而言的豫章概念。狭义指今南昌一带。

2. 比部：原是古代官署名，明清为刑部司官的通称。胡汝焕为南昌举人，任沅江教谕，讲道正俗，入名宦祠。

3. 兰溪胡孝廉应麟：兰溪，今浙江省金华市属县。孝廉为明代对举人的称谓。胡应麟，字元瑞，一字明瑞，自号少室山人，又别号石羊生，兰溪人，著《少室山房稿》等书。

4. 词客：擅长文词的人。

【赏析】

此诗为五言律诗，选自卷十七。豫章人胡汝焕和兰溪人胡应麟是作者的两位好友，

但作者突然听闻噩耗，两个朋友都已不在人世，这让作者震惊之余亦哀伤不已。既伤心失去两位好友，又感叹两位才子的陨落。本来自己的知交好友就不多，一下失去两位才华文章出众、性格磊落的豪爽之人，使得活着的人感到十分悲凉。可是世事无常，谁又能逃脱生老病死这个必然规律呢？只能聊备薄酒来祭奠两位朋友了。长歌当哭，阴阳两地相隔，只剩下自己在人世间苟活，失去朋友的陪伴，以后将是多么寂寞啊！

归自西樵，梁少仲、黎君玺、龚岸文过问经游之胜

自得邱中赏，难为世上传。千家带乔木，百道响流泉。竹引青龙过，花邀白鹤眠。君非采樵客，安问斧柯年。

【注释】

1. 梁少仲：广东番禺人，明万历年间文学出身。

2. 邱：即“丘”，指山丘。

3. 采樵客、斧柯年：北魏郦道元《水经注》云：晋时樵夫王质到石室山砍柴，见二童子下围棋，便坐于一旁观看。一局未终，童子对他说：“你的斧柄烂了。”樵夫回到村里才知已过了数十年。因此后人便把石室山称为烂柯山。

【赏析】

这是一首五言律诗，选自卷十七。区大相去西樵山中游玩，归来后梁少仲、黎君玺、龚岸文等几位好友前来拜访，问起作者在西樵山中游玩的感受，作者遂写下这首诗以作回答。自从进入西樵山中游玩后，自己的感觉非常好，但这种感觉又不足为外人道，而且没有去过的人也没法体会其中的美妙之处。山中人家掩映在高大的树木下，泉水淙淙，林幽山静。从高处山峰往下看，茂密的竹林就像青龙蜿蜒而过，四处盛开着鲜艳的花朵，白鹤在花丛中徜徉栖息。住在这样优美的环境中，都舍不得回来。哪怕真的像那位樵夫，在山中一呆数十年也不会嫌长啊。

梁少仲、黄汝纶约游漘川，作此往订

鹿门栖逸地，耆旧向来多。豹隐真谁得，鸿冥奈尔何。和来泉石调，不是蒯缑歌。急剪蓬蒿径，相期二仲过。

【注释】

1. 鹿门：鹿门山在今湖北省襄阳市境内，东汉庞德公偕妻子登鹿门山，采药不返。这里用于指隐士所居之地。

2. 耆旧：指年高望重者。

3. 豹隐：汉代刘向《列女传·陶答子妻》："妾闻南山有玄豹，雾雨七日而不下食者，何也？欲以泽其毛而成文章也，故藏而远害。"后因以"豹隐"比喻洁身自好，隐居不仕。

4. 鸿冥：即"鸿飞冥冥"。冥冥，遥空。大雁飞向远空，比喻远走避祸。

5. 蒯缑：音 kuǎi gōu，用草绳缠结剑柄，又代指剑。《史记·孟尝君列传》记载，战国时齐人冯谖为孟尝君门客，甚贫，止有一剑，以蒯草绕缑，甚为人所轻。后遂以"缑蒯"表示怀才而受冷遇。冯谖闻孟尝君好客而见之曰："闻君好士，以贫身归于君。"孟尝君置传舍十日，问传舍长曰："客何所为?"答曰："冯先生甚贫，犹有一剑耳，又蒯缑。弹其剑而歌曰'长铗归来乎，食无鱼'。"孟尝君迁之幸舍，食有鱼矣。五日，又问传舍长。答曰："客复弹剑而歌曰'长铗归来乎，出无舆'。"孟尝君迁之代舍，出入乘舆车矣。

6. 二仲：指汉代的求仲、羊仲。汉代赵岐《三辅决录》："蒋诩归乡里，荆棘塞门，舍中有三径，不出，唯求仲、羊仲从之游。"后用以泛指廉洁隐退之士。

【赏析】

这是一首五言律诗，选自卷十七。区大相的两位朋友梁少仲、黄汝纶相约一起到作者家乡灃川游玩，故作者写下此诗。风景优美之地，往往耆旧隐居之士就多，不过真正洁身自好、避世隐居的人有多少呢？有朋友相约来访，连门前的溪泉之水都会欢快地鸣唱起来。我可不会让朋友来我这里做客时，像冯谖一样只能弹着剑高唱"食无鱼""出无舆"，我是真心实意地期待朋友的来访。为了迎接朋友的到来，我已经专门打扫了卫生，剪除了门口的杂草，像蒋诩期待求仲和羊仲两位朋友一样，恭候二位的到来。

采药朱使见访山中

独坐空山晚，长吟碧草春。忽传采药使，来访入林人。朋酒聊开径，方书共拂尘。悠悠京洛事，疑是梦中身。

【注释】

1. 朋酒：指亲友聚饮。

2. 方书：医书，也指方士炼丹的书或讲方术的书。

3. 拂尘：音 fú chén，又称尘拂、拂子、尘尾、云展等，用兽毛、丝状麻布扎成一束，固定在一长柄上，用作扫除尘迹或驱赶蚊虫。拂尘在道教文化中是道士常用的器物，甚至被一些武术流派视为武器。拂尘也是中国佛教的法器，象征扫去烦恼。

4. 京洛：原意为“京城洛阳”，因洛阳从夏代开始频繁作为王朝的都城。后世沿用“京洛”泛指国都。

【赏析】

这首诗选自卷十七，是一首五言律诗。区大相隐居于山中，过着闲暇的生活，白日里经常一边独坐吟咏，一边观赏碧草晚霞。这一日忽然传来消息说有人来访，原来是负责为朝廷采办药材的官员到这里公干，顺路来拜访自己。作者开心地准备酒宴与朋友畅饮，海阔天空地闲聊。席间大家谈兴很高，从神仙方术谈到药材医书，从赋闲隐居谈到京城为官，还聊起了很多京城的旧事。作者突然感觉到，以前的事情现在回想起来恍如隔世，好像是在梦中经历的一般。

伤崔谢崔司马光王、谢博士天章。崔工选体，谢工乐府

流落还词客，飘零见此曹。文家存选体，乐府失风骚。归衬黄河曲，招魂涨海涛。才名身后事，汝岂没蓬蒿。

【注释】

1. 司马：官名，殷商时代始置，位次三公，与六卿相当，与司徒、司空、司士、司寇并称五官，掌军政和军赋。汉武帝时置大司马，作为大将军的加号，后亦加于骠骑将军，后汉单独设置，皆开府。隋唐以后为兵部尚书的别称。

2. 博士：古为官名，秦汉时是掌管书籍文典、通晓史事的官职，后成为专通一经或专掌经学传授的学官。

3. 选体：指南朝梁萧统《文选》所用文体，也指仿《文选》风格所写的作品。

4. 乐府：传统诗歌诗体的一种。原指合音乐以唱的诗，以后凡可传唱的诗，都称乐府。

5. 流落：漂泊外地，穷困失意。

6. 词客：擅长文辞的人。

7. 曹:等、辈。

8. 蓬蒿:飞蓬和蒿子,借指草野。

【赏析】

这首五言律诗选自卷十七,为一首悼亡之作。作者的朋友崔光王、谢天章故去了,两位都是才华出众、饱读诗书之人。其中崔光王擅长写选体诗,谢天章则工于乐府诗,只可惜两人均英年早逝。作者认为,由于他们的早逝,连选体和乐府诗都会黯然失色许多,因为没有这一方面创作的名家了。黄河呜咽,招魂之曲凄怆,都在为两位才华横溢的诗人哀伤。并不是说才华名利都是身后之事,事实上,有才华的士人永远都不会被真正埋没。我相信像崔谢这样的饱学之士,即便故去,也依然会有人传诵着他们谱写的诗篇,传播他们的声名。

夏日与罗彦秀内弟江上泛舟

江风当夏清,与客放船行。岛屿烟中出,云霞水上明。林开朝雨霁,津阔晚潮平。桂棹方乘兴,菱歌且缓声。

【注释】

1. 内弟:妻子的弟弟。旧时男子称妻子为内人,后引申把妻子的弟弟称内弟。

2. 桂棹:棹,音 zhào,桂棹一是指桂木制的划船工具,二是指船。

3. 菱歌:菱,音 líng。菱歌指采菱之歌。唐代王勃《采莲赋》云:“听菱歌兮几曲,视莲房兮几珠。”

【赏析】

这是一首五言律诗,选自卷十七。在一个夏日,作者与内弟共同划船在江上游玩,江风吹来,夏热顿消,一片清凉。坐在船上,小船顺流而下,风吹雾散,远处的小岛好像突然从烟中冒出来一样。阳光照射在水面上,金光闪耀,波光粼粼。早晨下的那场雨虽然早都停了,但岸边树林中仍然水汽蒙蒙。随着江风的吹动和阳光的照射,林中的景色也能看得清清楚楚了。顺着江流来到水面浅阔之处,晚潮拍岸,于是暂时在这里停泊休息。当作者正兴趣盎然地观赏四周景色之时,突然看到采菱角的人划着船、唱着歌出现在视野之中。

过高比部正甫，斋中小酌，无肴，因共作贫仕诗

黔娄过原宪，无事苦留宾。不识今朝贵，还疑旧隐沦。羹蔬胜肉味，酌醴比醪醇。丘壑道常在，田园情更亲。双钩窗下草，数卷架中尘。金马喧何避，桑枢辙屡新。饭儿同脱粟，衣仆尚悬鹑。有室堪容膝，无财可累身。只言因宦达，何事以官贫。欲待抛簪绂，归寻南涧蘋。

【注释】

1. 比部：见第180页注释。

2. 肴：做熟的鱼肉等。

3. 贫仕：亦作“贫士”，指穷士，穷儒生。

4. 黔娄：战国时期齐国有名的隐士和道家人士，鲁恭公曾聘之为相，齐威王请之为卿，皆被其拒绝。后隐居于今济南千佛山，著书言道家之务，号黔娄子。一生安贫乐道，励志苦节。

5. 过：此处指前往拜访，探望。

6. 原宪：字子思，孔子七十二贤弟子之一，今山东省平邑县人。原宪出身贫寒，个性狷介，一生安贫乐道，不肯与世俗合流。孔子为鲁司寇时，给他九百斛俸禄，他推辞不要。孔子死后，原宪隐居卫国，生活极为清苦。

7. 旧隐：旧时的隐居处，亦指昔日的隐士。

8. 酌醴：酌酒。《诗经 · 小雅 · 吉日》：“发彼小豝，殪此大兕。以御宾客，且以酌醴。”

9. 醪醇：音 láo chún，味厚的美酒。

10. 双钩：中国画技法名。用线条钩描物象的轮廓，通称“钩勒”，因基本上是用左右或上下两笔钩描合拢，故亦称“双钩”。大多用于工笔花鸟画。此处指画画。

11. 金马：指金马门，代指汉代国家藏书之所、朝廷或帝都，亦借指翰林院。此处喻指豪门。

12. 桑枢：以桑木为门的转轴，借指贫寒之家。与上句“金马”相对。

13. 脱粟：糙米，只去皮壳、不加精制的米。

14. 悬鹑：鹌鹑毛斑尾秃，似披敝衣，因以“悬鹑”比喻衣服破烂。

15. 容膝：只容得下双膝，形容地方极小。

16. 累身:累,音 léi,指带累自身。
17. 簪绂:音 zān fú,冠簪和缨带,古代官员服饰。亦用以喻显贵,仕宦。
18. 南涧蘋:《诗经·国风·召南》中有《采蘋》:"于以采蘋?南涧之滨。"

【赏析】

这是一首五言排律,选自卷十九。作者某日去拜访自己的朋友高正甫,并一起饮酒聊天。作者感觉此时的情形就像黔娄拜访原宪,两人都是才德品高之辈,但皆穷困潦倒,无钱置办鱼、肉等佳肴,只能尽最大努力待客。因此作者作诗以记并自我解嘲。想想也觉得可笑,这哪里是做官的人啊,如果别人不知道我们俩人身份的话,或许还以为是两个落拓沦落之人呢。虽然菜贱酒薄,但对我们来说却胜于浓香的甘醇和大鱼大肉。只有甘于贫贱才能显出高尚节操。都说做官可以发财,谁能想到会有我们这样因当官而变得贫穷的呢?平时用粗糙的米饭来养育子女,穿着打着补丁的破旧衣服。虽然条件艰苦,可我们并不羡慕车马喧闹的豪门之家;生活在柴门棚扉之内,却可读书作画以自娱。对我们来说,不求广厦万间,只有一处容身即可。没钱就没钱吧,正好免得累及自身而有所牵挂。何时才能抛却俗世的功名利禄,过上宁静的田园隐居生活呢?

送万年令麦仲张

畴昔共林丘,知君静者流。万年今作县,百里昔称侯。山水清官况,琴书美宦游。吏情何必习,民瘼但须求。预想弦歌化,兼闻保障优。贤声来北阙,风景出南州。细草偏萦绶,翔鸾且狎鸥。河洲春水发,送子思悠悠。

【注释】

1. 万年:今江西省上饶市下辖县,位于鄱阳湖东南岸,有"鱼米之乡"之称。
2. 畴昔:往日,从前。《礼记·檀弓上》:"予畴昔之夜,梦坐奠于两楹之间。"
3. 静者:深得清静之道、超然恬静的人,多指隐士、僧侣和道徒。
4. 官况:指居官的境遇,或谓居官的心情。
5. 民瘼:瘼,音 mò,疾,疾苦。民瘼指群众的疾苦。
6. 弦歌:指礼乐教化、学习诵读。

【赏析】

这是一首五言排律诗,选自卷二十,是区大相给将到江西万年任县令的朋友送别之作。以前大家在一起欢聚游赏时，就知道你是一个超然恬静之人，不在意身外的功名利禄。这次到万年当县令，也算是掌控一方的实权人物了。万年风景优美，寄情于山水之间可以洗涤陶冶人的心灵，琴棋书画也可使你居官而不寂寞。钩心斗角、争名夺利在那里也用不上，况且你本身就不熟悉这一套。但老百姓的疾苦肯定是你所关心的，能够想象你到万年之后，定然会广施惠政，推广礼乐教化，那里一定会成为一个文薮礼让之乡，你为官的贤名肯定用不了多久就会传到京城。在这细草萦岸、白鸥低翔、春水上涨之时为你送别，连我自己的思绪都变得忧伤了起来。

黎惟敬秘书新辟东林社，与诸客同过

郭内名山似竺乾，苍松白石傍清泉。林间片地皆成宝，花里诸峰并是莲。钟梵远分城北寺，袈裟初悟海南禅。何人解驻逍遥论，此地招携十八贤。

【注释】

1. 黎惟敬：即黎民表，字惟敬，广东从化人。嘉靖十三年（1534）中举人，累官河南布政参议。黎民怀之兄，与欧大任、梁有誉、李时行、吴旦，被后人称为“南园后五子”。

2. 东林社：东晋慧远法师曾于庐山东林寺，同慧永、慧持和刘遗民、雷次宗等十八人结社，精修念佛三昧，誓愿往生西方净土。又掘池植白莲，故又称白莲社，这些人因号“白莲社十八贤”。

3. 竺乾：亦作“笁乾”，即天竺，古印度的别称。

4. 钟梵：寺院的钟声和诵经声。

5. 袈裟：梵语，意译为色、不正色、赤色、染色，指缠缚于僧众身上之法衣，以其色不正而称名。又作莲服、袈裟野、迦逻沙曳、迦沙。

6. 十八贤：晋代庐山白莲社十八位贤人。这里代指东林社的多位贤达之士。

【赏析】

这是一首七言律诗，选自卷二十二。由作者的朋友黎民表等人主倡的东林社成立，区大相等共同前去拜访。城郭之内有一座名山，形似天竺之山，东林社社址即选择在此。这里遍植苍松，清泉之侧是巨大的白色石头。在这种充满禅韵的地方，树林之间遍地是宝，山花覆盖诸多山峰，形似清净之莲。钟声和梵唱声响起，此地和远处城北的寺院还是有所区别的。令我们欣喜的是，南方之地终于有了这样一个可以让人感悟参禅的地方。笑看世间，谁能看透世情，明白庄子的《逍遥游》呢？我们这里正在寻找像白莲社十八贤那样的人物呢。

酬黎惟仁《春日登楼》见寄

仙客楼成海上家，新诗字字染春霞。烟轻水郭丝丝柳，风细池台树树花。芝径羹香煮白石，松房酒熟漉丹砂。非关草色怜公子，自爱衡门度岁华。

【注释】

1. 仙客：指仙人，或借称官职清贵或风神超逸之士。
2. 煮白石：旧传神仙、方士烧煮白石为粮，后因借为道家修炼的典故。
3. 漉：音 lù，过滤，慢慢地渗下。
4. 丹砂：即朱砂，矿物名，色深红，古代道士化汞炼丹，中医作药用，也可作颜料。
5. 岁华：时光，年华。

【赏析】

这是一首七言律诗，选自卷二十二。春日时节，区大相的朋友黎惟仁登楼游玩，写下《春日登楼》一诗寄送给区大相，区大相遂题诗一首以酬和。登上春日的高楼，谱写出新的诗篇，仿佛字里行间都沾染了春日的烟霞。远眺楼阁之外，水畔丝丝垂柳轻拂；微风吹动池台之侧开放的树树繁花，花随风落。循着铺满落英、生长着灵芝的小径，来到仙人的居所。以白石煮成的羹粥飘散出阵阵清香；坐在用松树搭成的房间内，用酿好的酒来过滤朱砂，用之炼制不老的仙丹。这就是神仙过的生活。不是不怜惜春光，而是我们就喜欢这样清静无为的生活啊！

饮对江楼，望越井冈木棉花，同黎惟仁赋

高楼醉倚眺山椒，千树红芳雨点消。已共露桃开二月，似陪仙杏种丹霄。绛烟掩映呼銮道，赤锦分明插汉标。别有寻芳骑马埒，粉绵飘尽紫骝骄。

呼銮道，朝汉台，皆在越井冈。

【注释】

1. 越井冈：地名，为今广州市越秀山的主峰。

2. 露桃：桃树、桃花。《乐府诗集·鸡鸣》："桃生露井上，李树生桃旁。"

3. 丹霄：意为绚丽的天空。

4. 绛烟：音 jiàng yān，红色的烟霞。南朝梁江淹《齐太祖高皇帝诔》："既抱紫霞，亦漱绛烟。"

5. 呼銮道：南汉帝王以越王台为游宴场所，在登山路上广植奇花异木，称为"呼銮道"，道旁遍植金菊、芙蓉。

6. 埒：音 liè，矮墙，场地四周的土围墙。

7. 紫骝：古骏马名。

【赏析】

这是一首七言绝句，选自卷二十二，是作者为了与朋友黎惟仁所写咏木棉花的诗赋唱和而作。春天二月的广州，正是木棉花盛放的时节，一树火红的繁花异常鲜艳美丽。坐在高高的对江楼上，一边饮酒一边观赏对面越井冈山脚下的美丽景色。山脚下生长着许多高大的木棉，千树红芳正在绽放，与二月开放的桃花、杏花相互辉映。通往越王台的呼銮道两旁，木棉花也开得正艳，从楼上往远处望去，仿佛红色的烟霞遮蔽了道路。高大的木棉树直入云霄，好似赤色的旗子飘在空中。更有春日骑着马出来赏春的游人，高大的马匹踩在飘落的木棉花上，使得马蹄都沾染上了红色。

送艾熙亭中丞巡抚四川

霜飞绣斧豸为冠，雪尽岷山立马看。斩佞上方曾借剑，征蛮诸将几登坛。旗翻锦水千花出，弓抱峨眉片月寒。廊庙岂烦西顾虑，从来形胜得人安。

【注释】

1. 艾熙亭：艾穆，字和甫，一字熙亭，明代平江（今湖南省平江县）人。嘉靖三十七年戊午举人，先后任国子监助教、刑部主事员外郎、户部员外郎，迁四川佥事，晋光禄寺卿，授鸿胪太仆卿。张居正居丧不奔，疏言有失纲常，遭杖刑，戍凉州卫（今甘肃武威）。居正死，复起为户部员外郎，迁右佥都御史，巡抚四川，以病归。

2. 中丞：官名。汉代御史大夫下设两丞，一称御史丞，一称御史中丞，因中丞居殿中而得名，掌管兰台图籍秘书，外督部刺史，内领侍御史，受公卿奏事，举劾按章。明代改御史台为都察院，都察院的副都御史相当于前代的御史中丞。明代常以副都御史或佥都御史出任巡抚,因此巡抚也称中丞。

3. 绣斧:指皇帝特派的执法大员。

4. 豸为冠:豸,音 zhì,古书上说没有脚的虫。豸冠,即獬豸冠,獬豸是古代传说中的异兽,能辨曲直,见人争斗就用角去顶坏人。借指纠察、执法的官员。

5. 岷山:自甘肃省南部延伸至四川省西北部的山脉,大致呈南北走向。

6. 廊庙:殿下屋和太庙,代指朝廷。

【赏析】

这是一首七言律诗,选自卷二十三。作者的朋友艾穆以右佥都御史一职受命巡抚四川,作者作诗为其送行。作者想象,川地景色优美,绿水翻腾,弯弯的峨眉山月悬挂在空中俯瞰着大地,洒下寒冷的清辉。艾中丞身为皇帝特派到地方的执法官员,到达四川之后,身穿威武的官服,骑马挺立在白雪覆盖的岷山之上,豪情壮志,意气风发,立志在四川整顿司法、澄清狱讼,铲除毒害百姓的不法官员。川地的吏治定然会一片清明,这不仅使四川百姓得到实惠、过上安定生活,还可解除庙堂之上皇帝的忧心。能得到艾中丞这样的好官,真的是四川之福啊。

送吴门卫司空榷税杭州

苏台行尽见杭城,官舍离家百里程。竹箭旧输多越赋,梅花新曲半吴声。雪残小苑星轺远,草绿长洲画鹢轻。若是司空旧游地,六桥堤上问山名。

【注释】

1. 司空:职官名。西周始置,位次三公,与六卿相当,与司马、司寇、司士、司徒并称五官,掌水利、营建之事。明清时期也是工部尚书的别称。

2. 榷税:音 què shuì,即征税。

3. 苏台:即姑苏台,故址在今江苏省苏州市西南姑苏山。

4. 竹箭:原指细竹,此处指用竹子制作的利箭。此类武器也是地方向朝廷的贡赋之一。

5. 星轺:轺,音 yáo。星轺,古代的轻便马车,代指使者所乘的车或借指使者。

6. 画鹢:音 huà yì,《淮南子·本经训》:“龙舟鹢首,浮吹以娱。”东汉高诱注:“鹢,大鸟也。画其像著船头,故曰鹢首。”后以“画鹢”为船的别称。

7. 六桥堤:西湖十景之一,形成于南宋时期,基本围绕西湖分布。苏堤春晓被列为南宋西湖十景之首,因苏堤自南向北依次有映波、锁澜、望山、压堤、东浦和跨虹六座桥,故名六桥堤。

【赏析】

这是一首七言律诗,选自卷二十三。区大相的朋友吴门卫司空受命去杭州征收赋税,作者作诗为其送行。在送行之作中,常规的写法无非是表达不舍与惜别,或者就是想象别后情形。这篇诗作亦未脱出这个范围,同之前作者的其他送别之作相差不大,主要是想象朋友到杭州之后的情形。历史悠久的姑苏台行尽之处就是杭州了,这里风景优美,吴歌柔美委婉。除此之外,军队中使用的竹箭自古也是吴地交纳的贡赋之一。在完成朝廷的任务后,想必朋友一定会到处游览胜景。冬日里坐着车在园林中赏雪,春天乘船在画卷一般的水面游玩,或许有很多地方还是朋友的旧游之地呢。

寄宗良好琴书,嗜声乐,时多病

昔从文史见风流,常忆琴尊侍宴游。奏雅几时来北阙,校书经岁卧南州。楼中香护青绫被,江上春归翠翰舟。更道别来多胜事,相如武骑正淹留。

【注释】

1. 琴尊:亦作“琴樽”,琴与酒樽为文士悠闲生活用具。南朝齐谢朓《和宋记室省中》:“无叹阻琴樽,相从伊水侧。”

2. 奏雅:指演奏典雅纯正的乐音。

3. 北阙:古代宫殿北面的门楼,是臣子等候朝见或上书奏事之处;用为宫禁或朝廷的别称。

4. 校书:官名,掌校理典籍的官员。

5. 南州:此处泛指南方地区。

6. 青绫被:青绫,青色的有花纹的丝织物,古时贵族常用以制被服帷帐。此处指用青绫制作的被子。

7. 翠翰舟:翠翰,翠鸟的羽毛。此处指用翠鸟羽毛装饰的船。

8. 相如武骑:武骑,指勇武的骑卒。此处指汉司马相如,汉景帝时相如曾为武骑常侍,因以“武骑”称之。

9. 淹留：长期逗留，羁留。

【赏析】

这是一首七言律诗，选自卷二十三。区大相的朋友宗良是一位多才多艺的才子，只可惜身体不好，经常生病。他喜欢弹琴、读书，尤其对于声乐极为痴迷，因此有着很高的造诣。作者回忆以前交往的场景，从宗良的文章中就可看出其风流不羁的卓越才华。大家一起聚会饮宴之时，宗良经常为大家弹奏乐曲以助酒兴。只可惜相隔太远，如今你居处在南州地区，也不知身体如何。现在的你，是正在阁楼中拥坐着青绫织就的被子，还是乘坐着华丽的舟船赏春归来呢？我们分开以后又发生了很多的事情，也不知何时你能再来京城，为大家弹奏一曲，我们在一起畅述别情。

送杨义叔宪副之左江

三年暂返滇池节，万里仍扬桂水旌。汉使由来多象郡，越江何处似羊城。褰帷未厌关山远，开府能令瘴疠清。正喜遐方无战伐，不劳溪笛怨南征。

公初令东莞，由御史佥宪浙江，参议云南，宪副广右，皆越地也。

【注释】

1. 杨义叔：杨寅秋，字义叔，一作羲叔，号临皋，庐陵（今江西吉安）人，万历二年（1574）进士。历仕左江兵备道、贵州参议、云南道副使，官终广西按察司副使。有《临皋文集》四卷。

2. 宪副：对官职的一种称谓，是按察使的副手。

3. 左江：岭南地区的西江水系上游支流，发源于谅山，位于广西壮族自治区境内。

4. 褰帷：指官吏体察民情。《后汉书》："旧典，传车骖驾，垂赤帷裳，迎于州界。及珠之部，升车言曰：刺史当远视广听，纠察美德，何有反垂帷裳以自掩塞乎？"

5. 开府：意思是建立府署并自选僚属。

6. 瘴疠：指瘴气，或指感受瘴气而生的疾病。

7. 遐方：指远方，即遥远的地方。

8. 战伐：征战，战争。

【赏析】

这是一首七言律诗，选自卷二十三。杨寅秋，字义叔，出自名门，是明初首辅杨士奇的七世孙,万历二年(1574)进士,曾担任东莞县令,秩满后被任命为浙江佥事,又升任云南道副使,补广西副使左江兵备。杨寅秋任职和活动的范围都在古越地,所以作者在诗中才会有"汉使"之句。因为多在越地任职,杨寅秋对这些地方的情况极为熟悉,处理日常事务得心应手,使这些地方的政务清明起来,利于百姓的休养生息。而且最令人觉得欣慰的是,现在边疆无战事,百姓们不会再有征战之苦,可以过上平静安定的生活了。

严州陈太守招饮别署

松竹萧森数里行,到门不省是专城。郡缘高士风犹古,官似新安水更清。山翠入帘吹不散,石泉添雨晚争鸣。逢君坐久多幽思,欲就严陵隐姓名。

【注释】

1. 严州:历史文化名城,位于今浙江省西部。

2. 别署:另外办理公务的地方。

3. 专城:指主宰一城的州牧太守一类的地方长官。

4. 高士:志趣、品行高尚的人,高尚出俗之士,多指隐士。

5. 新安:即新安江,钱塘江水系干流上游段,发源于安徽徽州境内,经浙江淳安县至建德县与兰江汇合后为钱塘江干流桐江段、富春江段,是钱塘江正源。新安江素以水色佳美著称。

6. 严陵:严光,字子陵,东汉会稽余姚人。少曾与汉光武帝刘秀同学,刘秀即帝位后,严光变更姓名隐遁,秀遣人觅访,征召到京,授谏议大夫,不受,退隐于富春山。后人称他所居游之地为严陵山、严陵濑、严陵钓台等。

【赏析】

这是一首七言律诗,选自卷二十四。走过连续好几里风景秀丽、松树高大、竹林阴郁的道路,作者终于来到浙江严州。不过,到了之后,由于怕耽误此地的日常行政工作,区大相并没有直接去拜访这里的陈太守。但让他没想到的是,陈太守却在官署之外的别院设宴为其接风。两人见面,寒暄之辞必不可少,作者称赞陈太守有高士之风,严州在他的治理下古风犹存,官治清明。饮宴之时下起了雨,山中尽是浓绿的青翠之色。随着天色转晚,泉声夹杂着雨声,声响更大了。一边和陈太守一起聊天,一边欣赏着这样幽静、美丽的景色,作者的情绪也受到感染,心静了下来,甚至还动起了隐居的念头。

送何公露佥宪之豫章

豫章东望即东吴，宪节西行入画图。部下神仙称县尉，赋中山水美洪都。秋风骑从登庐岳，明月官斋对蠡湖。见说南州能下榻，不知谁向府中趋。

【注释】

1. 何公露：何湛之，字公露，江宁（今南京）人，万历进士，授主事。历参政，乞归，优游林泉，才锋俊雅，喜谈道释，书法遒美，著有《疏园稿》《归田稿》。

2. 佥宪：佥都御史的美称。

3. 宪节：指廉访使、巡按等风宪官所持的符节，代指持节之人。

4. 县尉：秦、汉时期的官名，职责是辅佐当地县令长官治安，此处指代手下官员。

5. 洪都：古代南昌的别称，也是元明正式的区划名称。唐代王勃《滕王阁序》："豫章故郡，洪都新府。"

6. 庐岳：即庐山。

7. 官斋：犹官舍。

8. 蠡湖：又名五里湖、漆湖或小五湖，因湖面形状如一只葫芦瓢，故名。明末文人又附会此湖为春秋时范蠡与西施的泛舟之地。

9. 南州：指豫章郡。《后汉书·徐稚传》："徐稚，字孺子，豫章南昌人也……及林宗有母忧，稚往吊之，置生刍一束于庐前而去。众怪，不知其故。林宗曰：'此必南州高士徐孺子也。'"

10. 下榻：典故出《后汉书·陈蕃传》：东汉南昌太守陈蕃重视有才之人，时南昌徐稚极有名望，官府多次征召，坚辞不就，人称"南州高士"。陈蕃听闻后，诚邀相见，在家专门为徐稚设一榻，供其来时住宿，以便作长夜之谈。徐稚一走就悬挂起来。

【赏析】

这是一首七言律诗，选自卷二十四。区大相的朋友何湛之将去豫章任职，区大相遂写此诗送行。作者想象何湛之奉命抵达南昌后，在处理完公务的闲暇之时，于秋日里带着随从登上庐山，游览壮丽的山川；明月之下静静地坐在官舍中，欣赏对面烟波浩渺的蠡湖夜景。在这样一个山清水秀、人杰地灵之地任职，生活仿佛在图画之中，连手下的人都似神仙般过活。作者还引用了历史上陈蕃与徐稚的典故。徐稚为一代高士，陈蕃是一代名臣，两人相得益彰，留下“下榻”的千古佳话。作者以陈藩喻自己的朋友何湛之，猜想他到南昌之后，能结交到什么样的惊艳之才呢？

花下逢故人

花里逢君倒玉卮，情多未语又伤离。檐前碧柳如相怨，绾尽长条知为谁？

【注释】

1. 故人：指旧交，老朋友。唐代王维《送元二使安西》：“劝君更尽一杯酒，西出阳关无故人。”

2. 玉卮：音 yù zhī，玉制的酒杯。

3. 绾：音 wǎn，把长条形的东西盘绕起来打成结。

【赏析】

这是一首七言绝句，选自卷二十七。在一个春光明媚的日子里，作者出外赏花。令他意想不到的是，居然在花树之下遇到了一位故人。这让作者极为开心，于是两人设宴痛饮，分别讲述上次分别后的情况。话是越说越多，可是聊着聊着两人又伤感起来，相遇是美好、开心的，但相遇过后还要面临着离别。窗外的碧柳在微风吹拂下轻扫着竹帘，好像也在为即将分别而伤心。折下一枝柳条赠给故人，这次分别不知再见将是何期。即便是我在这里绾尽长长的柳枝、执柳相望，可这依依惜别的心情又能告诉谁呢？

送人之辽阳

（一）

北风十日吹胡桑，貂裘为客去渔阳。马上宝弓如满月，腰间匕首似悬霜。

（二）

吴客酣歌出蓟门，阴山猎火照河源。因声寄语辽西将，今日胡儿正负恩。

【注释】

1. 辽阳：地名，今为辽宁省辖地，古称襄平、辽东城。明代在辽东设立卫所，修边墙，实行军垦。

2. 貂裘:用貂的毛皮制作的衣服。

3. 阴山:即阴山山脉,位于今内蒙古自治区中部,东西走向。古代多代指边塞地区。

【赏析】

这两首七言绝句选自卷二十七,为作者送人前往辽阳之时所作。狂啸的北风连续吹了十来日,凋落的胡桑在北风中瑟瑟,天气已经相当寒冷。穿上貂裘这类御寒的衣服外出,为即将远出蓟门前往渔阳,踏上辽阳之路的朋友送行。北地天寒地冻,月色如雪。骑马驰骋在原野之上,举着火把在夜间追赶猎物,喊声喧嚣,火把照亮了原野上的河水。弓箭已经拉成满月,腰间的匕首反射月光发出寒冷的光芒。这时辽西边地的局势还相当复杂,烽烟正起,边疆的那些少数民族又挑起了战端,驻守辽西的将领还需时刻注视着对方的一举一动。

十一、咏物

木瓜赞木瓜亦外香中酸

垂垂木瓜，诗人所咏。酸本我心，香亦吾性。人之好我，或忘其病。无劳琼报，忝此嘉命。

【注释】

1. 垂垂：低垂貌，这里形容成熟的木瓜下坠的样子。

2. 无劳：犹无须，不烦。

3. 琼报：厚报。出自《诗经·卫风·木瓜》："投我以木瓜，报之以琼琚。匪报也，永以为好也！"

4. 忝：音 tiǎn，有辱他人而感到惭愧的意思。

5. 嘉命：敬称别人的告语。《仪礼·士昏礼》云："吾子有嘉命。"

【赏析】

这首诗选自卷一，是一首四言诗。《诗经·卫风·木瓜》是《诗经》中传诵最广的名篇之一，原诗以木瓜为题，是一首通过赠答表达深厚情意的诗作。作者在此亦用木瓜为所咏对象，表达自己和人交往的态度。作者首先提到果实累累的木瓜，从《诗经》开始，就是诗人们吟咏的对象，但对木瓜自身来说，却依然故我，不受外界的影响并保持自己的本心。就像有人认为木瓜酸，那也是木瓜本来的特质；有人认为木瓜香甜，亦是木瓜的特性。喜欢我的人，就会因为喜爱而忽略我的缺点。但无论喜爱还是不喜爱，优点或者缺点都是存在的，不以人的意志为转移，只是根据个人的喜好来决定能否忽略掉而已。因此，不需要像《诗经》中所写的那样，以木瓜相赠，就要美玉相回报。对于欣赏我的人，我只能惭愧地表示感谢了。

咏瓶菊

陶令采来菊，插之青铜瓶。问君何为尔，珍爱等瑶琼。懿此美人惠，复贻寒岁馨。犹怜东篱下，日暮重含情。

【注释】

1. 陶令：指晋代的陶潜，即陶渊明，曾任彭泽令，故称。

2. 采菊：晋代诗人陶渊明《饮酒》诗中有“采菊东篱下，悠然见南山”，为咏菊作品中的千古名句，表达了诗人对田园生活的喜爱和高洁的品德。

3. 瑶琼：泛指美玉、美石，多用来比喻高贵的品德、美好的诗文等。

4. 寒岁：寒冷的岁月。《汉书·五行志中之下》：“寒岁豕多死，及为怪。”

5. 东篱：晋代陶渊明《饮酒》诗：“采菊东篱下，悠然见南山。”因以“东篱”指种菊花的地方，又引申为文人的小院。唐代杨炯《庭菊赋》云：“凭南轩以长啸，坐东篱而盈把。”

【赏析】

这是一首五言律诗，选自卷五。历朝历代咏菊的诗篇很多，但大多逃脱不了东晋著名诗人陶渊明《饮酒》诗“采菊东篱下，悠然见南山”的范围。这首诗亦是如此。区大相以陶潜采菊之典入诗，讲述采菊之乐。陶渊明采来菊花之后，将之插入青铜的瓶中。为什么会这么做呢？那是因为对菊花的珍爱啊，对它的喜欢程度等同于对美玉的。美人亲手将其采摘下来送给自己，送的不仅仅是花，送的更是寒冷岁月中的一抹馨香。这更让人想起东篱之下，落日余晖中灿烂开放的菊花中所蕴含的情谊。

《区太史诗集》中以“菊”为题的诗作还有卷十四《院菊初开诸客过酌》《对菊》，卷十五《京邸菊》《雪中见庭菊一株，冒寒独秀，负隐者之高标，有烈士之素概，聊为赋之云尔》《奉酬武选沈郎咏予庭菊有序》，卷十九《同四家兄、谢孝廉、汪处士对菊席上作》，卷二十三《瀛洲亭看菊》,卷二十七《别山上人以佛前盆菊见贻》《同林咨伯、汪公幹、黄汝纶秋日僧房对菊》《庭前紫菊二花四头,四家兄、谢彦云、汪公幹同咏》。

咏　松

森森千丈松,落落丈夫概。耸于高岭侧,穹标碧云外。当春发华滋,迎寒转苍翠。节以霜雪坚,用以栋梁大。

【注释】

1. 森森千丈松:唐代丘悦《三国典略》卷三百八十记载:“森森如千丈之松,虽磊砢有节目,施之大厦,有栋梁之用也。”意思是说,伟岸的大松树,虽有结或不平整,但在盖楼时还是栋梁之材。比喻一些大气的人虽有小毛病,还是可以委以重任。
2. 落落:稀疏,零落。东汉杜笃《首阳山赋》:“长松落落,卉木蒙蒙。”
3. 丈夫概:指那种有所作为、有所担当的气质。
4. 发华滋:花开得正繁盛。南朝萧统《古诗十九首》:“庭中有奇树,绿叶发华滋。”

【赏析】

这是一首五言律诗,选自卷六。历代歌颂松柏的诗歌很多,大多以松柏的长青为切入点,赞美它不择地势,不畏严寒酷暑,不畏狂风暴雨,挺拔不群的崇高品质。本诗开始写松树的高大,如慷慨伟岸的大丈夫一般,后又写松树的顽强生命力与威武不屈的气节。全诗思路清晰,逻辑严密,从外在到内在一气呵成,将松树高大雄伟的身姿、坚忍不拔的气节、可堪大用的品质表现得淋漓尽致,抒发了作者对松树高洁品格的仰慕之情。此诗颇有晋代左思《咏史》中的名句“郁郁涧底松,离离山上苗。以彼径寸茎,荫此百尺条”之风。

咏　茄

紫茄时被陇,舒叶自亏蔽。登君玉盘内,得耦嘉蔬味。结花讵能芳,垂实迴连蒂。虽微蹲鸱用,颇胜匏瓜系。

【注释】

1. 陇:土埂。

2. 亏蔽:遮掩。唐代宋之问《自衡阳至韶州谒能禅师》:“回首望旧乡,云林浩亏蔽。”

3. 玉盘:用玉做成的盘子。汉代张衡《四愁》诗:“美人赠我金琅玕,何以报之双玉盘。”

4. 嘉蔬:嘉美的菜蔬。唐代杜甫《寄李十四员外布十二韵》:“闷能过小径,自为摘嘉蔬。”

5. 讵:音 jù,岂,怎。

6. 连蒂:犹并蒂。唐代欧阳询编《艺文类聚》引南朝吴均《饼说》:“洞庭负霜之橘,仇池连蒂之椒。”

7. 蹲鸱:音 dūn chī,大芋,因状如蹲伏的鸱,故称。《史记・货殖列传》:蜀卓氏之先,赵人也,用铁冶富。……唯卓氏曰:“吾闻汶山之下,沃野,下有蹲鸱,至死不饥。”张守节《正义》:“蹲鸱,芋也。”

8. 匏瓜:音 páo guā,一年生草本植物,果实比葫芦大,成熟后可剖制器具。亦指这种植物的果实。《论语・阳货》:“吾岂匏瓜也哉!焉能系而不食?”后因以喻未得仕用或无所作为的人。

【赏析】

本诗出自卷六,是一首五言律诗。作者从紫茄茂密的枝叶覆满田垄、遮住果实的丰收景象写起,再到紫茄被处理为食物,盛放在盆中,成为一道美味佳肴。作者认为,紫茄虽然没有芳香的花朵、外观华美的果实,样子也不好看,但是味道却很好。上述一系列对紫茄外形和功用的描写,歌颂了紫茄朴实无华的特质和甘于奉献的精神。诗人以物自喻,赞美紫茄的同时,认为自己也应该像紫茄那样,朴实而又富有生命力和进取心,纵使资质平庸也不应自暴自弃,相信通过努力终能实现自己的人生价值。

咏酒卮

华堂宵宴启,金卮上寿行。斟酒奉兰席,提携随玉瓶。送意只愁浅,含情同一倾。且愿开涓滴,为君解宿酲。

【注释】

1. 卮:音 zhī,盛酒的器皿。

2. 华堂：此处指华丽的殿堂。

3. 金卮：金质酒器，亦为酒器之美称。

4. 上寿：谓最高的年寿。

5. 送意：传送情意。南朝梁沈约《四时白纻歌·夏白纻》："朱光灼烁照佳人，含情送意遥相亲。"

6. 宿酲：音 sù chéng，犹宿醉。语出三国魏徐幹《情诗》："忧思连相属，中心如宿酲。"

【赏析】

本诗选自卷三，是一首五言律诗。在高高的华丽殿堂上开设酒宴，大家手持玉做的酒瓶，端着金质的酒杯互相劝酒，推杯换盏开始畅饮。朋友间的深厚情谊无法用言语来表达，只能借着酣畅淋漓的痛饮来展现。可即便这样也无法完全表露朋友之间的深情，只能痛快地干掉这一杯酒吧。区大相的这首诗，以小小的酒杯来寄托人们的喜悲，表达诗人的眼中所见和心中所思。通过对酒杯的拟人化描写，描绘出酒杯在悲欢离合的各色场景中所扮演的旁观者角色。看似写杯，实则绘酒，杯中之物才是主角，小小酒杯承载着千古相思、万古离愁。整首诗构思巧妙，令人回味无穷。

咏　车

鸣銮遵广陌，缓辔动轻埃。上路流如水，长桥殷似雷。朱轮随日转，翠幰拂云来。不见渭川载，徒思托乘才。

【注释】

1. 鸣銮：装在轭首或车衡上的铜铃，车行摇动作响。有时借指皇帝或贵族出行。

2. 遵：沿着，依照，按照。

3. 广陌：大路。

4. 缓辔：辔，音 pèi，驾驭牲口的嚼子和缰绳。缓辔谓放松缰绳，骑马缓行。

5. 殷：盛，大。

6. 朱轮：古代王侯显贵所乘的车子，因用朱红漆轮，故称。

7. 翠幰：音 cuì xiǎn。幰，指车上的帷幔。翠幰指饰以翠羽的车帷。

8. 渭川：即渭水，亦称渭河。传说姜子牙曾在此垂钓，被周文王寻访而得车载以归。

9. 托乘:比喻得人援引。

【赏析】

这是一首五言律诗,选自卷十一。前三句写的是皇家马车在大路上行驶的情景。驾着车子缓缓行走在大路之上,车如流水,马蹄和车轮之后扬起轻微的尘埃。当车子经过长桥之时,车轮滚过桥面,发出隆隆的巨大响声。远远望去,红色的车轮就像随着太阳转动,装饰着翠羽的车盖好似从天边走来。这几句诗对仗工整,描写细致准确,马车行驶中的轻盈灵动姿态跃然纸上。而诗的尾联则是全诗的重心和灵魂。读到此句才知道,之前作者对车马的描写皆为铺垫,用以造成强烈的对比:这些富丽堂皇的车马再好,也不是周文王寻访贤才的那一辆。而那些隐居的有才之士,到哪里才能找到赏识自己的伯乐,找到为自己援引之人呢?

咏香炉

斑升翡翠点,杂用金银涂。诡制侔周鼎,奇形出汉模。翠翘案上拂,鸳被帐中需。终宴含香待,兰烟飘座隅。

【注释】

1. 翡翠:也称翡翠玉、翠玉、硬玉等,是玉的一种。此处言香炉上有翡翠斑点。
2. 诡制:奇异的制作。
3. 侔:音 móu,相等,齐。
4. 周鼎:指周代传国的鼎。《史记·秦始皇本纪》:“始皇还,过彭城,斋戒祷祠,欲出周鼎泗水。使千人没水求之,弗得。”后亦以“周鼎”借指国家政权。
5. 翠翘:翠鸟尾上的长羽。
6. 鸳被:绣着鸳鸯的锦被,亦称“鸳衾”。《古诗十九首》:“文彩双鸳鸯,裁为合欢被。”
7. 兰烟:芳香的烟气。
8. 座隅:音 zuò yú,座位的旁边。南朝宋颜延之《秋胡诗》:“岁暮临空房,凉风起座隅。”

【赏析】

这是一首五言律诗,选自卷三。我国香炉文化的历史可以追溯到商周时代的“鼎”。

眼前这座香炉就有着精美的制造工艺和优良的材质,用翡翠和金银点缀,显得高贵华丽。其制作款式沿袭周鼎,形状则是仿效汉代模型。因此,单从形制和款式上来看,这座香炉显得古朴独特。但香炉的观赏性只是其价值的一方面,它最主要的还是其实用性。如放置在桌案之侧、鸳帐之中,含香侍宴,在烟雾缥缈间为人们留下一室馨香。这也体现了香炉的内在美,看似不起眼却胸怀锦绣,工作兢兢业业、任劳任怨,就像一个有着丰富学识和修养的人,不愿追名逐利,只在平凡的岗位上用自己的芳馨去陶冶周围的人们。全诗逻辑严密,开头点题,中途铺垫,结尾升华,笔法细腻,用词精准,固作者功力之所在。

听　莺

苑外柳枝黄,莺啼出建章。穿花如觅侣,隔叶似调簧。雨过声犹湿,风来曲更长。流黄机上妾,听罢拭啼妆。

【注释】

1. 建章:即建章宫,建章宫是汉武帝于太初元年(公元前 104 年)建造的宫苑。今西安碑林藏宋代黄庭坚撰书刻石有诗句:“翠盖龙旗出建章,莺啼百啭柳初黄。”

2. 调簧:调弄舌头,谓啼鸣。宋代梅尧臣《和欧阳永叔啼鸟十八韵》:“口中调簧定何益,下啄蚯蚓孰曰清。”

3. 流黄:特指绢。《乐府诗集 · 相和歌辞九 · 相逢行》:“大妇织绮罗,中妇织流黄。”

4. 啼妆:古代妇女的一种妆式,流行于东汉。薄施脂粉于眼角下,视若啼痕,故名。《后汉书 · 五行志》:“桓帝元嘉中,京都妇女作愁眉、啼妆……啼妆者,薄拭目下,若啼处。”

【赏析】

本诗选自卷十四,是一首五言律诗。诗人从不同角度描写了莺声的美妙。宫苑之外,柳枝刚刚发出嫩黄色的叶芽,站在柳树下就能听到从宫苑深处飘送出来的悦耳莺啼声。黄莺翩飞,穿梭于花丛中,好似在寻找自己的伴侣。紧接着,鸣叫声从花叶之后响起,叫声婉转动听,仿佛在故意调弄着舌头唱出不同的音调。莺声清脆流畅,即使风雨来临也不能令悦耳的莺声衰减半分。听到那婉转感人的鸣叫声,就连织机上辛苦劳作的织女也会停下来擦拭眼角的泪痕。全诗结构紧凑，动静结合，细致逼真，给人以身临其境之感。

紫薇花

常闻百日艳，兹睹数枝妍。种处名华省，开时接御烟。不争春色早，尚发秋风前。繁蕊既能久，微芳何用宣。

【注释】

1. 紫薇花：开花时正当夏秋少花季节，花期长，故有“百日红”之称。

2. 华省：指高贵显要者的官署。

3. 微芳：细微的香气，旧时诗文中常用以喻己之美德。三国魏阮籍《咏怀》：“修容耀姿美，顺风振微芳。”

【赏析】

这是一首五言律诗，选自卷十四。区大相写的这首诗，很明显有借咏物以明志之意。诗中首先写了紫薇花开放的特性，其开放在夏季，不在春季与百花争先而在秋季之前默默绽放。但是其花期却长达百日之久。将它栽种在官署之中，待绽放之时，花团锦簇，远远望去似乎和官殿中的烟霞连接在了一起。尤其是紫薇花的花期长达百日，这段时间内时刻都能吐露其芳香。就像一位德行高洁的君子，根本不会四处宣扬自己，和别人争胜。但他美好的品德、高尚的情操却无时无刻不散发着馨香。

咏琵琶

旧时马上声，今向席间鸣。花月意恒满，关山恨暂平。芳尘萦袖出，纤指逐弦清。莫以别离曲，来承欢宴情。

【注释】

1. 马上声：指琵琶的演奏。琵琶又称“批把”，最早见于汉代刘熙《释名·释乐器》：“批把本出于胡中，马上所鼓也。推手前曰批，引手却曰把，象其鼓时，因以为名也。”古时，敲、击、弹、奏都称为鼓。游牧人骑在马上好弹琵琶，因此作者有“马上声”之说。魏晋始称“琵琶”。

2. 关山：古称陇山，又曰陇坻、陇坂、陇首，是历史上有名的难越之山，古人到此，多有哀叹。后多借指边关、边塞。

【赏析】

这是一首五言律诗，选自卷三。琵琶最早由游牧民族骑在马上弹奏，在唐代边塞诗中经常可见琵琶的踪影，“欲饮琵琶马上催”几乎成了唐代边塞诗的名句。后来琵琶弹奏传入中土，成为饮宴席间必不可少的佐兴乐器。“声”和“鸣”点明了琵琶作为乐器的基本特征。琵琶能弹奏出美妙的乐曲，无论是花月之下的圆满幸福，还是关山塞外的国恨家仇，种种情绪都能演奏出来，给人们带来欢乐，暂时消除人们的仇恨。若是由一位身姿曼妙、气质高雅的美女演奏，可以想象其场景：芳香萦袖，纤指轻弹，弦声悠扬，那更是一种赏心悦目的享受。在这种承欢之宴上，尤其不宜弹奏那些引人悲伤的别离之曲。

古梅

铁干封苔古，铅华试粉新。傍松同偃蹇，倚石共嶙峋。根老不知岁，花开常占春。犹余芳韵在，宜赠素人心。

【注释】

1. 铅华：古代妇女用的化妆品。古代的妆粉里面会添加铅，所以铅华多指称妆粉，曾是古代中国妇女长期使用的化妆增白用品。曹植《洛神赋》：“芳泽无加，铅华弗御。”

2. 偃蹇：音 yǎn jiǎn，高耸貌。唐代杨炯《青苔赋》：“借如灵山偃蹇，巨壁崔巍，画千峰而锦照，图万壑而霞开。”此处指梅树倚靠松树生长。

3. 嶙峋：音 lín xún，形容人或动物消瘦露骨；形容山势峻峭、重叠、突兀的样子。

4. 素人：指平常人、朴素的人，无修饰。

【赏析】

这是一首五言律诗，选自卷十七。区大相描写了虬曲横斜的古梅，枝干疏瘦，根覆绿苔，旁倚着古松怪石。作者写梅花之时着重写梅树之“古”。“根老不知岁”，已经不知道这株梅树活了多少年岁了，同时又以旁边的松石为参照，将古梅的沧桑刻画得淋漓尽致，仿佛一位手拄拐杖的老者站立面前。但即便其古，却从未耽误过花期，春天一到就开始吐露纷芳。虽然古梅老得不知道年龄了，但只要还有一丝残留的芳韵，也愿展示给前来赏花的人们。此诗是诗人暮年所写，诗人以古梅自喻，充分表现出作者对韶华逝去的无奈和愿意为国为民发挥余热的渴望。语句朴素自然，没有丝毫雕琢的痕迹。

咏荼蘼

（一）

传来西域水，不及中园芳。芍药含风细西域荼蘼大者如牡丹，玻璃承露香。着衣红月气，簪鬓压时妆。玉手亲逢摘，霞光流洞房。

（二）

弱艳风偏舞，新茎露未晞。姣容胜桃李，多刺似蔷薇。香送砗磲碗，春生翡翠帷。犹言看未足，折以赠南威。

【注释】

1. 荼蘼：音 tú mí，又名酴醾（tú mí），一种蔷薇科的草本植物，盛夏开花，因此人们常认为荼蘼花开是一年花季的终结。苏轼《杜沂游武昌以荼蘼花菩萨泉见饷》："荼蘼不争春，寂寞开最晚。"

2. 西域水：此处可能指从西域传来的香水。

3. 中园：园中。

4. 红月：初升的月亮呈橙红色。

5. 簪鬓：音 zān bìn。簪，古代用来绾住头发的一种首饰。鬓，脸旁靠近耳朵的头发。

6. 时妆：时兴的装饰，打扮。

7. 晞：音 xī，干，干燥。

8. 砗磲：音 chē qú，专指砗磲贝壳，佛家七宝之首，被佛教作为镇教之宝。

9. 帷：围在四周的帐幕。

10. 南威：亦称"南之威"，春秋时期晋国美女，南威与西施并称"威施"，均是美女代称。《战国策·魏策二》："晋文公得南之威，三日不听朝，遂推南之威而远之，曰：后世必有以色亡其国者。"

【赏析】

这是两首五言律诗，选自卷十七。荼蘼在盛夏开放，香味馥郁，连从西域传入中土的香水都不如园中这丛荼蘼的花香浓厚。此时芍药花期已过，但是正在绽放的荼蘼花随风摆动，颜色艳丽，大如牡丹。其美丽胜过了鲜艳的桃李，可是却比蔷薇还要多刺。清晨，花瓣之上还残留着滚动的露珠，像是晶莹剔透的玻璃，上面洋溢着浓烈的花香。折下一枝娇艳的荼蘼花，送给心上的美人。美人在迷人的晨光里梳妆打扮，亲手将这朵荼蘼花插在鬓旁，人艳如花，花增人艳。花面人面交相映照，使得当时流行的妆容都黯然失色。

咏 香

珍木产南国，芬馨上北堂。幸同微火用，常共好风扬。百和凝花阁，双烟出洞房。倘陪明德荐，随地可留芳。

【注释】

1. 珍木：珍贵的树木。
2. 芬馨：此处言花草的香气散发很远。
3. 北堂：古代居室东房的后部，是妇女盥洗的处所，后因指主妇居留之处。
4. 明德：光明之德，美德；代指才德兼备的人。

【赏析】

这是一首五言诗，选自卷三。制造香的珍贵树木产自南方地区，被制成供焚烧的香之后送到了北地的内宅之中。作者将南国和北堂以对比的形式写入首句之中，其用意是形容香的产地和使用地相隔之远。用火点燃之后，只要一点火星存在，焚香就可以散发出浓烈的香味，随着清风萦绕在花阁之中，盘旋在洞房之内。闻着这令人心怡的味道，心境自然舒畅，整个人也会沉静下来。如果使用这种香的人是一位德才兼备、才华横溢之人，那高尚的节操和香的味道更能相得益彰，他无论走到哪里，都会同香一样散发出品德上的馨香。作者此诗就是以香来比喻、赞扬那些品格高尚的有德之士。

咏石榴

闻道涂林树，西随汉使来。移根万里远，出塞几年回。翠叶迎春发，丹葩向

夏开。斜枝摇酒色，悬实含珠胎。自从玉关闭，徒然想故栽。

【注释】

1. 涂林树：晋代陆机《与弟云书》："张骞为汉使外国十八年，得涂林安石榴也。"后用作石榴的别名。

2. 丹葩：音 dān pā，红花。

3. 酒色：此处指酒容、酒态。

4. 珠胎：原指蚌体中正在成长的珠子，此处用来比喻石榴的果实。

5. 玉关：即玉门关，始置于汉武帝开通西域道路，设置河西四郡之时，因西域输入玉石时取道于此而得名。汉时为通往西域各地的门户。故址在今甘肃省敦煌西北小方盘城。

【赏析】

这是一首五言排律，选自卷十九。此诗借吟咏石榴以抒发作者的思乡之情。石榴原产于伊朗、阿富汗等国，汉代张骞出使西域诸国，返回时将石榴树带回中国栽种。自此石榴移根万里，在中土扎根生长。石榴生长迅速，几年之间就翠叶亭亭，绿荫如盖，鲜红的花朵在夏日里绽放，若灿烂的红霞。秋天时节，石榴成熟，果实沉重地坠在枝头，把树枝都压弯了。悬挂着的累累果实中，里面包裹着一粒粒珍珠般的石榴子，晶莹剔透，红润可爱。如果石榴树有灵的话，会不会也在怀念自己的故乡？它是否在思考，自从离开家乡进入玉门关后，家乡的土地会有什么变化呢？

午日同咏葵花

炎天众卉竞芳鲜，小院孤葵发更妍。种处幸当文杏馆，开时偏近浴兰川。迎薰翠叶连云布，捧日丹心似火然。莫以细微轻下体，愿君植向华林前。

【注释】

1. 午日：指端午节即农历五月初五日，亦指干支逢午的日子。

2. 炎天：是出梅与初伏中间的天数，此时为最炎热的天气。

3. 妍：音 yán，美丽。

4. 文杏馆：《文杏馆》是唐代王维的五言诗："文杏裁为梁，香茅结为宇。不知栋里云，去作人间雨。”此处借指山馆结构精致、屋宇精美，筑于高峻之地。

5. 浴兰：端午时值仲夏，是皮肤病多发季节，古人以兰草汤沐浴去污为俗，因此端午节又称“浴兰节”。

【赏析】

本诗是一首七言律诗，选自卷二十二。作者首先描绘端午节之时百花争艳的热闹景象，与此形成鲜明对比的是，小院中的孤葵却给人一种孤寂之感，“发更妍”充分表现了葵花的孤傲之美。作者描写了葵花的生长习性，春天栽种在山馆之中，夏日在端午时节迎着烈日绽放，翠叶连荫，丹心似火。站在葵花之下，作者以己体花，仿佛和葵花成为一体：千万不要因我的微小而忽视我的存在，希望能将我种植在茂密的树林之前，让我能更加灿烂地迎向朝阳。在歌颂葵花的同时，作者自己仿佛也变成了一株不为世俗所扰、执着地追求光明的葵花。

灵鹊

辕门旺气动三城，灵鹊如云翼阵行。总为移军占喜色，非关绕树噪新晴。银河填处移兵渡，金印悬时傍将营。铙吹未翻朱鹭曲，已从喈喈听欢声。

【注释】

1. 灵鹊：即喜鹊。中国民间认为喜鹊通灵，所以能够报喜，故又称灵鹊。

2. 辕门：古时军营的门或官署的外门。

3. 旺气：好运，兴旺的气运。此处指兴旺的气势。

4. 金印：旧时帝王或高级官员金质的印玺。

5. 铙吹：音 náo chuī，铙歌。军中乐歌，为鼓吹乐的一部。所用乐器有笛、箫、笳、铙、鼓等。

6. 朱鹭曲：乐曲名。汉鼓吹铙歌十八曲的第一曲。传说战国楚威王时曾有朱鹭合沓飞翔而舞。一说古代在鼓上饰画作鹭形，因以为名。

7. 喈喈：音 jiè jiè，象声词，鸟鸣声。《尔雅·释鸟》：“行鳸喈喈，宵鳸啧啧。”

【赏析】

这是一首七言律诗，选自卷二十三。自古以来喜鹊就是美好的象征，寓吉祥如意。

本诗以军营生活为背景,从“灵”字入手,突出喜鹊通灵报喜的特点,描写了喜鹊与行军打仗间微妙的关系。战争是残酷的,对军队而言,喜鹊可以用来占卜吉凶,军队行军或驻扎的时候总希望听到、见到喜鹊,因为它们的身影可以带来好的兆头。它们唶唶的叫声能缓解将士们的压力,放松紧绷的神经,给人胜利的希望。与此相比,这恰恰反映出生命的脆弱,表达了征人对胜利和生还的渴望及对失败和阵亡的恐惧。诗中尽是“喜”和“欢”,读罢却给人一种辛酸悲凉之感,令人不禁想起唐诗中的名句:“可怜无定河边骨,犹是春闺梦里人。”

杨 花

杨花摇扬日光柔,燕拾莺衔飘未休。纵落只宜粘玉砌,高飞犹自度琼楼。幸同白雪因风起,懒著春萍逐水流。粉阁妆台栖不定,更堪无绪惹离愁。

【注释】

1. 杨花:古人把柳絮称作杨花。如南朝诗人庾信《春赋》云:“新年鸟声千种啭,二月杨花落满飞。”

2. 纵落只宜粘玉砌:玉砌,用玉石砌的台阶,亦用为台阶的美称。此处指柳絮飘落在台阶之上。

3. 琼楼:原指传说中月宫里的宫殿,后因以借指月亮或帝都;诗中有时指仙宫中的楼台。宋代苏轼《水调歌头》:“我欲乘风归去,又恐琼楼玉宇,高处不胜寒。”

【赏析】

这是一首七言律诗,选自卷二十三。杨花就是柳絮,“似花还似非花”,极为纤细、轻灵,无风时慢悠悠地落到地面,一遇上风,哪怕是和煦的微风,也会漫天飞舞起来。它的这种性状很难描述。本诗中,区大相是个状物的高手,采用拟人的手法,仅仅几十个字,就将一片片柳絮活灵活现地展现在我们面前。诗的颈联即“幸同”句写出了柳絮的颜色,不仅其轻飞乱舞之状像雪,其色也似雪。所以东晋谢道韫早就以柳絮喻雪花,赢得了“咏絮才”的美名。而“懒著”句则将柳絮那轻盈的体态和随飞飘舞时那慵懒的感觉描绘地跃然纸上,十分俏皮。但就是因为它的捉摸不定,轻舞的柳絮又引起了观看之人的伤春之情,离怀愁绪油然而生。

咏牡丹

长安城里竞名花，西苑园边好物华。开近绮罗添国艳，看来弦管半天家。佳人北里青丝槛，公子西堂白鼻䯄。为与群芳殿春色，不辞欢赏极豪奢。

【注释】

1. 长安城:汉唐王朝的都城长安即今西安。

2. 绮罗:指华美的帷帐,或指华贵的丝织品。

3. 弦管:泛指歌吹弹唱。

4. 天家:指帝王家。《晋书·胡奋传》:"历观前代,与天家婚,未有不灭门者,但早晚事耳。"

5. 白鼻䯄:䯄,音 guā。黄马黑喙曰䯄。白鼻䯄,白鼻黑喙的黄马。唐代李白《白鼻䯄》:"银鞍白鼻䯄,绿地障泥锦。"

6. 殿:排列在最后。此处言牡丹与群花争芳斗艳。

【赏析】

本诗是一首七言律诗,选自卷二十三。诗人一开头便描写了长安城中百花争艳、西苑景致甚佳的景象,作为总背景。然后写牡丹的华丽高贵与人们对牡丹的喜爱,从侧面衬托出牡丹的美丽,使人自然联想起刘禹锡的诗句"庭前芍药妖无格,池上芙蕖净少情。唯有牡丹真国色,开花时节动京城"。同时,作者也写出了牡丹充满自信、不惧挑战的品格。是的,牡丹花没有梅花那样的顽强,没有菊花那样的楚楚动人,但它雍容华贵,拥有足够的自信,敢于生长在百花齐放的春天,和其它花儿争奇斗艳。作者既羡慕牡丹外表的美丽,又欣赏牡丹敢于迎接挑战的精神,才会提笔写下如此唯美的诗篇。

杜鹃花

似鸟为花唤为真,千声啼血染成春。曾向六宫惊梦醒,至今愁杀浣花人。

【注释】

1. 杜鹃花:又名映山红、山石榴。相传,古有杜鹃鸟,日夜哀鸣而咯血,染红遍山的花朵，因而得名。

2. 六宫：本义是指古代皇后的寝宫，又因六宫为皇后居住之所，所以往往用六宫代指皇后。唐代以后，六宫则泛指后妃。

3. 浣花人：原指唐代西川节度使崔宁之妾任氏，后延伸指蜀笺集中产地浣花溪之人。

【赏析】

本诗选自卷二十七，是一首七言绝句。作者观杜鹃花有感，故题下此诗。传说，西周末蜀王杜宇，号望帝，死后化身为杜鹃鸟，在天空中徘徊翻飞，不停鸣叫，其声凄厉，就像在叫子女归来，所以又叫子规鸟。春天，杜鹃鸟啼叫时恰逢杜鹃花遍山开放，鸟鸣与花开正好在时间上巧合。另外，杜鹃鸟与红花又在颜色上巧合，所以此花被称为杜鹃花。通过花与鸟之间的共鸣，反映出诗人对春天的渴望以及对美好时光来之不易的感叹。凄美的传说影响着人们的情绪，似乎红红的杜鹃花也能像鸟儿那样凄厉地鸣叫，惊醒宫中熟睡的人们。全诗一气呵成，从看到红色的杜鹃花联想到杜鹃啼血染红了春天，再到杜鹃花发出鸟儿的鸣叫、愁杀浣花之人，给人以无限的想象空间。

雨中蔷薇

短刺长条满院香，淡烟微雨洗红妆。织成锦字凭谁寄，起向阑干玉箸长。

【注释】

1. 红妆：指女子的盛妆，因妇女妆饰多用红色，故称。亦代指美女。此处比喻艳丽的花卉。

2. 锦字：形容华美的文字体态。“锦字”典出于前秦窦滔之妻苏蕙。窦滔被前秦苻坚左迁至甘肃敦煌，结识了善于歌舞的赵阳台，并纳其为妾。苏蕙做《璇玑图》，又题回文诗以赠，总计八百四十一字，纵横各二十九字，纵、横、斜、交互、正、反读或退一字、迭一字读均可成诗，诗有三、四、五、六、七言不等。后世因称“锦字”为妻寄夫之信。

3. 阑干：音 lán gān，最早指用竹子、木材或其他东西编织的一种遮挡物，后引申为纵横交错的样子。

4. 玉箸：玉制的筷子。亦用为筷子的美称。

【赏析】

这是一首七言绝句，选自卷二十七。这是一首咏诵雨中蔷薇的诗作。“短刺”一句紧扣题目，如实描绘出园中蔷薇在雨中绽放之景，给读者以嗅觉和视觉的直观感受，“短刺长条”四字直接状写、概括了蔷薇的基本形态，简洁而形象。“淡烟微雨洗红妆”则描写了雨中蔷薇给人的朦胧、清新之感，令人为之气爽。此句看似写花实则写人，寥寥数笔勾勒出一幅美人出浴的美丽图景。而这位美女用爱慕编织成的信函应该寄给谁呢？举箸凭栏难解我思念之情啊。全诗寓情于景，以物喻人，清新亮丽之感扑面而来。

十二、边塞

定朝鲜

皇赫怒，命东征。千翼举，七萃行。渡绿江，援王京。鳌足断，海波平。扶桑拂，旸谷升。旭日中，仰大明。一解

戮群倭，定朝鲜。武功振，文德宣。櫜弓矢，戢戈铤。藩服固，王会全。祥瑞降，诸福骈。祝圣寿，万斯年。二解

【注释】

1. 赫怒：大怒，发怒。

2. 东征：指明廷派兵朝鲜，抗击日本。

3. 千翼：成千成百、成群结队，形容军队人多状。

4. 七萃：指天子的禁卫军或精锐的部队。《穆天子传》："天子于当水之阳，天子乃乐口，赐七萃之士战。"

5. 绿江：即鸭绿江，发源于吉林省长白山南麓，向南注入黄海，是中朝两国的界河。

6. 王京：当时朝鲜的王京为汉城，以此代指朝鲜。

7. 鳌足：传说中女娲用作天柱的大龟四足。《淮南子·览冥训》："女娲炼五色石以补苍天，断鳌足以立四极。"此处喻指明廷取得战争的胜利，使天下再次安定，言其功劳之大。

8. 扶桑：神话中的树名。《山海经·海外东经》："汤谷上有扶桑，十日所浴，在黑齿北。"郭璞注："扶桑，木也。"

9. 旸谷：旸，音 yáng，日出之处。古人传说太阳早晨从东方的"旸谷"出发，晚上落入西方的"禺谷"。

10. 武功：军事方面的功绩。

11. 櫜弓矢，戢戈铤：音 gāo gōng shǐ，jí gē chán。"櫜弓戢矢"之意，《诗经·周颂·时迈》："载戢干戈，载櫜弓矢。"弓矢指古代兵器中的弓箭；戈铤泛指古代兵器中的矛。櫜指收藏盔甲弓矢的器具；戢为收藏、停止的意思。这一句的意思就是停息战事。

12. 藩服：古代京城以外之地分九服，最远的地区叫藩服。《周礼·夏官·职方氏》："……又其外方五百里为甸服，又其外方五百里曰藩服。"

13. 骈：音 pián，原指两马并驾一车，借以形容两物并列，成双，对偶。

14. 圣寿：皇帝的年寿和生日。

【赏析】

这是一组三言诗，崇祯本无此诗，道光年间区灿如据清初朱彝尊编《明诗综》卷六一补入，置于《区太史诗集》卷一末。明万历年间，日本对朝鲜发动了侵略战争，起于万历二十年(1592)，至万历二十六年(1598)结束，因万历二十年是农历壬辰年，故史称此次战役为"万历朝鲜之役""壬辰之役"。万历二十年年底，明军主将李如松轻敌冒进，结果大败而归。于是朝中议和之声顿占上风。时兵部尚书石星力主封贡，议撤兵，李如松在十二月班师。万历二十五年(1597)，日本丰臣秀吉再次发动进攻，这期间，区大相以翰林院官员的身份参与了战役。但初出茅庐的他不太可能认识到遽然撤军所导致的严重后果。他和朝中大多数人一样，认为事件已经平息，明朝军队获胜，所以写下了这首歌颂"凯旋"的诗。诗中宣扬了大明的国威，对于壬辰战役的结束表示欣喜，认为朝廷的威仪像日中时分的太阳，威震四方，万国仰望。

东征诗有序

万历二十六年季秋，国家复有事于东夷。维时朝鲜患倭，至是六七年矣。我师救之，久未报捷。天子赫然震怒，乃命巡抚万公世德视师，前与总督大臣邢公玠、都督陈公璘以下文武将臣十余人，兵会于朝鲜。先后济鸭绿江，数道并进。惟公壮志鹰扬，英风虎视，暨于群公，罔不协乃心力，竭厥忠谋。将輘乐浪，逾鸡林，耀师于釜山，封鲸鲵而后返。太史氏区大相以为从古帝王出师命将，咸有诵言，以壮军容，宣国威，伸同仇之谊，轸于役之劳；矧夫以天王之师，征诛□□①，算出万全，事在必克，顺治威严，于兹为盛，宜昭示远服，永诒来祀。于是作诗二章，虽乏孔硕之词，庶扬有截之威云尔。其词曰：

（一）

皇赫怒兮定夷乱，壮士奋兮不遑宴。横长戟兮箙劲箭，组甲耀兮星辰焕。蹴溟渤兮波涛晏，倚长剑兮扶桑岸，四极奠兮鳌足断。

（二）

皇灵震兮穷海外，征不庭兮静殊类。甲旅悦兮从公迈，封鲸鲵兮戢鳞介。加日出兮极地界，标穹碣兮际荒裔，异域来兮嘉王会。

【注释】

1. 邢公玠：邢玠，字搢伯，亦字昆田，益都（今山东省青州）人。隆庆五年（1571）进士，授密云知县。继为御史、巡抚，后升至南京兵部侍郎。因处置南方土司叛乱有功，官至兵部尚书。

2. 陈公璘：陈璘（1543～1607），字朝爵，号龙崖，广东翁源县人。有谋略，善将兵，精剑术。嘉靖末年为指挥佥事，因功进广东守备，后历任高州参将、东安参将、驻南澳岛副总兵。万历二十六年（1598）率兵赴朝鲜平倭。

3. 輘：音 líng。輘轹，即碾压、践踏。

4. 乐浪：即乐浪郡，位于朝鲜，管辖朝鲜半岛西北部，是汉武帝在公元前 108 年设置的朝鲜四郡之一。

5. 鸡林：位于今韩国庆州境内，庆州中部原新罗王宫附近。

6. 釜山：位于韩国东南端，东南滨朝鲜海峡，与日本对马岛相望，如今是韩国第二大城市。

7. 鲸鲵：音 jīng ní，即鲸，雄曰鲸，雌曰鲵。用来比喻凶恶的敌人，借指海盗或比喻无辜被杀之人。

8. 轸：音 zhěn，此处是伤痛、悲痛之意。

---

① 崇祯版和道光版均空两字。日本内阁文库藏《区太史诗集》抄本为“夷狄”。

9. 矧：音 shěn，况且。

10. 昭示：明白地表示或宣布。

11. 远服：指王畿以外的地方。

12. 诒：音 yí，传给，赠予，给与。

13. 来祀：来年，后世。

14. 孔硕：硕大。《诗经·大雅·楚茨》："执爨踖踖，为俎孔硕。"

15. 有截：齐一，整齐貌。有，助词。

16. 不遑宴：宴，音 yàn。不遑宴指没有闲暇饮宴、娱乐。

17. 箙：音 fú，盛弓箭的袋。

18. 组甲：原指甲衣，用丝绳带连缀皮革或金属的甲片。借指士兵、军队。

19. 蹴：音 cù，踢、踏。

20. 溟渤：溟海和渤海，多泛指大海。

21. 晏：平静、安定或天晴无云。

22. 不庭：不朝于王庭者。亦有无道、叛逆之意。

23. 殊类：不同的类别，古称异族。

24. 迈：此处意为远行。

25. 鳞介：泛指有鳞和介甲的水生动物，比喻卑贱小人。

26. 加日：累日，积日。

27. 荒裔：指边远地区。汉代班固《封燕然山铭》："铄王师兮征荒裔，剿凶虐兮截海外。"

【赏析】

这是一组骚体诗，选自卷二。"壬辰之役"后，明朝与日本议和。兵部尚书石星、主将李如松等力主撤军，明军只保留一万六千人驻朝，其余兵将于万历二十一年(1593)班师回国。但日军的目的地却是利用和谈赢取时间，万历二十五年(1597)，丰臣秀吉再次发动进攻。万历帝大怒，命令逮石星等问罪，以兵部尚书邢玠总督蓟辽，以麻贵为备倭大将军，明军第二次入朝抗倭。由于长时间没有进展，朝廷派巡抚万世德去前线，与总督邢玠、都督陈璘以下文武将臣十余人，会兵于朝鲜，共同督战。这是该诗的写作背景。作者通过展望胜利，希望能一举平定战乱，宣扬国威，使万国臣服。

兵车何煌煌行

兵车何煌煌，煌煌去何乡。天子今命我，讨彼蛮彝方。侧闻日本寇，远涉朝

鲜疆。招以义不服，敢于逆颜行。王赫斯震怒，授钺开明堂。带甲十万余，一一尽豪强。盔刃既犀利，械器咸精良。战胜庙算多，杀伐天威张。两翼夹中坚，精锐不可当。期门占气候，太一动星芒。连营鸭绿左，结阵鸡林傍。指顾反侵地，挂弓于扶桑。平生怀忠义，意欲吞八荒。行行振长策，永令波不扬。

【注释】

1. 煌煌：明亮辉耀貌。

2. 蛮彝：亦作“蛮夷”，古代对四方边远地区少数民族的泛称。

3. 授钺：钺，音 yuè。古代大将出征，君主授以斧钺，表示授以兵权。

4. 明堂：古代帝王宣明政教的地方，凡朝会、祭祀、庆赏、选士等大典，都在此举行。此处代指朝堂。

5. 庙算：朝廷或帝王对战事进行的谋划。

6. 太一：可指道、元气；亦是神名，即天皇大帝，或谓昊天上帝、东皇泰一，居北辰而众星拱之。

7. 星芒：星的光芒，也指彗星出现。

8. 八荒：也叫八方，指东、西、南、北、东南、东北、西南、西北等八面方向，指离中原极远的地方。后泛指周围、各地。

9. 行行：不断地行走，亦指连续行军。

10. 长策：此处意为长鞭，常比喻威势。汉代贾谊《过秦论》：“及至始皇，奋六世之余烈，振长策而御宇内，吞二周而亡诸侯。”

【赏析】

这是一首五言古诗，选自卷六。明朝万历二十年(1592)，日本入侵朝鲜。朝鲜国王仓皇出奔平壤，后流亡至中朝边境，并遣使向宗主国明朝求援。明朝廷认为日本占领朝鲜的意图是想以之为跳板然后进攻大明王朝，遂应请求派军援助朝鲜。此诗就是区大相在明廷派兵准备出征朝鲜之时所写。在战争的开始阶段，明朝统治者并未预见到这场战争的持久和结局，举国上下都沉浸在狂妄自大的虚幻心态之中，盲目自信，认为兵锋所指定能马上荡除敌寇，取得胜利，威震蛮夷。区大相自然也免不了受这种心态的影响，因此诗作中对战争表现出极其乐观的心态，同时也体现了作者对在这场跨国战争中建功立业的憧憬。

东征从军行

(一)

我本忠义士，授策靖东夷。军书昨夜下，启行有程期。入与家人别，去去从此辞。朝登蓟门道，夕济滦河湄。我行孟冬月，北风鸣且悲。溪谷多霜雪，道路常险巇。后嘶万马群，前建十丈旗。悠悠越国都，遂至彼封圻。仗剑清海氛，时雨迎王师。反彼旧旄倪，睹我汉官仪。齐公问包茅，秦伯赋《无衣》。况我奉王命，定乱而持危。古来竹帛烈，岂属纨绔儿。

(二)

朔风吹征裘，边马鸣不止。烈士怀古心，拔剑四顾起。东方羽檄急，海气昏千里。幽并多健儿，吴越多君子。共是报恩人，各言雪国耻。万骑出渔阳，三军度辽水。搴旗山雪高，吹角海波弥。朝鲜救兵至，日本夷王死。功名何足论，要自酬知己。

(三)

申胥哭秦庭，其志在存楚。庾信哀江南，亡臣困羁旅。吴子时卧薪，报仇不遑处。越人未返国，妻妾为囚虏。此邦久宴安，那能免侵侮。宗庙见焚毁，臣主窜草莽。今我整义旗，遥遥涉疆土。岂不惮远役，王事怀靡盬。辰征犯风雾，夜宿无室宇。三军久暴露，饥寒亦已屡。问罪宁尔邦，除残报明主。嗟尔远道人，安知我勤苦。

(四)

属国久向化，述职比东藩。海烽一朝起，鱼鳖何喧喧。匪伊敢犯顺，乃我欲固存。连樯伏万弩，平野列千屯。会见封鲸鲵，崇丘对国门。

(五)

自我徂殊域，悠悠滞东鄙。本为辑鳞介，由来征楛矢。久知皇极尊，宁复问

箕子。夷国日丧乱，王师费经纪。何时咏栗薪，劳我东归士。

【注释】

1. 东夷：是华夏人对东方民族的泛称。夷又有诸夷、四夷、东夷、西夷、南夷、九夷等称。随着东夷与华夏的融合，汉朝以后“东夷”演变成对日本等泛称。

2. 军书：军中的名册书。

3. 滦河：古称濡水，发源于河北省北部张家口市境内的巴彦古尔图山北麓，向北流入内蒙古自治区，后流入河北省东北部，一直向东南流入渤海。

4. 孟冬：冬季的第一个月，即农历十月。

5. 险巇：音 xiǎn xī，形容山路危险，泛指道路艰难。

6. 封圻：封畿，疆土。

7. 海氛：原指海上的云气，借指海疆动乱的形势。

8. 旄倪：旄，音 máo，古代用牦牛尾装饰的旗子；古同“耄”，八九十岁的年纪。倪，音 ní，端、边际，弱小，小孩。旄倪，指老人和幼儿。

9. “齐公”句：包茅，古代祭祀时用以滤酒的菁茅，因以裹束菁茅置匣中，故称。《左传·齐桓公伐楚》：“尔贡包茅不入，王祭不供，无以缩酒，寡人是征。”这是齐王找理由攻打楚国的托词。

10.《无衣》：此指《诗经·秦风》篇名，秦哀公作，讲述秦人同仇敌忾共御外侮之心。其中“无袍”“无泽”中的“袍泽”，被后人用为异姓结盟的典故。代指朝鲜与明廷的关系。

11. 竹帛烈：竹帛，原指竹简和白绢。古代初无纸，用竹帛书写文字，故引申指书籍、史乘。此处意为书写在史书上的壮烈事迹。

12. 纨绔：原指细绢制的裤子，为古代贵族子弟所穿。后因以借指富贵人家的子弟，多含贬义。

13. 烈士：有志功业而甘愿为之献身的人。

14. 苦心：指为国事而忧苦之心。

15. 拔剑四顾：表现烈士豪迈的气概和期待的心情。唐代李白《行路难》：“停杯投箸不能食，拔剑四顾心茫然。”

16. 东方：朝鲜在明廷之东，故以此代指。

17. 羽檄：即羽书。《汉书·高帝纪》：“吾以羽檄征天下兵。”唐代颜师古注：“檄者，以木简为书，长尺二寸，用征召也。其有急事，则加以鸟羽插之，示速疾也。”犹今之鸡毛信。

18. 海气：海上迷茫的雾气。指明廷与朝鲜隔着黄海遥遥相望。

19. 幽并：幽州和并州，都是古代州名，约当今之河北、山西一带。古人认为，幽并之地民风强悍，多产勇侠之士。三国魏曹植《白马篇》："幽并游侠儿。"

20. 吴越：春秋时两个国名，指今之江苏、浙江一带，这里文风较盛，多产智谋之士。此句代指从军的将士谋臣。

21. 雪国耻：当时朝鲜为明朝属国，故作者认为日本侵略朝鲜无视明朝，实为国耻。

22. 搴旗：搴，音 qiān，拔取旗帜。《史记·季布列传》："身屦典军，搴旗者数矣，可谓壮士。"指攻入敌营，夺得敌方的军旗，取得胜利。

23. 吹角：古时鸣角收兵，这里当有战胜之意。

24. 海波弥：时日军自海上侵朝，以釜山为据点。《明史纪事本末·援朝鲜》："时倭盘据朝鲜七年，沿海千余里，亦分三窟：东路……恃釜山为根本。"故进兵至海边，亦即将敌人逐出朝鲜。弥：满、广之意。

25. 日本夷王：指丰臣秀吉。七月九日，丰臣秀吉病死。日军撤退，朝中军队乘胜追击，断其归路，在海上大败日军。

26. 申胥哭秦庭：《春秋左传正义》卷五十四《定公·传四年》。春秋楚国伍员，因家族被楚王诛灭而奔吴，谓其友申包胥曰："我必复楚国！"包胥曰："子能复之，我必能兴之。"后伍率吴兵破楚，申包胥乞师于秦。秦王不许。申"立依于庭墙而哭，日夜不绝声，勺饮不入口七日"，秦为所感，遂救楚。后世以"哭秦庭"为请兵抒国难之典。

27. 庾信哀江南：南朝梁庾信《哀江南赋》，叙述梁朝的成败兴亡、侯景之乱和江陵之祸的前因后果，文字真实、凄婉而深刻，有"赋史"之称。

28. 吴子时卧薪：春秋时，越王勾践励精图治以图复国、卧薪尝胆的故事。《史记·越王勾践世家》：越王勾践战败，为吴所执，既放还，欲报吴仇，苦身焦思，置胆于坐，饮食尝之，欲以不忘会稽败辱之耻。

29. 宴安：谓逸乐。

30. 靡盬：音 mí gǔ，谓无止息，指辛勤于王事。亦借指王事、公事。

31. 向化：归服。

32. 东藩：东方的藩国，亦用以东方州郡的泛称。

33. 喧喧：形容声音喧闹，扰攘纷杂。

34. 连樯：桅杆相连，形容船多。晋代郭璞《江赋》："舳舻相属，万里连樯。"

35. 平野：旷平的原野。

36. 崇丘：高丘，高山。晋代陆机《赴洛道中作》："振策陟崇丘，案辔遵平莽。"

37. 徂：音 cú，往。

38. 殊域:远方,异地。

39. 东鄙:东部边境,亦指东部僻远地方。

40. 楛矢:音 hù shǐ,用楛木做杆的箭。

41. 箕子:商王文丁的儿子,纣王的叔父,官太师,封于箕(今山西太谷、榆社一带),名胥余。《史记》中记载,箕子在周武王伐纣后,带着商代的礼仪和制度到了朝鲜半岛北部,建箕氏侯国。

42. 经纪:经营,料理,安排。

43. 栗薪:劈木柴。《诗经·豳风·东山》:"有敦瓜苦,烝在栗薪。"东汉郑玄笺:"栗,析也。"一说堆积木柴。

【赏析】

这五首五言古诗选自卷六。明万历二十年(1592),日本发动侵略朝鲜的战争,朝鲜向明朝求援,明廷派兵援朝。交战初始,明大将李如松率军四万渡鸭绿江,后击溃日军主力,收复平壤。明军在进入朝鲜后,却遇到许多预想不到的艰难。由于明廷对战争准备不足,时值隆冬,粮草不济,数万大军匆促进入朝鲜,而朝鲜国破,更无力支撑明军庞大的军需。经过七年的艰苦战斗,明军和朝鲜军队终于把日军驱逐出境,取得了胜利。在这场战役进行的期间,区大相曾以翰林院官员的身份随军出征,写下了多首诗作,这是其中五首。本组诗中即赞扬了明廷的豪侠之士为支援朝鲜、共雪国耻而奋身赴难的英雄气概。此组诗作的写作风格豪迈恣意、奔放洒脱,语境、语意颇类曹植之《白马篇》。

正朝作

正旦洽百礼,圣人登万寿。金石备宫悬,衣冠饰岁首。东朝礼乐新,南国簪绅旧。未能陪柏梁,且复颂椒酒。雪霁汉宫槐,烟轻蓟门柳。东伐靖远夷,西征荡小丑。宝玉充庭旅,闾阎犹疾首。顾问调元人,阳和肯回否。

【注释】

1. 正朝:指君主受臣朝见的地方。亦谓治朝、视朝。

2. 正旦:农历正月初一。

3. 洽百礼:洽是指和洽、配合。百礼是统指各种礼数、礼节。

4. 万寿:古代指皇帝、皇太后的生日。

5. 宫悬：亦作“宫县”，古代钟磬等乐器悬挂在架上，其形制因用乐者身份地位不同而有别。帝王悬挂四面，象征宫室四面的墙壁，故名“宫县”。

6. 岁首：一年开头，通常指正月。

7. 东朝：古代宫殿的别称。亦代指东宫即太子所居。

8. 簪绅：冠簪和绅带，古代官吏的服饰。借指仕宦。

9. 柏梁：音 bǎi liáng，借指宫廷。唐代韦渠牟《览外生卢纶诗因以示此》诗：“终期内殿联诗句，共汝朝天会柏梁。”

10. 颂椒：古代农历正月初一用椒柏酒祭祖或献之于家长以示祝寿拜贺，谓之“颂椒”。唐代杜甫《续得观书迎就当阳居止正月中旬定出三峡》诗：“颂椒添讽咏，禁火卜欢娱。”

11. “东伐”句：指明廷与日本的战争。

12. “西征”句：指蒙古人哱拜叛变的宁夏之役。

13. 庭旅：庭中陈列。晋代陆机《愍怀太子诔》：“庭旅旧物，堂有故臣。”

14. 疾首：头痛，或比喻悲痛、伤心到了极点。

15. 调元人：谓调和阴阳，执掌大政，多用以指为宰相。唐代李益《述怀寄衡州令狐相公》诗：“调元方翼圣，轩盖忽言东。”

16. 阳和：温暖、和暖。阳气，春天的暖气。亦借指春天或祥和的气氛。

【赏析】

这是一首五言诗，选自卷七。此首诗属贺礼应景之作，主旨是歌颂朝廷功绩，庆祝皇帝生日，颂扬国家太平。农历正月初一恰是君王的生日，这一天百官咸集，钟鼎齐备，举行了一场盛大的朝贺典礼。此时明廷与日本在朝鲜的战争结束，朝鲜局势已经安定。西部边境地区哱拜的叛乱也被平定。朝廷中群贤毕集，人才济济。但作者的眼光并不局限于此时歌舞升平的表象，他始终把百姓的生存和百姓的利益放在心中，这也是其耿直不阿性格的体现。在应制而作的歌功颂德之句后，作者尖锐地指出，在朝廷一片祥和，颂扬之声不断的同时，百姓却依然生活在水深火热之中。敢问那些掌权的大臣们啊，皇帝的恩德什么时候才能真正泽被到饱受苦难的百姓身上呢？

闻西征中路官军消息

（一）

东方血光明祖练，中路官军殊死战。马兵先溃步兵乱，四五十里横尸遍。将领几人难幸免，尔从生还有何面。吾闻定远昔策勋，三十六人横塞云。岂有十万貔貅士，不能一剪鲸鲵群。成功必更需名将，失道宜先斩败军。

（二）

自从西征劳士马，六七年间谁主者。溪谷量人鸟厌肉，举声向天天泪下。朝廷任用在得人，枉令赤子膏原野。飞刍挽粟不得停，民穷彻骨复横征。人言东海深无底，填尽物力何时平。不如表请暂回军，修养士卒求内宁。明王有道四夷服，安用越国寻兵争。

【注释】

1. 策勋：记功勋于策书之上。《木兰诗》："策勋十二传，赏赐百千强。"

2. 三十六人：宋代龚开《宋江三十六人赞》，为宋末元初周密《癸辛杂识》收录。在《赞·序》中作者说他之所以题赞的目的，是想以此惊顽起懦，唤起百姓的民族意识和反抗斗志。

3. 十万貔貅士：貔貅，音 pí xiū，是中国古代神话传说中的一种神兽，龙头、马身、麒麟脚，形状似狮子，毛色灰白，会飞。貔貅凶猛威武，喜吸食魔怪的精血，转化为财富。古时常用貔貅作军队的称呼。宋代司马光《送薛水部十丈通判并州》诗："十万貔貅士，旌旗晋水阳。"

4. 飞刍挽粟：谓迅速运送粮草。

5. 彻骨：深透入骨，比喻程度极深。

6. 四夷：古代对中国边疆各族之泛称，即东夷、南蛮、北狄和西戎的合称。《礼记·王制》云："东曰夷、西曰戎、南曰蛮、北曰狄。"

【赏析】

这是两首七言诗，选自卷十。自万历二十年(1592)"壬辰之役"开始，至万历二十七年(1599)万历帝“以平倭诏告天下”,宣布战争结束,共历时七年。除在万历二十年底取得过“平壤大捷”和万历二十六年(1598)“露梁海大捷”外,其余与日军的大小战役,多以明军失利告终,所以《明史》说:“自倭乱朝鲜七载,丧师数十万,中朝与属国迄无胜算,至关白死而祸始息。”反复的失利,使明政府内部弥漫着对战争前途并不乐观的悲观情绪,明军将士士气低落,放弃朝鲜、撤军回国的舆论始终存在。同时,战争也给人民带来巨大灾难,朝廷的横征暴敛、穷兵黩武使百姓陷入苦难的深渊。作者同情人民的苦难,直言描述了中日朝鲜战争失利后的现状,以及战争给士兵和人民带来的深重灾难,语言简练,通俗易懂。

石门行万历乙未冬事

石门啾啾鬼夜哭,北将诈诱南兵缚。可怜枉死三千人,更有平人被屠戮。忆昔平壤破倭奴,此辈赴难曾捐躯。有功谁分不蒙赏,无罪因何反见诛。本为勤王诬以反,阳言赏给屠俱尽。皇天闷闷旌旆愁,白日瞶瞶风沙愤。从来杀降受恶名,况以私憾杀我兵。无人肯向朝廷说,至今道路犹吞声。谁其为谋石与李,尔曹安得逃天刑。

【注释】

1. 石门:区大相创作此诗的地点,有两个可能,一是明军出征时,“东由石门,度凤凰山”,过鸭绿江入朝鲜。另一石门则在广州近郊。诗中落款为“万历乙未冬事”,说明此诗当创作于广州的石门。石门,距今广州约十里,风景秀美,明清时“石门返照”为“羊城八景”之一,是广州北部的咽喉,历代为兵家必争之地。

2. 啾啾:音 jiū jiū,形容许多小鸟一齐叫的声音,或形容马叫、老鼠的叫声;也用来形容凄厉的叫声。

3. 阳言:即佯言,诈言,说假话。

4. 瞶瞶:音 guì guì,看不清的样子,亦喻糊涂不明事理。

5. 吞声:不出声,不说话。此处指无声地悲泣。

6. 石与李:指兵部尚书石星和提督李如松。区大相认为,提督李如松是杀害南兵的罪魁祸首,兵部尚书石星则是庇护者和纵容者。

7. 尔曹:你们这些人。《后汉书·赵憙传》:“尔曹若健,远相避也。”

【赏析】

此诗选自卷十，为一首七言古诗。此诗记载了入朝明军自相残杀的触目惊心的事实。万历乙未冬即万历二十三年(1595)岁末，区大相趁出使册封淮王之便，顺道回乡探亲，舟行至石门时写下了此诗。“北兵”和“南兵”指的是入朝参战的明军主要由两部分构成。主力是李如松亲率三万余名骑兵，由李氏家族长期统领的蓟辽、保定、山东诸军组成，号为“北兵”。从南方江浙、四川临时征募，由游击将军吴惟忠、参将骆尚志率领的三千余步兵、火器手，号为“南兵”。在战役中，明朝军队出现了滥杀无辜的现象，有甚者军中自相残杀。区大相此诗揭露了明军大败后，主将李如松放纵北兵屠杀南兵，割下首级冒充“倭级”邀功的事实，从“枉死三千人”看，应该是对“南兵”赤裸裸的屠杀。由于李如松的所谓军功，早已与皇帝的虚荣、权贵的贪婪结成了利益共同体，偶尔被人揭发，往往是“阁部共为蒙蔽，督抚、监司稍忤意，辄排去之，不得举其法”。这次也不例外。万历二十一年闰十一月，“御史周维翰言，川兵戍朝鲜，冬间被杀伤数百不报，命宋应昌按之”。宋应昌当然不会认真查究。万历二十一年十二月，宋应昌已带着李如松等班师回朝，冤杀南兵一案更无人追查。只有区大相认定：提督李如松是杀害南兵的罪魁祸首，兵部尚书石星则是庇护者和纵容者，“谁其为谋石与李，尔曹安得逃天刑”。还有在平壤战役中，南兵的统帅已负重伤，吴惟忠“箭中咽喉”，骆尚志“铅子伤胸”，这给李如松纵兵屠杀“南兵”提供了可能。因此，面对权臣当道、陷害忠良、危害国家的这种行为，区大相痛心疾首。诗人忧国忧民的思想在诗中体现得淋漓尽致。

纪朝鲜万历戊戌九月

自有东师六七载，庙堂岁岁议封贡。近者群公幸主战，折将隳军竟何用。海阔刍粮不易渡，五钟一石劳传送。横征颇虑空杼轴，转输未免妨耕种。去年小挫由忌功，今年大衄缘轻纵。执事颜行屡见逆，天王威命何曾共。封既无成战失利，公私之积咸哀痛。更无一人能画策，徒有诸僚成聚讼。夷狄交侵古来有，更于中国何轻重？当时止合问曲直，按兵境上不为动。朝廷制驭自有道，岂在劳民与动众。奈何误听小人计，日以和好自愚弄。从此兵端寻岁月，岂知海内为虚空。财倾左藏不足惜，民伤万命能无恸？近闻有议留屯戍，老成亿度或屡中。充国金城上方略，李牧雁门费边供。年来丧败咎北军，弓马虽闲备骑从。吴越少年习水战，樯楫轻利过飞鞚。倘能训练三万人，坐见狡夷受羁控。腐儒何敢与肉

食，聊以短章代微讽。绕朝勿谓秦无策，中兴尚看甫作颂。

【注释】

1. 庙堂：庙的明堂，是古代帝王祭祀、议事的地方；朝廷，指君臣议论政事的殿堂。

2. 隳：音 huī，毁坏，崩毁，动摇。

3. 封贡：指外族进贡，接受中国王朝封官赐爵，成为中国王朝的属国。这里代指和谈。

4. 刍粮：音 chú liáng，粮草，多指供军队用的饲料和粮食。宋代梅尧臣《雷逸老以仿石鼓文见遗因呈祭酒吴公》诗："海隅异兽乘舟航，连日道路费刍粮。"

5. 钟、石：古代重量的计量单位。

6. 杼轴：亦作"杼柚"，原指织布机上的两个部件，即用来持纬（横线）的梭子和用来承经（竖线）的筘，代指织机或指纺织。亦借指工商之事。

7. "横征颇虑"句：形容旷日持久的海外战争严重损耗了明朝的国本。

8. "去年"两句：指万历二十五年（1597）十二月明军攻打釜山一事。当时大将麻贵在与日军交战中取得暂时的胜利，向主帅杨镐建议乘胜追击，但杨镐以援军未到为借口下令收军，致使功亏一篑。等援军赶到，倭寇早已重整军备，明军再次进攻结果大败，辽阳精锐尽丧于此。

9. 大衄：衄，音 nǜ，原为鼻出血，也泛指其他器官或部位出血。这里指挫折、战败、失败。

10. 曲直：指是非、善恶或者对与错。

11. "近闻"两句：屯戍，驻防。这是作者针对北兵屡战屡败提出的第一个建议。时内阁大学士张位主张"屯田开城、平壤，以资军兴"，以缓解军需压力，作者对此极力支持。可惜张位建议因朝鲜害怕中国意在吞并而未同意。

12. "充国金城"两句：西汉著名将领赵充国率兵在西北边疆防守匈奴和氐羌，通过屯田解决了军队粮草问题。李牧为战国时期的赵国名将，长期驻守赵国北部边境代地雁门郡，防备匈奴。他根据需要设置官吏，防地内城市的租税都送入李牧的幕府，作为军队经费。

13. "吴越少年"句：这是作者提出的第二个建议，即建立强大的水师，征集以火器手为主的"南兵"和日军交战。事实证明区大相建议的正确，新任统帅邢玠调集陈璘、吴广统帅的"广兵"、刘綎统帅的"川兵"、邓子龙统帅的"浙直兵"，为战争的最终胜利奠定了坚实的基础。鞚，音 kòng，带嚼子的马笼头。

14. 腐儒：指迂腐的儒生，只知读书，不通世事。作者自谦之语。《荀子·非相》："故

《易》曰:‘括囊,无咎无誉。’腐儒之谓也。”

15. 肉食:以肉为食,或指肉类食品。古代高官厚爵者以食肉为常,故用肉食者称享有厚禄的官员。《左传·庄公十年》:“肉食者鄙,未能远谋。”

16. “绕朝”句:春秋晋大夫士会因事投奔秦国,被秦国所用。晋人害怕秦国任用足智多谋的士会,就派魏寿余伪装从魏国叛变而入秦国,引诱士会返回晋国。计谋得逞,士会欲行,秦大夫绕朝赠之以策,曰:“子无谓秦无人,吾谋适不用也。”后以“绕朝策”喻指有先见的谋略。

【赏析】

这是一首七言诗,选自卷十。此诗探讨了战争难以取胜的各种原因,从诗中题署“万历戊戌九月”看,此诗创作于万历二十六年(1598)九月。此时“壬辰之役”经过六年多的鏖战已进入最残酷阶段。主帅李如松冒敌轻进,酿成失败惨剧;而后方朝廷大员不明前线,以一败而“岁岁议封贡”,“日以和好自愚弄”,导致战争延长。又因“海阔刍粮不易渡,五钟一石劳传送。横征颇虑空杼轴,转输未免妨耕种”,说明区大相已察觉战场远悬国外,长途运输不易,后勤不继以致攻击无力,也拖延了战争。区大相在诗中指出,南北兵派系之争,也是明军攻击无力的原因之一。“去年小挫由忌功,今年大衄缘轻纵”等句,指责明军内部派系矛盾冲突,无法形成统一的战斗力。曾亲历战场的区大相支持内阁大学士张位的“屯田开城、平壤,以资军兴”的计划,他在诗中引用汉代赵充国屯田西北及战国赵将李牧将防地租税充作军资的例子即有此意。针对朝廷增兵及北军倚重马匹的现实,他建议征集和训练吴越熟悉水性的南兵上前线作战。水兵之设,被朝廷采纳,为战争最终胜利奠定了坚实的基础;而头一个建议因朝鲜君主担心为中国所吞并而作废。因此,作者在诗中大胆地向皇帝提出劝告,不要听信小人和谈之计,更不能横征暴敛,要爱惜百姓。诗人希望能够止息兵端,让百姓过上太平日子。可以说,其批评言辞相当尖锐,像这样直率地批评朝廷,在当时要冒很大风险,但这也恰恰反映了他耿直、忠诚、爱民的品德。万历二十六年十一月,日军统帅丰臣秀吉病死,明朝联军乘势发起总攻,在陈璘等统率的“粤兵”、刘綎率领的“川兵”和邓子龙带领的“浙直兵”的奋战下,朝鲜之役以中朝联军最终胜利而告终。但这场战争却暴露了明朝许多弊端,成为明朝走上衰败的转折点之一。

闻宁夏变起

近传宁夏卒，杀将乃横行。养虎虽贻患，操戈亦有名。预愁勾逆虏①，遂恐失坚城。柳外清笳曲，谁吹塞上声。

【注释】

1. 宁夏卒：指蒙古鞑靼人哱拜统属的军队。

2. 杀将：哱拜起兵叛乱后，擒杀宁夏巡抚党馨、宁夏督粮道兵备副使石继芳。

3. 养虎虽贻患：比喻纵容敌人，自留后患。

4. 操戈：即"同室操戈"。操，拿。戈，兵器。操戈多指内部争斗。

5. 预愁：在忧愁之中。

6. 清笳：谓凄清的胡笳声。南朝齐谢朓《随王鼓吹曲》云："寥戾清笳转，萧条边马烦。"

【赏析】

此诗选自卷十二，是一首五言律诗。宁夏是明代边陲九个军事重镇之一，主要防御蒙古人南侵。哱拜世居宁夏，为蒙古鞑靼部酋长，嘉靖间投靠宁夏官军。万历十七年(1589)被提为副总兵，致仕后，其子哱承恩袭位。万历二十年(1592)哱拜起兵叛乱，擒杀时任宁夏巡抚的党馨及宁夏督粮道兵备副使石继芳。总兵官张维忠被挟制，吓得交出敕印后畏罪自杀。因此作者有养虎遗患、同室操戈之说。事件的发生不是偶然的，时明廷内部矛盾越来越突出，军备废弛，吏治腐败，庸才充斥官场。作者对宁夏变乱表现出深深的焦虑和无奈，饱含忧虑地写下这首诗。

梁武库经略河西陇回

远闻乘障返，遽睹入关行。出塞三边静，归朝万户轻。偏师全汉地，间道走胡兵。不听从军曲，谁知苦乐情。

---

① 崇祯版为空，据道光版《区太史诗集》补作"虏"。

【注释】

1. 武库:此处是官职名称,指掌管兵器的官署。

2. 经略:明清两代有重要军事任务时特设经略,掌管一路或数路军政事务,职位高于总督。

3. 河西:泛指黄河以西之地,其意在古代有变化。春秋战国时,指今山陕两省间黄河南段以西地区。汉唐时多指甘肃、青海两省黄河以西地区。

4. 陇:甘肃省的简称,亦称“甘”,秦置陇西郡,元取甘州(张掖)、肃州(酒泉)两地首字设甘肃行省,清置甘肃省,位于西北地区黄河中游,西北一隅与蒙古相邻。

5. 乘障:亦写作“乘鄣”,谓登城守卫,引申为抵御。

6. 三边:古称幽州、并州、凉州为三边,后泛指边疆。

7. 偏师:旧时指在主力军翼侧协助作战的部队。

【赏析】

这是一首五言律诗,选自卷十二。万历十八年(1590),青海鞑靼部火落赤攻占临洮、河州等地,总兵刘承嗣战败,游击李联芳战死,朝廷大惊,诏兵部尚书郑洛兼右都御史,经略陕西四镇及山西宣大边防军务。兵部员外郎梁云龙、佥事万世德随军出征。梁云龙献策:“断甘肃、凉州之通道;扼四川、青海之咽吭,迫其归巢,制敌不得四出犯边。”郑洛用其言。次年春,梁云龙又从郑洛入西宁,控制青海,火落赤等人相继西遁,边关乃平。战事结束后,梁云龙返回京城,作者写诗以赠。此诗以朋友交流的口吻写成:早就听闻你的经略任务完成,要返回京城,没想到这么快就入关了。经过这次出塞之行,边疆地区结束战乱纷争,宁静了下来,你的功劳巨大。你带领军队协同作战,驱除入侵的胡虏,保全了汉地。你的功劳虽大,但是个中的辛苦也是巨大的。不真正参与到战争中,谁能深刻体会到其中的苦痛呢?

送薛行人宣慰朝鲜

(一)

我皇元慎德,夷服自交侵。受命存箕国,持诏去鸡林。风烟辽海阔,雨露绿江深。莫使楼船将,功名传至今。

(二)

夷君沦草莽,归命似穷猿。辍食天朝义,持危明主恩。饮冰将去节,航海望归轩。职贡周封旧,长令守外藩。

【注释】

1. 行人:《周礼·秋官》之属有大行人,掌管接待宾客之礼仪;又有小行人,职位稍低。

2. 宣慰:谓大臣代表皇帝视察某一地区,宣扬政令,安抚百姓。

3. 慎德:注重道德修养。

4. 夷服:古九服之一。王畿之外,每五百里为一区划,共有九,第七为夷服。

5. 交侵:迭相侵犯。《后汉书·谢弼传》:"昔周襄王不能敬事其母,戎狄遂至交侵。"

6. 箕国:是商朝在东北地区的一个小封国。公元前 11 世纪周武王建立周朝后,大臣箕子不愿在周朝为官,东逃至箕国。武王就把箕国和孤竹国封于箕子。此处代指朝鲜。

7. 鸡林:位于今韩国庆州境内,为一片开阔的林区,原在新罗王宫附近。

8. 归命:归顺、投诚。

9. 穷猿:被猎人紧追的猿猴。比喻在穷困中急于找一个栖身的地方。《晋书·李充传》:"穷猿投林,岂暇择木。"

10. 辍食:停止饭食,多形容哀伤或发愤之情。

11. 持危:扶持危局。《礼记·中庸》:"继绝世,举废国,治乱持危,朝聘以时,厚往而薄来,所以怀诸侯也。"

12. 饮冰:形容十分惶恐焦灼,指受命从政,为国忧心,后也指清苦廉洁。

13. 职贡:上贡赋税。

【赏析】

这两首五言律诗,选自卷十二。万历二十年(1592),日军大举侵略朝鲜,朝鲜国王仓皇出逃,流亡至中朝边境,遣使向明朝求援并请求内附,明廷派军渡过鸭禄江,出兵援助朝鲜。此即为诗作的创作背景。区大相一位姓薛的同僚时奉万历帝之命出使朝鲜,以宣扬政令,安抚百姓。作者在为朋友送行时写下这两首诗。诗中形象地描述了朝鲜君臣被逼无奈、穷困急促的神态，想象朋友路途上的情形：辽海之上风烟弥漫，雨雾之下的鸭绿江水幽江深。作者希望明廷对朝鲜的援助能一举荡平敌寇，安定朝鲜。同时，也希望朋友的功业长久被传诵。

送薛行人持诏南楚便归岭外

（一）

西夏昨纵横，王师命有征。三时疲士马，四海望升平。朔雪吹铙入，江云拥传行。王程君莫缓，拜舞万方情。

（二）

边事劳行役，秋冬两戒辀。方回辽左使，复作楚南游。雪树江关驿，云帆海国楼。仍闻下诏日，父老共销忧。

【注释】

1. 南楚：古地区名。春秋战国时，楚国在中原南面，后世称南楚，为三楚之一。北起淮汉，南至江南，约包括今安徽中部、西南部，河南东南部，湖南、湖北东部及江西等地区。

2. 岭外：指五岭以南地区。

3. 三时：指春、夏、秋三季农作之时。

4. 铙：音 náo，又称为钲和执钟，中国最早使用的青铜打击乐器之一，其最初的功能为军中传播号令之用。流行于商代晚期，周初沿用。

5. 传：音 chuán，此处指古代设于驿站的房舍，亦指驿站上所备的马车。

6. 王程：奉公命差遣的行程。唐代岑参《送江陵黎少府》诗："王程不敢住，岂是爱荆州。"

7. 拜舞：跪拜与舞蹈，古代朝拜的礼节。汉代赵晔《吴越春秋 · 勾践归国外传》："群臣拜舞天颜舒，我王何忧能不移。"

8. 两戒：国家疆域的南北界限，借指两戒之内的全境。

9. 辀：音 zhōu，车辕。

10. 江关：古关名。相传战国时巴、楚相争，于今四川奉节东长江北岸赤甲山上置关,故名。又名“扞关”。后移于长江南岸,为瞿塘峡南面屏障,又名瞿塘关。

11. 海国:临海之国或海外之国,代指近海地域。

【赏析】

这是两首五言律诗,选自卷十二。万历二十年(1592)二月时,蒙古鞑靼人哱拜在宁夏起兵叛乱,明廷派兵征讨。当年九月,明朝平息哱拜之乱。正如作者所说,其间共历春、夏、秋三季;再加上中日在朝鲜的壬辰之役,此时的明廷国力空虚,士卒疲惫,社会危机日益加剧。百姓极度渴望能平息战乱,减轻赋役,过上安宁的生活。作者的薛姓朋友之前曾奉命出使朝鲜,经过艰苦跋涉顺利完成任务后,又接受了另一项到南楚之地传诏的使命。这项任务应是向地方传谕战事平定的消息,因此作者回想起诏书刚下时,百姓欢欣喜悦的场景。而朋友在完成任务后就将直接返回岭南,作者遂写诗为其送行。

罗旁定后舟经两山纪行作

此地昔通道,曾劳十万师。遥传破胆略,始有息肩期。丹徼疆重辟,苍梧俗旧疲。万山罗郡国,千水会黔漓。密树森如戟,层岚障似帷。春云低战垒,锦石驻兵麾。北首卑前代,西征又此时。皇灵消祲霭,优诏问疮痍。土俗余椎结,溪途历险巇。听鸡知井落,巢燕觅茅茨。楂放新泥潦,猿啼宿雾枝。风前吟越客,花里笑蛮姬。夕泛冲江涨,归潮赴海涯。榜先沙鸟发,帆逐岸藤移。汉使裁溪笛,秦军护竹篱。楼船今罢议,无事更南窥。

【注释】

1. 罗旁:此指当时之泷水县,今广东省罗定、云浮、郁南等地域。

2. 两山:明代陈璘《罗旁善后功绩碑》云:明万历四年(1576)冬,两广提督凌云翼率师二十万大征罗旁瑶,历四阅月事平。“于是分东西为两山,二山各以参将一员守之。山以东置东安县,山以西置西宁县。以泷水县适中,升为罗定州治,隶以二邑而控之”。

3. “此地”两句:即指两广提督凌云翼率二十万大军出征罗旁之事。

4. 破胆:吓破了胆,形容惊怖之至。

5. 息肩:卸去负担。

6. 丹徼:音 dān jiǎo。徼,边界。古代称南方的边疆为丹徼。

7. 北首:古礼,人死入葬,尸体头朝北,故北首为死人之象;代指北向。此处意谓降服。

8. 皇灵:指祖先或天帝,此处代指皇帝。

9. 祲霭:音 jìn ǎi,此处指不祥之气。

10. 优诏:褒美嘉奖的诏书。

11. 疮痍:创伤,比喻人民遭受的战祸、疾苦。

12. 椎结:又作椎髻,谓结髻如椎状。此句云泷邑尚留椎髻土俗。

13. 险巇:音 xiǎn xī,也作崄巇,形容山路危险,泛指道路艰难。

14. 井落:村落。宋代张耒《冬日杂兴》诗之五:“南壁苍崖壮,穷冬井落闲。”

15. 茅茨:亦作“茆茨”,指茅草盖的屋顶,亦指茅屋、简陋的居室,引申为平民里巷。

16. 楂:音 zhā,同槎,竹、木排筏。

17. 越客:作客他乡的越人,多泛指异乡客居者。南朝宋颜延之《寒蝉赋》:“越客发度漳之歌,代马怀首燕之信。”

18. 榜:船桨。

19. 沙鸟:沙滩或沙洲上的水鸟。

20. 汉使:指汉使越大夫陆贾说服南越王赵佗归汉。秦军:秦末之乱,南海尉任嚣急遣军扼守关隘,守土保民,与赵佗、陆贾并为岭南开拓定制的“三君”,粤人多祀之。

21. “楼船”句:指汉武帝元鼎五年(公元前 112 年),以路博德为伏波将军、杨仆为楼船将军,南下讨南越。时楼船先至,纵火烧城,杀伐残暴。伏波得以遣使招降。后越人祀伏波而不祀楼船,以其残酷寡恩也。

【赏析】

这是一首五言排律,选自卷十九。明朝中叶以后,岭南瑶族不时骚乱,明廷不断派兵镇压,但瑶族势力叛服不定。直至万历四年,经周密筹划和部署,明廷派兵历时四个多月,于万历五年春基本平定泷水罗旁的瑶乱。朝廷在此建立东安、西宁两个县级行政区,将原属德庆州辖的泷水县升格为州,改称罗定,与德庆州并列。区大相在瑶乱被平定后路过此地,写下了这首五言排律诗。作者回顾了岭南早期发展的历史:从秦尉任嚣率军进入岭南、保护黎民百姓的生活,再到汉使陆贾出使南越、南越王赵佗废帝号称臣,这些都成为千古流传的佳话。如今明廷麾兵西征罗旁,又是足可留美于世的巨大功绩。相信从今以后朝廷将不会再有南征之议,宽仁的诏令定会抚平泷水一带百姓心灵和身体上的创伤,消除征战留下的阴影,瑶族人也能够安居乐业了。

送太保尚书郑公巡边

庙算在安危，疆场授便宜。上卿隆将礼，僚属佐军麾。天与平胡[①]日，朝兴问罪师。金城图再上，麟阁画曾披。锁钥中枢出，韬钤外阃持。兼程讨突[②]厥，间道袭鲜[③]卑。杀气山川动，兵威草木知。风嘶出塞马，月照度关旗。箭逐星旄落，尘随虏帐移。行营屯右地，经略定西陲。青海分羌落，黄沙别汉夷[④]。有谋全制胜，无事但羁縻。丹陛悬听履，皇华入咏诗。壮猷仗方叔，献凯莫教迟。

【注释】

1. 太保尚书郑公：即郑洛，字禹秀，号范溪，明安肃遂城即今河北省徐水县遂城人。郑洛曾任兵部尚书。尚书一职设于秦代，为低级官员，隋朝以后为六部长官，是朝廷部级长官，明代为正二品。

2. 庙算：亦作“庙筭”，指朝廷或帝王对战事进行的谋划。

3. 便宜：音 biàn yí，便当，合宜。

4. 上卿：古官名。卿是春秋时周朝及诸侯国的高级长官，分上、中、下三等。战国时作为爵位的称谓，一般授予劳苦功高的大臣或贵族，相当于丞相的位置。此处代指郑洛。

5. 将礼：大礼。

6. 军麾：军中指挥用的旗，引申指担任指挥的人。

7. “麟阁”句：麟阁，“麒麟阁”的省称。汉武帝建于未央宫之中，主要用于收藏典籍与文件。唐代李白《塞下曲》“功成画麟阁”，指汉宣帝因匈奴归降，回忆往昔辅佐有功之臣，令人画十一名功臣图像于麒麟阁，以示纪念。

8. 锁钥：比喻做好一件事的关键。

9. 韬钤：音 tāo qián，原是古代兵书《六韬》《玉钤篇》的并称，后泛指兵书，借指用兵谋略或借指武将。

10. 外阃：郭门之外，借指京城以外的武将或文官。

---

① 崇祯版空“平胡”两字，据道光版《区太史诗集》补入。

② 崇祯版空“讨突”两字，据道光版《区太史诗集》补入。

③ 崇祯版空“袭鲜”两字，据道光版《区太史诗集》补入。

④ 崇祯版空“汉夷”两字，据道光版《区太史诗集》补入。

11. 星旄：音 xīng máo，绘有星辰的旄，亦泛指旌旗。

12. 西陲：此处意为西部边疆地区。

13. 羁縻：指王朝对少数民族采用的笼络政策。“羁”，用军事和政治的压力控制，“縻”，以经济和物质利益抚慰，即在少数民族地区设特殊的行政单位，保持或基本保持少数民族原有的社会组织和管理机构，除政治上隶属于中央、经济上朝贡外，其余一切事务均由少数民族首领管理。

14. 听履：《汉书·郑崇传》说：郑崇为高密大族，其弟弟郑立“与高武侯傅喜同门学，相友善。喜为大司马荐崇，哀帝擢为尚书仆射。数求见谏争，上初纳用之。每见曳革履，上笑曰：‘我识郑尚书履声。’”后遂以“听履”指帝王亲近的重臣。

15. 皇华：《诗经·小雅》中的篇名。《序》谓：“皇皇者华，君遣使臣也。送之以礼乐，言远而有光华也。”后因以“皇华”为赞颂奉命出使或出使者的典故。

16. 壮猷：宏大的谋略。《诗经·小雅·采芑》：“方叔元老，克壮其猷。”方叔为周宣王时贤臣，曾奉命征伐淮夷，击退北方少数民族猃狁的侵扰，又率兵车三千讨伐不听号令的楚国，建立赫赫功勋，为周室中兴一大功臣。《明史》说郑洛死时九十余岁，“壬辰之役”结束时，已六十多岁，故以方叔喻之。

17. 献凯：献捷。唐代骆宾王《在军中赠先还知己》：“献凯多惭霍，论封几谢班。”

【赏析】

这是一首五言排律，选自卷十九。万历十八年（1590），鞑靼火落赤等部举兵侵袭，攻至洮州即今甘肃临潭，杀副总兵李联芳。总兵李承芳告急京都，郑洛受旨西征，施以分化瓦解、声东击西、怀远招抚等战术，相继夺得镇羌（今甘肃固原）、水泉（今甘肃永昌）、莽剌（今西宁一带）、湟中（今青海东北部）等地，败敌十余万。当时郑洛出征时已六十余岁，区大相写下此诗为其壮行。作者想象郑洛带兵出巡边疆之后，武力与怀柔的手段兼用，兵麾所向士气如虹，一路斩杀侵扰边境的敌人，建立像方叔中兴周室那样伟大的功业，并希望其早日胜利归来。

寄万兵宪

胡烽从此绝河源，闻说才人在北门。尘静犬羊朝纳款，月高旌旆夜归屯。关山几叠云中曲，烟火千家塞外村。想忆边庭近无事，闲看耕犊散平原。

【注释】

1. 万兵宪:即万世德,字伯修,今山西省偏关县人。倭寇犯朝鲜,万世德朝议于天津开府,扼登莱、旅顺诸要地,因此受到赏识,进职巡抚、都察院右佥都御史,专理海防军务。朝鲜事急,万世德率师往援,取得多场胜利,进右副都御史,特命总督蓟辽,寻迁右都御史兼兵部右侍郎。在蓟辽任职期间,以息兵宁人为务,宽大简静。后以疾卒于官。

2. 胡烽:此处指边地的烽火。

3. 旌旆:音 jīng pèi,旗帜。

4. 边庭:也作"边廷",犹边地。《后汉书·铫王祭列传》赞:"祭遵好礼,临戎雅歌,彤抗辽左,边庭怀和。"

【赏析】

这是一首七言律诗,选自卷二十三。万历二十五年(1597)丰臣秀吉再次发动进攻,明军第二次进入朝鲜抗倭,朝廷派万世德往前线督战。这是作者寄给万世德的诗作。在战乱之中,驻守北地的将领中涌现出大量人才,万兵宪您便是其中之一。在朝廷大军的驻守之下,边疆才有可能安定发展,边地才能重新称臣纳贡。白日,边塞之曲嘹亮,一直传到极远的地方,村落的住户也多了起来,炊烟冲入云霄。月色下,巡逻的军队完成任务后回到驻地,保障着百姓的安宁。真希望战事能早日平息。估计到那时,边庭没有战争,你也能有机会观赏一下百姓在田中耕种、牛犊散落在平原这样安静祥和的景色了。

少年行，赠人从征

银鞍玉勒锦缠骏,秣赵驰燕似下空。犀甲镂金光错落,貂裘拂雪紫蒙茸。腰间宝剑明秋水,臂上雕弧应落鸿。待与将军全属国,方论年少有英风。

【注释】

1. 少年行:是古代中国诗词题材之一,李白、王维、王昌龄、杜甫、杜牧均写过类似诗作。

2. 玉勒:玉饰的马衔。此句形容战马装饰之豪华。

3. 秣:音 mò,原指牲口的饲料,动词意为喂牲口。

4. 犀甲：用犀牛皮制的铠甲。

5. 蒙茸，蓬松、杂乱的样子。颔联两句形容少年战士盔甲好看，装备精良。

6. 雕弧：刻画有文采的弓，雕弓。

7. 英风：奇伟杰出的气概，英武的气概。

【赏析】

这是一首七言律诗，选自卷二十四，是区大相为即将出征的军人写下的送行之诗。出征的骏马身上，装备着用白银做成的马鞍，马衔用玉装饰，像锦缎缠在马匹的鬃毛之上，极为豪华。在赵地喂饱了马，就向燕地出发了。战马驰骋，其速如飞。来到战场，战甲鲜明。穿上犀牛皮制作的铠甲，锋利的宝剑光芒似水，臂上的雕弓劲弩可以射下空中高飞的大雁。一番苦战结束之后，您定然会凯旋。身为战士，能为国家保全国土，其功绩甚巨。到那时，人们才能真正意识到年少的你有多么的英武！

得万中丞朝鲜书问却寄

中丞家住雁门边，破虏功高在少年。出塞惯骑胡地马，渡辽还泛汉楼船。黄龙戍外书千里，玄菟城头月几圆。横海只今夸绝漠，鸡林新勒照燕然。

【注释】

1. 却寄：此指回信的意思。

2. 楼船：汉代一种具有多层建筑和攻防设施的大型战船，外观似楼，故曰楼船。楼船外观巍峨威武，船上列矛戈，树旗帜，戒备森严，攻守得力，宛如水上堡垒。

3. 玄菟：音 xuán tú，古郡名，汉武帝置，辖境相当于今辽宁东部及朝鲜咸镜道一带。后亦泛指边塞要地。唐代耿湋《横吹曲辞·入塞曲》："暮烽玄菟急，秋草紫骝肥。"

4. 横海：横行海上。晋代木华《海赋》："鱼则横海之鲸，突扤孤游。"

5. 绝漠：同"绝幕"，极远的沙漠地区。

6. 燕然：古山名，即今蒙古人民共和国境内的杭爱山。东汉时，车骑将军窦宪领兵出塞，大破北匈奴，登燕然山，刻石勒功，记汉威德。亦泛指边塞。

【赏析】

这是一首七言律诗，选自卷二十四。万历二十五年(1597)，作者的同僚万世德即万兵宪奉朝廷之命再次去往朝鲜前线，与文武将臣会兵朝鲜共同督战。作者曾在之前写诗寄万世德，应该是得到了万的回信，于是区大相再次写诗以寄。此诗中所写的内容仍是对朋友在边地生活和战况的想象。乘坐着高大的楼船渡过辽河，骑着边地的骏马驰骋在塞外战场之上，就应该趁着年轻建立功业，抗击外来的侵略。远隔千里，终于收到你的信件，这中间已经过去好几个月了，圆月已经有好几次照在玄菟古郡的城头。希望朝廷大军能够早日荡平敌人，大胜而归。届时朋友你也能像汉代的车骑将军窦宪一样，登燕然山，刻石勒功，永宣大明之威德。

送梁武库赴临洮

（一）

男儿报难在沙场，八月边秋塞草黄。帐下先声期灭虏①，军前杀气已凌霜。

（二）

擒胡必用金城策，破虏还须武库才。毳幕远移青海曲，羽书先过白龙堆。

【注释】

1. 临洮：位于今甘肃省中部，定西市西部，是甘肃省会兰州的南大门。

2. 先声：谓使人震慑而先发的声威。

3. 凌霜：抵抗霜寒。

4. 金城策：汉代刘歆《遂初赋》："摅赵奢之策虑，威谋完乎金城。"此处代指好的计谋。

5. 毳幕：音 cuì mù，游牧民族居住的毡帐。

6. 羽书：古代插有鸟羽的紧急军事文书。

7. 白龙堆：在罗布泊北部，是石膏和盐结块形成的方山，其表面为白色地貌。古代丝绸之路进入罗布泊，从白龙堆中穿过，一直到唐代仍有商贾途经之地。白龙堆在古籍中常被描绘成险恶的区域，喻有鬼怪出没。

---

① 本首诗的两个"虏"字在崇祯版中为空缺。此据道光版《区太史诗集》补入。

【赏析】

这两首七言绝句，选自卷二十七。万历十八年(1590)，青海火落赤部举兵侵袭，攻战临洮、河州，总兵李承芳告急京都。朝廷急派兵部尚书郑洛兼右都御史，经略陕西四镇等边地军务，梁云龙以兵部员外郎身份随行。这两首诗就是在这一年初秋之时，区大相送梁云龙赴临洮出征时所写的。虽然农历八月的边塞已进入秋季，草已枯黄，可是破虏灭敌的杀气却冷于寒霜。作者宽慰朋友，男子汉就应该在沙场之上报效国家，而战胜敌人正需要你这样的人才。估计很快青海、甘肃就能平定，捷报就可以传回了吧。正如作者所料，梁云龙建议断绝甘肃、凉州通道，扼守四川、青海的重要战略地，迫敌人回归老巢。不久，在郑洛和梁云龙等指挥下，万历十九年春，叛乱即被平定。

平胡①曲

(一)

休兵解甲卧沙场，归马离鞍苜蓿香。报道将军百战力，欢传天子万年觞。

(二)

汉将乘秋西击胡，阴风万里扫穹庐。海涛怒作三军气，沙雁排成八阵图。

【注释】

1. 解甲：甲，铠甲。解甲意为脱去衣甲，指停止战争或结束军队生活。

2. 苜蓿：是一种多年生开花植物，常用作牲畜饲料。

3. 阴风：此处指寒冷的风。

4. 穹庐：指古代游牧民族所住的毡帐，因中央隆起，四周下垂，形状似天，故名之。

5. 八阵图：三国时诸葛亮所创阵法，以乱石堆成石阵，按遁甲分成生、伤、休、杜、景、死、惊、开八门，变化万端，可挡十万精兵。

---

① “胡”字崇祯本空缺。此据道光版《区太史诗集》补入。日本钞本《区太史诗集》卷二十七则作“平虏曲”。

【赏析】

这是两首七言绝句，选自卷二十七。在平定西部的战乱之后，区大相写下这两首绝句以志纪念。秋天的时候，朝廷派兵西击胡人，平定叛乱。明军士气高涨，阴冷的杀意像波涛一样汹涌。在将领的指挥下，明军兵锋横跨万里，扫荡天下。士兵们排成各种战阵，奋勇杀敌，将敌人打得丢盔弃甲，终于取得了战争胜利，士兵们脱去战甲，暂时在沙场上休息；战马身上的马鞍也卸了下来，战场上飘荡着作为饲料的苜蓿香味。一切都显得那么平和安静。经历多场浴血奋战，将领们的功绩也将被传回朝廷。如此大的胜利，朝廷一定会大摆宴席，痛饮庆功之酒吧。

从军行

（一）

鹛鹈刀映角端弓，生长沙场胆气雄。上马扬鞭辞不顾，边书夜出建章宫。

（二）

雪花千里乱飘蓬，逐虏①阴山已灭踪。白草黄沙经百战，自怜犹觅酒泉封。

（三）

焉支山外黑云连，翡翠楼中明月悬。未听胡笳先下泪，行人无事莫临边。

【注释】

1. 从军行：为乐府旧题，属《相和歌辞·平调曲》，多以军旅战争之事为题材。

2. 鹛鹈刀：鹛鹈，音 pì tí，一种水鸟，翅膀短，能飞却不善飞，擅长潜水，能在水下作长距离游泳。此处指用鹛鹈膏涂抹，使刀光亮锐利。

3. 角端弓：用异兽角端牛之角制成的弓。《后汉书·鲜卑传》："又禽兽异于中国者，野马、原羊、角端牛，以角为弓，俗谓之角端弓者。"

4. 酒泉封：唐代杜甫《饮中八仙歌》："道逢曲车口流涎，恨不移封向酒泉。"意思是

① 崇祯版无"虏"字，据道光版《区太史诗集》补入。

路上看到酒车竟然流起口水来，恨不得要把自己的封地迁到酒泉去。

5. 焉支山：位于今甘肃省山丹县境内。

【赏析】

这三首七言绝句选自卷二十七。这组诗借用乐府旧题“从军行”，描写了士兵从军边塞、参加战斗的全过程。三首诗笔力雄劲，既描写了激烈交战的场景、揭示了人物的心理活动，又渲染了环境气氛。战况紧急，军令连夜从皇宫发出，将士骑上战马扬鞭赶赴战场，甚至连辞行都没有时间。到了沙场之上，手里拿着锋利的兵器，拉开强弓劲弩，在飘飞的雪花里追赶敌人长达千里，直至将他们驱逐出阴山。边地苦寒，在这里经历多场残酷的战争，为的就是能够建功立业，获得封赏。寒风呼啸，焉支山外的黑云与大漠连了起来；而此时家乡华丽的楼阁上，明月正高高地悬挂在空中吧。大漠苦寒，驻守在边地的士兵思念家乡、思念亲人的心情越来越浓。还未听到胡笳的声音，眼泪就已潸然而下了。若非必要，谁又愿意来到边疆这种苦寒征战之地呢？

十三、民生

芦之水四章

时畿辅大饥，三时不雨，史臣行役于外，因所见而叹之。

(一)

芦之水，不容舠。炎夏仲月，火云熇熇。我行无期，仆夫告劳。虽劳矣，我心则敖。言仆夫虽劳，而己犹敖然自得也。一说“敖”，游也。

(二)

芦之水，不容苇。炎夏仲月，火云旆旆。我行无极，仆夫告瘁。虽瘁矣，我心则惠。言仆夫虽瘁，而己犹以此行为朝廷之惠也。一说“惠”，顺也。

(三)

奉命徂征，适彼王郊。王郊无毛，室家嗷嗷。仆夫之劳，犹可敖也。室家嗷嗷，不可敖也。至此，则不可言敖矣。

(四)

奉命徂征，适彼王遂。王遂如毁，饥人如猬。仆夫之瘁，犹可惠也。饥人如

猬，不可惠也。至此，则不可以为惠矣。

【注释】

1. 畿辅：音 jī fǔ，国都附近的地方。

2. 三时：指春、夏、秋三个务农时节。

3. 舠：音 dāo，小船。

4. 火云：红云，多指炎夏。唐代杜甫《贻华阳柳少府》："火云洗月露，绝壁上朝暾。"

5. 熇熇：音 hè hè，火势旺盛的样子。

6. 仆夫：驾驭车马之人，泛指供役使的人，犹言仆人。唐代韩愈《天星送杨凝郎中贺正》诗："天星牢落鸡喔咿，仆夫起餐车载脂。"

7. 告劳：向别人诉说自己的劳苦。《诗经 · 小雅 · 十月之交》："黾勉从事，不敢告劳。"

8. 敖：会意字，俗作"遨"，本义为漫游、闲游，也有喧哗、叫喊之意。

9. 旆旆：音 pèi pèi，古代旐旗末端形如燕尾的垂旒飘带，泛指旌旗。旆旆指翻腾飘洒的样子。

10. 无极：无边际，无穷尽。

11. 瘁：过度劳累。

12. 徂征：有远行，奔流、流逝之意。此处意指出征。

13. 嗷嗷：哀鸣声。

14. 遂：称心如意，使得到满足。

15. 猬：指猬毛，形容众多。

【赏析】

这是一组四言诗，选自卷一。是年，京城附近发生大饥荒，连着三个季节都干旱无雨，区大相奉命在外执行公务，写下了自己路上的所见所闻。芦苇荡里的水，因为干旱已经长不了蒲苇、行不了小船。炎炎夏日，酷暑难当，天上的红云就像燃着的烈火，阵风吹来，如滚滚热浪扑面。我的行程不知什么时候结束，随行的仆人已经跟我抱怨说他体力透支、劳累过度了。虽然身体辛苦，但是我因朝廷之命而出行，得以看到王城周边的情况，故此感到内心较为放松、自在。土地因为大旱寸草不生，庄稼颗粒无收，家家户户都因揭不开锅而哀号。虽然随行的仆人较为劳累，可我还能无所顾忌地游历。可看到数以万计的灾民，心情又怎么能舒畅，又有何心情游玩呢？

悯潦三章，端民歌王兵宪宗鲁也，余为广其辞焉

（一）

洪潦汤汤兮毒吾州，地维圮兮乱常流。霪雨助虐兮溢原野，飘室庐兮灌城社。水不仁兮民为仇，潦不止兮君侯忧。

（二）

潦不止兮奈何，日惨晦兮雨滂沱。燕雀东西兮失其故处，蛟龙矫矫兮水府失驭。薪竹兮易竭，望尾闾兮难泄。嗟洪流其何以底定兮，民将为鱼；非君侯兮，吾安得平土而居。

（三）

往见侯兮，熊车戾止。今见侯兮，短衣敝屣。短衣敝屣兮为吾民，手足胼胝兮焉知其勤。吊洪流兮汗漫，侯之治水兮心力殚。芬芳兮椒浆奠，水府兮闷闷。发禁旅兮登城陴，民之颠溺兮忍其弗持，载糗饵兮食其饥。上帝怒兮叱水府，杀湍流兮宅南土，江河晏兮来万祜。

【注释】

1. 王宗鲁：据雍正《广东通志》卷四十一《名宦通志》卷四十一《名宦志》记载，王泮，字宗鲁，浙江山阴人，万历二年进士，八年知肇庆府，十二年迁按察司副使，分巡岭西，驻肇庆，为民兴利，最大成就是兴修水利，清廉正直，当地百姓建王公祠祭祀他。

2. 潦：同“涝”，雨水过多，水淹，积水。

3. 三章：原指三条法律，《史记·高祖本纪》：汉高祖率兵进入咸阳，与父老约法三章：杀人者死，伤人及盗抵罪。后泛指简单明确的法律或规章。

4. 洪潦：洪水，多雨后的大水。晋代张协《杂诗》：“洪潦浩方割，人怀昏垫情。”

5. 汤汤：音 shāng shāng，指水势浩大、水流很急的样子。

6. 地维：古人认为天圆地方，四角之处各有大绳拉着天柱，名为地维。

7. 圮：音 pǐ，塌坏，倒塌破裂。

8. 霪雨：霪，音 yín，指连绵不断的过量的雨。

9. 飘室庐:大水裹挟着房屋,形容房屋被大水冲垮随波飘浮。

10. 矫矫:飞动貌。唐代李益《置酒行》:“西山鸾鹤群,矫矫烟雾翮。”

11. 水府:神话传说中水神或龙王所住的地方。晋代木华《海赋》:“尔其水府之内,极深之庭,则有崇岛巨鳌。”

12. 失驭:亦作“失御”,失去驾驭,指丧失统治能力。

13. 尾闾:古代传说中海水所归之处,现多用来指江河的下游。

14. 底定:达到平定。

15. 平土:平整土地。《孟子·滕文公下》:“险阻既远,鸟兽之害人者消,然后人得平土而居之。”

16. 熊车:有伏熊形横轼的车,汉时为公、列侯所用,后亦用以指代地方官。

17. 戾止:戾,音 lì,到来。《诗经·周颂·有瞽》:“我客戾止,永观厥成。”止,语气词。

18. 胼胝:音 pián zhī,俗语“老茧”,手掌或脚掌上因摩擦而生成的硬皮,形容经常辛勤劳动。《韩非子·外储说左上》:“手足胼胝,面目黧黑,劳有功者也。”

19. 汗漫:广大,漫无边际,渺茫不可知。

20. 芬芳:比喻美好的德行或名声。汉代崔瑗《座右铭》:“行之苟有恒,久久自芬芳。”

21. 椒浆:即椒酒,是用椒浸制而成的酒,因酒又名浆,故称椒酒为椒浆。古代多用以祭神。《楚辞·九歌·东皇太一》:“蕙肴蒸兮兰藉,奠桂酒兮椒浆。”

22. 禁旅:犹禁军。《南史·刘怀珍传》:“怀珍年老,以禁旅辛勤,求为闲职。”

23. 城陴:陴,音 pí,城上的矮墙,亦称“女墙”。唐代元稹《酬翰林白学士代书一百韵》:“野莲侵稻陇,亚柳压城陴。”

24. 颠溺:跌落溺水。

25. 糗饵:音 qiǔ ěr,将米麦炒熟,捣粉制成的食品,泛指干粮。

26. 南土:南方地区。《诗经·大雅·崧高》:“往近王舅,南土是保。”唐代孔颖达疏:“当于南方之土,于是安居之矣。”

27. 祜:音 hù,福。

【赏析】

这是一组古体诗,出自卷三。诗中描写了洪灾泛滥的凄惨景象。洪水侵蚀着华夏大地,仿佛支撑大地的四根天柱崩塌了。连绵的大雨让河水溢出河道,淹没了原野,冲垮房屋,灌进城池。洪水不仁,给人们带来巨大的灾难。百姓跌落水中,高处的人只能悲痛地看着却无法营救。鸟雀失去家园，连水底的蛟龙都因洪水而不得不离开水府，百姓流离失所。百姓的这些惨状让王兵宪忧心不止，焦虑叹息着如何解决水患，使百姓过上往日平静的生活。王兵宪初到这里时，乘坐着有伏熊形横轼的车，如今再见到他却是穿着破旧的短衣和鞋子，手脚上长出了厚厚的老茧，为治理洪水可谓是殚精竭虑。希望洪水能早日平息，让南方安定，万民才能有福祉。

将至淮阴泊清河县

问俗至淮阴，忾然伤怀抱。白鸟去冥冥，黄流日浩浩。岸西清河县，半已没洪潦。门巷类浮家，人烟淡洲岛。新水昨夜至，孤城势如捣。雨飒颓墙花，风吹野田草。粳稻岁不登，妻孥何由饱。不如水上凫，犹得唼萍藻。嗟尔河县民，何以待终老。老父跪致辞，使君勿复道。丘民何足贵，仁亲乃为宝。东吊淮泗流，陵树被淹槁。自从禹功微，明德畴能考。

【注释】

1. 忾然：忾，音 kài，感慨、叹息。《礼记・祭义》："出户而听，忾然必有闻乎其叹息之声。"

2. 白鸟：白羽的鸟，鹤、鹭之类。《诗经・大雅・灵台》："麀鹿濯濯，白鸟翯翯。"

3. 冥冥：与"昭昭"相对。昭昭指为阳、为天、光明之处。冥冥指为阴、为地、幽暗之处。《素问・阴阳类论》："上合昭昭，下合冥冥，诊决死生之期，遂合岁首。"

4. 黄流：黄河水，亦泛指洪水。宋代苏轼《次韵张昌言喜雨》："千里黄流失故居，年来赤地到青徐。"形容水势很大。

5. 浮家：形容以船为家，在水上生活，漂泊不定。

6. 飒：音 sà，形容风声。

7. 粳稻：粳，音 jīng。粳稻，为水稻的一类，米粒短而粗。

8. 妻孥：孥，音 nú，妻子和儿女的统称。

9. 唼：音 shà，水鸟或鱼吃食。

10. 老父：对老人的尊称。《史记・高祖本纪》："吕后与两子居田中耨，有一老父过请饮，吕后因哺之。"

11. 丘民：泛指百姓。《孟子・尽心下》："民为贵，社稷次之，君为轻。是故得乎丘民而为天子。"

12. 陵树：植于陵园的树木。《后汉书·虞延传》："延进止从容，占拜可观，其陵树株蘖，皆谙其数，俎豆牺牲，颇晓其礼。"

13. 禹功：传说中国夏代的第一个君主禹治洪水有功。功，劳绩、成绩。

14. 明德：光明之德，美德，《逸周书·本典》："今朕不知明德所则，政教所行，字民之道，礼乐所生，非不念而知，故问伯父。"

【赏析】

这是一首五言古体诗，出自卷六。区大相将要到淮阴，至清河县寻访民俗，恰逢大水泛滥，作者看到了洪水过后一片凄凉的景象，伤心感慨之际写下此诗。鸟儿因为洪水肆虐，不得不高飞一去不返，而夹杂着大量泥沙的黄色浊流却每天浩浩荡荡。岸西边的清河县城大半已淹没在洪水中，门牌里巷都仿佛飘浮在水里，即便是一些地势稍高的水中洲岛也人烟稀少。昨夜新一轮洪水冲过，整个城像要被捣毁一样。雨把墙上的野花都打落了，田地里的野草也被风吹倒。现在连粳稻都收不上来，妻子儿女拿什么果腹充饥？人还不如水上的凫鸟，凫鸟尚且可以吃一些浮萍水藻，人能靠什么生存下去呢？路边的老人上前跪下跟我说：您就不用替我们这些小百姓伤心了，只有仁爱才是最宝贵的啊。在诗的末尾，作者感慨，向东流去的洪水，淹没了陵墓上的树木，若没有大禹治水的功劳，什么才能算光明的美德呢。诗中表达了作者对受灾百姓的同情，暗指君王应体恤民情，施惠政于民，隐隐透露出作者对朝廷苛政的不满。

赠宪府王公治水歌

黔漓奔腾灌牂牁，西倾万里扬洪波。寻常桂浦经过少，荡潏金沙似浊河。今年燕京四月风霾连朔漠，狐裘蒙茸雪花薄。诏书日恐时令乖，厥占大水飘城郭。经秋霪霖天欲漏，河伯望洋更东走。两涯不辨牛马群，万峰倒蹴蛟龙吼。双峡束流截奔马，崩涛怒号不得下。弥漫但见苍梧云，溟泛那知洞庭野。洪荒之事谁能辨，眼底俄惊桑田变。市上渐见游釜鱼，幕中岂有归巢燕。激石穿堤未云已，冲波直捣孤城里。险极难论薪竹功，事急宁得芦灰止。是时城中万室命如丝，蚁穴恐溃千金陂。宪府行营苍水使，群僚亦秉玄夷麾。挥戈欲斩蛮云愁，投鞭东断沧波流。胼手胝足不言瘁，烈风淫雨有时休。转见越裳称海晏，知君才是济川舟。

【注释】

1. 黔漓：黔江即乌江，古称牂牁江，唐宋又称黔江等，元代称乌江，发源于今贵州境内，流经黔北及渝东南注入长江，号称“天险”。漓江，水名，亦称漓水，在今广西东北部，为桂江上源，同湘江上游间有灵渠相通。

2. 牂牁：音 zāng kē，古郡名，位于今贵州省西部。

3. 桂浦：桂江水边或江水入海的地区。

4. 荡潏：音 dàng jué，水动荡涌出貌。

5. 狐裘：用狐皮制的外衣。

6. 蒙茸：蓬松、杂乱的样子。也指杂乱的草。

7. 乖：背离，违背，不和谐。《说文》：“乖，戾也。”

8. 霪霖：久雨。唐代林宽《苦雨》诗：“霪霖翳日月，穷巷变沟坑。”

9. 河伯：河伯是古代汉族神话中的黄河水神。

10. 倒蹴：蹴，音 cù，踩，踏。倒蹴，倒立。

11. 崩涛：流水决堤之势。

12. 苍梧云：指九嶷山上的云，舜葬于九嶷，千古圣皇到头来也只有白云缥缈，古木苍苍。

13. 溟泛：蒙蒙小雨，尘霭弥漫的样子。

14. 洞庭野：洞庭旷野，一览无余的样子。

15. 俄惊：瞬间震惊。

16. 桑田：种植桑树与农作物的田地。

17. 釜鱼：生活在锅里的鱼，比喻处境极不安全。

18. 幕中：帷幕。

19. 幕中岂有归巢燕：燕筑巢在帷幕上，比喻处境的不安全。

20. 未云已：犹言未完，话没说完。

21. 冲波：激浪，大波；冲破波浪。

22. 险极：极为险要。

23. 薪竹：柴火。

24. 芦灰：芦草拌石灰可修筑堤坝、堵挡洪水，这是远古人类早期的一种水利活动。

25. 宪府：御史台。唐代杜甫《哭长孙侍御》：“礼闱曾擢桂，宪府屡乘骢。”

26. 行营：皇帝出巡临时建立的驻跸处所，又名御营；旧时指统帅出征时办公的营帐或房屋，也指专设的机构。也指移营行军。

27. 苍水使：传说禹登衡岳，梦见赤绣衣男子，自称玄夷苍水使者。

28. 群僚：即百官。

29. 秉：持有。

30. 玄夷:我国古代东夷九种之一。麾,音 huī。玄夷麾指东夷军旗。

31. 蛮云愁:指蛮荒之地阴暗的天色。

32. 胼手胝足:胼、胝:音 pián、zhī,胼手胝足指手足因经常劳作而长出老茧。

33. 烈风淫雨:本指狂风连绵不绝之雨。

34. 越裳:亦作"越常""越尝",古南海国名。汉代王充《论衡·恢国》:"成王之时,越常献雉。"

35. 海晏:大海平静,比喻天下太平。

【赏析】

这是一首七言古体诗,出自卷九,为歌颂宪府官员王公治水有功而作,与《悯潦三章,端民歌王兵宪宗鲁也,余为广其辞焉》为同一时期的作品,主人公皆为王宪府。因连绵之雨导致水患频起,上游黔江泛滥导致牂牁决堤,西岸数万里土地被洪水淹没。作者平时很少从桂江路过,此次途经却看到江水混杂着泥沙,污浊不堪。燕京的气候也极为异常,四月的春风吹裹着北方大漠的尘霾袭来,还不时飘起薄薄的雪花,吹得狐皮所制的裘衣毛绒都杂乱不堪,难以御寒。朝廷担心时节反常而下诏,叮嘱各地官员提防气象逆反导致洪灾侵城。灾情最终还是发生了,整个秋天不停地下雨,仿佛天漏了一般,即使是黄河水神到此,也要心虚地掉头远离。站在河岸已看不到对面的牛马,山峰淹没在洪水中如倒立的小丘,山中潜游的蛟龙估计也在嘶吼。洪水流过峡谷,因河道的约束而水势凶猛,激流翻腾。就如同九嶷山涧的白云渺渺、蒙蒙烟雨伴着万里洪波,已分不清这是河岸还是湖畔。有谁能预料到沧海桑田的巨大变化,天灾水患就这么活生生发生在眼前?激流洪水卷来山石,不仅砸穿了河堤,更带着洪波冲进了城里。情况险要,已来不及去找能够合理解决水患的方法,用芦草伴着石灰能否解决紧急的事态呢?此时城中数万百姓的生命悬于一线,百官各尽其力,共战水患。在宪府王公的带领下,所有人倾尽全力,忘记了身体疲惫的极限,在狂风暴雨中偶尔休息一下便又继续与水患战斗。王公您真是救人于苦难的舟船啊!

咏燕市

五方殊物产,百货丽皇居。高足千金外,双环万镒余。三川谢声利,陆海让车书。但和酒人筑,休停卿士舆。

【注释】

1. 燕市：战国时燕国的国都。《史记·刺客列传》："荆轲嗜酒，日与狗屠及高渐离饮于燕市。"亦代指燕京，即今北京市。此处应指京城的坊市。

2. 五方：东、南、西、北和中央，亦泛指各方。《礼记·王制》："五方之民，言语不通，嗜欲不同。"孔颖达疏："五方之民者，谓中国与四夷也。"

3. 高足：良马、骏马。汉代驿传设高、中、下三等马匹，高足为上等快马。

4. 双环：一对玉环。三国魏阮籍《东平赋》："神遥遥以独归兮，畏双环之在侧。"

5. 镒：音 yì，古代的重量单位，合二十两(一说二十四两为一镒)。

6. 三川：原指西周时期的三川，即关陇地区的泾河、渭河和洛河。《国语》载："泾、渭、洛，出于岐山也。""周幽王二年，三川皆震，阳伯父曰：周将亡"。后来逐渐发展到泛指整个华夏大地。

7. 声利：犹名利。唐代韩愈《送区册序》："与之翳嘉林，坐石矶，投竿而渔，陶然以乐，若能遗外声利，而不厌乎贫贱也。"

8. 车书：出自车书文轨的典故，代指统一。《后汉书·光武帝纪赞》："金汤失险，车书共道。"

9. 卿士：卿史、卿事，西周春秋时期周天子或各诸侯国的执政官，源于商。

【赏析】

这首诗歌选自卷十一，是一首五言律诗。诗人借此咏诵了京城坊市的繁华场景。各地的珍奇物产汇集在燕市之中，各种各样的珍品奇货使得店铺里琳琅满目，富丽堂皇。这里不仅有价值千金以上的好马，也有价值万镒以上的名贵玉环。由于贸易繁荣，海陆畅通，有利于商人们最大地追求利益，所以全国的商贾都在感恩国家的统一强大，到处呈现出一派太平盛世的景象。身处在如此盛世之中，尽可在酒友击筑的伴奏下纵声唱和，又何必去拦挡那些官员们前进的车舆呢？

闻郡国被灾，东明弟拮据荒政，百尔劳瘁，遥有此寄

忆弟心如岁，忧时发欲星。衣裳带月入，涕泪及秋零。小邑歌鸿雁，高原起鹡鸰。忽闻颂声作，频使客愁醒。

【注释】

1. 荒政:古代在遇到荒年时所采取的救济措施。

2. 如岁:度日如年之意。

3. 星:点,一些。

4. 带月:披戴月色。

5. 秋零:秋气肃杀,景物凋零。

6. 小邑:小城,小县城。

7. 鹡鸰:音 jí líng,一种嘴细,尾、翅都很长的小鸟,只要一只离群,其余的就都鸣叫起来,寻找同类。比喻漂泊异地的兄弟急待救援。《诗经·小雅·棠棣》:"鹡鸰在原,兄弟急难。"

【赏析】

这是出自卷十二的一首五言律诗。区大相之弟区大伦曾在山东东明任县令长达五年之久,在其任职期间,东明遭遇荒年,区大伦殚精竭虑筹措财物以赈济百姓。区大相听闻这个消息后,担忧不已,故写信慰问,表达了对弟弟忧劳成疾、日渐虚弱的身体的担心。听闻弟弟因忙于政务而日渐憔悴,我心里焦思忧虑,度日如年。每每想到弟弟披星戴月没日没夜地辛劳,我则因忧心而泣下。弟弟在东明县城中肯定会思念家乡、思念亲人,而我也时刻牵挂着弟弟,希望东明县遭遇的困境能有所改善。突然听到一片对弟弟的颂赞之声,这说明他的惠民措施有了成效,我的忧愁也能略略缓解了。

田家即事

自从服官后,耕稼废田园。偶出看农事,高谈坐树根。暝云捎雨急,归雀掠檐喧。立望牛羊径,依然谷口村。

【注释】

1. 服官:为官,做官。语本《礼记·内则》:"五十命为大夫,服官政。"

2. 耕稼:泛指种庄稼。《孟子·公孙丑上》:"(舜)自耕稼陶渔以至为帝,无非取于人者。"

【赏析】

这首诗出自卷十二，是一首五言律诗，是诗人在百姓家中休憩时的有感之作。区大相感慨自己自从做官之后，就远离了田园的耕种生活，即便偶尔在出巡之时察看农事，也多是坐在树下与人谈论，而并不真正参与耕种。此次正当自己坐在树根之下高谈阔论之时，空中突然飘过一片乌云，带来一阵急雨。飞翔的鸟雀急忙掠回檐下避雨，檐下顿时喧闹了起来。作者站在树下向远处眺望，蜿蜒的小路上有牛羊在缓慢行走，而小径的尽头就是谷口村了。全诗明白晓畅，通俗易懂，同时以拟人的手法来描写自然之景，更显生动。

宿西南驿即事

未晚商船集，将昏戍鼓多。驿楼翔水雾，村火漏烟萝。夜柝迎风急，寒潮候晚过。常因白雉入，忆得海无波。

【注释】

1. 西南驿：明代驿道中驿站，位于今广东省佛山市三水区境内。

2. 戍鼓：边防驻军的鼓声。南朝梁刘孝绰《夕逗繁昌浦》："隔山闻戍鼓，傍浦喧棹讴。"

3. 烟萝：草树茂密，烟聚萝缠。南唐李煜《破阵子》："凤阁龙楼连霄汉，玉树琼枝作烟萝，几曾识干戈。"

4. 夜柝：巡夜的梆声。唐代骆宾王《宿温城望军营》："虏地寒胶折，边城夜柝闻。"

5. 寒潮：寒凉的潮水。唐代宋之问《夜渡吴松江怀古》："寒潮顿觉满，暗浦稍将分。"

6. 白雉：白色羽毛的野鸡，古时以为瑞鸟。《尚书大传》："周公居摄六年，制礼作乐，天下和平。越裳以三象重译而献白雉。"

【赏析】

这首诗出自卷十三，是一首五言律诗。区大相曾在西南驿站借宿，当时的天色还不算太晚，可渡口边已经停满了商家的船只。在这天将黄昏的时候，边防驻军的鼓声渐渐密集起来。驿站的高楼凌空而起，仿佛飞翔在岸边的水雾之中。岸边的草树茂密，烟聚萝缠,中间隐约透出村落中闪烁的灯火。夜色渐浓,巡夜的梆声夹杂在风中传来。寒潮随着夜色上涌,拍击着水岸,偶尔看到有白色的野鸟在月光和潮水中出现。突然想起,白雉也是种瑞鸟呢,它的出现以前一直意味着天下太平。难道这又是一种预兆?诗人由静到动、从视觉到声觉描写了日暮时分在西南驿站的所见所闻,表达了对和平及国家无战事的渴望。

樊城乐

(一)

樊城多估客,赀富者称强。明珠买歌笑,识是广州商。

(二)

闻君五湖去,三载无信息。但能念旧谊,何虑不相忆。

(三)

夙昔逢欢时,相见何草草。女萝附槿花,如何得终老。

(四)

结伴三江口,游戏五湖中。不惜今憔悴,当念旧时容。

【注释】

1. 樊城:地名,明代属于湖北襄阳管辖,今为襄阳市樊城区。地处汉江水系,境内河流众多。

2. 估客:即贩运货物的行商。唐代李白《估客行》五言古诗,描写商人随风漂流、驾船远行经商的景象,塑造了商人行踪如云中之鸟、飘忽不定的形象,间接反映唐朝商业贸易活跃、一些商人为追逐利润而远离家乡的现象。

3. 赀富:赀,音 zī,同"资"。赀富意为资产或资本富裕。

4. 明珠买歌笑:买歌笑,指寻欢作乐。唐代李白《古风》"珠玉买歌笑,糟糠养贤才",指商人挥霍珠玉珍宝追求淫靡生活。

5. 夙昔:音 sù xī,泛指昔时、往日。

6. 女萝附槿花：女萝，音 nǚ luó，也作“女罗”，植物名，即松萝，多附生在松树上，成丝状下垂。槿花：槿，音 jǐn，一种木本植物，其花朝开暮闭，为时短暂，可作欣赏植物，也可作中药使用。

7. 憔悴：音 qiáo cuì，形容人或物瘦弱、瘦小，面部颜色不好看。

【赏析】

这是一组五言绝句体裁的诗歌，共四首，选自卷二十六。明代中叶以后，商品经济已经十分活跃，跨区域的商业贸易相当频繁，长江流域的汉口因为各地商人的聚集，已经成为天下四大镇之一。因此，汉口上游的樊城也成为广州商人的重要活动之地。此组诗以一位闺阁女性的口吻叙述了她在丈夫由广州到樊城经商前的叮咛，提醒外出的男性在流连芳丛之际，不要忘记还有一位女性在家中思念着他，期待能和他一起相伴游戏于五湖之间。区大相此组诗篇借描写闺中女子的幽怨心情，用暗笔描画了明代万历年间的商业发达以及广州商人在外经商的足迹，真实反映了明代商品经济的发展实态。

上谷客舍喜雨，和四家兄

阻饥三岁后，不雨十旬余。飒沓初鸣块，滂沱遂溢渠。乍凉风却扇，久旱泽随车。作润功非细，为霖望匪虚。

【注释】

1. 上谷：地名，在今河北省张家口市。
2. 十旬：旬，十天。十旬就是一百天。
3. 飒沓：形容风盘旋迅疾的样子。
4. 滂沱：音 páng tuó，形容雨下得很大。

【赏析】

本诗选自卷十六，是一首五言律诗。此诗是作者出行到上谷这个地方，住宿在客舍时为唱和其兄长区大枢的诗作而写。在这场大雨之前，当地已经过三年的饥荒，百姓刚经历过一场灾难，如今的生计仍在缓慢恢复之中。但不幸的是又出现了状况，干旱持续了一百多天，许久又没下雨。好在这种干旱焦渴的天气终于有了转机，天气发生变化，终于下雨了。大雨初来之际，首先刮起大风，大风四处盘旋，吹过干旱的田地，吹着地上的土块随风而动。大风过后，暴雨随之而来，雨水迅速流进沟渠之中。天气凉了下来，久旱得到缓解，沟沟壑壑都被雨水填满。这场来得还算及时的大雨承载着巨大的功德，给百姓带来新的希望。诗句中体现了人们焦急盼望雨水的心情，以及终于下雨之后的喜悦之情。

既渡滹沱，劳徒御作

炎月征途苦，兼之岁复侵。汉皇思麦饭，魏帝指梅林。饥渴那能免，风沙转不禁。息徒劳行役，因作旅人吟。

【注释】

1. 滹沱：音 hū tuó，河水名，发源于今山西省繁峙县一带，东流至今河北省献县，与子牙河支流滏阳河相汇入海。

2. 劳徒：供劳役之人。

3. 炎月：暑月。

4. “汉皇”句：《后汉书·冯异传》：“光武对灶燎衣，异复进麦饭。”东汉光武帝刘秀起义时，一日在途中遇到大风雨，饥寒交迫，冯异抱柴草供其烘烤衣服，并向光武献麦饭。

5. “魏帝”句：出自典故“望梅止渴”。南朝宋刘义庆《世说新语》云：“魏武行役失汲道，三军皆渴，乃令曰：前有大梅林，饶子，甘酸可以解渴。士卒闻之，口皆出水，乘此得及前源。”

6. 不禁：经受不住。唐代杜甫《舍弟观赴蓝田取妻子到江陵喜寄》：“巡檐索共梅花笑，冷蕊疏枝半不禁。”

7. 息徒：休整步卒。三国魏嵇康《赠秀才入军》：“息徒兰圃，秣马华山。”

8. 行役：旧指因服兵役、劳役或公务而出外跋涉。《诗经·魏风·陟岵》：“嗟！予子行役，夙夜无已。”

【赏析】

这是一首五言律诗，选自卷十六。此诗是区大相即将渡过滹沱河、在岸边休整时所作。炎热的夏天里出行在外使诗人感到酷暑难耐，加上年岁已高，旅途中更让作者困苦不堪。面对迢迢不断的路途，作者只能像汉光武帝刘秀思麦饭，魏武帝曹操望梅止渴的故事一样，在思想上麻痹自己，宽慰自己路途很快就会结束。虽然思想上的压力能暂时缓解，但旅途中的饥渴却切实存在，风吹日晒、颠沛流离让人经受不住，只能休整步卒，暂作歇息，写下这首吟哦之作。

壬寅元日使归家园作

正旦迎祥始，王春布令初。幸逢新岁月，言返旧田庐。帝祝无疆历，人看大有书。频年困征敛，兹岁复何如。

【注释】

1. 元日：农历正月初一，即春节。

2. 正旦：正月初一。《列子·说符》："邯郸之民，以正月之旦献鸠于简子。简子大悦，厚赏之。客问其故。简子曰：正旦放生，示有恩也。"

3. 布令：颁布政令，发布命令。《国语·周语》："布令陈辞而又不至，则增修于德而无勤民于远。"

4. 大有：丰收。唐代储光羲《观竞渡》："能令秋大有，鼓吹远相催。"

5. 征敛：征收聚敛。《周礼·地官·里宰》："以待有司之政令，而征敛其财赋。"

6. 兹：这个，此。

【赏析】

这首诗是一首五言律诗，选自卷十七。此诗是区大相于壬寅年即万历三十年(1602)正月初一准备返回家园时所作。正月初一是新年的开始，朝廷颁布了新的政令。恰逢这一辞旧迎新的时间，我也要准备返归故土。皇帝向上苍祷祝无疆之词，百姓却乞求今年能是一个大的丰收之年。可怜百姓每一年都要为交纳税赋而苦恼，新的一年不知道会怎么样呢？无论何时，诗人都不忘百姓，在新一年开始的时候想到了百姓的困苦与生活，表达了诗人的忧国忧民之情。

京师苦雨作

(一)

帝城阴晦积，宫路水云宽。只道天为漏，何时土得干。潦侵三辅阔，溜挟九

陵寒。却忆怀襄世，居然悲念攒。

（二）

入夏多霪雨，经秋未肯晴。直须忧地陷，无计补天倾。方割伤民瘼，其咨轸帝情。古来尧命禹，天地乃平成。

【注释】

1. 阴晦：阴沉昏暗。唐代刘禹锡《客有为余话登天坛遇雨之状因以赋之》："清晨登天坛，半路逢阴晦。"

2. 水云：指将要下雨的云。

3. 潦：地上流淌的雨水。

4. 三辅：西汉时本指治理京畿地区的三位官员，后指这三位官员（京兆尹、左冯翊、右扶风）管辖的地区（辖境相当于今陕西中部地区）。后代指京畿地区。

5. 溜：水流。

6. 九陵：高山峻岭。《易·震》："跻于九陵，勿逐，七日得。"

7. 怀襄：谓洪水汹涌奔腾溢上山陵。《尚书·尧典》："汤汤洪水方割，荡荡怀山襄陵，浩浩滔天。"

8. 悲念：慈悲悯念。

9. 直须：应当，竟至于。

10. 民瘼：瘼，疾，疾苦。民瘼指人民的疾苦。

11. 轸：音 zhěn，古代指车箱底部四周的横木。也有悲痛、痛惜之意。

【赏析】

这是两首五言律诗，出自卷十八。万历三十二年(1604)，京城地区从夏至秋大雨不止，水灾漫延，区大相遂有感而作。京畿上空堆积着厚厚的雨云，宫城宽阔的道路也流淌着积水。水印云影，显得云雨水汽更重。入夏以来雨一直连绵不断，直到秋天也未曾放晴。什么时候居然成了上乾的卦象了呢？大水已经漫延到了三辅，混着泥沙肆意漫流。想到大水漫上山坡的场景，脑海里都是无尽的悲哀。面对天塌地陷般的灾难，却无计补天，使百姓脱离灾祸，回到正常的生活。希望帝王能似尧命令大禹治水一样，知人善任，任命贤能治理水患。只有这样，才能无灾无难。

乙巳夏苦雨去岁自夏徂秋淫雨连月，京辅灾，大饥

神皋望欲沉，长路水云深。尚恐去秋雨，还为今夏霖。有戈回白日，无力破重阴。迁客羁愁剧，兼伤连岁侵。

【注释】

1. 京辅：国都及其附近地区。南朝齐王俭《褚渊碑文》："丹阳京辅，远近攸则。吴兴衿带，实惟股肱。"

2. 苦雨：久下成灾的雨。《礼记·月令》："孟夏行秋令，则苦雨数来。"

3. 神皋：神明所聚之地，引申为神圣的土地。这里指京畿。

4. 重阴：指阴雨。

5. 迁客：指遭贬斥放逐之人。

6. 连岁：犹连年。《汉书·宣帝纪》："巫蛊事连岁不决。"

【赏析】

这首诗出自卷十八，是一首五言律诗。万历三十三年(1605)夏，持续不断的大雨再次降临。诗人看到今年不停的大雨，想起了去年从夏天持续到秋天的雨灾。当时淫雨接连几个月，京辅地区因此发生饥荒，百姓困苦不堪。今年的夏天又是如此，大雨不断。远远望去，京城像要沉没在水中一样；长路尽头，黑云压城。人们对于去年秋雨酿成的灾祸还心有余悸，今年久下不断的夏雨又已经到来了。就算有能够唤回太阳的武器，也无法破除不断的阴雨。这持续的阴雨更加深了我这离乡客居京城之人的忧愁，让我情何以堪呢？

送霍明府左迁河东转运从事名与瑺

才人新入幕，邑宰旧鸣琴。何事太行坂，能摧赤骥心。关危通马邑，地广实鸡林频年有朝鲜之役。**莫道盐官小，今年国计深。**

【注释】

1. 霍明府：即霍与瑺，广东南海人，明嘉靖三十八年(1559)进士、广东承宣布政使司

霍与瑕之弟。

2. 转运从事:即转运使,官名,为唐代以后各王朝主管运输事务的中央或地方官职。元、明有都转运盐使,专管盐务,与唐、宋、辽、金转运使职责不同。

3. 才人:此处指有思想的人。

4. 入幕:幕宾(或称幕友)被主官延聘入官衙或营辕,以其知识与经验佐助主官,称为入幕。

5. 邑宰:县邑之长,即县令。

6. 鸣琴:弹琴,代指称颂地方官简政清刑,治理有方。

7. 何事:什么事,哪件事,为何。

8. 赤骥:骥,音 jì,意为好马,喻贤能。赤骥指火红色的天马。传说周穆王出驾用八匹骏马,能日行万里。八马名说法不一,如以毛色名之则有赤骥、盗骊、白义、逾轮、山子、渠黄、华骝、绿耳。

9. 马邑:中原民族与少数民族固定的马市,在今山西省朔州市。

10. 鸡林:此处指古新罗附近的国家和地区。

11. 盐官:主管盐政的官署。

12. 频年:连续几年。

13. 朝鲜之役:指万历年间的抗倭援朝战争。

14. 国计:国家的经济,国家的财富。

【赏析】

这是一首五言律诗,选自卷十三。作者的朋友兼同乡霍与瑺由县令升迁为河东转运从事,负责盐官之务,即将赴任,区大相写此诗以贺并为其送行。有才之士终于进入了行政体系之中,而霍君你以前辖下的县城却还在歌颂你的功德。是什么原因使得太行山的山坡能摧折赤骥这样优秀的骏马的信心呢?就是因为这两年烽烟战起,日军侵朝,边疆危急,朝廷发兵朝鲜,充实鸡林地区的军备,帮助朝鲜李氏王朝抵御了日寇的进攻。不要再谦逊地说你将要担任的盐官是个小官,今年的国家大计中还有着深远的谋划呢。

南行感怀四十首

友人贺伯闇吏部,以《感怀》五言近体诗四十篇见示。贺君忠孝端谅,读其诗,颇有激于余衷。南行之日,感时触事,亦作此诗,篇如其数。然贺君以四岁怀抱,并泄于篇,而余成之一时,虽各有所为,其于忠君爱国,忧时怀土,兴寄则一。诗因贺兴感,故作和贺云尔。渡淮而诗成,因呈淮阳巡抚李公道甫,并贻海内二三同志。

（七）

闻道貂珰辈,由来为扫除。先朝停镇守,近日典方舆。贡采山川竭,征输井邑虚。明明皇祖训,宫府意何如!

（八）

河决惟徐兖,萧条郡国同。堤防年倍费,薪竹岁论功。臣浸连天阔,横流出地洪。怀襄无过此,谁为达宸听。

（十二）

驿小欺凌易,财殚供亿难。虽疲邮宰力,犹失上官欢。鼓吹连樯动,闾阎疾首看。传言来往使,慎勿念加餐!

（二十八）

书剑身将老,纵横学未成。年随秋叶暮,心与夏葵倾。社稷烦三顾,朝廷用五更。异时论出处,天远重含情。

（三十三）

子云官不调,白首闭玄关。身世浮云外,风尘久客间。他乡看落日,故国想秋山。沙际鸥群戏,悠悠羡汝闲。

著者按:这组《南行感怀》共四十首,均为五言律诗,选自卷十八。区大相在其《后使集自序》中曾写道:“辛丑岁(万历二十九年,1601),予再遣得周藩。畿辅大饥,道中所见,林木皮几尽。问之,皆饥民所采。于是传舍具餐,予为停箸不能食。”这次区大相南行之时,复又目睹沿途各地人民的困苦,感受更为深刻。加之此时,浙江人贺伯闇将四年之间的感受写成五言近体诗《感怀》四十首以示区大相,他读后感触颇深,遂以此为题作诗四十首以和。在渡过淮阳之时，四十首诗作恰好完成，于是作者又将这组诗送与淮阳巡抚李道甫观看。明神宗时，为敛财曾派遣宦官四处外出充当矿监税使，到各地骚扰。整组诗中对万历皇帝不遵明太祖制定的宦官不得干政的祖训、任用宦官敛财的行为予以批判，同时对宦官的贪婪、凶残，人民的苦难作了描述。这是万历社会的一个缩影，从中可以看出“明之亡，实亡于万历”的某些缘由。作者在第六首诗中发出“夕寝不遑寐，时危敢自安”的悲叹。也就是说，面对着大明王朝出现的危局现象，他晚上躺在床上因忧思而整夜不能成寐。最令他忧愁的是宦官为祸、黄河灾害，百姓生活苦不堪言。因此组诗内容较多，故我们仅选取其中的五首进行赏析。

（七）【注释】

1. 貂珰：汉代中常侍冠上的两种饰物。貂，貂尾；珰，金玉的冠饰。《汉官仪》卷上：“中常侍，秦官也。汉兴，或用士人，银珰左貂。光武以后，专任宦者，右貂金珰。”遂为宦官代称。

2. 扫除：用扫帚清除尘秽，指宫中“贱役”。

3. 先朝：指嘉靖朝。

4. 典方舆：方舆，犹“舆地”，即大地，泛指全国各地。典，管理。

5. 贡采：明万历朝专设矿税太监掌管采矿，“矿税由此大兴”，造成天下“生灵涂炭”。

6. 征输：万历派宦官为税监，搜刮民财。

7. 井邑：犹言城乡。井，古制八家一井，引申为乡里、人口聚居地。

8. 虚：意谓民穷财尽，家破人亡。

9. 明明：明察貌，用于歌颂帝王。《诗经·大雅·常武》云：“赫赫明明，王命卿上。”

10. 皇祖：指明太祖朱元璋。明太祖定制：“内臣不得干预政事，预者斩。”

11. 宫府：宫，宫中；府，官署。

【赏析】

首句中，区大相以第一人称的口吻写道，我听说设置宦官，只不过是为了宫中扫除之事而已。明初之时，明太祖朱元璋定制：“内臣不得干预政事，预者斩。”明代自永乐以后，宦官势力逐渐膨胀，正德年间刘瑾专权，又悉遣宦官分镇各边。嘉靖皇帝即位后，宦官势力受到抑制。可到了万历后期，宦官又勾结成党，为害天下。所以作者才说，本来先朝已罢置各地镇守的宦官，可是近日却又用他们来治理地方。如今派遣的宦官到各地采矿进贡，不仅横征暴敛，使城乡为之一空，甚至搞得连山川都枯竭了。区大相其意是先述嘉靖朝压抑宦官的施政方针，希望神宗能够予以效法。与此同时，他也愤怒地指出，明明是有祖训的，官府为什么还要这么做，究竟是想干什么呢？

（八）【注释】

1. 兖：音 yǎn，地名，我国古代九州之一。汉武帝置十三郡刺史，辖区约当今山东省西南部。明代为兖州府。

2. 堤防：水利堤防指在江河湖海沿岸或水库区、分蓄洪区周边修建的土堤或防洪墙等。

3. 论功：评定功劳之大小。《晏子春秋 · 外篇》："昔圣王论功而赏贤。"

4. 浸：古水名。《说文》："浸，浸水也。出魏郡武安东北。"此处指水流。

5. 连天：与天际相连。唐代胡权《济川用舟楫》诗："渺渺水连天，归程想几千。"

6. 横流：大水不循道而泛滥。《孟子 · 滕文公上》："当尧之时，天下犹未平，洪水横流，泛滥于天下。"

7. 怀襄：谓洪水汹涌奔腾溢上山陵。《尚书 · 尧典》："汤汤洪水方割，荡荡怀山襄陵，浩浩滔天。"

8. 宸听：谓帝王的听闻。

【赏析】

河道决堤只在徐兖二州，但是其他的地方却也是一样的萧条。用于堤防的费用每年都在增加，官员政绩的评价也是按照所作事务来评定功劳的大小。可是，虽然朝廷每年对修理河道投入大量人力物力，却收效甚微，洪水之灾依然还在发生。洪水泛滥之时，浩浩荡荡与天相连，河水漫溢造成了巨大的洪灾。大水汹涌奔腾，溢上了山陵，淹没了出行的道路，谁能替百姓将这里的悲惨情况上达天听呢？作者在第九首诗中说："厥贡元称下，荒年亦自输。但闻鬻妻子，宁复问田庐。水土司空职，曹渠太史书。何时睹河洛，万姓免为鱼。"意思是，朝廷贡赋之命已经下达，百姓即便在荒年也得如期、如数交纳，以致民间出现鬻妻卖子的现象。作者以鱼与处在水灾中的百姓相比，鱼生活在水中是快乐之事，而百姓面对洪灾却是巨大灾难，该句比喻形象贴切，充满怜悯之情。

（十二）【注释】

1. 驿：指专供来往官员或邮传人员食宿休息的处所。

2. 供亿:按需而供应。供,去声。亿,估量。

3. 邮宰:邮,驿站;宰,指驿站的小官。

4. 鼓吹:古时用鼓、钲、箫、笳等乐器合奏,初用于军中以壮声势,后渐为朝官所用。

5. 连樯:樯,船桅,代指船只。连樯,意谓船只不断到来。

6. 动:此处语意双关,既指鼓吹的演奏,亦指船只的行驶。旧诗中常有此法。

7. 疾首:头痛。痛恨到极点。《诗经·小雅·小弁》云:"心之忧矣,疢如疾首。"

8. 加餐:本为古乐府中劝勉行人的惯用语,如《古诗十九首》云:"努力加餐饭。"这里劝使者不要"念加餐",别有深意。使者应忧国忧民,不应为一己私欲欺压民众。

【赏析】

这首诗完全站在百姓的立场来写,描写了最底层劳动者所面临的生存困境。充当驿卒的百姓受尽各种欺凌,能够完纳贡赋的任务本就相当困难,在灾荒之时这种劳役更是雪上加霜。虽然负责接待任务的驿站官员已经是竭尽全力,但依然不能让过往官员满意。这些四处巡游、经过驿站的上官们啊,你们乘坐着华丽的船只,声势浩大,这都是需要沿途驿站百姓用自己的血汗来供应的。希望你们能够体量百姓之苦,不要再随便需索无度、随意征敛吧。

(二十八)【注释】

1. 书剑:为文人随身之物,因以喻文士生涯。

2. 纵横:战国时有纵横家,为古九流之一,以审察时势、游说动人为主。此处指到处游走而忙于事务。

3. 夏葵倾:夏日的葵花倾心于太阳,此喻自己忠爱之心。

4. 三顾:用刘备三顾草庐事,比喻朝廷垂顾。

5. 五更:比喻为朝廷事务而起早贪黑。

6. 出处:进退。《易经·系辞》云:"君子之道,或出或处。"

【赏析】

作者自谦说,自己虽然过了半辈子的文士生涯,却未能以术倾动人主,取得信任。自己身虽老,而忠君爱国之心犹在,正如夏葵追逐太阳一般。诗人年老告仕回乡,但念念不忘朝廷,仍希望在有生之年能为国家多做些事。

（三十三）【注释】

1. 子云：西汉扬雄的字，蜀郡成都人，长于辞赋。40多岁才游历京师，以文见召，奏《甘泉赋》《羽猎赋》等。所撰《太玄》以老子之道的玄作最高范畴，构筑宇宙生成图式，探索事物发展规律，为以后道家所继承和发展。

2. 玄关：道教修炼的特有名词，指道教内炼中的一个突破关口，突破方能正式进入。

3. 身世：一生，终身。唐代韩偓《小隐》诗：“借得茅斋岳麓西，拟将身世老锄犁。”

4. 浮云：借指漂泊无居。亦暗指游子。唐代李白《送友人》：“浮云游子意，落日故人情。”

5. 风尘：比喻旅途的艰辛劳累，唐代杜甫《赠别贺兰铦》：“国步初返正，乾坤尚风尘。”

6. 久客：久居于外。汉代焦赣《易林·屯之巽》：“久客无依，思归我乡。”

7. 故国：故乡，家乡。唐代杜甫《上白帝城诗》：“取醉他乡客，相逢故国人。”

8. 沙际：沙洲或沙滩边。唐代王维《泛前陂》：“畅以沙际鹤，兼之云外山。”

9. 悠悠：指悠闲自在。唐代王勃《滕王阁序》：“闲云潭影日悠悠，物换星移几度秋。”

【赏析】

扬雄一生仕途不顺，年长时却在道教思想中寻找到了突破。而我一生身似浮萍，漂泊在外，历尽艰辛，经常只能在异乡观看落日以借此想念故乡的秋山。沙洲之上的鸥鸟群集嬉戏，悠闲自在的样子真是让人羡慕，像我这样的羁旅之人更是向往那种悠闲自在的生活。所以作者在第四十首诗中写道：“闲居观代变，览古慕群英。”他渴望的生活就是安闲地在家中观察世事更替，博览古事，思慕各朝的英雄。但在这表面的平静之下，却依然潜伏着作者为民请命、为国尽忠的一番作为之心。

舟中同四家兄读七舍弟疏草述怀

近来忧国泪，肝胆与谁论。地震连三辅，星妖切上垣。北庭犹火怪，东海久鲸翻。燮理群公在，安危一疏存。春秋凭纪异，衮职仗调元。独尽回天力，同看悟主言。弥灾应有术，致变岂无原。朝讲何年废，讦谟列祖尊。几人扶社稷，有尔共乾坤。读罢风涛激，歌残涕泗繁。匡时平日志，养士累朝恩。圣德过虞舜，

将传辟四门。

【注释】

1. 疏草:奏章的草稿。

2. 上垣:星象中有三垣之称,即紫微垣、太微垣、天市垣。各垣都有东、西两藩的星,左右环列,其形如墙垣,故曰“垣”。上垣即太微垣,居于紫微垣之下东北方,北斗之南。太微即政府的意思,星名亦多用官名命名,如左执法即廷尉、右执法即御史大夫等。

3. 北庭:唐玄宗先天元年(712)始设,辖境在伊州(今甘肃省安西东南)以西,故称伊西,治所在北庭都护府,节度使例兼北庭都护,故通称北庭,亦称伊西北庭。此处代指北方边地。

4. 燮理:燮,音 xiè。燮理指调和理顺。

5. 衮职:衮,音 gǔn,古代的一种官职。衮职指帝王的职事,亦借指帝王;或指三公职位,亦借指三公。

6. 调元:典出《尚书·周书·君奭》,谓调和阴阳,执掌大政,多用以指为宰相。

7. 悟主:使主上觉悟。《新唐书·房琯传赞》:“琯以忠谊自奋,片言悟主而取宰相,必有以过人者。”

8. 朝讲:谓对皇帝讲读经史典籍。

9. 讦谟:音 xū mó,远大宏伟的谋划和谋略。《诗经·大雅·抑》云:“讦谟定命。”

10. 辟四门:《尚书·舜典》:“询于四岳,辟四门。”孔颖达疏:“开四方之门,大为仕路,致众贤也。”后用“辟门”谓广罗贤才。

【赏析】

这是一首五言排律,出自卷十九,是作者区大相与兄长区大枢一起于舟中阅读弟弟区大伦所上奏折之后的有感之作。近来国家一直处于多事之秋,三辅地区接连发生地震,妖星停留在太微垣星域,就已经预示着朝廷中将有大事发生。果不其然,除了地震灾害之外,北方和东方混乱踵起。朝堂之上,群臣都在致力于调和理顺之事以独善其身。但实际上能为国为民、直言上谏君王、独尽回天之力以匡扶社稷的贤臣有谁呢?也只有七弟这本奏折才敢慷慨直言、敦促君王觉悟吧。国家的安危都系在了这本奏折之上。读罢七弟的奏折,感觉胸中风起云涌,难以平静,长歌之后发自肺腑的泪水为之流淌。七弟匡正时世、挽救时局的赤子之心在奏章里显露无遗。希望圣上能重视人才,广开言路,只有这样,贤良的名声才能传遍四方。

田家吟

(一)

农务虽闲未敢安,近来生事日艰难。旧租未了新租急,又责金钱供内官。

(二)

东邻贳酒劳西邻,百日方闲一日身。莫笑田家欢乐少,汉家天子尚忧贫。

(三)

春雨新晴田事初,邻家相劝把犁锄。昨闻城市迎中使,应赐南中父老书。

(四)

海内传闻有赐酺,醵钱相就醉枌榆。诏书又报天南下,不是宽租是索租。

【注释】

1. 内官:指在朝廷任职的官员,对地方官而言。亦指宦官、太监。

2. 贳:音 shì,赊欠。

3. 相劝:互相勉励、劝说,劝导宽解。宋代苏轼《岐亭》:"又哀网中鱼,开口吐微湿……相逢未寒温,相劝此最急。"

4. 城市:"城"与"市"的组合词。城主要是防卫,多用城墙等围起的地域。《管子·度地》说"内为之城,外为之郭"。市则指交易场所,"日中为市"。

5. 中使:宫中派出使者,多指宦官。唐代白居易《缭绫》云:"去年中使宣口敕,天上取样人间织。"

6. 南中:泛指南部地区,南方。《魏书·李寿传》:"封建宁王,以南中十二郡为建宁国。"

7. 海内:国境之内。古谓中国疆土四面临海,故称。《孟子·梁惠王下》:"海内之地,方千里者九。"

8. 赐酺:秦汉之法,三人以上不得聚饮,唯朝廷庆典除外。后世遂谓宴饮庆祝活动。《新唐书·高宗纪》:"永淳元年二月癸未,以孙重照生满月,大赦,改元,赐酺三日。"

9. 醵钱：音 jù qián，凑钱，集资。宋代欧阳修《归田录》卷二："每岁乾元节醵钱饭僧，进香，合以祝圣寿，谓之香钱。"

10. 相就：主动靠近，主动亲近。唐代元稹《蟆子》："将身远相就，不敢恨非辜。"

11. 枌榆：音 fén yú，汉高祖故乡的里社名，泛指故乡。《南齐书 · 沈文季传》："惟桑与梓，必恭敬止，岂如明府亡国失土，不识枌榆。"

【赏析】

这四首七言绝句出自卷二十七。诗人以一位普通农民的口吻描写了田家的日常生活和喜怒哀乐。田里的农活虽然不多却依然不能安闲，近来的生活境况更加艰辛了。之前的田租还没有交完，现在又开始催交新的田租，还要多交钱以供养内官。向东边的邻居赊酒来犒劳西边的邻居，同时向他们请求帮助，百日的忙碌可能只换来一天的休息。不要嘲笑田家欢乐少，天子都会为贫穷担忧，更何况我们这些小百姓呢？春雨过后农事开始，邻居们相互宽慰着犁地耕种。昨天听说城中有宫中派来的使者，应该是来向南方的百姓颁布皇帝诏书的。全国都在传闻朝廷有庆典之事，暂时允许聚会欢饮，于是大家筹集了钱在乡中一起宴饮。可是突然又听说传来了新的诏书，不是让农家少交租却是要多交田租。全诗写出了农事的艰辛，对苛政之下的百姓充满了同情。

燕京风霾连日，春昼阴冥，不得跨蹇驴出郭，怅然有作

（一）

旅馆莺花病客身，出门何处叩枫宸。阴霾十日连城阙，二月燕山不见春。

（二）

燕京十日天雨沙，客子春来只忆家。纵使素缁元不化，那能长负武陵花。

（三）

天色冥冥碣石昏，风尘终日混乾坤。蹇骑何处看花去，拂几焚香深闭门。

【注释】

1. 风霾：霾，音 mái，空气中悬浮着大量的烟、尘等微粒。这里指风吹尘飞、天色阴晦

的现象。《魏书·崔光传》:“昨风霾暴兴,红尘四塞,白日昼昏,特可惊畏。”

2. 阴冥:犹阴间,冥中。唐代李复言《续玄怪录·苏州客》:“阴冥吏严,不得陈首,藉君为邮送之耳。”此处当指天气一直不好,阴霾不断。

3. 莺花:莺啼花开,泛指春日景色。唐代杜甫《陪李梓州等四使君登惠义寺》诗:“莺花酒有怀兄弟。”

4. 枫宸:宫殿。宸,音 chén,北辰所居,指帝王殿庭。汉代宫庭多植枫树,故有此称。

5. 城阙:城楼,宫阙。唐代白居易《长恨歌》:“九重城阙烟尘生,千乘万骑西南行。”

6. 客子:离家在外的人。汉代王粲《怀德》:“鹳鹄在幽草,客子泪已零。去乡三十载,幸遭天下平。”

7. 纵使:即使。唐代杜甫《戏为六绝句》:“纵使卢王操翰墨,劣于汉魏近《风》《骚》。”

8. 素缁元不化:白衣不会变成黑衣。出自典故“素衣化缁”,比喻灰尘极多。晋代陆机《为顾彦先赠妇》:“京洛多风尘,素衣化为缁。”

9. 武陵花:即桃花。武陵是晋代陶渊明《桃花源记》所述之地,相传在今湖南省桃源县境内。其地“桃花林夹岸,数百步中无杂树,芳华鲜美,落英缤纷”,被认为是避世隐居的最佳处所。

10. 冥冥:昏暗。

11. 蹇:音 jiǎn,跛,行动迟缓。

【赏析】

这是三首七言绝句,出自卷二十七。初春的京城连日里风吹尘飞、天色隐晦,使得作者出外赏春的计划一直无法成行。无奈之下诗人骑着一头老驴走出郭城观望,有感而作此诗。身为客居之人,暂栖于旅馆之内,按理春日二月时应该触目莺啼花开,一片春日景色。但是旅馆之外的燕京城却天昏地暗,连续阴霾十余日,春色不见。可是外来的旅客在春日时节恰是最为思念家乡之时,即使灰尘多得能使白衣变成黑衣,也不愿终日缩居在客舍之中,辜负了灿烂的春光。可惜天色依旧阴暗昏沉,风吹尘起混沌了整个天地,这种情况下我骑着头脚步迟缓的驴又能去哪里呢?只能回家待着了。

过皇店

皇家新店跨神州,泉府虽盈万姓愁。今日何人忧国计,独劳天子自持筹。

【注释】

1. 皇店:明代皇家开的店铺,主要设在北方商贾辐辏、交通便利的城市和地区。

2. 泉府:“泉”为“钱”的旧称。泉府指储备钱财的府库。《魏书·高谦之传》:“藏朽贯于泉府。”

3. 持筹:筹,音 chóu,也称算筹,是古代一种计算用具。持筹意为理财或经商。唐代韩愈《和侯协律咏笋》云:“讵可持筹算,谁能以理言。”

【赏析】

这首七言绝句出自卷二十七,是作者经过朝廷新设立开张的市店,看到其参与民间贸易来进行创收,却伤害了百姓的利益后有感而作。朝廷又开了一家新的商业店铺,细算起来这些皇家店铺多得已经遍及神州大地的各处。官府的仓库是充盈了,但是这些通过不正当经营所创收的财富哪个不是从百姓那里掠夺而来的?到头来还是百姓忧愁受苦。时至今日,国家疲乱,还有谁真正操劳国家大事呢?估计也只剩下当今圣上一个人在那里拨打算盘,筹划自己商铺盈利的事情吧。

十四、闺阁

秋闺曲

玉杵捣清霜，银筝冷洞房。谁言关路远，频使梦渔阳。

【注释】

1. 玉杵：玉制的舂杵，传说广寒宫中白兔捣药之用，因也代指月亮。杵，音 chǔ，木棒。

2. 清霜：白霜。

3. 银筝：用银装饰的筝。唐代戴叔伦《白词》："回鸾转凤意自娇，银筝锦瑟声相调。"

4. 洞房：闺房，幽深的内室。

5. 关路：关陇古道，前往西域的必经之路，多指征战、流放之地。

【赏析】

此诗选自卷三，是一首乐府杂体诗，句式为五言四句。这首诗的一、二句描写了深秋时，独守闺阁的思妇空冷寂寞之景。清冷的月光洒进屋中，少妇就着月光和天寒凝在窗前的白霜捣着舂杵。那把银制的古筝，也因久未有心上人聆听而空置在深闺内室之中，平添一份清冷。三、四句孤冷之情更甚，在孤独哀怨的氛围中，思妇的心境更加郁结。作者以思妇的口吻写道：是谁说的关山路远，天各一方，难再相见，而自己总能于梦中见到戍守于边疆的丈夫。从环境的营造到人物内心的刻画，作者都将深秋闺阁的寂寞之景入木三分地展现出来。以“梦聚”来写“实别”，不仅更委婉，且能见昼夜怀思、无时或已之意，比单写眼前环境之冷寂，情意更加深厚。

鸡鸣曲

洞房春梦潇湘沚，香雾蒙蒙湿江水。几度相思不见君，鸡鸣杲杲生红云。

【注释】

1. 鸡鸣：鸡叫。鸡鸣，又名荒鸡，常指天明之前。十二时辰的第二个时辰，以地支来称其名则为丑时。晋代陶渊明《归园田居》：“狗吠深巷中，鸡鸣桑树颠。”

2. 潇湘沚：湘江里的小洲。潇湘，特指湘江。沚，水中小洲。

3. 香雾：雾气，此处代指因流泪而迷离的眼神与视线。唐代杜甫《月夜》诗：“香雾云鬟湿，清辉玉臂寒。”

4. 杲杲：音 gǎo gǎo，明亮的样子，为日出之容。《诗经·卫风·伯兮》：“其雨其雨，杲杲日出。”

5. 红云：红色的云霞。

【赏析】

此诗选自卷三，是一首乐府杂体诗，句式为七言四句。诗名是指清晨日出之前，金鸡啼鸣报晓。看似是指一日劳作时光的到来，实则是要描写思人独自辗转反侧，又熬过了百无聊赖的漫漫长夜。闺阁思妇心念情郎，在梦中，于湘江小洲与心上人相聚相守；于梦外，孑影孤身醒来，相思不已而泪如雨下，打湿了衣巾，仿佛也打湿了梦中相会的江水。就在这样一个又一个梦里相见、梦外何处的鸡鸣之时，听不到情郎的呢喃，只闻得窗外鸡鸣报晓；看不见情郎深情的双眸，只能将东方地平线已经泛红的云霞生生望穿。诗作传神地将思人在度日如年的长夜中的情绪描绘出来。

青楼曲

新莺啭画堂，新燕集雕梁。柳叶裁眉出，桃花学面妆。珠帘映日卷，锦袖随

风扬。大道连平乐，高楼接建章。容华艳阳月，夫婿侍中郎。挟瑟调鹦鹉，将箫待凤凰。朝回欲有问，轩骑满东方。

【注释】

1. 青楼：指豪华精致的雅舍，有时则作为豪门高户的代称。《晋书·麴允传》："南开朱门，北望青楼。"

2. 新莺：初春的啼莺。唐代李白《侍宴宜春苑奉诏赋龙池柳色初青听新莺百啭歌》："始向蓬莱看舞鹤，还过茝若听新莺。"象征美好的事物。

3. 画堂：泛指华丽的堂舍。唐代崔颢《王家少妇》："十五嫁王昌，盈盈入画堂。"

4. 新燕：春初来的燕子。燕子喜欢出双入对，因此常用来代指美满幸福的爱情婚姻。

5. 映日：映照着阳光的样子。

6. 将箫待凤凰：汉代刘向《列仙传》云："萧史者，秦穆公时人也，善吹箫，能致孔雀、白鹤于庭。秦穆公有女字弄玉，好之，公遂以女妻焉。日教弄玉吹箫作凤鸣。居数年，吹似凤声，凤凰来止其屋。公为作凤台，夫妇止其上，不下数年。一旦，皆乘凤凰飞去。"故秦人为作凤女祠于雍宫中。典故指对美满婚姻的期盼。

7. 轩骑：即车骑，车马。《韩非子·外储说左下》："田子方从齐之魏，望翟黄乘轩骑驾出。"

8. 东方：方位词，日出的地方。

【赏析】

此诗选自卷三，是一首五言乐府杂体诗，描写豪门高户中新妇的生活以及对美好婚姻的期盼。莺在华丽的堂舍前婉转啼鸣，燕在雕梁画栋上筑巢，这是新春的美好景象，也暗喻了诗歌中女子的新婚状态。晨起梳妆打扮，如柳之弯眉，似桃花之粉面，这是对新妇美貌的描写。诗中更是以"容华艳阳月"之句来突出女主人公的艳丽容貌。珠帘在阳光下熠熠生辉，锦衣宽袖随风飘扬，新娘犹如仙境中的仙子。而她新婚所嫁的也不是一位平常之人，其夫是中郎将。丈夫外出公干时，妻子只能弹瑟吹箫，调弄鹦鹉来打发时间。好不容易盼到夫婿上朝归来，刚要与他说话，却又传来了帝王的宣诏。诗的末句透露出新妇的些许无奈，饱含着虽嫁入豪门，却因丈夫终日事务缠身而无法相守的幽怨之情。

古有所思

我所思兮大海南，何以致之紫云缄，青瑶为字金作函。波涛万里不可涉，白日忽破扶桑岚。我欲乘龙，龙不我骖。我欲附青鸟，青鸟不我衔。将泪滴海水，为我流入明珠潭。我既无羽翼，君亦一去无消息。从今勿复思，相思何终极。堂前琼树枝，把君旧颜色。携手高台复几时，君在天南我天北。

【注释】

1. 古有所思：即有所思念。乐府古题，汉鼓吹铙歌十八曲有《古有所思》，后多用作诗歌标题。

2. 大海南：大海之南。《有所思》："有所思，乃在大海南。"

3. 缄：书信。

4. 青瑶：青玉。唐代陈标《焦桐树》："若使琢磨徽白玉，便来风律轸青瑶。"

5. 岚：山间的雾气。

6. 骖：音 cān，驾车时在两边的马。

7. 青鸟：神话传说中为西王母取食传信的神鸟。《山海经·西山经》："又西二百二十里，曰三危之山，三青鸟居之。"晋代郭璞注："三青鸟主为西王母取食者，别自栖息于此山也。"

8. 勿复思：不再思念。《有所思》："从今以往，勿复相思，相思与君绝！"

【赏析】

这首诗出自卷三，是一首以乐府古题《有所思》而作的诗歌，描写了对"君"的思念。我所想念的那个人在大海之南，怎样才能寄去一封以金为函、青玉为字的紫云之缄来表达我的思念呢？奈何波涛汹涌的巨浪隔断了去路。直到有一天太阳驱散了扶桑的雾气，我想乘龙前去，龙不载我；我想攀附青鸟飞去，青鸟也不带我。思念的泪珠坠入海中，为我流到你身旁的明珠潭。我既没有羽翼，你也一直没有传回消息。从今以后再也不思念了，否则相思什么时候才能终止？连庭前的那棵琼树，都没有忘记你的容颜，更何况我呢？可是你我天各一方，何日才能相聚啊！

相逢狭路间

美女耀阳春，使君朝紫宸。相逢当狭路，相见在芳晨。高髻图云出，纤眉写

月新。瑶光凝粉脸，丹彩发朱唇。再顾倾城国，争看匝路人。束腰垂柳陌，转袖落花津。尊贵何劳问，行游别有因。容颜诚绝代，礼法善周身。障面移轻扇，回车度急轮。珂声连玉佩，衣带接香尘。采菉娇淇水，登桥艳洛滨。何须云雨夕，始见阳台神。

【注释】

1. 狭路：狭窄的小路，多指险要只容一人经过的要道。宋代辛弃疾《水调歌头·元日投宿博山寺》词："四十九年前事，一百八盘狭路，拄杖倚墙东。"

2. 阳春：温暖的春天。

3. 使君：汉时称刺史为使君。《玉台新咏·日出东南隅行》："使君从南来，五马立踟蹰。"又用来尊称州郡长官。

4. 紫宸：宫殿名，天子所居。也泛指宫殿，或指代帝王、帝位。唐代杜甫《冬至》："杖藜雪后临丹壑，鸣玉朝来散紫宸。"

5. 髻：音 jì，古代女子将头发挽结于头顶的发式。

6. 瑶光：北斗七星的第七星名。古代以为象征祥瑞。唐代李商隐《南朝》："地险悠悠天险长，金陵王气应瑶光。"此处指美玉辉映之光。

7. 丹彩：亦作"丹采"，朱红的色彩。

8. 朱唇：红色的口唇，形容貌美。宋代柳永《少年游》："娇多爱把齐纨扇，和笑掩朱唇。"

9. 匝路：匝，音 zā，环绕，匝路指旁支小道，也指连接主道与辅道之间的小路。

10. 束腰：腰带，多指女性系上束腰后纤细婀娜之态。

11. 柳陌：植柳之路。

12. 珂声：马勒上珂饰的声响。唐代白居易《新春江次》："莫怪珂声碎，春来五马骄。"

13. 采菉：菉，音 lù，荩草，一年生细柔草本，高一二尺，叶片卵状披针形，近似竹叶，生草坡或阴湿地，可作牧草。茎叶药用，汁液可作黄色染料。南朝梁柳恽《捣衣诗》："采菉伤时暮，念君方远游。"

14. 淇水：在今河南省北部，古为黄河支流，南流至今汲县东北淇门镇南入河。《诗经》中多有以此水起兴之作。

15. 洛滨：洛水之滨。洛水，亦称洛河，源出陕西洛南县西北，东入河南，流经洛阳，至巩义洛口入黄河。

16. 云雨、阳台:战国楚宋玉《高唐赋》序:“妾在巫山之阳,高丘之岨,旦为朝云,暮为行雨,朝朝暮暮,阳台之下。”遂以“云雨”指代男女欢会,“阳台”指男女欢会之所。“阳台神”即巫山神女。

【赏析】

这首五言乐府诗出自卷三,描写了男子邂逅一绝色女子而无法忘怀的艳羡之情,字里行间流露出对美人的褒赞。在一个芬芳四溢、鸟语花香的清晨,使君即将去朝堂,在将行至主道的匝路上,邂逅了令他一生难以忘怀的女子。女子绝美的容颜好比暖春的日光,周身散发着青春的气息,高高的发髻如同漫天舒卷的云霞,弯弯的眉毛好似天边一轮刚刚露角的新月。那精心打扮过的脸颊因擦过胭脂水粉,如同凝结了一层淡淡的荧光,仿似天宫璀璨的星辰。她的樱桃小口色泽红润,犹如一颗娇艳的红樱镶嵌在如玉的脸上,令人心醉。这样的女子令人一见倾心,再顾倾国,狭窄的小路因她而变得拥挤,路人无不驻足张望争看。道路两旁种满了随风摇摆的杨柳,却也不及她婀娜窈窕的曼妙身姿,拂香转袖的举手投足间,仿似落花飞舞。这样一名如碧玉般的女子,不仅有着绝世倾城的容颜姿貌,举手投足间更彰显了良好的修养,行为举止得体适宜,礼数周到。无须揣测也知其是尊贵的大家小姐,她的出游自有因由。她坐在车上,用一把扇子轻轻遮挡娇面,马勒上珂饰的声响混杂着女子身上玉佩轻碰的声响,仿似昆山玉碎、幽兰泣露,伴随着女子衣衫飘转而起的芳尘沁人心脾。这样的女子,采拾浣洗的不经意间,都能使温柔的河水自感不如;登上桥头便艳冠洛水之滨的群芳。这样一位女神般的女子,如梦中巫山神女一般,已经没有男女欢好的欲求,能见一面已经生之有幸了。

赋得采芳

江南有思妇,江北望佳人。褰芳立洲渚,盈手掩罗巾。兰心既有托,蕙意难具陈。弄珠汉皋曲,拾翠洛川滨。日夕渺愁望,烟波讵能亲。草色匝幽馆,花枝摇暮津。寄言宦游子,须惜故园春。勿令芳岁别,千里隔音尘。

【注释】

1. 采芳:同踏青,采撷芬芳,欣赏春花。

2. 江北:泛指长江以北。宋代陆游《梅花绝句》:“蜀王小苑旧池台,江北江南万树梅。”

3. 佳人：美女，美好的人，古时常指怀念中的女子、理想中的女子及有才情的女子。

4. 搴芳：搴，音 qiān。搴芳指采摘花草。唐代孟郊《湘妃怨》："搴芳徒有荐，灵意殊脉脉。"

5. 洲渚：水中小块陆地。唐代杜甫《暮春》："暮春鸳鹭立洲渚，挟子翻飞还一丛。"

6. 盈手：双手捧满之意。盈，满，指那种满当当的充盈的状态。唐代张九龄《望月怀远》："不堪盈手赠，还寝梦佳期。"

7. 罗巾：丝制手巾。唐代白居易《后宫词》："泪湿罗巾梦不成，夜深前殿按歌声。"

8. 兰心：兰花之芯，比喻女子的芳心和如兰花一般纯净高洁的心地。

9. 蕙意：蕙质兰心。兰、蕙均为香草名，比喻女子心地"蕙心"似的纯洁，品质"兰花"似的高雅。

10. 具陈：备陈，罗列详述之意。

11. 弄珠汉皋曲：东汉张衡《南都赋》："游女弄珠于汉皋之曲。"弄珠：玩珠，指汉皋二女事。汉皋：山名，在湖北襄阳西北。相传周朝时郑交甫于汉皋台下遇二神女，二女解佩相赠。成语"汉皋解佩"即源于此。指男女相互受慕而赠信物。

12. 拾翠洛川滨：拾翠，拾取翠鸟羽毛以为首饰，后多指妇女游春。三国魏曹植《洛神赋》："或采明珠，或拾翠羽。"洛川，即今河南省洛河。

13. 日夕：日夜，也指傍晚近黄昏之时。

14. 烟波：指烟雾苍茫的水面，亦代指避世隐居的江湖。

15. 讵能：讵，音 jù。讵能意为岂能，怎能。

16. 寄言：寄语、带信，或把某种思想感情寄托在诗文之中。

17. 宦游子：出外做官或求官的人。唐代白居易《寓意诗》："传语宦游子，且来归故乡。"

18. 故园春：故乡的春天。

19. 芳岁：芳春；盛年。

20. 音尘：音信，消息；也可指踪迹。

【赏析】

这是一首五言古体诗，选自卷五。作者通过将数个典故意象融入诗作之中，使思妇想念丈夫、盼望团聚的心境跃然纸上。江南女子思念着远方的丈夫，而江北的丈夫也应正在思念闺中的妻子。思妇在江边的小洲上采撷花草，鲜花采了满满一手，盖住了纱巾，心儿已经托付给了远方的人。那般滋味说不清道不明，难以描绘也难以形容，如同汉皋台的二女解下身上所佩明珠赠与周郑交甫，又如洛水河畔众神女采集明珠或俯拾翠鸟的羽毛。日暮时分，凝眼望去也只有幽远暗淡的残日淡光。雾气四起，烟霭苍茫的江上，又如何能让我与心上人更亲密靠近呢？幽静偏荒的屋子藏在翠草丛中，傍晚的河边也只有花草随风摆动。真应该将这些守望的思绪和等待的孤独之景随书信一起寄给远方的夫婿，让他也想想故乡的风景和家中等待的亲人，切不要把女子最美好的时光都托付给了等待和期盼。

秦女曲

嬴女与萧史，嬉游玉台端。盛年等欢爱，各保如花颜。乘鸾向明月，凤吹遗云间。自无餐霞质，逸驾畴能攀。

【注释】

1. 秦女：同“嬴女”，指秦穆公女弄玉。三国魏曹植《仙人篇》：“湘娥抚琴瑟，秦女吹笙竽。”

2. 萧史：传说中春秋时人，善吹箫，作凤鸣曲。秦穆公以女弄玉妻之，作凤楼，教弄玉吹箫，感凤来集，弄玉乘凤、萧史乘龙，夫妇同仙去。事见汉刘向《列仙传》卷上。

3. 玉台：传说中天帝的居处，嬴女与萧史乘龙凤仙去之处。《汉书·礼乐志》：“天马徕，龙之媒，游阊阖，观玉台。”

4. 盛年：古诗词中指少年时，16～20 岁的大好青春之时。

5. 鸾：音 luán，鸾鸟，青鸟。鸾是古代汉族神话传说中凤凰一类的鸟。汉晋流行将鸾鸟、玄鸟、青鸟视为春神之使者。《山海经》：“女床之山，有鸟，其状如翟，名曰鸾鸟，见则天下安宁。”

6. 凤吹：弄玉居所名凤楼，萧史为其奏凤鸣曲，以萧为乐器，故名凤吹。

7. 云间：远离尘世的天上人间。

8. 餐霞：餐食日霞，指修仙学道。《汉书·司马相如传下》：“呼吸沆瀣兮餐朝霞。”

9. 逸驾：奔驰的车驾。也指高超地驾驭事物，比喻才能出众。

10. 畴：音 chóu，同“俦”，有匹配、伴侣之意，也表疑问，相当于“谁”之意。《荀子·劝学》：“草木畴生，禽兽群焉，物各从其类也。”

【赏析】

这首五言律诗出自卷六，以“乘龙快婿”的典故为基调，抒发了对弄玉与萧史二人感情的艳羡。弄玉和萧史二人，因曲和而人聚，共同驾龙御凤前往仙山玉台之端游玩嬉闹，时时刻刻都欢乐地生活在一起。他们两人在一生中最美好的青春年华，心生爱慕而钟情于彼此，又成仙而去，保有了双方最年轻而富有活力的容颜和身体。他们乘着鸾鸟飞向天边的明月，那优美缠绵的凤鸣之曲如同天籁流转在云间。自己虽然不若弄玉、萧史有着成仙得道的潜质，但是如果能够得到一个才能出众的爱侣，那么便也可以像他二人一般，成就自己的神仙眷侣了。

双节篇

严霜一夕殒庭梧，洞房风凄兰蕙枯。含啼两两谁家妹，中夜起坐泣故夫。昔事君子结发娱，百年生死同衾褥。奈何辞君岁月徂，荆花零落委路衢。不惮从君下黄垆，一身俯仰多艰虞。上堂吞声奉老姑，下堂呱呱抚诸孤。大妇善哭崩城隅，小妇香泪纷鲛珠。中庭灯影伴将雏，后园啼杀羁栖乌。吁嗟二妇烈士徒，青春誓志白首俱。金石可毁节难渝，冰日皎洁双璠玙。朱颜岂受粉黛污，绣闼实使网常扶。史家列传增烦纡，吁嗟二妇良女模。

【注释】

1. 双节：两位忠贞节烈的女子。

2. 严霜：寒冷的霜。《玉台新咏·古诗为焦仲卿妻所作》："严霜结庭兰。"

3. 庭梧：庭院中的梧桐。古代传说，梧是雄树，桐是雌树。梧桐同长同老，同生同死，是忠贞爱情的象征。唐代孟郊《烈女操》："梧桐相待老，鸳鸯会双死。"

4. 含啼：犹含悲。

5. 结发：成婚。古礼中成婚之夕男左女右共髻束发，故称。《孔雀东南飞》："结发同枕席。"

6. "百年"句：生死同衾。衾：被子。形容夫妇感情深厚，相爱至坚。

7. 徂：音 cú，消逝。

8. 路衢：四通八达的道路。唐代杜甫《后出塞》诗："边人不敢议，议者死路衢。"

9. 黄垆：黄泉。

10. 俯仰：低头和抬头，泛指一举一动。

11. 艰虞：艰难忧患。唐代杜甫《北征》诗："维时遭艰虞，朝野少暇日。"

12. 大妇、小妇：正妻、妾。

13. 崩城隅：即杞崩城隅。孟姜女哭倒长城的传说，象征忠贞不渝的爱情。

14. 鲛珠：神话传说中鲛人泪珠所化的珍珠。晋代张华《博物志·异人》记载："南海外有鲛人，水居如鱼，不废绩织，其眼泣则能出珠。"

15. 将雏：指携带幼小的子女。唐代杜甫《清明》："十年蹴鞠将雏远，万里秋千习俗同。"

16. 栖乌：栖宿于树上的乌鸦。

17. 璠玙：美玉名。后泛指珠宝，引申比喻美德贤才。

18. 绣闼：装饰华丽的门。唐代王勃《滕王阁序》："披绣闼，俯雕甍。"

19. 烦纡：愁闷郁结。张衡《四愁诗》："路远莫致倚踟蹰，何为怀忧心烦纡。"

【赏析】

这是一首七言古体诗，出自卷九，描写两位失去夫君的女子的忠贞节烈。院中的梧桐一夕之间殒于寒霜，冷风吹入闺房，兰草枯萎，正像夫君突然去世，昔日的庭院也颓败清冷。想起昔年初嫁侍奉夫君的快乐和曾经生死同寝的誓言，美好的爱情婚姻伴随着夫君的离世而消弭。离开夫君后，岁月匆匆，韶华消逝如同路边零落的紫荆花。两位女子并不害怕追随夫君同赴黄泉，对她们来说，生命本身就极为短暂且充满艰难忧患。但身为未亡人却有未尽之责，不仅要强颜欢笑照顾翁姑，还要抚养幼儿。妻妾二人的哭声惨痛，大妇的哭声仿佛能哭倒长城，小妇的眼泪坠落似鲛珠般连成一线。幼儿在侧陪伴，凄惨的哭声连鸟儿也不忍听闻。人们都为这两个忠贞的女子感叹，在如花的青春岁月就立誓坚守，直到白发苍苍。金石可以毁灭，但她们的忠贞节烈却不能泯灭，她们的冰清玉洁堪比美玉。她们美丽的容颜不会受到庸脂俗粉的污染，因为自律杜门，她们的绣阁门外挂满了蛛网。史家们肯定要为她们立传，并感叹两位堪为忠贞楷模的女子。

陌上桑

邯郸大道好经过，邯郸少妇采桑多。琼窗日出褰珠箔，绮陌春还驻翠娥。只道蚕饥思摘叶，谁怜腕瘦复攀柯。芳尘艳艳飘轻縠，香风习习曳纤罗。春花千种比颜色，春鸟百啭杂笑歌。初从枝上悬青桂，转过城南踏绿莎。红袖此时调宝柱，白面谁家鸣玉珂。使君执谊谅不薄，贱妾持心亦靡它。秦家自有东方骑，五马踟蹰奈若何。

【注释】

1. 陌上桑：汉乐府诗题名。陌，林间的小路。桑，名词作动词，采桑。诗篇名可直译为在林间小路上采桑。

2. 邯郸：邯郸是战国赵国都城，即今河北省邯郸。此处为虚指之地。

3. 琼窗：精致的窗户。

4. 褰：音 qiān，本义为套裤。《说文解字》："褰，绔也。"动词有撩起、散开之意。

5. 珠箔：即珠帘。唐代李白《陌上赠美人》诗："美人一笑褰珠箔，遥指红楼是妾家。"

6. 绮陌：繁华的街道。宋人多用以指花街柳巷。

7. 驻：停留，居留。

8. 翠娥：多用来指美女。唐代李白《忆旧游寄谯郡元参军》："翠娥婵娟初月晖，美人更唱舞罗衣。"

9. 艳艳：原指明媚艳丽貌，此处意为"浓"。

10. 縠：音 hú，有皱纹的纱，以轻薄著称，向为贵重衣料。

11. 习习：频频飞动的样子。原指鸟反复地飞，频繁地飞，现形容风轻轻地吹。

12. 纤罗：细薄透气的丝织品。

13. 百啭：啭，音 zhuàn。百啭意为鸣声婉转多样。宋代王安石《独卧》："百啭黄鹂看不见，海棠无数出墙头。"

14. 青桂：桂树，桂树常绿，故称。南朝梁江淹《莲花赋》："青桂羞烈，沉水惭馨。"

15. 绿莎：绿色的莎草，泛指绿草地。

16. 红袖：女子的红色衣袖，泛指美女。

17. 宝柱：古代筝、琴、瑟等弹拨乐器的弦柱。唐代刘禹锡《伤秦姝行》："青牛文梓赤金簧，玫瑰宝柱秋雁行。"

18. 玉珂：马络头上的装饰物，多为玉制，也有用贝制的。也有表达马或者身份尊贵之意。

19. 持心：谓处事所抱的态度。

20. 靡它：亦作"靡佗"或"靡他"，谓无二心，形容爱情专一，立场坚定。

21. 东方骑：指女子的如意郎君。也泛指身份显赫者。

22. 五马踟蹰：古乐府《陌上桑》中，有使君（五马太守）看到貌美的邯郸秦氏女罗敷，就勒马凝视不行。形容男子遇到美丽女子而止步不前的样子。

【赏析】

此诗是一首七言古体诗，出自卷十。此诗是作者读汉乐府《陌上桑》有感而作，表达了作者对女子勤劳并忠于爱情的赞美。邯郸经济发达，交通顺畅，女子勤劳采桑。春天的清晨，太阳初升，女子卷起珠箔，让日光透过精致的窗户照进屋中。梳洗整理后，女子就来到繁花似锦的巷陌中采摘桑叶。人人都知道需要采撷桑叶去喂养春蚕，可是有谁怜悯肌弱腕瘦的女子一次次攀着树干采摘桑叶的辛苦呢？美女举手间飘转着香艳的芬芳，投足间阵阵香风随着罗裙弥散开来。春天百花盛开，千般颜色，也不及美女明艳娇美；春天百鸟鸣啼，叫声婉转，也不如美女笑声清脆爽朗。美女刚从桂树上折下枝条用做篮子上的提柄，转眼又绕到城南采桑。她多才多艺，有谁家男子能与她唱和？作者以女子的口吻说：如果君情似磐石，待我之心始终如一，那么我待君之心也一定韧如蒲草，不离不弃。更何况我已心有所属，找到了可托付终身的如意郎君，使君您如今即便是再立马踟蹰不行又有什么用呢？

闺中闻子规

玉楼绮窗朝日晖，百花声中闻子规。憔悴林莺浑不语，差池梁燕未堪飞。绕遍南枝又北枝，可怜千春伤别离。直从桂岭花开日，啼到巴川花落时。巴川桂岭春难驻，越南燕北路多歧。几处听来皆下泪，谁家闻去不低眉。佳人玉箸垂红颊，朱颜坐叹芳菲歇。览镜慵图两鬓鸦，停针懒绣双飞蝶。长安大道皆言直，梦里相寻转相失。徒闻泪血染成花，岂料贞心化为石。含愁含恨诉香闺，想料枝头只独栖。但令贱妾惊鸳梦，不劝行人驻马蹄。

【注释】

1. 闺中：女子所住的地方。南朝梁江淹《别赋》：“闺中风暖，陌上草薰。”

2. 子规：杜鹃鸟的别名，又名杜宇、蜀魂、催归，传说为蜀帝杜宇的魂魄所化，常夜鸣，声音凄切，故借以抒悲苦哀怨之情。且子规鸟多朝着北方鸣叫，其声与“不如归去”相近，故多以为杜鹃啼归，简称子规。唐代杜甫《子规》诗：“两边山木合，终日子规啼。”

3. 玉楼：华丽的阁楼。

4. 绮窗：雕刻花纹的窗子。绮，有花纹的丝织品。

5. 日晖：日光。

6. 莺：叫声清脆婉转的一种鸟。

7. 差池：音 cī chí，指参差不齐之意。《诗经·邶风·燕燕》："燕燕于飞，差池其羽。"

8. 梁燕：梁间筑巢的燕子。

9. 南枝、北枝：朝南或朝北的树枝。南枝向暖，北枝受寒，也比喻彼此处境的苦乐不同。唐代李峤《鹧鸪》："可怜鹧鸪飞，飞向树南枝。南枝日照暖，北枝霜露滋。"

10. 桂岭：地处湘、粤、桂三省交界处，素有"一脚踏三省"之说。

11. 巴川：大巴山川之地，现重庆、四川和陕南交界处之地。

12. 越南燕北：南越之南，燕山之北，形容极远的天极之地。《庄子》："我知天之中央，燕之北，越之南是也。"

13. 玉箸：原指玉做的筷子，此处指思妇的眼泪。唐代高适《燕歌行》："玉箸应啼别离后。"

14. 朱颜：红润美好的容颜。

15. 芳菲：芳香艳丽的花草。唐代白居易《大林寺桃花》："人间四月芳菲尽，山寺桃花始盛开。"

16. 览镜：照镜。南朝宋谢灵运《豫章行》："览镜睨颓容，华颜岂久期。"

17. 贞心：坚贞不移的心地。

18. 香闺：指青年女子的内室。也直接代指青年女子。

【赏析】

这是一首选自卷十的七言古体诗。精致典雅的阁楼和玉砌雕花的窗台迎着明媚的日光，窗外百花盛开，子规啼鸣入耳。林中的黄莺鸟由于憔悴而不再鸣叫，梁上羽毛未丰的燕子因幼小还不能展翅飞翔。一个人在家中百无聊赖，如同莺莺燕燕在房南和屋北的枝头来回飞绕一般消磨时光。可怜我在这万物复苏的早春，却因爱人远去而伤感。那子规鸟哀婉的啼鸣，从桂岭花开之际一直到巴川花落之时也不曾停歇。巴川桂岭的春天是那么短暂，天南海北的征途却有许多坎坷和崎岖。每每听到子规的啼鸣，都不禁泪盈眼眶。这样凄婉的啼鸣，谁听了会不凝眉垂泪呢？相爱不能相守，相亲却不能相近，美人的眼泪划过脸颊，如花一般美艳的容颜却只能看着百花凋零，令人叹息。对着镜子也没有心思图画黑鬓，停下针来也懒得去绣那缠绕纷飞的双蝶。都说长安街道笔直宽阔，思人却在梦中几度辗转寻夫不得而迷失。只听说伤心至极会滴血成泪，没想到在时光的消磨中，那颗忠贞之心也会化为坚石。子规啼鸣掺杂一分哀愁，一分怨恨，一分思念，一分爱意，百般滋味独诉于闺房。即便是子规啼鸣惊扰了思妇梦中与爱人鸳鸯合游的美梦，也不要劝停那归乡旅人的马蹄，让他能早日归家团聚。

谭母寿歌

大儿行年七十余，矫如海鹤凌烟墟。为官岂必登卿相，得俸已足供亲娱。小儿行年六十四，壮志翩翩若奔骥。昨辞亲舍叩帝阍，今拜儒官过乡里。近闻小儿赴文僚，犹记大儿曾入朝。三釜从知屈捧檄，五斗何曾轻折腰。借问高堂今何岁，两儿垂白堂前戏。承颜徇禄各有人，长已归田少者仕。谩说麻源是女身，须知南岳降夫人。回看桂海鸾长度，却望绥山桃自春。

【注释】

1. 帝阍：阍，音 hūn，宫门，禁门。前蜀韦庄《夏初与侯补阙有约，遽闻捐馆，成长句四韵吊之》："本约同来谒帝阍，忽随川浪去东奔。"

2. 儒官：古代掌管学务的官员或官学教师。《汉书·翼奉传》："奉以中郎为博士、谏大夫，年老以寿终。子及孙皆以学在儒官。"

3. 文僚：指文职官吏。

4. 三釜：三鬴，以薄俸供养父母。宋代陆游《对食作》："少壮已辜三釜养，飘零敢道一袍单。"

5. 捧檄：《后汉书·刘平等传序》：毛义有孝名。张奉去拜访毛义，毛义刚接到出任太守的檄文，面露喜色。张奉见此而轻视他。后毛义母死，毛义再没有出去做官，张奉才知他出仕的原委，心生愧疚。后以"捧檄"作为母出仕的典故。

6. "五斗"句：《晋书·陶潜传》："吾不能为五斗米折腰，拳拳事乡里小人邪。"比喻为人清高，有骨气，不为利禄所动。

7. 垂白：白发下垂，谓年老。《汉书·杜业传》："诚哀老姊垂白，随无状子出关。"颜师古注："垂白者，言白发下垂也。"

8. 承颜：顺承尊长的颜色，谓侍奉尊长。《汉书·隽不疑传》："闻暴公子威名旧矣，今乃承颜接辞。"

9. 徇禄：营求俸禄，指出仕。徇，求。

10. 归田：辞官回乡务农。晋代鲁褒《钱神论》："谚曰：官无中人，不如归田。"

11. 麻源：疑为麻姑，古代神话传说中的长寿女神，常喻指高寿之人。

12. 南岳降夫人：指魏华存，为晋代女道士，中国道教四大女神之一，字贤安，道士称她紫虚元君、南岳魏夫人。

13. 桂海：古代指南方边远地区。唐代李善注："南海有桂，故云桂海。"

14. 绥山桃：古代传说的仙桃。汉代刘向《列仙传·葛由》："葛由者，羌人也。周成王时，好刻木羊卖之。一旦骑羊而入西蜀，蜀中王侯贵人追之上绥山。绥山在峨嵋山西南，高无极也。随之者不复还，皆得仙道。故里谚曰：得绥山一桃，虽不得仙，亦足以豪。"

【赏析】

这首诗出自卷十，是一首七言古体诗，是作者为谭母祝寿而作。诗中作者先交代谭氏儿子们的成就和孝顺，后为谭母祷祝高寿之福。谭氏大儿子已年逾七十，体态仍然如海上的仙鹤般灵敏。做官何必定要封侯拜相，有俸禄能奉养双亲就足够了。小儿子今年六十四岁，但仍然有奔马的志向，曾经离开家乡前往京都，如今已拜为儒官回到家乡。最近听说小儿被任命为文官之事，突然想起大儿也曾经入朝为官。做官不过是为了以薄薪奉养母亲，而不是为五斗之米折腰。欲问这位母亲如今高寿，看两个已经白发苍苍的儿子就可以猜到母亲的年纪不会小。这两个儿子的职责各不相同，大儿子已辞官回乡奉养母亲，小儿子则在朝为君尽忠。以上是讲两子的情况，后面四句则借用女神麻姑、南岳降夫人来比喻谭母的长寿康健，并为其献上祝寿的吉祥之语。

烽烟完节诗

隆庆己巳间，西贼犯我邑，延烧村落。妇子守义不辱以罹锋刃，往往而是。乃罗女赴火之节，里党至今烈焉。追纪其事，而作是诗。

（一）

虐焰昏炎徼，惊烽煽绿林。岂缘宋姬笑，遂断木兰吟。抱柱岂为信，登台良独任。惟应芦火玉，堪自表贞心。

（二）

忍说干戈日，仍钦妇子贤。膏薰何用比，烽火故相煎。烈性金同炼，芳心桂共燃。当为镆铘剑，长誓斩蛮烟。

【注释】

1. 里党：即“乡党”，邻里。

2. 炎徼：徼，音 jiào，边界。炎徼指南方炎热的边区。

3. 宋姬：即宋共姬。《春秋·襄公三十年》云：“五月甲午，宋灾，宋伯姬卒。”又云：“秋七月，叔弓如宋，葬宋共姬。”此“宋共姬”即宋伯姬。伯姬因何卒？《谷梁传》云：五月甲午，“伯姬之舍失火，左右曰：‘夫人少辟火乎？’伯姬曰：‘妇人之义，傅母不在，宵不下堂。’左右又曰：‘夫人少辟火乎？’伯姬曰：‘妇人之义，保母不在，宵不下堂。’”遂死于火。伯姬恪守妇道，成为汉代刘向《列女传》树立的典范之一。

4. 木兰：始见于《木兰辞》，亦名《木兰诗》，其代父从军的故事在民间传说和戏曲中广为流传。

5. 抱柱：典故出《庄子·盗跖》：相传古代尾生同一女子相约在桥下见面。他等了很久，不见女子到来。此时河水猛涨，淹没桥梁，尾生为了坚守信约，不肯离去，抱住桥柱，淹死在水里。后以喻坚守信约。

6. 登台：汉称尚书、御史、谒者为三台，后亦称三公，称登上三公之位为“登台”。泛指充任高级官吏。

7. 独任：犹专任，独自信用，独自承担。

8. 芦火：竹火。

9. 相煎：煎熬，折磨。唐代孟郊《李少府厅吊李元宾遗字》诗：“一生能几时，百虑来相煎。”

10. 芳心：本意为具有香气的花蕊，引申为美好的心灵和情感。

11. 镆铘：古代宝剑名，常跟“干将”并说，泛指宝剑。

12. 蛮烟：南方山林中的瘴气。宋代张咏《舟次辰阳》：“村连古洞蛮烟合，地落秋畲楚俗欢。”

【赏析】

这首诗出自卷十一，是两首五言律诗。明朝隆庆三年(1569)，广西流贼作乱，攻打边邑，焚烧村落，很多女性因守义抗辱而遭到杀害，乡村生灵涂炭。其中一位罗氏女子为坚守节义而投火自尽，至今乡里称颂其节烈之行。区大相这首诗就是追记这位节烈女子。流贼肆虐，笼罩南方大地，岂能因宋姬坚守妇道而否定木兰替父从军的巾帼豪迈之气？为坚持约定抱柱而亡的尾生是守信吗？只有敢于独自承担重任出仕为官才能被称道，只有像火中的美玉一样，才能表明自己的贞节之心。含悲忍泣想起战乱的惨象，就十分钦佩罗氏的贞烈。战火让百姓饱受折磨，她的节烈之性如金子一般，她的芳心就像芬芳的燃桂之火。罗氏的英名让后人恨不能化身为锋利的镆铘之剑，誓要斩破流寇的蛮烟。

赋得泥融飞燕子

泥融碧草芳，紫燕远相将。衔来微带湿，巢处定闻香。对舞玉池水，双栖文杏梁。袖中书未寄，夫婿隔湖湘。

【注释】

1. 赋得：凡摘取古人成句为题之诗，题首多冠以“赋得”二字。这在科举试帖诗中常见。也用于应制之作及诗人集会分题。后将“赋得”作为一种诗体，即景赋诗者亦多以“赋得”为题。

2. 泥融飞燕子：唐代杜甫《绝句》：“迟日江山丽，春风花草香。泥融飞燕子，沙暖睡鸳鸯。”描绘的是飞燕衔泥筑巢的景象。泥融：这里指泥土滋润。

3. 紫燕：燕名，也称越燕、汉燕，分布于江南。古代诗文中多见吟咏。

4. 相将：相随，相伴。

5. 玉池：池沼美称，也指因天上的神仙而成名的仙池。

6. 文杏梁：文杏，即银杏，俗称白果树。诗词中常用以指代文杏做的木梁。

7. 袖中书：置书怀袖中，表示极为珍贵的书信。

8. 湖湘：即湖南，简称湘，位于长江中游，大部分地域在洞庭湖之南。

【赏析】

此诗是一首五言律诗，选自卷十一。作者以唐代诗人杜甫《绝句》中的诗句为题，通过双燕筑巢的景象引发对相爱却未能相守之人的感叹。你看那双宿双飞的紫燕，从远处衔来碧绿的青草，在梁上和泥筑巢。刚刚衔来的青草脆嫩新鲜，略带着潮湿，散发出一股淡淡的香味。巢筑好后，双燕便可以在银杏的木梁上安家栖息，在临近的池沼上成对起舞。望着梁上那对幸福的飞燕，屋中的女子紧紧握住袖中那封未曾寄出去的家书。只可惜自己的夫君现在正远在异地，被洞庭湖所隔而不能相见。

平圃妇

自黄塘趋平圃，山行二日，风俗淳朴，妇女道逢使车，采者弃筐，骑者下马，拥蔽傍立，爱其明分达礼，或通都大邑不如也。

山途亦自别，恒避使君车。蛮结双环出，吴罗半面遮。定言长礼族，不必问谁家。何似长安道，香车兢狭斜。

问俗怜兹朴，观风羡彼姝。远嫌兼达礼，薄粉且施朱。露叶翠迎鬓，山花红趁襦。定知夫婿异，不笑使君愚。

【注释】

1. 通都大邑：都，都市；邑，城。通都大邑指四通八达的大都会、大城市。

2. 吴罗：吴地所产一种四经绞罗的纺织品，源于战国，以轻软透气著称。苏州是罗的故乡，织罗技艺高超，素有“吴罗”之称。

3. 香车：用香木做的车，泛指华美的车或轿。唐代卢照邻《行路难》曰：“春景春风花似雪，香车玉舝恒阗咽。”

4. 狭斜：又窄又斜。

5. 问俗：访问风俗。《礼记 · 曲礼上》云：“入境而问禁，入国而问俗，入门而问讳。”

6. 观风：谓观察民情，了解施政得失。语出《礼记 · 王制》：“命大师陈诗，以观民风。”

7. 彼姝：美丽的姑娘。《诗经 · 鄘风 · 干旄》：“彼姝者子，何以告之？”

8. 远嫌：远避嫌疑。《晋书 · 陈寿传》：“（张华）以寿虽不远嫌，原情不至贬废。”

9. 使君愚：《陌上桑》：“使君一何愚！”使君觊觎罗敷的美色，罗敷斥责使君愚蠢。

【赏析】

这首诗出自卷十三，是一首五言古体诗。区大相从黄塘前往平圃，在山中行走了两日，经过之处皆是民风淳朴。作者车马所过，路旁采桑的妇人都放下手中的箩筐，骑马之人则下马立于道旁，极为知书达礼。作者感慨认为，即便是大城市中的女子也没有她们明礼。即便是在山路之上，这里的女性也懂得自我约束，知道规避行人的马车。她们装扮简单，吴罗遮面。不用问她们出自谁家，都知道一定是谨守礼仪之家。哪里像城中街道上，女性乘坐的各式豪华马车拥堵在狭窄的道路之上。了解风俗后更羡慕这里的质朴，那些美丽的姑娘薄施朱粉，都懂得远避嫌疑，这样的女子一定有出众的夫婿。我就不要做像《陌上桑》中的使君一样的事情，被美女嘲讽了吧。

拟佳人年十五

艳质正婵娟，韶光复可怜。能歌初按拍，学弹始调弦。柔意才含蕙，芳心半吐莲。惟应三五夜，壁月此长圆。

【注释】

1. 艳质：艳美的资质，泛指美女。
2. 婵娟：曼妙优雅的姿容；美女；明月。
3. 韶光：美好的时光，多指美丽的春光；光阴，多指美好的青春年华。
4. 可怜：可爱、可喜、可羡。
5. 按拍：击节，打拍子。
6. 调弦：调节音弦。
7. 含蕙：蕙，音 huì，香草，比喻美色。含蕙比喻女子的身心芳洁。
8. 壁月：当为璧月，形容月圆如璧。

【赏析】

此诗选自卷十三，是一首五言律诗。此诗写作的目标拟定的是一位芳龄十五的佳人，处处流露出对青春年少的褒扬。恰逢十五妙龄、资质艳丽的佳人正处于明月一般的大好年华，这么美好的青春着实让人羡慕。此时的她刚刚学习唱歌和弹奏，已经可以初步掌握歌唱的节拍，刚刚懂得调试琴瑟的曲调。她在懵懂中开始萌发柔情，半遮半掩中开始琢磨爱情是为何物。如今的她正像十五的圆月那样无缺无瑕，但愿人们能够珍惜她，让这年轻的生命之花常开不败。

见舆人妇携儿女馈饷其夫

岂是春田馌，将无玉案齐。应怜齐相御，好谢买臣妻。路李枝多子，山桃花满蹊。此时闺中望，玉箸几行啼。

【注释】

1. 舆人:古代操贱役的吏卒。《左传·昭公四年》:“舆人纳之,隶人藏之。”杜预注:“舆、隶皆贱官。”

2. 春田:春季的田地。《宋书·周朗传》:“春田三顷,秋园五畦。”

3. 饚:音 hài,同“餀”,食物腐败发臭。

4. 玉案齐:玉案,玉饰的有足之盘。《后汉书》记载,梁鸿年轻时家里很穷,他刻苦好学,有学问却不愿做官,和妻子孟光隐居深山,互助互爱。据说,梁鸿每天劳动完毕回家,孟光总是把准备好的饭菜摆在托盘里,双手举着送到梁鸿面前。此即“举案齐眉”故事。

5. 齐相御:《史记·管晏列传》记载,晏子为齐相,他的马夫为此很得意,其妻看到后却要求离婚。丈夫问其故。妻说晏子身高不满六尺,贵为相,但并不满足;而你身高八尺,为人马夫,却沾沾自喜。丈夫听后,第二天就改正。晏子了解情况后,推荐马夫为大夫。

6. 买臣:朱买臣,西汉吴县人,汉武帝时累官至会稽太守。《汉书》记载,朱买臣家贫,好读书,不治产业,四十多岁仍以打柴为生。每次担柴售卖都背诵诗书。其妻觉得难堪,遂提出离婚。朱买臣笑着说:“我年五十当富贵,今已四十余矣。汝苦日久,待我富贵报汝功。”其妻不听,最终离婚。朱买臣在五十岁后果身居高位,任会稽郡太守,将前妻及其丈夫安置在太守府园中。一个月后,前妻上吊而死。

7. 玉箸:原指玉做的筷子,此处指思妇眼泪。唐代高适《燕歌行》:“玉箸应啼别离后。”

【赏析】

这首诗出自卷十三,是一首五言律诗。诗人在采风途中,看见杂役的妻子带着儿女为丈夫送来变质的食物,遂有感而作。杂役妻子送给丈夫的食物已经腐败,夫妻间没有半点梁鸿与孟光间“举案齐眉”的影子,作者以此点明杂役生活的繁重与困苦,根本无力顾及家庭的亲情温暖。作者用御者之妻和朱买臣妻子的典故说明妻子对丈夫的巨大帮助。路边的李树结满小小的果实,山上的桃花堆满小径。看到眼前的夫妻二人,作者不由想起自己的妻子。想来此时家中的妻子在闺房中望见这灿烂的春光,也平添许多相思之苦,正为我流下思念的清泪。

有所思

佳人有所思,行步常迟迟。紫艳委瑶砌,苍苔盈玉墀。不愁良夜永,但惜春光移。谁悟一言别,徒虚三岁期。

【注释】

1. 有所思:即有所思念。乐府古题,汉鼓吹铙歌十八曲有《古有所思》,后多用作诗歌标题。

2. 迟迟:徐行的样子。《诗经 · 邶风 · 谷风》:“行道迟迟,中心有违。”

3. 紫艳:杜鹃的一种。

4. 瑶砌:用玉砌造或装饰的台阶、地面等。

5. 玉墀:墀,音 chí,玉墀为台阶的一种美称。

【赏析】

这首诗出自卷十五,是一首五言律诗。诗歌描写的是一位佳人对爱人的思念之情。思念承载在佳人心中,因此走起路来常常是神思恍惚,步伐缓慢。玉阶两旁的杜鹃生机勃勃,却正是春天即将过去的象征。春天的离开更让佳人觉得时间飞逝,思念愈深。台阶上长满青苔,爱人不在身边让人感觉满是凄凉。不是在为黑夜的长久而担忧,而是在怜惜春日时光的短暂。谁能想到当初的一句暂时分别,却让自己白白等待了三年,虚度了三载的光阴呢?

当垆曲

胡姬年最少,含笑酒垆傍。舞爱青春艳,歌怜白日长。妆成称绝代,价重为时光。上客且安坐,休弹金凤凰。

【注释】

1. 当垆:指卖酒。垆,放酒坛的土墩。《史记》记载:卓文君新寡,与穷书生司马相如私奔,遭到卓文君父亲的坚决反对。新婚夫妻为了生活,卓文君只好开酒坊,并亲自卖酒。

2. 胡姬：原指胡人酒店中的卖酒女，后泛指酒店中卖酒的女子。汉代辛延年《羽林郎》诗："依倚将军势，调笑酒家胡。胡姬年十五，春日独当垆。"

3. 休弹金凤凰：指司马相如以《凤求凰》琴挑新寡的卓文君，文君遂与之私奔。

【赏析】

这首诗出自卷十五，是一首五言律诗，为酒店中美丽的卖酒女而作。年轻美丽的姑娘，明眸含笑地站在酒垆之旁。在她充满异域风情的舞蹈里，有着对青春艳丽的热爱；在她婉转优美的歌喉中，有着对白日漫漫的珍惜。妆后的卖酒女可以说是倾国倾城，因为青春韶华的短暂才更显得她的美貌和青春的珍贵。贵客暂且稍稍安坐，此时已经不用再弹奏那首《凤求凰》之曲了。

浔阳曲

（一）

门对九江水，送郎只一处。莫作九流派，寻郎无处所。

（二）

上江向襄阳，下江向扬州。侬船在中央，郎心在两头。

（三）

昨日经樊邓，今朝过夏口。仿佛浔阳城，已映武昌柳。

（四）

夕阳渡楚水，微雨集吴船。江风白浪起，君行若个边。

【注释】

1. 浔阳：浔阳，今江西省九江市的古称。唐代白居易被贬到江州（今九江），在浔阳江边写下了千古名篇《琵琶行》，其中有"浔阳江头夜送客"之句。

2. 樊邓：古地名，为春秋樊国、邓国的遗址。在今湖北省襄樊市及河南邓州市一带，自古为兵家必争之地。

3. 夏口：古镇名。因在夏水（汉水下游的古称）注入长江处，故称夏口。

4. 个边：那边。唐代杜甫《哭李尚书之芳》："秋色凋春草，王孙若个边。"

【赏析】

这四首五言绝句出自卷二十六，描写了一位女子在浔阳江头为自己的心上人送行，临行之时对他的叮嘱和离别之后的思念。门前正对着九江之水，但这里却是送别情郎的地方。真希望你不要再去外地求学，让我无处找寻。九江上游是襄阳，下游是扬州。你的船就在这中间，而你的志向却向着两地。或许你昨天刚经过樊邓，今天又过了夏口，武昌城中的杨柳，也与浔阳城一样吧。夕阳之时渡过楚江，很快就会抵达细雨蒙蒙的江南。江风卷起浪花，你如今已行到哪里了呢？整组诗语意简练，无任何华丽辞藻的堆砌，感情的表达直白而不造作，将女性的思念与幽怨的口吻表达得淋漓尽致。

吴姬吟

金塘霜落渚莲稀，日暮吴姬荡桨归。白纻风前吹不散，夜随明月过江飞。

【注释】

1. 吴姬：吴地女子。唐代李白《金陵酒肆留别》："风吹柳花满店香，吴姬压酒劝客尝。"

2. 渚莲：渚，音 zhǔ，水中小块陆地。渚莲指水边荷花。宋代陆游《马上微雨》："渚莲乃可念，泫泣如放妾。"

3. 白纻：纻，音 zhù，指苎麻纤维织的布。白纻指白色的苎麻或白纻布所制的袍衫。"白纻"也是乐府吴舞曲名。唐代李白《白纻辞》："且吟白纻停绿水，长袖拂面为君起。"

【赏析】

这是一首七言绝句，选自卷二十七。自古吴地女子温婉婀娜，心灵手巧，经常出现在骚人墨客的笔下。这首诗虽为明写日暮时分吴姬划船返归，却在情与景的交融中流露出阵阵思念之情。夕阳日暮，余晖洒满水面，粼粼波光如同镀上一层金色。女子结束了一天的劳作，独自摇着船桨，在霜落时节，伴着塘中稀疏的残荷，慢慢荡起归桨。那白色苎麻制成的衣衫，在风中依旧保持着整洁的形状，未曾随风而乱。而女子的一颗芳心却在静谧的夜色中，与天上那一轮明月，一同飞过江去，飞向思念之人所在的远方。

十五、闲逸

马上见宫燕回翔，感赋，一字起九字止

燕，于飞。人绣幕，出香帏。御林拂拂，宫桃绯绯。晓临金屋舞，夕傍玉楼依。婀娜多情恋主，差池新恨沾衣。云间尺素缄长别，芳草王孙怨未归。年年见尔红襟如旧，岁岁逢人黑发渐稀。故园花树已度今春晚，后院壶觞莫教他夕违。

【注释】

1. 一字起九字止：诗人创制的诗体，起句为一字，结句为九字。

2. 燕，于飞：燕子在飞翔。《诗经·邶风·燕燕》："燕燕于飞，差池其羽。"

3. 香帏：芳香艳丽的帏帐。

4. 御林：皇家园林。

5. 拂拂：音 fú fú，风轻轻吹动貌。唐代李贺《舞曲歌辞·章和二年中》："云萧索，风拂拂，麦芒如彗黍如粟。"

6. 绯绯：音 fēi fēi，红色。

7. 差池：音 cī chí，参差不齐之意。

8. 尺素：古代书信别名。

9. 缄：音 jiān，封、闭，书信的封口。

10. 芳草王孙：《楚辞·招隐士》："王孙游兮不归，春草生兮萋萋。"指牵人离愁的

景色。

11. 壶觞:酒器。晋代陶潜《归去来辞》:“引壶觞以自酌,眄庭柯以怡颜。”

【赏析】

这是一首乐府杂体诗,选自卷三。诗人在春天于马上看到燕子飞回宫中,有感而作此诗。诗的格式新颖,以一字开始,九字结尾,打破了一般诗歌整齐的五句或七句模式。燕子飞回,春天到了,宫女们从绣幕香帏中走了出来。园林中春风拂面,桃花盛开,粉红一片。清晨,燕子在精美的殿宇上飞翔舞动;傍晚则在楼宇间栖息。那婀娜的身姿,深深地眷恋着宫中的主人。只是它们不像人一样有着旧愁与新恨。云间的书信遥遥无期,芳草已经再绿,而王孙还未归来。年年见到你红色的衣襟那么鲜艳,但是为何头上的黑发越来越稀少?故园的花树旋开旋落,转眼又到了一年的暮春时节,我思念的人啊,你何日归来?莫教后院等待的壶觞又失落一场。全诗字数渐变,但对偶严谨,语言流畅。先是写燕,由燕归而想到远方未归的友人。“年年”“岁岁”两句有红襟依旧、黑发渐稀的人世无常的悲慨。结尾两句感情真挚,点明并升华了诗歌的主旨。

赋得文杏梁

(一)

文杏梁,卢妇郁金堂。下临玉池水,双栖紫鸳鸯。春风杨柳堤,堤前步步得相将。

(二)

文杏梁,赵女昭阳殿。绮闼十二重,琼檐语双燕。春风桃李花,花前岁岁还相见。

【注释】

1. 文杏梁:文杏木所制的屋梁,言其屋宇的高贵。汉代司马相如《长门赋》云:“刻木兰以为榱兮,饰文杏以为梁。”

2. 卢妇郁金堂:唐代沈佺期《古意》曰:“卢家少妇郁金堂,海燕双栖玳瑁梁。”意指女子芳香高雅的居室。

3. 相将：相伴。
4. 赵女昭阳殿：汉代宫殿名，赵飞燕姊妹曾居住此殿。后指古代妃子居住的后宫。
5. 绮闼：音 qǐ tà。绮，有文彩的丝织品，美丽；闼，门。绮闼意为华美的门。

【赏析】

这两首乐府杂体诗选自卷三。装饰精美的文杏梁，那是卢家少妇所居住的郁金堂，楼下的玉石栏杆围绕着清清流水，水上栖息着一对对美丽的紫色鸳鸯。堤岸遍植婀娜多姿的杨柳，春风轻拂，在堤上散步，依依垂柳时时可以相伴。装饰精美的文杏梁，那亦是赵飞燕姐妹居住的昭阳殿，精致的门户有着十二重，华美的屋檐下栖息着成双成对的燕子。春风吹开了桃李之花，愿我们能够岁岁年年在花前相见相伴。这是两首语言华美、充满闺阁情趣的赋诗，表达了女性多情、细腻的春日情怀。

关山月

（一）

长风吹海月，来向玉关明。及此登楼望，应多出塞情。阵云含晕缺，战马傍轮鸣。莫问刀头事，长榆更远征。

（二）

关山今夜月，寥落远征人。塞上重圆缺，边头多苦辛。愿随冰雪影，一照绮罗春。中妇念离别，娥眉几度颦。

【注释】

1. 关山月：汉乐府《横吹曲》调名。
2. 玉关：即玉门关。引申指边关。
3. 阵云：浓重厚积形似战阵的云，古人以为战争之兆。
4. 寥落：冷落，冷清。
5. 颦：音 pín，皱眉。

【赏析】

这两首古乐府诗选自卷三，歌颂了边关将士视死如归的英勇精神。长风吹拂，一轮明月从海上缓缓升起，照耀着玉门关。此时此刻将士们登楼远望，有着浓郁的思乡之情，身在边塞是多么的孤独和寂寥。这些将士们虽然有着浓浓的乡愁，但在阵场上却个个奋不顾身，勇往直前。你看战场上的杀气纷纷，阵云片片，战马傍着车轮而嘶鸣，他们正在浴血奋战、置生死于度外，立志要报效祖国、建功立业。关山上空的明月照着寂寥的远征之人，在塞上看到月亮多次圆缺，残酷的征战何时才能结束？我愿那明亮的月华光影，能照见我温暖如春的家。家中的妻子因对我的思念，估计会经常忧伤地皱着眉头，而那美丽的容颜应该也未曾舒展过。

采莲曲

（一）

锦袖清川曲，红妆绿水洲。可是怜孤棹，时时出并头。

（二）

妆成翻自爱，临水照娥眉。荷筒误攀折，撩乱不成丝。

（三）

荷花与人面，相对两相疑。歌声人未觉，白鹭已先知。

（四）

别浦千花暝，回舟一水香。停桡休更折，留着伴鸳鸯。

【注释】

1. 清川：唐代王维《青溪》："我心素已闲，清川澹如此。"
2. 洲：水中的陆地。
3. 棹：划船的一种工具，类似于桨。
4. 并头：并蒂的莲花。
5. 荷筒：即荷叶杯。
6. 撩乱：纷乱，杂乱。唐代韦应物《答重阳》诗："坐使惊霜鬓，撩乱已如蓬。"
7. 暝：日落，天黑。

8. 桡:音 ráo,桨,楫。

【赏析】

这是一组模仿古人所作的乐府民歌,共四首,选自卷三。其诗作清新自然。清清的河水弯弯曲曲,绿水环绕着小洲。采莲的女孩身着锦衣,面带红妆,娇艳美丽。她独自划着小船采摘莲蓬,却时时遇到并蒂而开的莲花。并蒂莲啊并蒂莲,你是在同情我的孤身一人吗?面对着水中倒映出来的倩影,精心妆饰过的采莲女不由得自我欣赏了起来。那美好的面容和身影,让她暗自撩乱、悄然怀春,本该采摘莲蓬,却错误地摘下了荷叶,心中充满了凌乱如丝的烦恼。采莲女子的容颜如荷花一般美丽,荷花似人面,人面似荷花,花影参差中让人相对生疑,看不清究竟是人面还是荷花。远处飘来采莲女的歌声,路人还没有听到却已惊动了荷塘中的白鹭展翅而飞。傍晚时分,荷塘上笼罩了一层暮色,千万朵荷花在暮色中静静地开放。采莲的女子们离开水塘还家,小舟缓驶,只闻到水面上扑鼻而来的荷花清香。她真想停下船桨继续采莲,但是又止住了这个念头。还是留着那些美丽的花,让她们守护那些成双成对的鸳鸯鸟吧!

四首诗各有可观之处,但应推第四首意境最为优美。暮色当中,千花在暝色中,这是视觉所见,扑面而来的清香是嗅觉所闻,引人入胜,让人仿佛看到了波光粼粼的水乡、荷塘,闻见了荷花的清香,令人心驰神往。最后两句写采莲女子的心理活动,含而不露,耐人寻味。

临春台

载酒临春台,徘徊不能已。东风如有情,飘荡樽前起。为将看花意,吹渡春江水。

【注释】

1. 临:来到。
2. 春台:指春日登眺览胜之处。
3. 春江水:南唐李煜《虞美人》:"问君能有几多愁,恰似一江春水向东流。"

【赏析】

这首古体诗选自卷三。此诗借歌咏春天的美景来抒发内心感情,情思飘荡,意象玲珑，情景交融，具有感动人心的力量。诗人载酒登临楼台，欣赏春天的美景。本来是兴致勃勃，但当他看到春光荡漾时突然又升起了伤春的情绪，令他徘徊惆怅不已。暖暖的东风好像多情的友人一样，在樽前飘荡，吹起诗人的衣襟，留恋不去。我欣赏那繁盛的春花，更怜惜那凋零的残花。东风它似乎了解我的心思，吹起花朵飘落到春水中，随流水而去。诗人看花的意绪，也随着那一江春水，滚滚向东流去。结尾以景来写情，言尽而意不尽，给读者留下很大的回味空间。

再去田园

（一）

两载还故庐，幽意颇渐适。方与海滨老，农谈忘日夕。朝看驱牛出，暮见栖鸟息。时复北窗下，对客娱篇籍。揆予从薄宦，谦下祖老易。秩匪三千钟，愿过六百石。剪蓬蒋诩园，载酒扬雄宅。息影辞嚣烦，秉心庶静默。奈何舍此去，慨焉悲物役。多谢南山云，岁晚迟来客。

（二）

出门望四野，忧心恒忡忡。问子何所忧，百感填予胸。谁云天泽远，举目尽疲癃。谁云周道平，荆棘高蔽空。树木莽萧条，于何息吾躬。久知世路艰，悔不守固穷。君子重谋始，古人戒薄终。卒卒营世务，羡尔高飞鸿。

【注释】

1. 故庐：旧居。

2. 北窗：晋代陶潜《与子俨等疏》："尝言五六月中北窗下卧，遇凉风暂至，自谓是羲皇上人。"羲皇，伏羲。羲皇上人，伏羲以前的人。此处喻指生活清闲自适。

3. 揆：音 kuí，度，揣测。

4. 谦下：谦逊，屈己待人。

5. 秩：俸禄。

6. 六百石：汉官秩，在千石之下。

7. 蒋诩：字元卿，汉代杜陵（今陕西西安）人，曾任兖州刺史，以廉直著称，后因不满王莽专权而辞官隐故里。他在家门前开辟三条小路，唯与求仲、羊仲往来。后用"三径"

指隐士家园。

8. 扬雄：字子云，西汉蜀郡成都人，有田一廛、宅一区，以农桑为业。

9. 秉心：持心。《诗经 · 鄘风 · 定之方中》："论议正直，秉心有常。"

10. 物役：谓为外界事物所役使。

11. 忡忡：音 chōng chōng，忧虑不安。

12. 天泽：一指上天的恩泽，一指天子的恩泽。唐代王昌龄《夏月花萼楼酺宴应制》："赐庆垂天泽，流欢旧渚宫。"

13. 疲癃：音 pí lóng，指曲腰高背之疾，或指苦难或苦难之人。

14. 固穷：意为君子虽穷，但仍坚守志节。

15. 薄终：谓不能善终。三国魏曹植《箜篌引》："久要不可忘，薄终义所尤。"

16. 卒卒：匆促急迫的样子。

【赏析】

这两首五言诗选自卷八，为作者离别田园时所作。在故乡田园生活了两年，渐渐适应了这种乡下幽居的生活。每天与野老谈论农事，忘记时间的早晚。早晨看着牛群缓缓而出，晚上看着栖鸟款款飞还。时而悠闲地高卧北窗之下，与来访的客人谈论诗篇。回想自从进入仕途，一直屈己待人，小心翼翼，时时以老庄的淡泊思想劝诫自己。我对仕途并不热衷，因此官位也不高。只期望能过上这种宁静淡泊的生活，剪掉故园的蓬草，像蒋诩、扬雄那些隐士一样饮酒自乐，恬然生活。离开了官场的喧嚣和烦恼，内心清静而安宁。然而这种悠闲的生活就要结束了，真是舍不得离开。只是自己被物所役，还不能抛弃名利和有一番作为的念头。我辞别南山的白云，感谢它们时时都等待着我，给我心灵莫大的安慰。离开故园前，诗人出门远望四野，内心不安，忧虑不断。究竟是为什么而忧心呢？胸中是百感交集，得不到舒缓。是谁说天子的恩德能泽被很远呢？举目所见，都是一些受苦受难的人民。谁说天下太平了！我只看到满园的荆棘遮蔽了天空，树木萧条，景象荒凉，人民生活穷困。面对此情此景，我的身心如何能够安放？早就知道世路多艰辛，真后悔自己不能安守固穷而要出来做官。只是自古以来君子就应该善始善终，既然我接受了这样的职务就要兢兢业业地工作。那高高飞过天空的飞鸿，正是我心里暗暗所羡慕的啊。

第一首诗描写了作者对田园生活的留恋、对仕途的厌倦。在第二首中，作者写到了当时的社会状况、人民生活的困苦与环境的恶劣。诗歌意平淡而味醇厚，情真意挚，可视为诗人自我内心的剖析，非常感人。

方生行

方生手持白虎文，过我顾啸生风云。饮酒何辞一石醉，下笔欲扫千人军。昨朝奏牍来燕市，争道骅骝日千里。雄篇往往惊前辈，高论纷纷屈余子。为德从来自有邻，在世岂应无知己。只言献赋动明君，谁料当年未策勋。不遇荆人徒抱玉，待逢伯乐始空群。高才郁郁今如此，薄俗悠悠安足云。君家严君亦奇磊，海内才名三十载。当年意气满乾坤，至今迁谪流江海。贤豪尽下汉公卿，落拓三为州刺史。五马朝辞北地霜，片帆春送西江水。豫章参天白日动，丰城气薄风雷徙。方生方生岂但尔？好去共称名父子，万里之行自此始。

【注释】

1. 方生：应是诗人的一位辈分较低的朋友，生平不详。

2. 白虎文：应为方生所做文章篇名，具体内容不可知。

3. 奏牍：奏章。

4. 燕市：指北京。

5. 骅骝：音 huá liú，赤色的骏马。

6. 为德从来自有邻：《论语 · 里仁》：弟子问孔子："人皆有兄弟，我独无。"孔子答："德不孤，必有邻。"意指有道德的人肯定会有朋友。

7. 献赋：《史记 · 司马相如列传》：相如因汉武帝读《子虚赋》而发迹，后遂以"献赋"指作赋献给皇帝，用以颂扬或讽谏。

8. 策勋：记功勋于策书之上。

9. 荆人：指楚人卞和得玉璞于荆山的遭遇。

10. 伯乐：相传为秦穆公时人，姓孙名阳，善相马。

11. 空群：用相马喻识人，意为善识人的人能把有才能的人选拔一空。唐代韩愈《送温处士赴河阳军序》："伯乐一过冀北之野，而马群遂空。夫冀北马多天下，伯乐虽善知马，安能空其群邪？解之者曰：吾所谓空，非无马也，无良马也。伯乐知马，遇其良辄取之群。"

12. 丰城：地名，位于今江西省中部。

13. 岂但：难道只是，何止。

【赏析】

这是一首七言古体诗，选自卷九。方生手持大作白虎文来拜访我，文如其人，豪爽雄迈，虎虎生风，极为可观。饮酒一石渐有醉意之时，他乘兴挥毫泼墨，如扫除千军万马一般。他的雄篇往往让前辈惊叹，高超的论断让人叹服。有德行的人向来不会缺乏朋友，在世上岂能没有知音呢？原以为方生献赋会打动明君，却没料到毫无结果。方生怀才不遇就像徒抱美玉的楚人一样，等到有一天遇到伯乐才能被欣赏提拔而有所作为。身怀高才却抑郁至今，世俗炎凉对你来说已是云淡风轻，不值一提。方生的父亲也是奇磊之才，在海内有才名三十余年，当年也是意气满乾坤，现在却被贬到了南方。他的贤劳与豪迈让公卿大臣赞赏，却三次落拓为州刺史。他的车马离开多霜的北地，又乘船沿江到了江西。他在江西留下政绩，改变了地方风俗。方生呀方生，你的父亲如此有才能，你也不会长期落寞。你这次返回江西，一定会与你的父亲共扬美名。

从结尾可看到，这应是一首为方生送行去江西的诗。因方生来京求取功名不得，抑郁失志，诗人对这位同僚后辈十分同情，给予了很大的肯定和鼓励，而且对方生的父亲也十分赞赏。全诗流畅自然，气势壮阔，一方面是赞叹方生父子，一方面是感叹世间的不公，展示出豪迈的风格。

君马黄

君马黄，臣马骊。二马虽共逐，臣马驱以驰。走灭没，出权奇，谁当产者渥洼池？逾昆仑，度月支，谁当相者孙阳师？珊瑚宝勒黄金羁，桃花锦障光陆离。路傍照耀幽并儿，君马吉行三十里，臣马前驱为君死。千金台上未为恩，一顾尘中岂徒尔？不辞四蹄践霜雪，西走咸阳东辽水。战罢初归玉塞群，功成更服天闲驷。却笑周家八骏蹄，徒向瑶池御天子。

【注释】

1. 君马黄：汉鼓吹铙歌十八曲有《君马黄歌》。

2. 骊：纯黑色的马。

3. 走灭没：唐代李白《天马歌》："天马来出月支窟，背为虎文龙翼骨。嘶青云，振绿发，兰筋权奇走灭没。"据说千里马的头部有一根兰筋，游走无形，非同寻常。

4. 权奇：奇谲非凡，多形容良马善行。

5. 渥洼池：为天马的故乡。

6. 孙阳：伯乐，原名孙阳，春秋中期郜国（今山东省成武县）人。在秦国富国强兵中，以相马立下汗马功劳，得到秦穆公信赖，被封为“伯乐将军”。

7. 幽并儿：古代幽并二州多豪侠之士，故用以喻侠客。三国魏曹植《白马篇》：“借问谁家子？幽并游侠儿。”

8. 吉行：为吉事而行。

9. 千金台：公元前 311 年燕昭王即位，于易水旁修筑黄金台，广招天下人才，乐毅、邹衍等前来投奔。

10. 玉塞：玉门关的别称。

11. 天闲：皇帝养马的地方。宋代梅尧臣《伤马》：“况本出天闲，因之重怊怅。”

12. 八骏：传说中周穆王驾车用的八匹骏马，传说能日行万里。

13. 瑶池：古代传说中昆仑山上的池名，西王母所居美池。

【赏析】

这是一首乐府杂体诗，选自卷三。皇帝的马儿黄，臣子的马儿黑。二马虽然共同奔跑追逐，但臣子的马却是被君王的马驱赶奔驰的。渥洼池出产的君王之马，头部兰筋游走无形，样子奇谲非凡且善于奔行。这匹天马日行千里，轻松地越过昆仑、度过月支，善于相马的伯乐见了也会惊叹。它戴着装饰着珊瑚的宝勒和黄金的络头，身上覆盖着绣满桃花的锦障，鲜艳美丽，照耀着路傍的幽并豪侠之士。君王之马吉行三十余里，臣马在前面驰驱为君王征战死节，就因为知遇之恩还未报答，所以才这么勇敢无畏，视死如归。臣马不怕四蹄踏践霜雪，西行咸阳，往东渡过冰凉的辽水，战争初歇时回到玉门关，功成胜利之后回到皇帝的马厩。这种良马，周穆王的八匹骏马也不能与之相比，可笑它们还载着周天子驰向瑶池。此诗语言参差错落有致，感情充沛，气势强大，辞采瑰丽。借臣马甘愿受君马之驱驰，表达了作者愿为君王出战立功以报效国家之心情。

梅花歌

燕京地寒少梅，唯盆种者置暖室中，可耐寒节。予居京师日，买置十数盆，环一小榻，数盏微熏，吟卧其下，颇有乡园之趣。因为长句，以寄兴焉。

家住罗浮山下村，千株万株对柴门。一一峰头种梅树，家家宅畔有梅园。忽惊海上春光早，转觉山中花事繁。开时雪障炎天白，飘处香浮海月昏。石湖处士

空留品，官阁诗人且细论。满目瑶华难辨蕊，千丛琼片不分根。素禽栖处翻疑影，粉蝶飞来暗断魂。拄杖穿林皆踏雪，荆扉照水半迎暄。初经崃屼深溪口，复过横斜浅水源。何处临风无玉树，谁人吹笛坐琼轩。别有姣娆新约素，霓裳鹤驭来缤翻。汉水游妃朝解佩，瑶台仙子笑无言。冰帘半卷银环出，珠户斜开玉手掀。此际游人初入梦，此时芳蔼绕啼痕。参横月落愁翠羽，霜白天清吟断猿。自从离却梅花国，万树斜阳今几存。北风十日地欲裂，冷尽孤根只数盆。深洞移来春欲到，纱窗闭处火微温。金马朝回看点额，玉人妆罢共开樽。东风传语庾关信，独把南枝向塞垣。

【注释】

1. 罗浮山：又名东樵山，中国十大道教名山之一，位于今广东省博罗县，司马迁称罗浮山为“粤岳”。

2. 石湖处士：宋代诗人范成大，号石湖居士。在石湖“以其地三分之一与梅”，著《梅谱》。

3. 官阁：供人游憩的楼阁。

4. 崃屼：音 lù wù，高耸。

5. 姣娆：音 jiāo ráo，指美人。唐代李商隐《碧瓦》：“他时未知意，重叠赠娇饶。”

6. 约素：形容女子腰身圆细美好，宛如紧束的白绢。三国魏曹植《洛神赋》：“肩若削成，腰如约素。”

7. 鹤驭：指仙人。传说成仙得道者多骑鹤，故名。唐代吴融《和皮博士赴上京观中修灵斋》：“鹤驭已从烟际下，凤膏还向月中焚。”

8. 缤翻：盛貌，纷乱貌。

9. 汉水游妃：指郑交甫在汉水遇神女的典故。

10. 断猿：孤独悲啼之猿。唐太宗《辽东山夜临秋》：“连山惊鸟乱，隔岫断猿吟。”

11. 金马：指金马门，汉代宫门名，学士待诏之处。

12. 点额：以笔点头额，吉祥之兆。

13. 庾关：大庾岭亦称庾岭、梅岭等，位于江西与广东两省交界，为五岭组成部分。

14. 塞垣：本指汉代为抵御北方少数民族所设的边塞。后亦指长城、边关城墙。

【赏析】

这是一首七言诗，选自卷九。燕京因为天气寒冷很少种植梅花，只有种在盆里的梅花，放置在暖室中，才可以度过寒冷的季节。区大相在京师居住的时候，曾买了十数盆梅花，环绕着小榻放置。他经常在酒后微醉之时于梅花下吟诗和眠卧，颇有回到故乡梅园的感觉，遂做此诗以寄兴。此诗全篇都在咏梅，语言绚丽多彩，想象奇特，用典颇多但并不晦涩，语言流畅自然。在咏梅的同时，作者亦借梅花寄托了自己对家乡的怀念，颇有意蕴。全诗意境优美，将读者带入了一个色彩缤纷、梅花绽放的世界。

圯上行

子房当日横意气，志在报韩功不济。留城未即归汉王，博浪先因击秦帝。避难潜行过下邳，复仇无计虑穷追。道逢老人呼拾履，心固不欲强然为。老人家在谷城下，往来圯桥无识者。高步矫矫如惊鸿，堕履翩翩若飘瓦。子房跪进一何恭，老人坐受甚从容。顾谓孺子为可教，授以素书成帝功。更期后日访黄石，或约他年游赤松。此事相传亦奇诡，风云感会良有以。不见祠前东流水，古来上德皆如此。

【注释】

1. 圯上：圯，音 yí，桥。典出《史记 · 留侯世家》，指秦末授张良《太公兵法》于下邳圯上的老人，即黄石公。

2. 子房：张良，字子房，颍川人，秦末汉初谋士，与韩信、萧何并称“汉初三杰”。

3. 留城：古留城位于今山东省微山县，处中原与南方交汇咽喉地带，春秋时为宋国重要城邑。在楚汉相争后，张良被封为留侯。

4. 博浪：在今河南省原阳东南。公元前 218 年，秦始皇东巡，张良指挥大力士埋伏在古博浪沙，用一百多斤的大铁锤击秦王车。

5. 下邳：今江苏省睢宁县古邳镇，别称邳国、下邳郡。战国时，齐威王封邹忌为下邳成侯，开始称该地为“下邳”。

6. 履：鞋。

7. 高步：阔步，大步。

8. 矫矫：超凡脱俗，不同凡响。

9. 黄石：即黄石公，道家学者，秦汉时人，被道教纳入神谱。《史记 · 留侯世家》称其避秦世之乱，隐居东海下邳。时张良亡匿下邳，于桥上遇黄石公。黄石公三试张良，授与《素书》，临别有言：“十三年后，在济北谷城山下，黄石公即我矣。”

10. 赤松:赤松子,号左圣南极南岳真人左仙太虚真人,秦汉传说中的上古仙人。

【赏析】

这首七言诗选自卷十,为咏汉代名臣张良而作。张良,字子房,先祖为韩国颍川郡贵族,曾三代为韩丞相,本姓韩。秦灭韩后,他图谋恢复韩国,遂变卖家产,结交刺客,在古博浪沙指挥大力士用铁锤狙击秦始皇未遂,逃亡至下邳。在这里,他偶遇黄石公老人,被黄戏弄捡鞋、穿鞋,并得到黄石公传授的《素书》,凭此帮助汉高祖成就了帝业。十三年后,张良随高祖到济北谷城山下,得一黄石,并为此石建祠供奉。区大相在游览圯上之时写下此诗,记述了张良与黄石公的这段佳话。他在诗的结尾感慨,此事代代相传,让人觉得奇诡、风云变幻,让人感慨。就如同祠前的东流之水一样,自古以来,有道者皆在机遇暗合中成就了一番事业。

邺都行

汉家末运罹崩分,群雄割据乘风云。曹氏提戈窃汉鼎,邺城草创凌天阍。京邑横跨西山趾,楼台半出漳河水。呼吸风云百万师,指顾山河五千里。战罢归来校文士,草檄征词各称美。列坐既多能赋人,西园亦有佳公子。邺都歌舞日纷纷,建安词赋气凌云。北堂艳妓轮乔女,南国佳人让洛神。只谓千秋终宴乐,谁知转眼成灰尘。人间有幸三分业,地下曾无九锡文。兴亡古今一飞鸿,豪杰经营总是空。铜爵台基沦蔓草,芙蓉园馆委秋风。若道繁华无寂寞,试问当年安汉公。

【注释】

1. 邺都:曹操平定袁绍后,营建邺城,后定为王都。魏文帝曹丕在此受禅登基,后移都洛阳,仍以邺城为五都之一,史称邺都(在今河北省临漳县)。

2. 罹:音 lí,遭受苦难或不幸。

3. 戈:古代的一种曲头兵器,横刃,用青铜或铁制成,装有长柄。

4. 汉鼎:指汉代社稷。

5. 天阍:帝王宫殿的门。

6. 建安词赋:又称“建安辞赋”。建安为东汉末汉献帝的年号,自此开始,是中国文学史中辞赋发展的转折期。建安时期的文人主张批判性地继承汉赋,在广阔的现实生活中拓宽选材领域。尤以"建安文学"中的"三曹"为代表。"建安辞赋风骨"继承了"汉赋风骨",且启三国魏文学之风,后世合称"汉魏风骨"。

7. 九锡文:古代帝王赐九锡予权臣时的诏书,内容皆谀颂权臣功德之词。

8. 铜爵台:铜雀台。见本页注释。

9. 芙蓉园:隋朝在长安建立的皇家禁苑。唐朝仍为皇家御苑。

10. 安汉公:汉朝皇帝授予王莽的爵位。

【赏析】

这首七言诗选自卷十。作者在本诗中吟咏了三国曹魏在历史上的兴亡。汉末天下分崩离析,群雄割据。曹操以武力窃取了汉朝社稷,定都邺城。曹氏的京邑横跨西山,楼台连绵耸立在漳河水畔。曹氏指挥百万雄师,呼风唤雨,纵横山河五千里。战罢归来检阅文士,朝中列坐着能诗擅赋之人,建安时代的词赋骨气凌云。西园也有曹丕、曹植等俊杰公子,人才济济,盛极一时。在邺都宫殿中,歌舞日日不断,北堂艳丽的歌妓当属乔姓女子,南国佳人则为洛神。当日以为千秋万代都可宴乐欢笑,谁知盛世转眼就成了尘土。虽然当时三分天下,曹氏却没有属于他的九锡诏书,只落得个篡权夺位的骂名。古今兴亡就像去留无迹的飞鸿,来去匆匆,豪杰们所经营的霸业到头来都是一场空。铜雀台的台基已长满了蔓草,芙蓉园馆也湮没在秋风落叶中。如果说只有繁华没有寂寞,那么去问谋夺西汉皇位的王莽,就会知道历史盛衰亘古不变。

铜台引

君不见魏帝当年号神武,气吞吴蜀势如虎。已开广殿会文英,更筑高台贮歌舞。翠钿杂沓罗甲帐,词赋缤纷列簪组。一朝运去霸业空,千载流传妇儿语。没后惟余粉黛恩,生前误作山河主。台上君王去不回,帐下美人歌自苦。昔时富贵等浮烟,今日蒿莱满环堵。铜台西望不堪思,漳水东流无尽时。春鸟如歌又如恨,至今犹是望陵悲。

【注释】

1. 铜台:铜雀台的省称。三国时,曹操灭袁氏兄弟后,夜宿邺城,半夜见到金光由地而起,隔日掘出铜雀一只。曹操大喜,于是建铜雀台于漳水之上,以彰显其平定四海之功。

2. 翠钿：用翠玉制成的首饰。

3. 杂沓：纷杂繁多貌。

4. 甲帐：汉武帝所造的帐幕。据说是用琉璃、珠玉等天下珍宝而建。

5. 簪组：冠簪和冠带。借指官宦。

6. 粉黛恩：曹操《遗令》："吾婢妾与伎人皆勤苦，使著铜雀台，善待之。"

7. 堵：土墙；四壁。

【赏析】

这首七言诗选自卷十，为诗人游览铜台而引起历史兴亡之感，吟咏魏武帝曹操而作。君不见魏武帝当年是多么神武威风，如猛虎一般有着气吞吴蜀的气势。他大开殿门广纳贤才文士，还广筑高台以供歌舞。妇女们翠钿纷繁列于甲帐之中，文人贤士则纷列朝中，盛极一时。可是一朝运去，则霸业空空。曹操生前空自掌控山河，死后只留下了对妻妾们的恩宠，只剩下流传千载的妇儿之语。铜台之上的君王一去不回，帐下的美人空自歌舞传恨。昔时富贵如烟云一样散尽，今日却是满园荒草。站在铜台之上极目西望，让人不堪忧思。漳水依旧东流，人物却已不在。春鸟的叫声像唱歌又像在传恨，至今让人望到陵墓就会感到悲哀。

邯郸道

（一）

突骑如流星，飞过邯郸城。千人皆辟易，不敢问姓名。报仇轻赴敌，使气重横行。相逢鲁勾践，识是燕荆卿。

（二）

使气从来不相让，博肆喧喧竞争长。心知欲语口难言，作意叱君君未谅。荆卿归去西入秦，其事不成空殒身。惜乎不讲刺剑术，看作悠悠饮博人。

【注释】

1. 突骑：用于冲锋陷阵的精锐骑兵。《汉书·晁错传》："若夫平原易地，轻车突骑，则匈奴之众易挠乱也。"

2. 辟易：音 bì yì，指屏退，击退，引申为消失。

3. 鲁勾践：荆轲游邯郸，鲁勾践与荆轲博戏，争执博局路数，荆轲却悄悄逃走。

4. 荆卿：荆轲，战国时期著名刺客。

5. 使气：恣逞意气。

6. 刺剑术：荆轲曾与盖聂论剑术，盖聂对他怒目而视，荆轲装作害怕逃走了。

7. 饮博：饮酒博戏。

【赏析】

这组诗选自卷十，主要是吟咏荆轲。一匹骏马如流星一样奔驰着驶过邯郸城，众人都屏退躲闪，不敢问那位勇士的姓名。他为了报仇轻松地去了敌国，意气纵横，十分豪迈。荆轲在邯郸城中结识了鲁勾践，二人成了朋友。但是俩人都恣逞意气，互不相让，终于在博肆中一争短长。鲁勾践发怒呵斥他，荆轲也不辩解，默默逃走了。荆轲西入秦国去刺杀秦王，事不成而牺牲了自己的性命。他的壮举让人感叹，他当年装作害怕不与人讨论剑术，还让人误以为他是一个只知道饮酒博财之人，实际上他是为了隐藏自己，待时机到来时有一番作为。

丛台行

武灵王，何雄哉，胡服骑射屈群材。略地云中西入秦，秦人惊起函关开。雄心日暮犹未已，百尺高台更从起。才人尽解邯郸步，鼎士俄成袨服市。鸳鸯宫瓦碧琉璃，玳瑁朝簪灿陆离。十里管弦声不断，春风吹入照眉池。自从内变起床第，千秋霸业随流水。玉辇金舆不复行，层台渐圮曲池平。坑卒仍闻四十万，偿璧虚当十五城。君不见，邯郸夜拔丛台宴，酒酣昼卧温明殿。莫将天下属他人，英雄为谋自有见。歌舞能令壮志消，古来祸败由荒宴。君不见，邯郸道上逢吕翁，千古豪华如梦中。

【注释】

1. 丛台：建于战国赵武灵王时期，是赵王检阅军队与观赏歌舞之地，古称“武灵丛台”。

2. 胡服骑射：丛台是赵武灵王“胡服骑射”发生地。赵国在战国时本是小国，赵武灵王即位后，看见北方胡人身着窄衣，能征善战，遂下令改穿胡服，勤练兵马，终于成为战国七雄之一。

3. 略地:略,侵夺,强取。略地指夺取地盘,攻战城池。

4. 云中:我国古代的一个地名,大概在今天的内蒙古托克托东北部。

5. 函关:函谷关之省称。

6. 邯郸步:当时在古都邯郸流行一种舞步叫跕屣,是一种类似于现代西方芭蕾舞的点着脚尖跳舞的舞步,非常优美。

7. 鼎士:力能举鼎的人,指勇士。

8. 袨服:袨,音 xuàn,黑色的礼服。袨服指武士之服。

9. 内变起床第:赵武灵王因为宠爱吴娃,废太子章而立何为太子,后在章与何的王位之争中被何的军队围困在宫内,最后被饿死。

10. 坑卒仍闻四十万:秦国名将白起率军在赵国长平(今山西省高平市西北)同赵国军队开战。赵军最终战败,秦军坑杀赵国四十万降兵。

11. 偿璧虚当十五城:用和氏璧典故。战国时赵惠文王得到一块楚国原先丢失的和氏璧。这事让秦昭王知道了,派使者对赵王说自己愿意用十五座城池来换“和氏璧”。

12. 温明殿:汉赵王如意所建宫殿。

13. 吕翁:指吕洞宾。

14. 梦中:指黄粱一梦。

【赏析】

这首七言古诗选自卷十,为区大相路过邯郸时咏史怀古之作。作者从丛台联想到雄霸一时的赵武灵王。赵武灵王胡服骑射,一举夺得秦国云中之地。他广招天下才俊,欲称雄于世。鸳鸯宫瓦映照着碧色的琉璃,王公大臣朝簪上的玳瑁光怪陆离,全国一片安乐富足,十里管弦歌声不断,处处呈现繁盛气象。但自从两位公子为争夺王位互相残杀,赵武灵王被饿死,他的千秋霸业付诸流水。那些装饰着金玉的车马不再从台前穿行,丛台很快衰败,台前的曲池也被填平。赵国的兴盛只是昙花一现,秦国打败赵国,坑杀赵国四十万军队,赵国从此一蹶不振。秦王又垂涎和氏璧,提出想用十五座城池来换取,但这只是骗人之举。秦最终战胜了赵国,但汉朝又很快取代了秦。君不见邯郸夜夜都在丛台欢宴,醉生梦死在温明殿的是汉朝的赵王如意。历史告诉我们不要把天下给了别人,英雄应该有远见卓识。耽于歌舞能令壮志消沉,古来祸败都由荒淫宴乐而起。丛台宴上欢歌的赵王如意很快也被吕后杀死。所有的这一切战争与兴衰,都如同黄粱梦一般。此诗旨在提醒统治者,不能沉迷于享乐荒淫之中,那样的结局只能是自取灭亡。

暮归山中

田家落日间，茅屋对秋山。片霭将林暮，孤云共鸟还。人烟流水外，村杵夕檐间。萝月时相待，悠然返故关。

【注释】

1. 将：跟从。与下句的共相对。
2. 霭：音 ǎi，云气。
3. 杵：音 chǔ，舂米或捶衣的木棒。
4. 萝月：藤萝间的明月。唐代沈佺期《入少室溪》有“夕卧深山萝月春”句。
5. 故关：故乡。

【赏析】

这首五言律诗选自卷十一。这是一首描写田园生活的诗歌，明显受到陶渊明和王维田园诗的影响，风格平淡而自然。村庄里的落日时分，一切都显得那么悠闲。简陋的茅屋静静地伫立着，对着布满秋色的山峰。这里非常安静，树林被暮气笼罩，眼看太阳就要落下，孤云伴着飞鸟飞还巢穴。炊烟升起，流水潺潺，杵静静地挂在屋檐下。月华初上，藤萝间的那轮明月仿佛也在期待着我的归来。这首诗极富田园生活气息，尤其是“人烟流水外，村杵夕檐间”句写景细致入微，真实细腻地展现了农村生活的画面。结尾两句体现出作者内心对田园生活的向往。

西　风

西风动万里，羁客不禁秋。送雁过关塞，惊尘上戍楼。乍嘶胡马动，漫卷汉旌愁。辛苦防秋卒，黄沙战未休。

【注释】

1. 羁客：亦作“羇客”，旅客，旅人。
2. 关塞：边关，边塞。
3. 戍楼：边防驻军的瞭望楼。

4. 防秋:古代西北各游牧部落往往趁秋高马肥时南侵。届时中原边军特加警卫,调兵防守,称为"防秋"。《旧唐书·陆贽传》:"又以河陇陷蕃已来,西北边常以重兵守备,谓之防秋。"

【赏析】

这是一首吟咏西风的五言律诗,选自卷十二。作者由西风联想到边疆辛苦防守的士卒,体现了希望和平、停止战争的思想。西风吹动了万里大地,让羁留他乡的游子不禁升起悲秋的情绪。猎猎西风中,秋雁飞过边塞,卷起的尘土飞上高高的戍楼。胡马在秋风中突然嘶鸣起来,开始不安地跑动。秋风卷动汉家的军旗,望着随风飘扬的旗帜,军士们的胸中忧愁顿兴。守卫边疆的士卒异常辛苦,将士们需时刻严加防范敌人的入侵,也不知边境上的战争何时才能够停止。

二月梅花

春色满瑶台,梅花犯雪开。不言芳意晚,乃发艳阳来。桃李宜相照,冰霜幸未摧。因君正留赏,度曲且迟回。

【注释】

1. 瑶台:美玉砌的楼台,亦泛指雕饰华丽的楼台。
2. 度曲:指《梅花落》,为汉乐府横吹曲名。唐代高适《塞上听吹笛》曰:"借问梅花何处落,风吹一夜满关山。"

【赏析】

这首五言律诗选自卷十四。二月的梅花开满了枝头,盎然的春意灿烂了整座楼台。梅花并不惧怕严寒,迎着皑皑白雪开放。它的盛开,开启了一个美好的春季。桃花、李花也在初春的二月伴随开放,但是它们在冰霜中瑟瑟发抖,差点就要被摧毁,怎么能够跟不畏严寒的梅花相比呢。世间的人们是如此喜爱梅花,还把它谱入曲中,所以请梅花绽放的脚步放慢一些,不要匆匆离去。诗中借桃李的脆弱来映衬梅花的冰肌傲骨,使梅花的形象与精神鲜明、突出。

杂诗

（一）

玄兔与龟兹，年年为出师。宝刀行有赠，银甲解无期。扬帆捉日本，披图斩月支。不能殉国难，何用说男儿。

（二）

檐桃出发日，思妾上春机。夜夜含啼织，朝朝空望归。燕穿重幕入，莺绕数花飞。闻到龙城将，今年未解围。

【注释】

1. 玄兔：指在中国东北地区与朝鲜接壤等区域设置的玄菟郡，代指东部边疆。

2. 龟兹：音 qiū cí，是中国古代西域国家之一，位于今新疆境内。此处代指西部边疆。

3. 银甲：铠甲。

4. 月支：音 ròu zhī，亦称“大月氏”，古代中国西北部的游牧部族。

5. 龙城将：即“龙城飞将”。“龙城”指奇袭龙城的名将卫青，“飞将”指飞将军李广。实际上“龙城飞将”并不是指代一人，而是泛指众多汉朝出击匈奴的名将。唐代王昌龄《出塞二首·其一》：“但使龙城飞将在，不教胡马度阴山。”

【赏析】

这两首五言律诗选自卷十五，题为《杂诗》，实为两首边塞诗，第一首描写的是征人，第二首与之相对，描写的是思妇。万历年间，明政府内忧外患，边疆地区征战不断，除了与在朝鲜抗日、历时六年之久的万历朝鲜战争，又有平定蒙古人哱拜叛变的宁夏之役、平定苗疆土司杨应龙叛变的播州之役。明朝的士兵不断外出作战，以为国殉难为荣。男人们年年出征在外，家中的妻子在日夜思念的同时，又时刻打听着边疆的战况。妻子的思念之情通过作者的诗句跃然纸上。

赋得琼岛

琼岛带天池，文明复在兹。圣人曾慕此，君子昔居之。气候看仍别，波涛涉不疑。珠崖含月吐，鹏翥共云垂。地尽南浮日，天长北望时。因君奏海赋，彼甸更言奇。

高皇帝诏曰："南溟浩渼，中有奇甸数千里。"丘文庄濬曾为赋。

【注释】

1. 琼岛：海南岛。清人屈大均《广东新语》卷二记载："地至广南而尽。尽者，尽之于海也。然琼在海中三千余里，号称大洲，又曰南溟奇甸。"

2. 天池：语出《庄子・逍遥游》："北冥有鱼，其名为鲲。鲲之大，不知其几千里也。化而为鸟，其名为鹏。鹏之背，不知其几千里也；怒而飞，其翼若垂天之云。是鸟也，海运则将徙于南冥。南冥者，天池也。"

3. 珠崖：汉武帝于海南岛东北部置珠崖郡，治今琼山县东南。

4. 鹏翥：翥，音 zhù，鸟向上飞。鹏翥指鹏向上飞，比喻气象宏伟。

5. 奏海赋：指明代文渊阁大学士丘濬所作《南溟奇甸赋》。

6. 彼甸更言奇：《明太祖文集》卷六《劳海南卫指挥》云："南溟之浩瀚，中有奇甸，方数千里，地居炎方，多热少寒。"南溟，南方的大海。甸，本指郊外之地；奇甸，奇异之地。

7. 高皇帝：指明太祖朱元璋。

8. 浩渼：音 hào yǎo，水无边无际的样子。

【赏析】

这首五言排律选自卷十九。这是一首应制而作的诗，作者分得的题目即为吟咏琼州岛。诗中运用大量典故来吟咏海南，气势雄壮。琼岛与天池相接，向来是文明所在之地，明太祖亦曾眷顾于此，像丘濬这样的仁人君子更是居住在这里。海南的气候与内陆不同，要想到那里去就要渡过波涛汹涌的大海。琼岛地处最南端，景物奇特，白日较长。珠崖好像吞吐着明月，庄子神话中的大鹏在此垂下它如云的羽翼。当年丘濬因看到太祖高皇帝的诏书，所以做了一篇流芳百世的《南溟奇甸赋》，这使得琼岛更有魅力，更加令人向往。

客中九日

细雨黄花节,秋风竹叶杯。异乡谁送酒,何处更登台。木落江云暮,天寒塞雁来。惟怜三径在,归去剪蒿莱。

【注释】

1. 九日:九月九日重阳节。

2. 黄花节:重阳节。宋代王十朋《芦花》诗:"悲秋已过黄花节,照眼浑疑白帝城。"

3. 三径:意为归隐者的家园。晋代陶潜《归去来辞》:"三径就荒,松竹犹存。"

4. 蒿莱:音 hāo lái,蒿、莱都为植物名,这里指野草。

【赏析】

这首五言律诗选自卷十一,为诗人在他乡度过重阳佳节时所作。两首诗中饱含着浓浓的乡愁和身世孤独之感,感情真挚,写景自然。九月九日重阳节这天飘起了绵绵秋雨,秋风中人们用竹叶杯来饮酒。但是独在异乡、身为异客,谁能在这佳节之中与我共饮美酒、登高望远呢?秋风摇落了树叶,江上云卷云舒,转眼就到了日暮时分,这时更感孤独。天气变得寒冷,北方边塞的大雁飞向南方,这让诗人兴起漂泊之悲慨。故乡的朋友应该还在期待我的归来,何时能够回归故园,亲手剪掉那些杂草,过上那种淡泊的隐士生活呢?区大相还有一首《客中九日》收录在卷二十六的"五言绝句"中,亦饱含了浓浓的思乡之情,其诗云:"乡望三千里,归怀十二时。黄花应满径,何客醉东篱。"

后记

2014年初夏，我因承担佛山市人民政府委托的《佛教与佛山文化》项目，多次在佛山各地田野考察，最后考察地是高明区。我在临行前，通过网络查找在高明区的拟考察地，无意中发现媒体披露在阮埇村发现了明代区大相家族族谱。从介绍看，这是一部非常珍贵的文献。为了能看到这份珍贵的历史文献原貌，我想到了毕业于我校历史学专业的研究生陈新文同学，他时任中共高明区委常委兼宣传部长。我给陈常委发去短信，希望他能借行政手段帮我完成此愿望。陈常委及时回复说，支持我从事高明历史文化研究，一定想办法实现我的心愿。

于是我在佛山市地方志办公室王丽娃女士的陪同下，带着研究生第一次进入高明进行历史文化的田野考察，接待我们的是高明区文体局文物科的戴伟东科长。因为有戴科长的亲自陪同，考察进展非常顺利，我们不仅在高明区地方志办公室、高明区档案馆和博物馆翻阅有关文献、参观文物，而且深入阮埇古村进行实地考察，区氏族人的长老们给我们讲述了区大相家族及阮埇村的历史。说实话，我尽管长期从事广东区域历史研究，对区大相却一无所知。在考察中，区氏族人无私地将族谱提供给我们拍摄，为我后续了解和研究区大相家族提供了最原始的历史文献。我在内心深处对这些淳朴的乡村父老们表示谢意！

也就在这次考察中，戴科长告诉我，高明区文化部门一直非常重视当地历史文化的发掘与研究，希望我能为高明区做一点力所能及的事。我们初步就明清高明历史或区大相研究达成意向。回到学校后，我对区大相此人此事产生了强烈的好奇心，对这样一位在明代有较大影响的人却一直没有引起学术界的关注感到不安。我通过网络和去广东省立中山图书馆，查阅与区大相相关的历史文献，进而发现区大相及其家族其他成员在明代政坛、文坛均享有盛誉，而且他们大多有著述留存至今。我正式决定接受高明区的邀请，先从区大相的诗文入手，做一个普及性的读本，以便让更多人了解区大相。

经过多次协商，我们最终决定从明末以来流传较广的《区太史诗集》开始合作研究。尽管已有中山大学陈永正教授主持的《全粤诗》收录了区大相诗作，但因该书规模庞大，又没有注释，一般读者不易阅读。我们决定效仿唐诗三百首的式样，先选取区大相诗三百首，以赏析的形式整理出版。我在进一步查找区大相诗作版本时，又发现他不但有诗传世，而且还有文论传世，遂在 2014 年以《区大相诗文集》为题，向全国高校古籍整理研究工作委员会申报课题，并获得了专资资助。

我本身成长乡村，尽管儿时也背诵过唐诗宋词，对赏析却知之甚少。好在我指导的博士、现在天津师范大学工作的乔玉红女士，对古诗词颇有功力，本书的赏析均出自她之手。在此也感谢张启龙博士生为校阅付出的劳动！

我先后四次赴高明考察，在戴伟东科长、高明区博物馆龙恩海馆长的陪同下，多次深入阮埇村，同时考察了高明古椰贝丘遗址、高明灵龟塔等历史遗迹。初稿完成后，戴科长先将书稿印发给高明区有关专家、领导审阅，并举行座谈，与会专家以及领导对书稿提出了许多中肯的、建设性的意见，我们在认真领会和理解的基础上予以吸收。在此向各位专家和高明区文化部门的领导表示深深的谢意！

我还要感谢我的同事陈广恩教授，他利用在日本访问的机会，帮我从日本内阁文库拍摄了《区太史诗集》抄本。更要感谢我的研究生们，他们不仅陪我到高明区考察，而且还帮我输入了区大相的全部诗文。

齐鲁书社刘强先生一丝不苟地审读了书稿，修正了书中许多错误，对此特表感谢！

当下高明区正深入开展特色古村落活化升级工作，区大相出自高明最具规模的古村落阮埇村，相信此书的出版将对该区开展特色古村落活化升级工作具有特殊意义。

刘正刚

2015 年 4 月 18 日于暨南大学文学院楼 306 室

图书在版编目（CIP）数据

区大相诗三百首赏析／刘正刚，乔玉红著．—济南：齐鲁书社，2015．10

ISBN 978－7－5333－3411－6

Ⅰ．①区…　Ⅱ．①刘…　②乔…　Ⅲ．①古典诗歌—诗歌欣赏—中国—明代　Ⅳ．①I207．2

中国版本图书馆 CIP 数据核字(2015)第 240993 号

区大相诗三百首赏析

刘正刚　乔玉红　著

主管单位	山东出版传媒股份有限公司
出版发行	齊魯書社
社　　址	济南市英雄山路 189 号
邮　　编	250002
网　　址	www.qlss.com.cn
电子邮箱	qilupress@126.com
营销中心	(0531)82098521　82098519
印　　刷	日照报业印刷有限公司
开　　本	787mm×1092mm　1/16
印　　张	21.25
插　　页	5
字　　数	403 千
版　　次	2015 年 10 月第 1 版
印　　次	2015 年 10 月第 1 次印刷
标准书号	ISBN 978－7－5333－3411－6
定　　价	**68.00 元**